Tiana Stark
Du brichst mich nicht!

DU BRICHST MICH *nicht!*

ROMAN

TIANA STARK

IMPRESSUM

1. Auflage
© 2024 Tiana Stark
c/o Autorenglück.de
Franz-Mehring-Str. 15
01237 Dresden

E-Mail: *tiana.stark@gmx.de*

Lektorat: Astrid Töpfner, Lektorat Meerwoerter
Korrektorat: Jona Gellert – SchriftWerk
Layout und Satz: Stefanie Scheurich
Cover-/Umschlaggestaltung:
Buchgewand Coverdesign | www.buch-gewand.de
unter Verwendung von Motiven von
depositphotos.com: singkham
shutterstock.com: KieferPix

Druck: BookPress.eu
Bestellung und Vertrieb: Nova MD GmbH, Vachendorf
ISBN: 978-3-9894-2874-4

Bibliografische Informationen der Deutschen Nationalbibliothek: Die
Deutsche Nationalbibliothek verzeichnet diese Publikation in der Deutschen
Nationalbibliografie; detaillierte bibliografische Daten sind im Internet über
http:// dnb.d-nb.de abrufbar.

Für

Birgit R.

Ohne Sie wäre dieses Buch nicht möglich gewesen.

Und für

alle Nicolas dieser Welt.

KAPITEL 1

»Morgen gehörst du mir«, hauchte er mir leise ins Ohr und strich mir zärtlich eine Haarsträhne aus dem Gesicht. Die Berührung holte mich endgültig aus dem Land der Träume. Morgen. Sofort war das Prickeln, das mich die letzten Wochen begleitet hatte, wieder da. Die Vorfreude auf den besonderen Tag, den ich mir in den einsamen Stunden meiner Kindheit in den buntesten Farben ausgemalt hatte, konnte größer nicht sein. Alles hatte ich liebevoll bis ins kleinste Detail geplant, nichts dem Zufall überlassen. Einem perfekten Start in eine glückliche, harmonische Ehe mit meinem Traumprinzen stand nichts mehr im Weg.

Übermütig sah ich Patrick direkt in die Augen. Wie ein Wasserstrudel zog mich das Ozeanblau in seinen Bann, ließ mein Herz schneller schlagen und riss mich in seine Tiefe. Wie schaffte es dieser Mann nur mit einem einzigen Blick, mir derart die Sinne zu rauben?

Ich erwiderte frech: »Das glaubst aber auch nur du. Wer sagt denn, dass ich morgen Ja sage?«

Statt einer Antwort hob Patrick mein Kinn sanft an. Er zog seine Braue ein wenig nach oben, als würde er mir damit zuzwinkern, wie er es an dem Abend getan hatte, als wir uns das erste Mal begegnet waren. Schon senkte er seine Lippen auf meine und küsste mich, wie kein Mann zuvor mich je geküsst hatte. In seinen Küssen lag so viel Liebe. Ein Gefühl der Geborgenheit breitete sich jedes Mal aufs Neue in mir aus, und ich konnte mich nicht erinnern, jemals glücklicher gewesen zu sein. Eng schmiegte ich mich an ihn, und so wie unsere Körper sich ineinanderfügten, ergänzten wir uns in unserer Unterschiedlichkeit wie die zwei Hälften eines Yin-Yang-Symboles zu einem perfekten Ganzen.

Sanft löste ich mich aus Patricks Umarmung und betrachtete ihn voller Wärme. In Gedanken rezitierte ich unseren Trauspruch, der passender nicht sein könnte: »*Vor allem haltet fest an der Liebe zueinander. Dient einander, jeder mit der Gabe, die er empfangen hat*« (1. Petrus 4, 8+10)

Genau das hatte ich mir fest vorgenommen. Ich wollte es unbedingt besser machen als meine Eltern, die sich getrennt hatten, als ich noch in der Grundschule war, und für immer an unserer Liebe festhalten. Mein Ziel war eine heile Familie bis ans Ende meiner Tage. Mit einem bisschen guten Willen konnte das schließlich nicht so schwierig sein.

Ich schaltete den Wecker aus, bevor er einen Ton von sich geben konnte und schwang die Beine aus dem Bett. Auf dem Weg ins Bad stoppte ich kurz am Sideboard im Flur, schnappte mir Füller und Notizblock, der bereits mit Hunderten Unterschriftsproben vollgekritzelt war, und übte ein weiteres Mal meinen neuen Namen.

»Nicola Wolf« Ja, jetzt sah es perfekt aus. Jetzt hatte das »Wolf« meine eigene Note. Nur noch sechsundzwanzig Stunden, dann war Nicola Makowsky Geschichte.

Als ich eine halbe Stunde später aus dem Bad kam, war ich auch mit dem Ergebnis meines Stylings zufrieden. Patrick offensichtlich ebenso. Mit der Kaffeetasse in der Hand lehnte er lässig, nur in Shorts gekleidet, an der offenen Terrassentür. Die Sonnenstrahlen verliehen seinen schwarzen Haaren und dem gepflegten Vollbart einen zarten Schimmer. Er pfiff anerkennend durch die Zähne. Sein Blick glitt an dem sommerlichen Trägerkleid entlang, das meine Figur gut zur Geltung brachte, und blieb am Ansatz meiner Brüste hängen, die der V-Ausschnitt mehr offenbarte als verbarg. Mit einem Schmunzeln nahm ich wahr, dass sich eine deutliche Wölbung unter seiner enganliegenden Boxershorts abzeichnete. Ich fühlte mich geschmeichelt, dass ich mit meinen sechsundzwanzig Jahren nach einem Jahr Beziehung noch diese Wirkung auf ihn hatte. Auch mich ließ der Anblick seines durchtrainierten Körpers nicht kalt. Wie gern hätte ich mich einfach in seine Arme geworfen und dem Knistern, das in der Luft lag, hingegeben. Aber das musste bis zur Hochzeitsnacht warten, denn wie es sich gehörte, durfte Patrick die Nacht vor der Trauung nicht bei mir verbringen. Das brachte Unglück. Schlimm genug, dass er mich im Standesamt im Brautkleid sehen wird und nicht erst beim anschließenden Einzug in die Kirche.

Apropos Brautkleid. Ich musste dringend los, wenn ich nicht zu spät zu Laura kommen wollte.

Selbst in Pumps musste ich mich auf die Zehenspitzen stellen, um Patrick einen Abschiedskuss zu geben.

»Bis morgen, Mr. Wolf, ich liebe dich.«

»Willst du mich jetzt einfach so stehen lassen?« Patrick verzog den Mund und blickte auf die Beule in seiner Hose.

»Von wollen kann nicht die Rede sein, aber ich muss los, Liebling. Ich bin mit Laura zum Abholen des Brautkleids verabredet.«

»Soll das heißen, dass du mich für Stummelfinger-Laura versetzt?«, fragte Patrick beleidigt.

»Hey, das ist gemein. Hör auf, meine Freundin so zu nennen«, forderte ich meinen Verlobten auf, ohne dabei zu viel Schärfe in die Stimme zu legen.

»Wieso gemein? Es ist doch die Wahrheit. Sie hat Stummelfinger. Das ist bestimmt auch der Grund dafür, dass sie keinen Typen abkriegt.«

Ich verdrehte die Augen, während ich antwortete: »Ihre Daumen sind vielleicht etwas kurz geraten, aber deshalb musst du sie doch nicht so nennen. Sie ist seit der Schulzeit meine beste Freundin. Außerdem war sie bis vor Kurzem liiert.«

»Schon gut. Es war nicht böse gemeint.« Patrick hob entschuldigend die Hände. »Du hast einfach derart viele Freundinnen, dass ich nicht mehr durchblicke. An irgendwas muss ich mich ja orientieren und bei ihr sind es halt die Stummelfinger.«

»Patrick Wolf, du bist ein intelligenter junger Mann. Ich bin mir sicher, dass du es schaffst, dir den Namen meiner Trauzeugin auch ohne unschönen Zusatz zu merken«, entgegnete ich keck und funkelte ihn verliebt an.

»Okay, das Argument ist unschlagbar. Du hast mich überzeugt. Aber ohne einen ordentlichen Kuss lass ich dich nicht zu deiner Laura.« Mit diesen Worten zog er mich fest an sich und schenkte mir einen dieser Küsse, die mein Inneres zusammenziehen ließen.

Laura erwartete mich vor der Tür, als ich mit meinem kleinen roten Polo neben dem Haus ihrer Eltern hielt.

»Guten Morgen, Süße, du bist heute aber spät dran«, rief sie, schwang sich auf den Beifahrersitz und fiel mir zur Begrüßung um den Hals. Ihre blonde Lockenmähne kitzelte auf meiner Haut und das Kribbeln vermischte sich mit der prickelnden Vorfreude in meinem Inneren. Kurz schwenkte mein Blick zur Uhr, die mir verriet, dass ich in Wahrheit fünf Minuten zu früh war, aber ich ging nicht weiter auf Lauras Anspielung auf meinen übertriebenen Pünktlichkeitstick ein. Zuspätkommen war für mich nun mal keine Option.

»Bist du startklar?«, fragte ich Laura, nachdem sie mich losgelassen hatte.

»Da fragst du noch? Ich kann es kaum erwarten, dich endlich in deinem Brautkleid zu sehen. Hast du wirklich niemanden zum Aussuchen mitgenommen? Nicht einmal deine Mutter?«

»Nein, auch sie nicht. Ich war allein dort.«

»Aber warum? Das hätte ein tolles gemeinsames Event sein können.«

Ich atmete tief aus und versuchte, die richtigen Worte zu finden. »Weißt du, Laura, ich wollte nicht in Versuchung geraten, mich von irgendjemanden bei der Wahl meines Kleides beeinflussen zu lassen.«

Ich spürte Lauras entrüsteten Blick und redete schnell weiter. »In meinem Leben ging es meist um andere, ich war stets bemüht, es allen recht zu machen, vor allem meinen Eltern. Ich hätte mich nicht frei entscheiden können, wenn ich gespürt hätte, dass euch ein anderes Kleid besser gefällt. Auch wenn ich weiß, dass du dich mit Kommentaren sicher zurückgehalten hättest.« Ich seufzte tief. »Seit meiner Kindheit träume ich davon, mich für einen Tag in einem zauberhaften weißen Brautkleid als Prinzessin zu fühlen. Mit dieser Vorstellung ist eine tiefe Sehnsucht verbunden. Ein bisschen wie bei Aschenputtel …« Bei dem Gedanken schluckte ich schwer.

Laura hatte es Gott sei Dank nicht gemerkt und sprudelte los. »Ich war ein bisschen sauer, dass du mich zu dem wichtigen Moment nicht mitgenommen hast. Immerhin bin ich deine Trauzeugin und hätte gern gemeinsam mit dir dein Kleid ausgesucht.«

»Das tut mir leid. Ich wollte dich nicht verletzen.«

»Schon gut, jetzt bin ich ja dabei und sehe es vor allen anderen.«

Das Gefühl, dass es wirklich gut war, hatte ich nicht.

Es war Laura anzusehen, dass es an ihr nagte, dass ich sie mal wieder aus wichtigen Momenten meines Lebens ausgeschlossen hatte. Obwohl sie meine beste Freundin war, konnte ich nicht alles mit ihr teilen. Oft versteckte ich mich hinter meiner Schutzmauer. Sie gab mir die Sicherheit, die ich brauchte. Patrick war der erste Mensch, der diese Mauer bröckeln ließ. Vielleicht konnte Laura das spüren und war tatsächlich etwas eifersüchtig auf meinen zukünftigen Ehemann, wie dieser neulich behauptet hatte.

Als ich in meinem Hochzeitskleid aus der geräumigen Umkleidekabine trat, klappte Lauras Mund auf und zu, ohne dass ein Ton herauskam. Ihre Augen füllten sich spontan mit Tränen, während sie den Anblick in sich aufnahm. Anmutig schritt ich, mit den Händen über den weiten Rock streichend, auf meine Trauzeugin zu. Die lange Schleppe raschelte leise hinter mir. Erst als ich direkt vor ihr zum Stehen kam, fand sie ihre Stimme wieder.

»Nicola, du siehst umwerfend aus. Wie Romy Schneider in Sissi. Besser hättest du das Kleid nicht aussuchen können. Dreh dich mal.« Bewundernd folgten mir Lauras Blicke. »Wow, was ein Kleid. Dieser Herzausschnitt und die Carmen-Träger bringen dein Dekolleté super zur Geltung und die Schnürung im Rücken macht eine Hammertaille.«

»Ja, das tut sie. Essen kann ich nicht viel, aber das ist mir egal. Ich habe mich in dieses Kleid verliebt, als es noch am Bügel hing.«

»Es steht dir perfekt.«

Überglücklich strahlte ich Laura an. »Danke, das freut mich riesig. Ich fühle mich in dem Kleid wirklich wie eine Prinzessin. Genau, wie ich es mir erträumt habe. Glaubst du, es wird Patrick auch gefallen?«

»Also wenn ihn dieser Anblick nicht umhaut, ist er ein größerer Idiot, als ich dachte!«, bemerkte Laura trocken.

Über die tief aus dem Herzen kommende Antwort brachen wir beide in schallendes Gelächter aus.

Eine halbe Stunde später saß ich mit meiner Freundin auf der Terrasse unseres Lieblingsbistros. Die Julisonne schien um die Mittagszeit mit voller Kraft, sodass wir es uns im Schatten bequem gemacht hatten. Eine leichte Brise wehte den sinnlichen Duft der angrenzenden Rosensträucher zu uns herüber.

Rosen waren meine absoluten Lieblingsblumen. Vielleicht, weil ich ihnen in gewisser Hinsicht ähnelte. Lange hatte ich mich selbst wie eine verschlossene Knospe gefühlt, die sich nicht traute, sich zu zeigen, und die mit ihren Dornen die Menschen auf Abstand gehalten hatte. Erst nach und nach öffnete ich meine Blüte und entfaltete mich zu der schönen, lebensfrohen und selbstbewussten Frau, die morgen vor den Traualtar treten würde. Für mich war es daher selbstverständlich gewesen, Rosen für den Brautstrauß und die Blumendekoration auszuwählen.

»Sind die nicht wunderschön?«, säuselte ich.

»Was?«, fragte Laura, die meinen Gedankengängen wohl nicht hatte folgen können.

»Ach nichts, ich habe nur laut gedacht«, erklärte ich ihr.

»Hoffentlich vergisst Patrick nicht, morgen den Brautstrauß abzuholen.«

»Mister Perfekt doch nicht. Und wie ich dich kenne, hast du sicher noch einen Ersatzstrauß zu Hause deponiert«, stichelte meine Trauzeugin.

»Ha, ha. Sehr lustig«, gab ich gespielt beleidigt zurück.

»Finde ich schon. Und, hast du?«

»Nein, habe ich nicht«, entgegnete ich energisch. »Patrick ist die Hochzeit genauso wichtig wie mir. Er wird den Strauß nicht vergessen.«

Laura ließ das Thema so stehen und erkundigte sich stattdessen: »Gibt es eigentlich sonst noch was zu organisieren heute?«

»Nein, es ist alles vorbereitet.«

»Ja klar, das war auch eher eine rhetorische Frage.« Laura grinste breit. »Selbst wenn du nicht die Leiterin einer Eventagentur wärst, wäre deine Hochzeit bis ins letzte Detail durchorganisiert, so lange, wie du davon träumst.«

»Hey, übertreib nicht. Ich bin nur die Leiterin der Marketingabteilung, nicht der ganzen Agentur. Aber ansonsten hast du recht.« Ich konnte es kaum glauben, dass ich inzwischen bei einer namhaften Würzburger Eventagentur ein Team aus fünfzehn Mitarbeitern führte. Das hätte ich mir nicht träumen lassen, als ich nach dem Abitur eine Ausbildung als Marketingkauffrau begonnen hatte. Ich hatte nie die Ambitionen gehabt, Karriere zu machen. Ich liebte lediglich meinen Beruf und es öffneten sich mir die richtigen Türen zur richtigen Zeit. Und jetzt kam zu meinem beruflichen Glück noch das private dazu. Konnte das Leben schöner sein?

»Hast du auch Hunger?«, erkundigte sich Laura.

Wie auf Kommando erschien unser Stammkellner Salvatore mit zwei Gläsern Prosecco auf dem Tablett und nahm unsere Essensbestellung entgegen. Ich wechselte mit ihm noch ein paar Sätze, ehe er sich den nächsten Gästen zuwandte.

Laura schien tief in ihre Gedanken versunken zu sein. Sie drehte versonnen eine Locke um ihren Zeigefinger. Eine Angewohnheit, die sie an den Tag legte, wenn sie etwas auf dem Herzen hatte.

Plötzlich fragte sie mich: »Woher weißt du, dass Patrick der Richtige ist?« Erwartungsvoll schaute sie mich an. Laura war erst vor Kurzem von ihrem Freund verlassen worden und ihr Vertrauen in die Männerwelt war aktuell nicht das Beste. Bevor ich antworten konnte, setzte sie nach: »Ich meine, wie kannst du dir sicher sein, mit ihm den Rest deines Lebens verbringen zu wollen, ihr kennt euch doch erst ein Jahr?« Laura rutschte unruhig auf ihrem Stuhl hin und her. »Wieso ist es er und nicht zum Beispiel eine deiner Beziehungen vorher? Was macht den Unterschied?«

Wärme breitete sich in meinem Inneren aus und zauberte mir wie von selbst ein Strahlen aufs Gesicht. »Das Gefühl macht den Unterschied.«

»Hä? Das versteh ich nicht. Du hattest für Gerrit und vor allem für Felix doch auch Gefühle, sonst wärst du kaum einige Jahre mit ihnen zusammen gewesen.«

Der Kellner brachte unsere Panini und wünschte uns mit einem charmanten Lächeln einen guten Appetit. Ich wartete, bis er außer Hörweite war, bevor ich antwortete.

»Ja, ich habe auch meine Exfreunde geliebt, sehr sogar, und dennoch ist es jetzt anders. Es ist mehr als nur Liebe. Es ist ein Gefühl von Geborgenheit, Sicherheit, von Angekommensein.«

Meine Freundin runzelte ungläubig die Stirn, als könnte sie nicht nachvollziehen, wie ich mich fühlte. »Laura, mich hat noch nie zuvor ein Mensch so gewollt, so auf Händen getragen wie Patrick. Er gibt mir das Gefühl, alles für mich zu tun, komplett für mich da zu sein, mich nie im Stich zu lassen. Gleichzeitig ist er kein Weichei. Er ist ein gestandener Mann, der genau weiß, was er will. Aus dem Grund fetzen wir uns auch mal, wenn unsere Dickköpfe aufeinanderprallen.«

»Echt, ihr streitet auch?« Laura zog ihre Augenbraue nach oben, als würde sie an meiner Aussage zweifeln.

»Na klar, was denkst du denn? Erst neulich habe ich seine komplette Pizza in den Müll gepfeffert, weil er wegen einer Kleinigkeit beleidigt war und nichts mehr essen wollte.«

»Dein Ernst? Weswegen das denn?« Lauras Augen wurden immer größer.

»Ja, ich war stinksauer. Felix hatte mir nachträglich zum Geburtstag gratuliert und Patrick war eingeschnappt, weil ich meinem Ex gegenüber am Telefon nicht erwähnt hatte, dass ich gerade mit meinem Verlobten auf dem Sofa kuschle. Bei aller Liebe, wieso hätte ich das bei dem Gespräch, das keine zwei Minuten gedauert hat, tun sollen?« Allein beim Gedanken an diese unsinnige Auseinandersetzung verdrehte ich genervt die Augen, während Laura an meinen Lippen hing. »Außerdem sah ich keinen Grund, Felix noch eins reinzudrücken. Er hat genug unter der Trennung gelitten. Patrick hat mir in der anschließenden Diskussion vorgeworfen, dass mir Felix' Gefühle wichtiger seien als seine. Blödsinn! Ich habe mich doch für ihn entschieden. Patricks Reaktion war in meinen Augen völlig übertrieben.«

»Und dann hast du seine Pizza wirklich weggeworfen?« Lauras ungläubiger Blick wich langsam einem breiten Grinsen.

»Ja, er wollte ja nichts mehr essen! Okay, als die Gemüter sich wieder beruhigt hatten, habe ich ihm die Hälfte von meiner Pizza abgegeben. Ich bin schließlich kein Unmensch.«

Wir lachten beide herzhaft.

»Weißt du, Laura, Patrick ist der erste Mann in meinem Leben, dem Familie genauso wichtig ist wie mir. Beim zweiten Date haben wir uns bereits darüber unterhalten, wie wir uns eine Hochzeit vorstellen, wie viele Kinder wir mal haben wollen und welche Namen uns gefallen. Es war, als würden sich unsere Vorstellungen von der Zukunft wie Zahnräder ineinanderfügen und gemeinsam ein perfektes Ganzes ergeben.«

»Ja, das hast du oft erzählt. Ich verstehe nur nicht, was du an ihm findest. Für mich ist und bleibt er ein arroganter Schnösel. Er hat eine Art an sich, die ich seltsam finde. Ich werde mit ihm einfach nicht warm und mein Gefühl sagt mir, dass das auf Gegenseitigkeit beruht. Und …« Laura verstummte.

»Was und?«

Sorgenfalten zeichneten sich auf ihrer Stirn ab. Ihr Blick sah traurig aus, als sie antwortete. »Nicola, ich habe Angst, dich als Freundin zu verlieren.«

»Quatsch. Nur weil ich heirate, verlierst du mich doch nicht. Selbst wenn ihr beiden nicht miteinander warm werdet, hat das doch nichts mit unserer Freundschaft zu tun. Wir ziehen sowieso ohne Männer los.« Ich stieß sie kumpelhaft in die Seite.

»Versprochen?«

»Na klar, versprochen.«

Zum zweiten Mal an diesem Tag fiel Laura mir um den Hals. Ich spürte, dass eine Träne auf meiner Schulter landete. Beruhigend strich ich ihr über den Rücken und hielt sie ganz fest.

Kurz darauf hatte sie sich wieder gefasst. Sie ließ mich los, schnäuzte lautstark in ein Taschentuch und streckte mir im Anschluss ihr Sektglas entgegen.

»Auf unsere Freundschaft und darauf, dass du glücklich wirst.«

KAPITEL 2

Neun Monate später

Patrick lenkte das Auto in die Auffahrt seines Elternhauses. Der Kies knirschte unter den Rädern, als der schwarze Benz vor der Villa zum Stehen kam.

Das Anwesen, das einem alten Herrenhaus glich, flößte mir jedes Mal aufs Neue Respekt ein. Obwohl die Frühlingssonne durch die Wolken brach, lag der Großteil des Hauses im Schatten der erhabenen Tannen, die das Grundstück umrahmten. Alles wirkte vornehm und perfekt. Ich konnte mir beim besten Willen nicht vorstellen, dass früher hier Kinderscharen regelmäßig ein- und ausgegangen sein sollten, geschweige denn das Haus von Kinderlachen erfüllt gewesen war, wie Patrick immer erzählte.

Wenn er über seine Kindheit sprach, konnte man neidisch werden. Er schwärmte in den höchsten Tönen davon, wie glücklich er gewesen war, wenn er mit seinen Freunden losgezogen war oder seine Mutter die Meute mit leckeren Häppchen und Kuchen versorgt hatte. Das Haus musste seinen Erzählungen zufolge permanent voller Leben gewesen sein. Heute erinnerte nur die verwitterte Schaukel an der mächtigen Eiche neben der Terrasse daran, dass hier überhaupt einmal Kinder gelebt hatten. Das einsame alte Spielgerät fühlte sich für mich seltsam vertraut an.

Ein kalter Schauer lief mir über den Rücken. Gedanken an meine eigene Kindheit kamen hoch. Unzählige Nächte, in denen ich mich nach der Scheidung meiner Eltern und Ereignissen, an die ich gar nicht mehr denken wollte, heimlich in den Schlaf geweint hatte, nur mit meinem Kuschellöwen Leo im Arm.

In Gedanken strich ich über Leos weiches Fell. Meine Hand griff in die zottelige Mähne, die unzählige Male mein Halt gewesen war, und ich drückte ihn an mich. Sogar seinen tröstlichen Geruch glaubte ich riechen zu können. Mein Leo. Hätte ich ihn nicht gehabt, wäre ich vermutlich an emotionaler Einsamkeit gestorben oder an all dem, was ich mich nicht laut auszusprechen gewagt hatte, erstickt. Mein Kuscheltier war für mich da gewesen. Es hatte alles zu hören bekommen und unzählige Tränen getrocknet.

Von außen betrachtet, fehlte es mir an nichts. Die meisten Mädchen aus meiner Klasse beneideten mich dafür, dass ich mit meiner Mutter auf dem Reiterhof meines Stiefvaters lebte und theoretisch reiten konnte, wann ich wollte. Aber bei all der Arbeit, die ein Hof mit sich brachte, blieb kaum Zeit fürs Vergnügen. Vielleicht war ich sogar ein bisschen eifersüchtig auf die Tiere, die von meinen Eltern, wie ich meine Mutter und meinen Stiefvater der Einfachheit halber nannte, gefühlt mehr Aufmerksamkeit bekamen als ich. Nachdem sie dann noch meine geliebte Stute Lotta verkauft hatten, die mir fast genauso wichtig geworden war wie mein Leo, ließ ich kein Pferd mehr an mich heran und wollte auch vom Reiten nichts mehr wissen. Selbst wenn ich auf dem Hof selten allein war, war ich fast immer einsam. Jeder war mit sich und seiner Arbeit beschäftigt. Da war niemand, der mir wirklich zuhörte, niemand, der mir das Gefühl gab, bedingungslos geliebt zu werden, geschweige denn mit allem, was auf meiner

Kinderseele lastete, zu ihm kommen zu können. Nicht einmal, nachdem … Schnell schüttelte ich die Erinnerung an das Osterfest vor über zwanzig Jahren ab. Das war lange her. Leo verbrachte seinen wohlverdienten Ruhestand inzwischen in meiner Schatztruhe im Kleiderschrank und das war gut so.

Mein Blick glitt zu Patrick, der inzwischen Leos Platz in meinem Leben eingenommen hatte. Er war nun mein Halt, mein bester Freund, dem ich alles erzählen konnte, mein Ehemann, bei dem ich mich geborgen fühlte. Gleich würden wir das erste Osterfest als Ehepaar im Kreise seiner Familie feiern. Es war, als hätte mit Patrick eine neue Zeitrechnung begonnen, die jeden alten Schmerz verblassen ließ. Zärtlich strich ich ihm über die Wange. Sein Bart kitzelte an meinen Fingerspitzen. Was hatte ich doch für ein Glück! Wärme durchströmte mein Herz, und ich konnte nicht anders, als ihn zu küssen.

»Wofür war der denn?«, fragte Patrick überrascht.

»Einfach so, weil ich unendlich glücklich mit dir bin.«

Patrick erwiderte meinen Kuss.

»Bist du bereit, es mit meiner Familie aufzunehmen?«, erkundigte er sich und zwinkerte mir zu.

»Na klar doch.«

Ich hielt Patrick die Schachtel mit der gelben Schleife entgegen. »Willst du deinen Eltern das Geschenk überreichen?«

»Gib du es ihnen, aber erst nach dem Essen.«

Patrick stieg aus, ging um das Auto herum und öffnete mir, wie es sich für einen Gentleman gehörte, die Wagentür.

Patricks Vater, Prof. Dr. Wilhelm Wolf, ein berühmter Chemiker, der an internationalen Forschungsprojekten mitwirkte, wenn er nicht seine Studenten quälte, ließ uns herein. Er begrüßte uns förmlich, seinen Sohn mit einem kräftigen Händedruck, mich mit einem angedeuteten Küsschen links und rechts.

Das Wort förmlich beschrieb den ergrauten Professor im maßgeschneiderten Anzug treffend. Er tat wahrscheinlich alles förmlich, sogar auf die Toilette gehen. Bei dem Gedanken musste ich schmunzeln.

Wilhelm war von der alten Schule. Er hatte mir erst mit der Hochzeit das Du angeboten und sein Frauenbild war, gelinde gesagt, antiquiert. Seine Frau hatte sich um die Kinder und das Heim zu kümmern, was sie mit Leib und Seele tat, während er die Familie versorgte. Wilhelm war ein wohlwollender Patriarch, dem man nicht zu widersprechen hatte. Daran hielten sich alle. Alle außer vielleicht Viktoria, Patricks jüngere Schwester. Sie lebte stets nach ihren eigenen Vorstellungen und widersetzte sich den Konventionen, wo sie nur konnte. In der Schule war sie sitzen geblieben, ihr Studium hatte sie gleich zweimal abgebrochen und aktuell lebte sie als Künstlerin in Paris. Nicht gerade der Weg, den ihre Eltern für sie vorgesehen hatten, aber sie war glücklich.

Wilhelm half mir aus meinem Mantel, als Vicky die geschwungene Treppe heruntergestürmt kam. Erst umarmte sie ihren Bruder, dann mich überschwänglich.

»Victoria, Hilfe, du erdrückst mich ja. Wie schön, dich zu sehen. Ich wusste gar nicht, dass du auch kommst«, sagte ich überrascht.

»Ich werde mir doch nicht das feierliche Ostermenü meiner Mutter entgehen lassen. Übrigens, wenn du mich noch einmal Victoria nennst, erdrücke ich dich wirklich!«, scherzte sie und schüttelte mit tadelndem Blick eine Strähne ihres schwarz gefärbten Long Bobs nach hinten.

»Oh, Entschuldigung, eure Hoheit, es wird nicht wieder vorkommen«, verkündete ich mit theatralischer Stimme.

Wir kicherten wie zwei alberne Teenager, was Patrick mit einem Augenrollen quittierte. Die Lockerheit, die Vicky in dem vornehmen Haus versprühte, hätte befreiender nicht sein können. Obwohl wir uns nur selten sahen, verstanden wir uns blendend, was man von ihr und Patrick nicht behaupten konnte. Sie waren Geschwister und kamen oberflächlich miteinander aus, aber es schien eine unausgesprochene Rivalität, ja fast Missgunst zu geben, zumindest auf Patricks Seite. Ich konnte mir das nicht erklären. Im Gegensatz zu ihr war er schließlich der erfolgreiche Vorzeigesohn.

Mein Mann war bereits mit seinem Vater in ein Gespräch über Aktienkurse vertieft, während sie gemeinsam auf dem Weg ins Wohnzimmer waren, von wo die Geräusche des Fernsehers an mein Ohr drangen. Es hörte sich nach einer Sportübertragung an, genau konnte ich es nicht erkennen.

Vicky schien meine Gedanken erraten zu haben und erklärte: »Die Bulls spielen. Das Pflichtprogramm für meinen Vater ...«

»Ich verstehe.« Wir grinsten beide, wohl wissend, was das bedeutete. Denn so steif der Herr Professor sonst war, wenn seine Lieblingsmannschaft spielte, vergaß er sich völlig. Das Bild, wie Wilhelm in Stoffhose und gestärktem Hemd wie ein hemmungsloser Fan seine Basketballmannschaft anfeuerte oder aufschrie, wenn ein Wurf versemmelt wurde, war zu bizarr.

»Kommst du mit?«, forderte Viktoria mich mit einer Handbewegung Richtung Wohnzimmer auf. »Den Spaß dürfen wir uns nicht entgehen lassen.«

»Ich sage noch schnell Maria hallo, dann komme ich nach.«

»Okay, bis gleich. Mama wird dich eh im Handumdrehen aus der Küche werfen.« Fröhlich pfeifend hüpfte Vicky Richtung Basketballspektakel davon. Wo nahm diese Frau nur ihre Energie und Unbeschwertheit her? Auch wenn sie ihre

Herzlichkeit eindeutig von meiner Schwiegermutter geerbt hatte, wirkte sie in dieser Familie dennoch auf gewisse Weise wie eine Außerirdische.

Ich verließ die große Eingangshalle. Der Weg in die Küche führte mich durch das erhabene Esszimmer, in dem die Tafel für das Osteressen edel eingedeckt war. Die Sonne schien zart durch die bodentiefen weißen Sprossenfenster. Sie spiegelte sich in der Scheibe der Vitrine mit den handgeschliffenen Kristallgläsern und verlieh dem Zimmer eine feierliche Atmosphäre. Meine Absätze klapperten auf dem kalten Marmor, bis der blau-graue Seidenteppich die Geräusche verschluckte, um sie am anderen Ende wieder auszuspucken. Der Duft von Hasenbraten und Rotkohl stieg mir trotz der brummenden Dunstabzugshaube in die Nase, noch ehe ich um die Ecke bog.

Maria strahlte, ließ sofort den Kochlöffel in die Suppe fallen, wischte sich die Hände an ihrer Schürze ab und umarmte mich. Sie erinnerte mich an eine typische italienische Mama, die voll und ganz für ihre Familie lebte und ihre eigenen Wünsche hintanstellte. Genaugenommen hatte ich bei ihr den Eindruck, dass sie mit ihrer Rolle als Ehefrau und Mutter derart verschmolzen war, dass sie ihre eigenen Bedürfnisse nicht einmal mehr wahrnahm.

»Kindchen, schön, dass ihr da seid. Wie geht es dir denn, Liebes? Du siehst blass aus.«

»Danke, gut, Maria. Alles bestens. Die letzte Woche war auf der Arbeit nur etwas anstrengend.«

»Du solltest kürzertreten, Nicola, der ganze Stress tut dir nicht gut. Patrick verdient doch genug Geld für euch beide.«

»Ich weiß, Maria, aber ich liebe meine Arbeit und es kommen auch wieder ruhigere Zeiten. Kann ich dir bei den Vorbereitungen helfen?«

Empört stemmte Maria die Hände in die rundlichen Hüften. »Das kommt gar nicht infrage. Raus mit dir aus meiner Küche! Am besten gesellst du dich zu den anderen ins Wohnzimmer.« Mit einem Augenzwinkern fügte sie hinzu: »Das letzte Viertel müsste gerade anfangen. Danach essen wir.«

Maria hatte sich mit dem Festmahl mal wieder selbst übertroffen. Nach einer hausgemachten Selleriecremesuppe gab es Feldsalat mit Pinienkernen und zum Hauptgang ihren traditionellen Hasenbraten mit Spätzle und Rotkohl. Es war köstlich. Patrick und ich tauschten verliebte Blicke während des Essens und seine Hand suchte die meine. In mir breitete sich ein wohliges Glücksgefühl aus. Nicht nur mein Hunger war gestillt, sondern auch meine Sehnsucht nach Geborgenheit. Ich genoss es, die Festtage als Familie zusammen zu feiern. Den Anflug von Wehmut, weil das mit meinen Eltern aufgrund ihrer Arbeit nicht ging, wischte ich beiseite.

Während Maria das Dessert zubereitete, wurde am Tisch das knapp gewonnene Basketballspiel im Detail hitzig analysiert. Patrick diskutierte mit seinem Vater darüber, ob die Chicago Bulls im letzten Viertel vier oder fünf Rebounds verwandelt hatten. Vicky stimmte, was fast nie vorkam, ihrem Vater zu, und bestätigte, dass es fünf gewesen waren. Patrick bestand jedoch darauf, dass es vier gewesen waren, und gab seine Meinung gegen die beiden anderen energisch kund.

Um den völlig sinnlosen Streit zu beenden, mischte auch ich mich in die Unterhaltung ein und sagte: »Ich habe auch fünf gezählt.«

»Sei still!«, fuhr Patrick mich mit Verachtung in der Stimme grob an. Sein sonst so freundliches Gesicht war von einer auf die andere Sekunde eigenartig verzerrt, der ganze Körper zum Zerreißen gespannt, als würde er jeden Moment explodieren. Nie hatte ich seine Augen derart eisig gesehen wie jetzt. Er machte mir fast Angst.

Ich war still. Nicht, um zu gehorchen, sondern weil mir die Worte fehlten. Auch Wilhelm und Viktoria schwiegen. Ihre stummen Blicke flogen zwischen Patrick und mir hin und her.

Maria betrat mit dem Nachtisch das Esszimmer. Als hätte sie von dem Streit nichts mitbekommen, servierte sie die Crème brûlée und verschwand direkt wieder in der Sicherheit ihrer Küche.

Scheiß Ostern, fluchte ich in Gedanken.

Patricks aggressives »Sei still!«, hing wie eine drohende Wolke im Esszimmer. Mein Verstand brachte die Heftigkeit seiner Reaktion mit der Banalität der Situation nicht in Einklang. Es war wie ein Absturz im System, der mich handlungsunfähig zurückließ. Statt ihm sofort zu sagen, dass er so nicht mit mir zu reden hatte, sammelten sich Tränen der Enttäuschung in meinen Augen. Bevor sie mir für alle sichtbar über die Wange rinnen konnten, schob ich den Stuhl geräuschvoll zurück und flüchtete nach draußen.

Im Garten begrüßte mich der Frühling mit seinem typischen Duft und seiner Farbenpracht. Die Vögel zwitscherten munter, während sie ihre Nester in die Zweige der umliegenden Bäume bauten. Alles schien fröhlich, leicht und voller Leben, so wie ich mich wenige Minuten zuvor auch noch gefühlt hatte. Jetzt war ich wie erstarrt. Ich setzte mich auf die Schaukel und versuchte zu verstehen, was passiert war. Schließlich hatte ich nichts weiter getan, als meine Meinung zu einer völlig unwichtigen Diskussion beigetragen. Wen juckte es, wie viele beschissene Rebounds die Bulls verwandelt hatten?

Hinter mir hörte ich Schritte über die Terrasse näher kommen. Sicher war das Patrick, der kam, um sich für sein unangebrachtes Verhalten zu entschuldigen. Erst als sich seine Schuhspitzen in mein Sichtfeld schoben, hob ich den Kopf.

Mit strenger Miene sah Patrick mir direkt in die Augen. »Wage es nie wieder, mich vor meiner Familie bloßzustellen!«

Die Kälte in seiner Stimme ließ mich frösteln, während gleichzeitig die Empörung in mir wuchs. »Wie bitte?«, presste ich nach Luft schnappend hervor.

»Du hast mich genau verstanden. Tu das nie wieder!«

Ich schluckte und erhob mich von der Schaukel, um wenigstens ansatzweise auf Augenhöhe zu sein. »Sag mal, spinnst du? Wo habe ich dich denn bloßgestellt? Ich habe lediglich meine Meinung gesagt«, versuchte ich mich zu rechtfertigen.

»Du hast von Basketball keine Ahnung, hast das Spiel nicht einmal ganz gesehen und fällst mir vor meinem Vater in den Rücken«, entgegnete er scharf.

»Natürlich habe ich das letzte Viertel gesehen. Auch wenn ich selbst kein Basketball spiele, weiß ich sehr wohl, was ein Rebound ist, und ich habe fünf gezählt. Vielleicht kam ich drei Minuten später zu euch, das heißt, ich könnte höchstens einen verpasst haben.«

Patrick schnaubte verächtlich. »Nicola, du bist meine Ehefrau. Selbst wenn du mit deinem Amateurwissen glaubst, fünf gezählt zu haben, hast du zu mir zu halten und meinen Standpunkt zu bekräftigen.«

»Du verarschst mich gerade, oder? Willst du mir damit sagen, dass ich für dich bewusst hätte lügen sollen? Das ist nicht dein Ernst.« Fassungslos schüttelte ich den Kopf.

»Sagen wir es mal so, die Klappe zu halten, wäre das Mindeste gewesen.«

Ich glaubte, meinen Ohren nicht zu trauen. Was ging denn hier ab? Das war doch nicht der Patrick, den ich geheiratet hatte. Welche Laus war ihm bloß über die Leber gelaufen? Oder war hier eine Kamera versteckt und ich fand mich jeden Moment in »Verstehen Sie Spaß« wieder? Anders konnte ich mir sein Verhalten kaum erklären. Aber weit und breit war keine Kamera zu sehen. Nur die Vögel lugten hinter den Ästen hervor und bauten an dem Zuhause für ihre Jungen.

Patricks Berührung riss mich aus den Gedanken. Mir war nicht aufgefallen, dass ich in mein Inneres versunken gewesen war und keine Antwort mehr gegeben hatte. Es musste auf ihn den Eindruck gemacht haben, dass ich über seine Ansage nachdachte. Zumindest nahm er meine Hand und fuhr in versöhnlicherem Tonfall fort: »Ich verzeihe dir.«

Noch bevor ich die Information verarbeitet hatte und fähig gewesen wäre, zu antworten, drückte mir Patrick einen trockenen Kuss auf die Lippen. »Wir sehen uns gleich drinnen, damit wir das Geschenk überreichen können. Am besten bringst du vorher dein Make-up in Ordnung.« Mit einem Nicken verschwand er im Haus.

Ich plumpste zurück auf die Schaukel, selbst verwundert, dass das marode Seil dabei nicht riss.

Er verzieh mir. Was denn, bitte schön? Wenn, dann müsste ich ihm verzeihen. Er hatte sich danebenbenommen, nicht ich. Oder hätte ich wirklich die Klappe halten sollen? Lief da ein Familiending ab, das ich nicht verstand? Sei es der Machtkampf zwischen den Geschwistern oder das Ringen um die Anerkennung des Vaters oder was auch immer.

Anstelle des Nachtisches schluckte ich meine Empörung hinunter. Heute war schließlich ein Tag zum Feiern. Ich beschloss, ihn mir von diesem blöden Intermezzo nicht verderben zu lassen, und verdrängte das ungute Gefühl in die hinterste Ecke meines Bewusstseins. Zärtlich strich ich mein Kleid über dem Bauch glatt, atmete dreimal tief durch und spazierte zurück ins Haus.

»Ach, Kinder, ihr sollt uns doch nichts schenken«, protestierte Maria, als ich ihr das Paket mit der gelben Schleife überreichte. Während wir Patricks Mutter mit klopfendem Herzen beim Auspacken zusahen, nahm mein Mann mich wie selbstverständlich in den Arm, als hätte es eben keine Auseinandersetzung gegeben. Kurz zuckte ich unter seiner Berührung zusammen. Sie fühlte sich nach dem Streit falsch und doch vertraut an. Es war nicht der passende Zeitpunkt, nachtragend zu sein. Ich konzentrierte mich wieder auf unser Geschenk.

Vicky drängelte: »Jetzt mach schon, Mama, ich will endlich sehen, was in der Schachtel ist.«

Sogar Wilhelm schien auf seine ihm übliche förmliche Weise gespannt zu sein.

Endlich hatte Maria die Schleife gelöst und den Deckel geöffnet. Sie sah auf vier handbemalte Ostereier aus Porzellan.

Viktoria, die einen Blick erhascht hatte, wandte sich gelangweilt ab. Für sie war Deko nur überflüssiger Besitz. Derweil sah Maria sich eines der Eier genauer an. Sie entdeckte die Aufschrift und ihre Augen weiteten sich, während es schien, als würde ihr Gehirn die Information verarbeiten. *Oma Maria.* Ihr Blick schnellte zu meinem Bauch, der vor lauter Erbrechen in den ersten Wochen noch nicht verräterisch aussah, und wieder zurück zu den Buchstaben. Unvermittelt stieß sie einen hohen Freudenschrei aus.

»Ich werde Oma?!«

Patrick und ich nickten strahlend. Ehe Wilhelm es sich versah, hatte seine Frau ihm die Schachtel in die Hand gedrückt und umarmte erst Patrick und dann mich. Eine Freudenträne kullerte ihr aus dem Augenwinkel.

»Euer Ernst? Ihr seid seit drei Stunden hier und sagt erst jetzt, dass ich Tante werde? Ich hätte mich zigmal verplappert«, gluckste Vicky.

»Das nennt man Selbstbeherrschung, Schwesterherz«, frotzelte Patrick.

»Blödmann!« Vicky boxte ihrem Bruder gegen den Arm, bevor sie uns nacheinander drückte. »Glückwunsch euch beiden.« Ihre Worte schienen von Herzen zu kommen, auch wenn ich wusste, dass sie unser Lebensmodell mit Heirat und Kindern grundsätzlich spießig fand.

Wilhelm hielt behutsam eins der beiden Eier mit der Aufschrift »*Opa Willi*« in der Hand.

Das Willi war meine Idee gewesen, obwohl er von niemandem Willi genannt wurde. Ich fand, als werdender Opa war es an der Zeit, locker zu werden.

Sichtlich gerührt strich er mit den Fingern über die leicht erhabene Schrift. Derart ergriffen hatte ich ihn nie zuvor gesehen. Als würde er sich gewahr werden, dass unsere Blicke auf ihm ruhten, gratulierte er mir mit einem Küsschen links und rechts. Seinem Sohn streckte er mit einem anerkennenden Nicken die Hand entgegen, zögerte kurz und zog ihn schließlich in seine Arme. Patricks Blick hätte verdutzter nicht sein können. Es dauerte eine gefühlte Ewigkeit, bis er die Überraschung überwunden hatte und in der Lage war, die ungewohnt innige Geste zu erwidern. Ich fragte mich, ob er jemals von seinem Vater in den Arm genommen worden war.

»Glückwunsch, mein Sohn«, sagte Wilhelm, trat dann einen Schritt zurück und legte das Ei wieder zu den anderen. Dass die Freude über den Nachwuchs auch bei Patricks Familie groß sein würde, damit hatten wir gerechnet, aber die Reaktion übertraf alle unsere Erwartungen. Patrick strahlte mich an wie ein Kind, das einen lang ersehnten Weihnachtswunsch erfüllt bekommen hatte. Auch in meinem Herzen breitete sich Wärme aus. Liebevoll streichelte ich über mein Bäuchlein. Patrick legte seine Hand beschützend auf meine, sah mir tief in die Augen und küsste mich lang und innig.

»Hey, ihr seid bereits schwanger, ihr müsst nicht mehr rummachen. Verratet uns lieber mal, wann ich Patentante werde. Also ich meine, falls ihr mich überhaupt als Patentante wollt«, schob Vicky kleinlaut hinterher.

Schweren Herzens lösten sich unsere Lippen. Patrick nickte mir zu, was so viel hieß wie, sag du es ihr. Vicky, die seine Geste wahrgenommen hatte, ließ die Schultern sinken. Scheinbar sah sie ihre Chancen, das Amt der Patentante übertragen zu bekommen, soeben schwinden.

»Also«, sagte ich gedehnt. »Der Geburtstermin ist Mitte November. Ich bin erst in der zehnten Woche. Meine Freundin Laura und du, ihr werdet beide Patentante werden, vorausgesetzt, ihr möchtet das Amt annehmen.«

Das Strahlen kehrte in Vickys Gesicht zurück. »Klar will ich. Und wenn Laura keine Lust hat, krieg ich das Kind auch allein geschaukelt.«

Patricks Mundwinkel gingen nach oben und auch ich konnte mir ein Schmunzeln nicht verkneifen.

»Was gibt es denn da blöd zu grinsen? Ich werde locker allein mit einem kleinen Schreihals fertig. Oder traut ihr mir das etwa nicht zu, nur weil ich nicht so spießig bin wie ihr?«, fragte sie.

Aus unserem Schmunzeln wurde ein Lachen, in das auch Maria und Wilhelm nach einem erneuten Blick in die Geschenkschachtel einstimmten.

Vicky schaute verdutzt von einem zum anderen. »Ich weiß echt nicht, was daran komisch sein soll«.

Immer noch lachend, streckte ich ihr Zeige- und Mittelfinger entgegen, aber Patricks Schwester stand offensichtlich auf dem Schlauch. Sie schnaubte.

»Schiebt euch euer Peace-Zeichen sonst wo hin. Wenn ich euch als Patentante nicht gut genug bin, soll es Laura doch gleich allein machen!«, sagte sie beleidigt und drehte sich von uns weg.

»Vicky, es sind zwei Babys. Wir bekommen Zwillinge.«

KAPITEL 3

Neun Jahre später

Das Summen des Garagentors kündigte Patricks Ankunft an. Überrascht sah ich auf die Designeruhr in der Küche. Soweit ich auf dem unpraktischen Zeitmesser erkennen konnte, war es erst kurz nach vier. Vor sechs hatte ich Patrick nicht von seiner fünftägigen Geschäftsreise zurückerwartet. Schnell unterbrach ich die Vorbereitungen für das gemeinsame Abendessen mit Laura und ihrem neuen Freund Ben, um meinen Mann gebührend zu begrüßen, wie er es erwartete. Sein Koffer ratterte über die Fliesen der Eingangshalle unseres Hauses, als ich ihm die Tür zum Wohnbereich öffnete.

Ein riesiger Strauß roter Rosen schwebte vor meinem Gesicht.

»Wow, meine Lieblingsblumen. Danke. Die sind wunderschön.« Ich versenkte die Nase in den samtigen Blüten und sog den betörenden Duft ein. Scheinbar hatte Patrick heute einen guten Tag. »Womit habe ich die traumhaften Blumen verdient?«

»Weil ich dich liebe und weil nur das Schönste und Beste für meine Traumfrau gut genug ist.« Er blickte mir verliebt in die Augen, eine Braue dabei neckisch nach oben gezogen. Es war der gleiche verführerische Blick, der mich damals bei unserem Kennenlernen fasziniert hatte.

»Du alter Charmeur!« Ich schlang meine Arme um seinen Hals und küsste ihn. Seine Lippen waren weich und warm.

»Ich habe dich vermisst, Nicola.«

»Obwohl du mindestens dreimal am Tag angerufen hast?«, fragte ich scherzhaft.

»Telefonieren ist nicht das Gleiche, wie dich in meinen Armen zu halten, dich zu riechen und deine zarte Haut zu streicheln. Die Nächte in London waren einsam ohne dich.« Seine Zunge schob sich leidenschaftlich zwischen meine Lippen. Fordernd und sehnsüchtig küsste er mich, während seine Hand unter mein Shirt fuhr und meine Brust massierte. Mein Unterleib zog sich lustvoll unter seinen Berührungen zusammen. Der Duft der Rosen, die ich im Arm hielt, benebelte mir zusätzlich die Sinne.

»Papa!« Von unten waren die Freudenrufe von Amy und Fynn zu hören und ich fragte mich, wie ich auf die Idee gekommen war, den Zwillingen mit acht Jahren einen eigenen Schlüssel zu geben.

»Ich stell dann wohl mal die Blumen ins Wasser«, murmelte ich mit einem Seufzer, löste mich mit einem letzten Kuss aus Patricks Umarmung und überließ den Zwillingen das Feld. Sie waren vernarrt in ihren Vater, der der beste Quatschmach-Papa aller Zeiten war.

Die Kinder trampelten um die Wette die Treppe herauf und warfen sich zeitgleich in Patricks Arme. Patrick strubbelte Fynn zur Begrüßung durch die dunkelblonde Mähne und gab Amy ein Küsschen auf die Wange, während er zärtlich über ihr seidiges, schulterlanges Haar strich. Ich war immer wieder fasziniert, wie unterschiedlich die Zwillinge doch waren. Das fing schon damit an, dass sie sich verschiedene Geburtsdaten und dadurch sogar unterschiedliche Sternzeichen ausgesucht hatten. Amy war kurz vor Mitternacht als

Waage auf die Welt gekommen und Fynn kurz nach Mitternacht als kleiner Skorpion. Einerseits fand Fynn es toll, dass er ein eigenes Geburtsdatum hatte, aber damit der offensichtlich Jüngere zu sein, war dann doch uncool. Wenn möglich, verkaufte unser Wildfang sich als der beschützende, ältere Bruder, und die sanftmütige Amy ließ ihn gewähren.

Nachdem ihr Vater stürmisch begrüßt worden war, fragte Amy neugierig: »Warum hast du Mama Blumen mitgebracht, sie hatte doch erst Geburtstag?«

»Weil sie die beste Mama aller Zeiten ist und ich sie von ganzem Herzen liebe«, hörte ich Patrick antworten.

Warum konnte Patrick nicht immer liebevoll und ausgeglichen sein? Während ich die Rosen anschnitt, um sie in der dunklen Versace-Vase zu arrangieren, schwelgte ich in den Erinnerungen an die schönen Momente der letzten zehn Ehejahre. Es hatte viele romantische Highlights gegeben, mit denen Patrick mich überrascht hatte. Aber da waren eben auch … *Autsch.* Ausgerechnet bei der letzten Rose stach ich mich. Ich saugte die Wunde aus und platzierte die Vase mit dem Markenzeichen nach vorne gerichtet, wie es Patrick wichtig war, auf dem Esstisch, den ich bereits für den Besuch heute Abend gedeckt hatte. Auf dem Rückweg in die Küche hielt Patrick mich an der Hand fest. Verwundert sah ich ihn an.

»Welcher Finger?«, fragte er mitfühlend.

Ich streckte den linken Zeigefinger nach oben. Er nahm ihn, pustete darauf und küsste in einer zärtlichen Geste den vermeintlichen Schmerz weg. Patrick konnte so aufmerksam und süß sein. Die Gewissheit, dass dieses schöne Gefühl von einer auf die andere Sekunde kippen konnte, piekste mehr als die Dorne, aber ich wischte den Anflug von Traurigkeit beiseite und genoss den Moment.

»Papaaaa, hast du uns auch was mitgebracht?« Fynn zupfte ungeduldig an Patricks Ärmel.

»Na klar habe ich auch an meine weltbesten Kinder gedacht.«

»Was ist es denn?«, drängelte jetzt auch Amy.

»Das wüsstet ihr gern, ihr Räuber, aber das wird erst verraten, wenn ihr meinen Kitzelangriff überlebt.«

Mit diesen Worten verwandelte sich Patrick in das Kitzelmonster und jagte den Kindern hinterher, die vor Freude und Aufregung laut juchzten. So hatte ich mir Familie vorgestellt. Es machte mich unendlich glücklich, dass Amy und Fynn eine unbeschwerte Kindheit hatten. Ich fand es zwar etwas schade, dass Patrick den Zwillingen das Reiten bei meinen Eltern verboten hatte, nachdem Amy vom Pferd gestürzt war und sich den Arm gebrochen hatte, aber man konnte nicht alles haben. Fynn fand Fußball sowieso viel cooler und Amy hatte sich mit Ballett und Tanzen inzwischen auch angefreundet. Irgendwie war es sogar süß, dass Patrick besorgt um das Wohl unserer kleinen Racker war.

Wenn ich an meine eigene Kindheit dachte, hörte ich meine Mutter sagen: »Wenn du nicht brav bist, stecke ich dich ins Heim!« Die Drohung, auch wenn sie aus heutiger Sicht sicher nicht ernst gemeint war, hatte sich in mein Unterbewusstsein gefressen. Genauso wie ihre Antwort »Spinn hier nicht so rum!«, auf jede Gefühlsregung, die ich gezeigt hatte, egal, ob sie fröhlich oder traurig gewesen war. Ich denke, dass sie oft unglücklich und am Ende ihrer Kräfte gewesen war. Vielleicht wäre es ihr besser gegangen, wenn sie sich früher von meinem Vater getrennt hätte. Dieser war sehr konsequent und autoritär, dafür aber gerecht gewesen. Wenn er mich bestraft hatte, hatte ich gewusst, warum, und seltsamerweise hatten seine wohlüberlegten Konsequenzen wie Fernsehverbot, Strafarbeiten und dergleichen deutlich mehr wehgetan als eine schnelle Ohrfeige meiner Mutter. Bei meinem Vater hatten Kinder zu funktionieren und die Klappe zu halten, wenn Erwachsene sich unterhielten, und Gehorsam war stets oberstes Gebot. Die Kombination meiner Eltern bewirkte, dass ich mein Leben darauf ausgerichtet hatte, artig zu sein und bloß nicht negativ aufzufallen. Gefühle zeigen, war quasi verboten, weswegen ich bereits im Vorschulalter lernte, die Dinge mit mir selbst auszumachen. Schließlich zählte das Wort eines Kindes nichts gegen das eines Erwachsenen.

Ich schüttelte die alten Erinnerungen ab, lauschte noch einen Moment dem Juchzen meiner Kinder und verzog mich mit Wärme im Herzen in die Küche, um Patricks Lieblingsdessert vorzubereiten.

Die Zwillinge spielten bettfertig in ihrem Zimmer und ich wollte eben schnell unter die Dusche hüpfen, als Patrick mich rief: »Nicola, komm sofort in die Küche!«

Sein Befehlston verhieß nichts Gutes. Es lag diese gereizte Nuance in seiner Stimme, bei der sich mir instinktiv die Nackenhaare aufstellten.

»Bitte nicht jetzt«, sandte ich ein Stoßgebet gen Himmel, während ich mich verunsichert fragte, was ich diesmal in seinen Augen wieder verbockt hatte. Schnell eilte ich zu ihm und scannte den Raum. Die Fronten aus weißem Holz und Milchglas strahlten, die Arbeitsfläche aus schwarzem Marmor glänzte, sodass man sich darin spiegelte, der Braten im Ofen duftete köstlich und es sah so ordentlich aus, wie es möglich war, wenn man in einer Stunde Gäste zum Essen erwartete.

»Was ist, Schatz?«, fragte ich möglichst normal, auch wenn ich insgeheim das Genick eingezogen hatte.

»Kannst du mir mal sagen, was das hier ist?« Er deutete energisch auf den Abfall unter der Spüle.

Kurz war ich versucht, ihm zu antworten, dass dies unser Mülleimer sei, aber ich wusste, dass man Patrick besser nicht provozieren sollte, wenn bei ihm die Sicherungen kurz vorm Durchbrennen waren. So schluckte ich meine Worte hinunter.

»Was meinst du denn?«, fragte ich stattdessen vorsichtig.

»Der Müll ist voll.«

Das soll vorkommen, dachte ich, sagte aber: »Ich bring ihn gleich raus.«

Damit war Patrick offensichtlich nicht zufrieden. »Du willst mich wohl verarschen. Aber nicht mit mir, Nicola! Du brauchst nicht scheinheilig zu tun. Ich weiß genau, was du vorhattest. Du dachtest dir, du wartest mit dem Müll, bis dein dummer Ehemann von einer Woche Geschäftsreise zurückkommt, und dann lässt du ihn deinen Dreck wegmachen. Madame gibt die Woche über mein hart verdientes Geld aus und als würde ich nicht genug für diese Familie schuften, euch ein tolles Haus, schicke Autos und fantastische Urlaube bieten, soll ich dann auch noch nach einer anstrengenden Arbeitswoche den Mullmann für dich spielen.«

Patricks Schimpftirade setzte sich fort, aber ich hörte nicht mehr zu. Ich hätte ihm sagen können, dass das alles nicht stimmte, dass der Müll eben erst voll geworden ist, dass ich mit keinem Gedanken von ihm erwartet habe, ihn rauszubringen, dass ich selbst Geld verdiente, aber das hätte nichts genutzt. Egal, wie logisch und offensichtlich meine Argumente waren, wenn er in seinem Tunnel war, wollte er sie nicht hören und hätte er sie nicht gelten lassen. Ich hatte ihm in den letzten Jahren unzählige Male in derartigen Diskussionen die Stirn geboten, aber gebracht hatte es nie etwas. Es war so erfolglos, wie gegen einen Orkan anzubrüllen. Der

Sturm verschluckte jedes leise wie laute Geräusch, das sich ihm entgegenstellte, und wurde Schluck für Schluck mächtiger. Die sicherste Möglichkeit war, sich wie ein Igel zusammenzurollen und abzuwarten. Abzuwarten, bis sich der Sturm von allein legte, bis das Licht wieder durch die dunklen Wolken brach und es die Tränen trocknete. Dann galt es lediglich, das Chaos zu beseitigen, das die Naturgewalt zurückgelassen hatte, und die Welt schien wieder in Ordnung.

»Nicola!«, herrschte Patrick mich an und riss mich damit aus meinen Gedanken. »Hörst du mir überhaupt zu? Ich rede mit dir! Wenigstens hier erwarte ich, dass man mir mit Respekt begegnet. Es reicht, dass ich im Job nur von Idioten umgeben bin, die meine Arbeit nicht zu schätzen wissen. Ich tue schließlich immer alles für dich. Ich stimme sogar dir zuliebe dem Treffen mit Stummelfinger-Laura zu. Wieso treffen wir uns eigentlich mit ihr und ihrem neuen Macker? Der hält es doch eh nicht lang mit ihr aus. Ich dachte, diese Blumen-Eva wäre inzwischen deine beste Freundin.«

Leider sah ich Laura tatsächlich nur noch selten. Mit zwei Kindern, einem Mann, der ständig auf Geschäftsreise war, und meinem Brautmodengeschäft, das ich vor fünf Jahren eröffnet hatte, war ich gut ausgelastet, sodass oft Monate vergingen, bis wir mal wieder einen Abend zu zweit hinbekamen. Eva hingegen, die das Blumenlädchen *Feengleich* betrieb, sah ich beruflich regelmäßig, wenn sie mir die neuen Gestecke für mein Brautatelier vorbeibrachte. Außerdem wohnte sie nur ein paar Straßen weiter und kam abends oft spontan auf einen Plausch und eine Flasche Sekt vorbeigehuscht, wenn Patrick unterwegs war.

»Was ist das überhaupt für ein Idiot, den Stummelfinger-Laura sich da geangelt hat, und was macht er beruflich? Ach, sag nichts! Ich werde es noch früh genug erfahren. Auf jeden

Fall kann ich ja wohl erwarten, dass auch hin und wieder auf meine Bedürfnisse Rücksicht genommen wird.«

Wie ich diese Monologe von ihm hasste. Innerlich kochte ich. Er wusste genau, dass ich es verletzend fand, wenn er meine Freundin beleidigte, aber würde ich das jetzt ansprechen, wäre der Abend gelaufen. Wenn das Essen nicht ein einziges Desaster werden sollte, musste ich taktisch klug vorgehen und den Sturm besänftigen, was hieß, mich kleinzumachen und meinen Ärger hinunterzuschlucken, egal, wie sehr mir das gegen den Strich ging.

»Mein Liebling, natürlich sind mir deine Bedürfnisse wichtig.« Beschwichtigend streichelte ich Patrick über den Arm und fuhr fort: »Ich habe extra deinen Lieblingsnachtisch zubereitet, als kleine Entschädigung dafür, dass wir den Abend mit Laura und Ben verbringen. Ich weiß, dass du kein Fan von fremden Menschen bist. Aber wir machen fast nur etwas mit Pärchen aus deinem Freundeskreis. Ich möchte auch mal vor meinen Freunden mit meinem Ehemann angeben können.« Anerkennend strahlte ich ihn an, um meinen Worten Nachdruck zu verleihen, während ich insgeheim die Augen verdrehte und mir bei dem Schmierentheater, das ich veranstaltete, fast schlecht wurde. »Patrick, du besitzt das Talent, aus jedem Abend etwas Bezauberndes zu machen. Mit meinen Kochkünsten und deinem Humor und Redetalent sind wir unschlagbare Gastgeber und deine wunderschönen Rosen auf dem Tisch machen das Ambiente perfekt.«

Patricks Gesichtszüge entspannten sich langsam. Die Vorstellung, als Rosenkavalier und eloquenter Unterhalter wahrgenommen zu werden, schien ihm zu gefallen und hatte ihn den vollen Mülleimer vergessen lassen. Ich setzte noch ein paar schmeichelnde Sätze obendrauf und Mr. Hyde verwandelte sich wieder in Dr. Jekyll.

Puh, das wäre fürs Erste geschafft. Heimlich atmete ich auf, wohlwissend, dass ein falsches Wort ausreichen konnte, um die Stimmung erneut kippen zu lassen.

Die Wassertropfen prasselten heiß auf meinen Körper. Das Badezimmer war mit nach Kokos duftendem Dampf erfüllt. Am liebsten wäre ich ewig unter der heißen Dusche stehen geblieben. Es war mir ein Bedürfnis, auch das restliche beklemmende Gefühl, das der Streit mit Patrick und mein Theaterspiel, vor dem ich mich selbst ekelte, ausgelöst hatten, abzuwaschen. Schweren Herzens drehte ich das Wasser ab, hüllte mich in mein flauschiges Handtuch und machte mich auf den Weg ins Schlafzimmer, um mich anzukleiden.

Ich hörte, wie Patrick den Zwillingen im Kinderzimmer eine selbst erfundene Gutenachtgeschichte erzählte. Eigentlich waren die beiden mit ihren acht Jahren langsam zu alt dafür, aber auf die aufregenden Erzählungen, die sie selbst mitgestalten durften, waren sie immer noch wie versessen. Oft durften sie ihrem Papa fünf Begriffe vorgeben, aus denen er dann eine Geschichte bauen musste. Wie süß musste man sein, um überhaupt auf Ideen wie diese zu kommen? Welcher Vater nahm sich freiwillig so viel Zeit für die Kinder? Ich wurde aus den zwei Seiten meines Mannes einfach nicht schlau.

Auf dem Ehebett lag mein kurzes schwarzes Kleid mit dem tiefen Ausschnitt. Echt jetzt? Ich hatte an Jeans und Bluse gedacht, aber keine Lust auf erneute Diskussionen und schlüpfte in das Outfit, das sich Patrick offensichtlich an mir wünschte. Ich hielt es zwar für völlig overdressed für ein Abendessen an einem Freitag zu Hause, aber egal. Hauptsache, Patrick zog vor Laura und Ben keine peinliche Show ab. Ich bereute es fast, die beiden überhaupt eingeladen zu haben.

Wider Erwarten war der Abend mit Laura und Ben richtig schön. Laura hatte gleich Patricks Blumen bewundert und die Männer hatten schnell Gesprächsstoff gefunden, nachdem sie festgestellt hatten, dass sie beide die Leidenschaft für schnelle Autos und dieselbe Fußballmannschaft teilten. Als KFZ-Meister konnte Ben Patrick mit einigem Fachwissen über Autos beeindrucken, ohne dass er eine Konkurrenz für Patrick darstellte, der selbst eine leitende Position in einem großen IT-Unternehmen innehatte. Das alles trug dazu bei, dass Patrick entspannt blieb und auch ich mit der Zeit meine Habachtstellung etwas ablegte und anfing, den Abend mit Laura zu genießen.

Laura fragte mich gerade nach den Trends der neuen Brautkollektion, als Patrick sich in unser Frauengespräch einklinkte: »Nicola, hast du Laura schon erzählt, dass neulich diese bekannte Schauspielerin aus der neuen ARD-Serie, wie hieß sie noch gleich, ihr Kleid bei dir gekauft hat? Und weißt du noch, letzten Monat hat sogar die Tochter eines ehemaligen Eintracht-Frankfurt-Profis ihr Kleid bei dir gefunden? Die kam extra aus Frankfurt angefahren, obwohl es dort Hunderte Brautmodengeschäfte gibt.«

Wenn meine Wangen vom Wein nicht bereits geglüht hätten, hätten sie es spätestens jetzt getan. Ja, ich hatte mir inzwischen in Würzburg und Umgebung mit meinen individuellen Beratungen einen Namen in der Brautmodenszene geschaffen, aber ich war nicht der Typ, der das heraushängen ließ, und schon gleich gar nicht vor Freunden damit angab.

Patrick redete weiter, ohne einen anderen zu Wort kommen zu lassen: »Nicola hat natürlich nicht daran gedacht, nach einem Autogramm zu fragen, obwohl sie genau weiß, welch großer Eintracht-Fan ich bin. Aber davon abgesehen, bin ich echt stolz auf sie. Nicht mehr lange und sie wird sich einen größeren Laden und einige Angestellte suchen müssen, weil die ganze High Society ihr die Bude einrennt, nicht wahr, mein Engel?«

Ein Hustenanfall verschaffte mir die Zeit, nach einer Antwort zu suchen, die die Verhältnisse ins rechte Licht rückte, ohne Patrick zu brüskieren.

»Ich fühle mich in meinem kleinen Atelier sehr wohl und bleibe lieber der Geheimtipp.«

»Nicola, du musst den Stallgestank deines Elternhauses endlich hinter dir lassen und dir mehr zutrauen, sonst wird das nie etwas. Das kleinbürgerliche Denken steht dir nicht. An meiner Seite bist du eine Frau von Welt. Ich glaube fest an dich. Mit ein bisschen mehr Biss und Geschäftssinn kannst du richtig was erreichen und ganz groß rauskommen.«

Ich schluckte. Es war, als hätte Patrick mir vor meinen Freunden eine verbale Ohrfeige verpasst. Ich fühlte mich gedemütigt. Verdammt, ich hätte mein Schutzschild nicht sinken lassen dürfen, tadelte ich mich selbst. Die Gedanken überschlugen sich in mir. Ich suchte nach der passenden Antwort, fand aber keine, die meine Empörung verborgen hätte. Also schwieg ich. Mal wieder.

Laura eilte mir zur Hilfe, indem sie das Gespräch in eine andere Richtung lenkte. »Patrick, du bist doch kürzlich erst befördert worden. Wie gefällt es dir denn auf deiner neuen Position?«

»Ach, was soll ich sagen? Die Stelle als Vertriebsleiter bringt richtig viel Verantwortung mit sich. Ich habe jetzt fast dreißig Mitarbeiter unter mir und bin viel im Ausland, vor allem in den Niederlassungen in London und Barcelona.«

Patrick referierte die nächsten Minuten wild gestikulierend über seine Arbeit. Die Gelegenheit nutzte ich und richtete in der Küche die Schokotarte mit den karamellisierten Walnüssen an. Ich fühlte mich durch Patricks Aussagen beschämt, ohne erklären zu können, warum genau. Vermutlich war ich mal wieder zu empfindlich, wie mein Gatte oft behauptete. Eins stand auf jeden Fall fest, künftig würde ich mich wieder allein mit Laura treffen. Der Abend war der reinste Eiertanz.

Patrick erzählte immer noch enthusiastisch über seine Arbeit, als ich die vier Dessertteller zum Tisch balancierte. Seine Zunge schien etwas schwer vom fruchtigen Chianti zu sein. Zumindest war der Level an Alkohol erreicht, der ihn in einer Lautstärke reden ließ, die ich als unangenehm empfand.

»Ah Schatz, da bist du ja wieder.« Er schaute lustvoll zwischen mir und dem Dessert hin und her. »Da kann ich mich ja gar nicht entscheiden, welchen Leckerbissen ich zuerst vernaschen soll«, feixte er munter. »Wobei du unter das Kleid besser einen Push-up-BH hättest anziehen sollen.«

Laura fiel die Gabel, die sie in Vorfreude auf das Dessert ergriffen hatte, klirrend aus der Hand. Konnte es noch peinlicher werden? Sie sah erst zu Ben, der aussah, als hätte er gerade einen lila Elefanten mit blassrosa Punkten gesehen, dann zu mir. Ihren Gesichtsausdruck mit den weit aufgerissenen Augen und geblähten Nasenlöchern kannte ich. Er hieß: Es reicht! Wenn du nichts sagst, sag ich jetzt was!

Wie gern hätte ich Patrick kontra gegeben, aber ihm vor anderen eine Szene zu machen, wäre nicht nur der Todesstoß für den Abend, sondern auch für Laura gewesen. Bisher hatte meine Freundin sich Patrick gegenüber all die Jahre möglichst zuvorkommend verhalten. Wenn er mitbekommen würde, wie sie wirklich über ihn dachte, würde er alles daransetzen, unsere Freundschaft zu zerstören. Es wäre nicht die erste. Menschen, die ihn kritisch sahen oder gar offen kritisierten, verschwanden schnell aus seinem Dunstkreis und damit zwangsläufig auch aus meinem. Wenn überhaupt, konnte ich mich nur heimlich mit Freundinnen treffen, die er auf dem Kieker hatte. Bekam Patrick das im Nachhinein heraus, war der Streit vorprogrammiert.

Ich sah Laura flehend an und schüttelte fast unmerklich den Kopf. Patrick war der Einzige, der über seinen vermeintlichen Witz lachte.

»Lasst euch den Nachtisch schmecken, bevor er kalt ist.« Ich versuchte, die Situation zu überspielen. Lauras Kiefer mahlte. Schließlich nahm sie einen tiefen Atemzug und stach schwungvoll mit der Kuchengabel in ihre Tarte. Der Atem, den ich angehalten hatte, strömte langsam aus mir heraus.

Eine halbe Stunde später brachten wir Laura und Ben zur Tür. Laura umarmte mich und machte dabei den Eindruck, als wollte sie mich gar nicht mehr loslassen. Ihr Blick suchte den meinen, aber ich wich ihm aus. Ich wusste, es lagen zu viele Fragen und Aufforderungen darin, die ich jetzt nicht ertragen konnte. Ich wollte nicht mehr denken, sondern den Abend nur noch vergessen und mir im Bett die Decke über den Kopf ziehen. Es war nicht wirklich etwas Schlimmes passiert, dennoch fühlte ich mich schrecklich. Ben, der einen sympathischen Eindruck gemacht hatte, drückte mich und gab mir zum Abschied einen Kuss auf die Wange, dann verschwand das verliebte Paar händchenhaltend im Dunkel der Nacht.

Patrick schloss die Tür und zog mich in seine Arme. Sein Gesicht grub sich in mein Dekolleté und ich spürte seinen heißen Rotweinatem zwischen meinen Brüsten, die er eben noch als zu klein bezeichnet hatte. Seine Annäherung war so plump, dass ich sie widerlich fand. Ganz zu schweigen davon, dass mir die Lust nach all den gemeinen Spitzen gehörig vergangen war. Ich schob Patrick von mir und räumte den Tisch ab. Er kam mir nach, presste sich von hinten an mich und ließ mich seine Erektion spüren.

»Sag mal, geht's noch?«, blaffte ich ihn an.

»Wieso? Jetzt sind wir doch endlich allein. Die Aussicht auf wilden Sex mit dir hat mich den Abend mit Stummel-finger-Laura und ihrem Stecher überstehen lassen.«

»Nenn sie nicht so!«, platzte es aus mir heraus. »Hör auf, dich über meine Freunde lustig zu machen!«

»Stell dich nicht so an, Nicola. Es ist doch nur Spaß.«

»Für mich ist es das nicht, das weißt du genau. Ich habe dir oft genug gesagt, dass ich das nicht will. Genauso wenig, wie dass du dich vor anderen über meine Oberweite lustig machst! Das war für alle peinlich hoch zehn.«

»Ich habe mich nicht lustig gemacht. Ich habe nur sach-lich bemerkt, dass zu dem Kleid ein Push-up besser passen würde. Im Gegensatz zu dir Stallmädchen besitze ich halt Modegeschmack. Oder habe ich einen Ton über deine Brust verloren?«, fragte er provozierend.

»Nicht direkt, aber wenn du von einem Push-up sprichst, ist es doch klar, dass du sie zu klein findest, und dass du tust, als hättest du mich aus dem Stall gerettet, geht gar nicht.« Auch wenn ich mich bemühte, nicht laut zu werden, um die Kinder nicht zu wecken, tobte in mir alles.

»Nur weil du seit dem Stillen der Zwillinge Komplexe we-gen deiner Titten hast, kann ich nichts dazu, und es ist nun mal Fakt, dass du ohne mich noch auf dem Pferdehof deiner Eltern wohnen und stinkenden Mist schaufeln würdest.«

Am liebsten hätte ich ihm eine Ladung Pferdeäpfel in sei-nen Mund gestopft. Es stimmte einfach nicht, was er sagte. Und besonders, *wie* er es sagte. Er verdrehte mir ständig je-des Wort im Mund. Patrick hatte die Gabe, sich aus einem

Sachverhalt einen wahren Funken herauszupicken und diesen dann in einen anderen Kontext zu stellen oder in einer Weise zu betonen, dass es abwertend klang. Mir blieb oft nicht mehr als ein *Ja, aber.* Doch das Aber ließ er nicht gelten.

»Warum bist du so gemein zu mir, Patrick?« Nur mühsam hielt ich die Tränen zurück.

»Die Frage ist wohl eher, *wer* hier gemein und undankbar ist? Ich tue alles für dich und die Kinder und biete euch das tollste Leben. Ich bring dir wunderschöne Rosen mit, bespaße die Kinder, treffe mich nach einer anstrengenden Geschäftsreisewoche mit deinen Freunden und vieles mehr. Was bitte ist daran gemein?«

Ich versuchte, etwas zu entgegnen, aber Patrick ließ mich nicht zu Wort kommen. »Wenn hier einer gemein ist, dann ja wohl *du.* Erst machst du mich mit dem kurzen Schwarzen heiß und jetzt suchst du fadenscheinige Gründe, um mich abzuweisen, weil Madame mal wieder keine Lust hat. Vielleicht würdest du jetzt lieber mit Ben vögeln. Der hat dich gerade schon voll angemacht und konnte seine Augen nicht aus deinem Dekolleté lassen.«

»Das stimmt nicht!«, japste ich empört, sodass sich meine Stimme fast überschlug. Wie ich diese haltlosen Anschuldigungen hasste.

Aber Patrick setzte noch einen drauf. »Du solltest dringend mal zum Psychiater gehen. Mit dir stimmt nämlich was nicht. Kein Wunder bei der Kindheit.« Damit war für ihn die Unterhaltung beendet und er zog sauer vor den Fernseher.

Der Kloß in meinem Hals versperrte jedem weiteren Wort den Weg nach draußen. Meine Augen füllten sich endgültig mit Tränen. Ein Gefühl der Ohnmacht breitete sich in mir aus und legte sich wie ein eisernes Band um meinen Brustkorb. Es waren nur Worte, aber sie fühlten sich an, als hätte

er Dolche in mein Herz gebohrt. Wäre da nicht der brennen-
de Schmerz, den das Salz meiner Tränen in den unsichtbaren
Wunden auslöste, würde ich das alles für einen schlechten
Traum halten.

KAPITEL 4

Verdammt, ich war spät dran. Ich hatte ewig gebraucht, die Spuren der schlaflosen Nacht zu überschminken. Noch eine halbe Stunde und die erste Braut würde vor der Tür meines Ladens stehen, um sich den Traum vom perfekten Kleid zu erfüllen. Schnell trug ich meinen Lieblingsduft auf und legte die silberne Lebensbaumkette an, die ich mir erst kürzlich vom Geburtstagsgeld meiner Eltern gekauft hatte. Für mich war der Lebensbaum ein Zeichen von Stärke und Wachstum. Es gab mir Kraft, ihn bei mir zu wissen. Ganz im Gegensatz zu den teuren Ketten von Patrick, die so schwer um meinen Hals lagen, dass sie mich fast erstickten. Noch dazu musste ich stets Angst haben, sie zu verlieren. Patricks kostspielige Geschenke trug ich nur, wenn wir gemeinsam weggingen, um ihm einen Gefallen zu tun.

Leise schloss ich die Haustür hinter mir, froh, dass der Rest der Familie schlief und ich vor allem Patrick nach dem gestrigen Streit nicht über den Weg laufen musste. Ich hatte den Dreien mit einem Post-it am Kühlschrank einen wunderschönen Tag im Wildpark gewünscht. Das musste genügen und sollte meinen Mann hoffentlich versöhnlicher stimmen. Zusätzlich ließ ich Patrick für den Ausflug mit den Kindern das Cabrio da und fuhr die fünf Minuten mit seinem neuen

BMW zum Brautatelier. Mit jedem Meter, den ich meinem Geschäft näher kam, ließ ich die Traurigkeit mehr und mehr hinter mir und verband mich innerlich mit dem Zauber, den die Brautmode auf mich ausübte.

Mit dem Brautmodengeschäft hatte ich mir einen Traum erfüllt. Seit ich denken konnte, hatte ich mich an Fasching als Prinzessin verkleidet. Ich liebte es, mich stundenlang mit meinem Kleid im Kreis zu drehen, und wurde nicht müde, dem weiten Rock beim Fliegen zuzusehen. Das Rascheln des Tülls war dabei wie Musik in meinen Ohren. Inzwischen war ich sechsunddreißig und nun waren die Brautkleider meine Welt. Für mich war jede Braut, egal, ob groß, klein, dick, dünn, eine Prinzessin. Ich hatte es mir zur Aufgabe gemacht, für jede das perfekte Kleid auszusuchen. Die Magie der romantischen Kleider verband sich mit meinem Traum von der heilen Familie. Ich durfte mit meiner Arbeit den Start in eine hoffentlich glückliche Ehe und Familie begleiten. Auch wenn ich wusste, dass mittlerweile jede dritte Ehe in Deutschland geschieden wurde, war ich der festen Überzeugung, dass meine Bräute zu den zwei Dritteln gehörten, die auf Dauer glücklich blieben.

In dem Moment, in dem sich der Schlüssel mit einem Knacken im Schloss drehte und die hölzerne Flügeltür meines Brautateliers aufschwang, betrat ich meine eigene Welt. Mit dem ersten Atemzug sog ich die Atmosphäre des in Weiß, Beige und Gold gehaltenen Ausstellungsraumes in mir auf. Das Gesteck mit den Callas direkt neben der Schaufensterpuppe am Eingang, die mein eigenes Brautkleid trug, verströmte einen edlen Duft. Ich fühlte, wie ich von einer Sekunde auf die andere von der Mutter und Ehefrau zur gestandenen, selbstbewussten Geschäftsfrau mit Feingefühl für die Kundinnen wurde.

Ich war glücklich, dass ich diesen Schritt nach den drei Jahren Elternzeit gewagt hatte. Patrick, der damals bereits gut verdient hatte, hatte mich ermutigt, die Abfindung meines Arbeitgebers anzunehmen und mir mit diesem Startkapital den Traum vom eigenen Brautmodengeschäft zu erfüllen. Ohne ihn wäre ich niemals das Wagnis einer Selbstständigkeit eingegangen, zumal ich zu dem Zeitpunkt noch völlig fachfremd gewesen war und nicht mehr als einen Traum im Gepäck hatte. Jetzt, knapp sechs Jahre später, war ich der Geheimtipp für individuelle Brautberatungen und besondere Kleider in jeder Preisklasse.

Dank Patrick lebte ich beruflich meinen Traum, was ich ihm nie vergessen würde. Er hatte an mich geglaubt, als ich es selbst noch nicht vermocht hatte. Schade nur, dass die gemeinsamen Hochs immer wieder von umso tieferen Tiefs abgelöst wurden. Normal gab es mit Patrick nicht. Seine Launen waren unberechenbar. Mein Leben glich einem Minenfeld, bei dem ich nie wusste, wann die nächste Bombe hochging.

Ich war mir sicher, dass Patrick diese Ausraster nicht grundlos hatte. Oft hatte ich versucht, mit ihm darüber zu reden. Ich wollte verstehen, was in den Situationen, in denen seine Mr. Hyde-Seite zum Vorschein kam und die oft jeglicher realen Grundlage entbehrten, in ihm vorging, aber jedes Mal hieß es nur: »Lass mich mit deinem Psychoscheiß in Ruhe!« Etwas in mir sagte mir, dass seine Kindheit nicht nur wundervoll gewesen sein konnte, wie er behauptete. Das Verhältnis zwischen seinen Eltern wirkte auf mich nicht gesund. Auch wenn ich nie mitbekommen hatte, dass Maria sich jemals beklagt hätte, lag ein grauer Schleier über ihr. Sie war nur zu Hause, hatte keine Hobbys, keine Freundinnen, nichts, das sie für sich tat. Sie ging nicht einmal gern shoppen oder zur Kosmetikerin, was für Frauen ihres Standes auf der Tagesordnung stand. Die einzige Quelle der Freude schienen die Besuche ihrer Enkelkinder zu sein, wobei sie selbst diese häufig aus fadenscheinigen Gründen absagte. Es gab etliche Ungereimtheiten und viele offenen Fragen, auf die Patrick mir eine Antwort schuldig blieb. Vielleicht würde ich seine Selbstzweifel, die ich wahrnahm, eines Tages wegstreicheln und ihm die Sicherheit geben können, die er brauchte, um sich mir zu öffnen. Ich wusste schließlich, wie schwer es war, über schlimme Erlebnisse zu sprechen. Gott sei Dank war ich niemand, der schnell aufgab. Mit Liebe und Geduld würde ich es bestimmt schaffen, Patrick zu helfen. Nachdenklich strich ich über den glänzenden Stoff meines Brautkleides auf der Schaufensterpuppe und schüttelte die lange Schleppe neu auf. Anmutig glitt sie zu Boden, als die Türglocke läutete.

Die fünfte Braut an diesem Tag verließ mit verschmiertem Mascara und verklärtem Blick mein Geschäft. Das Strahlen, das sich zusammen mit Tränen der Rührung im Gesicht der künftigen Bräute ausbreitete, wenn sie sich in ihrem Kleid im Spiegel sahen, übertrug sich jedes Mal aufs Neue auf mich. Vier der fünf Frauen konnte ich heute mit einem meiner Kleider glücklich machen. Viermal Emotionen pur. Ich schwelgte in den Erinnerungen an meine eigene perfekte Hochzeitsfeier, während ich wieder alles an seinen Platz räumte.

Plötzlich hämmerte es an die Schaufensterscheibe. Das Erste, was ich sah, war eine Nase, die sich an der Scheibe plattdrückte, gefolgt von dunkel geschminkten Augen und einer orangen peppigen Kurzhaarfrisur. Eva balancierte zwei Blumengestecke in den Armen und bedeutete mir, ihr zu öffnen.

»Na endlich, mir fallen gleich die Arme ab. Die Schalen sind schweineschwer.« Stöhnend stellte Eva die Blumenarrangements auf dem Tresen ab und umarmte mich zur Begrüßung. Alien von Thierry Mugler breitete sich im Atelier aus. Es gab vermutlich keinen Duft, der Eva besser beschrieb als ihr Lieblingsparfüm. Extravagant, auffallend, tiefgründig und etwas verrückt.

Ich hatte Eva vor zwei Jahren – damals hatte sie grüne Strähnen und trug eine quietschbunte Desigual-Bluse – auf einer Brautmesse kennengelernt, wo sie Werbung für ihr Blumengeschäft gemacht hatte. So unterschiedlich wir auch waren, hatten wir uns auf Anhieb blendend verstanden und direkt vernetzt. Schnell war aus der geschäftlichen Kooperation Freundschaft geworden. Eva war geradeheraus und direkt. Sie verstand es, mich mit ihrer offenen, herzlichen Art zu überrumpeln, und ich, die es von klein auf gewohnt gewesen war, zu schweigen, blubberte plötzlich wie ein Topf Wasser, der überkochte. Alles, was ein Leben lang unter dem Deckel gehalten worden war, quoll in Gesprächen mit ihr wie von selbst aus mir heraus; wie einsam und überflüssig ich mich als Kind gefühlt hatte, wie meine Mutter mir mit dem Heim gedroht hatte, wenn ich nicht artig war, sogar, was an Ostern vor über zwanzig Jahren geschehen war, teilte ich mit ihr. Ein intensiver Abend mit Eva war vermutlich besser als jede Therapie. Wir erzählten uns gegenseitig unzensiert alles. Es war, als hätte ich meine Seelenverwandte gefunden. Eine von uns fing einen Satz an, die andere beendete ihn. Oft brauchten wir keine Worte, manchmal mussten wir uns nicht einmal sehen, um zu fühlen, wie es der Freundin ging. Es war fast magisch. So etwas hatte ich mit keinem Menschen zuvor in der Intensität erlebt. Nicht einmal mit Patrick, der, wie könnte es anders sein, eifersüchtig auf meine neue

Freundin war. Er spürte, dass Eva und mich etwas Besonderes verband, in das er nicht eindringen konnte. Ihm waren sein Unmut und seine Unsicherheit anzumerken, aber für mich stand fest, dass ich mir diese Freundschaft von ihm nicht kaputtreden lassen würde. Zu viele hatte ich seinetwegen verloren, um Streit zu vermeiden. Genau genommen war mir nur meine treue Laura geblieben, mein Fels in der Brandung, und jetzt Eva.

»Hi, du verrückte Nudel. Habe ich nicht erst für nächste Woche neue Arrangements bestellt?«, begrüßte ich meine Freundin.

»Hi, Nicky. Richtig, aber die sind frei Haus. Die waren für eine Hochzeit, die abgesagt wurde. Die Braut hat ihren Bräutigam in flagranti erwischt. Da dachte ich, ich bring sie dir. Du kannst auch gern eins mit heimnehmen.«

»Danke, die sind wunderschön. Ich lass die beiden Gebinde aber lieber im Atelier stehen.«

Eva runzelte die Stirn. »Was ist los?«

»Ach nichts, Patrick und ich haben uns gestern nur etwas gezofft. Außerdem hat er mir auch Blumen mitgebracht, und du weißt ja, wie empfindlich er sein kann. Ich will nicht, dass er sich durch deinen traumhaften Strauß zurückgesetzt fühlt und der nächste Streit vom Zaun bricht.«

»Übertreibst du nicht etwas? Für dich sollte man den Begriff Rasenmäher-Ehefrau erfinden. Wo sonst Mütter ihren Kindern jedes Hindernis aus dem Weg sensen, machst du das bei deinem Mann.« Sie lachte, bedeutete mir aber gleichzeitig mit einer mahnenden, hochgezogenen Augenbraue, dass sie nicht spaßte.

»Ach komm, Eva, was soll ich denn machen? Mir ist Harmonie nun mal wichtig, und wenn ich einen Streit auf diese Weise verhindern kann, tut es mir doch nicht weh. Hier

kommen deine Blumen außerdem viel besser zur Geltung.«
Zärtlich strich ich über die rosafarbenen Blüten.

»Schon okay. Aber pass auf, dass du dich vor lauter Harmoniebedürfnis irgendwann nicht völlig auflöst und nur noch tust, was er will.«

»Keine Angst, das tu ich nicht. Wenn es nach Patrick ginge, würden wir jetzt an einem dritten Kind arbeiten, aber das kommt für mich nicht infrage.« Energisch schüttelte ich den Kopf, als hätte ich wieder Patrick vor mir, dem ich meinen Standpunkt klarmachen musste.

»Wie bitte?« Mit weit aufgerissenen Augen starrte Eva mich an. Sie ließ sich auf das Sofa plumpsen, auf dem normalerweise die Mütter, Freundinnen und Trauzeuginnen saßen, und klopfte auf den freien Platz neben sich. Ich setzte mich mit einem Blick auf die Uhr.

»Du hast richtig gehört«, erklärte ich hastig. »Seit Kurzem will Patrick unbedingt ein drittes Kind und das, wo uns bereits beim ersten Date klar war, dass wir beide zwei Kinder wollen. Nicht eins, nicht drei, sondern zwei.«

»Wie kommt er denn jetzt darauf?«

Ich zuckte mit den Schultern. »Keine Ahnung. Er meinte, dass wir ja Zwillinge hätten und dass das nicht als zwei zählt.«

»Welches der beiden Kinder soll denn bitte nicht zählen? Sie haben ja sogar unterschiedliche Geburtstage. Der spinnt doch.«

»Das habe ich ihn auch als Erstes gefragt. Er meinte, dass wir ja nur einmal das Elternwerden erlebt hätten und dass er das eben noch mal haben möchte. Unter dem Gesichtspunkt hat er nicht ganz unrecht, aber ich will trotzdem kein Kind mehr. Auf wochenlanges Kotzen kann ich außerdem auch verzichten.« Allein die Erinnerung an die ersten Schwangerschaftswochen mit den Zwillingen ließ Übelkeit in mir aufsteigen. Schnell verjagte ich die Gedanken an diese Zeit und wand mich wieder Eva zu. »Ich liebe Amy und Fynn über alles, aber ich liebe auch meine Arbeit. Sie gibt mir unendlich viel Kraft, Bestätigung und Freude. Ich bin nicht bereit, das, was ich mir in den letzten fünf Jahren aufgebaut habe, gerade jetzt, wo es richtig gut läuft, wieder aufzugeben. Bin ich deswegen egoistisch?«

Eva schüttelte den Kopf. »Quatsch. Ich kenne kaum jemanden, der weniger selbstbezogen ist als du.«

»Du übertreibst zwar, aber dann bin ich ja beruhigt. Ich hatte nämlich schon ein schlechtes Gewissen, weil mir meine Arbeit wirklich am Herzen liegt.« Ich ließ den Blick durch mein Brautlädchen schweifen und sagte mehr zu mir als zu Eva: »Hier bin ich eine andere Frau als zu Hause und es gefällt mir, wie ich hier bin.«

»Hast du dir mal überlegt, ob Patrick genau deswegen jetzt ein drittes Kind will?« Eva sah mich eindringlich an.

»Weswegen?«, fragte ich irritiert nach.

»Na, weil du erfolgreich bist und ihm zu groß wirst.«

Betroffen blickte ich zu Boden. Eva sprach das aus, was sich in meinem Bauch grummelnd zu Wort meldete, seit Patrick den Wunsch nach einem weiteren Kind geäußert hatte. Ich schämte mich allein für den Gedanken, dass er mir mit einem weiteren Kind vielleicht die Flügel stutzen wollen könnte. Schließlich hatte er mich erst ermutigt, mir meinen beruflichen Traum zu erfüllen. Völliger Blödsinn, meldete sich mein Verstand zu Wort. Energisch schüttelte ich den Kopf.

»Quatsch! Das würde Patrick nie tun. Warum auch? Er weiß, wie glücklich mich meine Arbeit macht. Das würde er mir nicht mit Berechnung zerstören wollen. Außerdem ist das Thema ja vom Tisch.«

Evas Blick blieb skeptisch, aber sie kam nicht mehr dazu, etwas zu entgegnen. Als hätte Patrick geahnt, dass wir über ihn redeten, vibrierte mein Handy und Patricks Foto erschien auf dem Display. Ich räusperte mich und legte ein Lächeln auf, um meiner Stimme einen positiven Klang zu verleihen. Eva rollte mit den Augen. Ob es an meiner gespielten Freude lag oder daran, dass es kaum eine Begegnung zwischen uns gab, bei der Patrick nicht mindestens einmal zwischendurch anrief, wusste ich nicht. Vermutlich war es von beidem etwas. Die permanente Präsenz meines Mannes störte sie auf jeden Fall.

Ehrlich gesagt, fand ich Patricks ständige Anrufe selbst übertrieben, aber wenn ich etwas dagegen sagte, hieß es nur, dass er mich eben wie am ersten Tag liebe und es ihm Kraft gebe, meine Stimme zu hören. Das nahm meinem Verdacht, dass er mich insgeheim nur kontrollieren wollte, den Wind aus den Segeln. Zudem fühlte ich mich schlecht, weil ich Zeiten ohne ihn durchaus genoss, ohne vor Sehnsucht zu zerfließen, auch wenn ich ihn liebte.

»Hallo, Bärchen«, säuselte ich ins Telefon.

»Hallo, mein Engel, wann kommst du heute nach Hause?« Patricks Tonfall klang normal. Scheinbar war er nicht mehr sauer wegen gestern. Jetzt galt es, alles daranzusetzen, dass die Stimmung hielt.

»Ich räume noch hier auf, dann mach ich mich auf den Weg. Bis sechs Uhr müsste ich zu Hause sein. Wieso fragst du?«

»Nur so. Ist bei dir alles in Ordnung? Du klingst, als wärst du nicht allein.«

Man könnte meinen, dass Evas Parfüm durch die Telefonleitung gekrochen war. Manchmal fragte ich mich, ob Patrick heimlich Kameras installiert hatte, so zielsicher, wie er jedes

Mal erkannte, dass ich nicht allein war. Das war natürlich Quatsch, aber auf jeden Fall klang sein Anruf für mich doch mehr nach Kontrolle als nach Fürsorge. Ich zwang mich, keinen genervten Tonfall anzuschlagen.

»Alles bestens. Eva hat mir gerade frische Blumen vorbeigebracht, aber sie ist gerade auf dem Sprung.« Wenn er dachte, dass ich wegen Eva später nach Hause käme, wäre gleich wieder Stunk angesagt.

»Okay. Ich rechne dann um sechs mit dir.«

Das hieß so viel wie: Wenn du bis sechs Uhr nicht da bist, gibt es Ärger.

»Sag Eva liebe Grüße.«

»Mach ich. Bis später.«

Mit einem Schmatzer ins Telefon legte ich auf. Patrick hatte ziemlich normal geklungen. Vielleicht hatte ihn der Ausflug mit den Zwillingen entspannt und seine Laune gesteigert. Ich schluckte meinen Unmut über den Kontrollanruf hinunter.

»Schönen Gruß soll ich dir ausrichten.«

»Schleimer!«

Die Art, wie das Wort *Schleimer* aus Eva herausplatzte war zum Schießen. Trotzdem ließ sie es sich nicht nehmen, es mit einer schauspielerischen Glanzleistung zu untermalen. Schneckengleich schlurfte sie mit einem schmatzenden Geräusch an den Brautkleidern entlang. Vor meinem inneren Auge entstand das Bild einer glitschigen Schleimspur. Diesmal war ich es, die die Augen verdrehte. Aber dann konnte ich mir das Lachen doch nicht verkneifen. Wo sie recht hatte, hatte sie recht.

Lachend lagen wir uns in den Armen. Es tat gut, Eva an meiner Seite zu haben. Ich löste mich aus der Umarmung und blinzelte die Träne der Rührung weg.

»Danke für deine Freundschaft.«

»Hey, das ist doch selbstverständlich. Das kann ich nur zurückgeben.«

»Im Ernst, Eva, es tut so gut, dir nichts vormachen zu müssen. Und obwohl du über Patricks Macken Bescheid weißt, kannst du damit umgehen.«

»Natürlich, wieso auch nicht?«

»Eine wirklich gute Freundin habe ich vor Jahren verloren, weil sie mit Patricks Art nicht klarkam. Sie konnte nicht mit ansehen, wie er mich behandelt hat beziehungsweise wie ich mit mir umgehen lassen habe.«

»Krass. Das war doch keine Freundin, wenn sie dich einfach im Stich lässt.«

»Ich kann sie verstehen. Ich selbst erlebe auch die Hochs, die mich hoffen lassen, dass Patricks wundervolle Seite sich dauerhaft durchsetzt, aber sie hat nur die Tiefschläge mitbekommen und konnte nicht nachvollziehen, dass ich mich nicht trennen wollte.«

»Trotzdem, ich finde, sie hätte für dich da sein müssen. Und gerade als Freundin hätte sie wissen müssen, wie wichtig dir deine Familie ist und dass du natürlich für sie kämpfst.«

Ich zuckte mit den Achseln. »Ach, egal. Das ist Schnee von gestern. Hauptsache, du lässt dich nicht verjagen«, sagte ich zuversichtlich und drückte Eva zum Abschied. Ich musste an Laura denken und mein Herz zog sich schmerzlich zusammen.

Gestern wäre es fast eskaliert. Ich hatte gesehen, wie sehr Laura der harmlose Streit, wenn man es überhaupt Streit nennen konnte, zugesetzt hatte. Sie hatte mit mir mitgelitten und sich nur mit Mühe eine Ansage an Patrick verkneifen können. Wenigstens bestätigte mich das darin, dass meine Wahrnehmung, was Patricks Verhalten anging, richtig war und ich nicht nur überempfindlich reagierte, wie er stets behauptete. Trotzdem durfte ich nicht riskieren, Laura zu verlieren. Unsere Freundschaft war mir viel zu wichtig.

Überpünktlich, um zehn vor sechs, parkte ich Patricks BMW in unserer Garage. Im Hausflur empfing mich ein köstlicher Duft, der mir das Wasser im Mund zusammenlaufen ließ. Ich tippte auf indisches Curry mit Lammfleisch. Ein Hauch von Kokos lag ebenfalls in der Luft.

O Mann, und ich Idiotin dachte, Patrick hätte angerufen, um mich zu kontrollieren, dabei war er einfach süß und kochte für uns. Natürlich hatte er wissen müssen, wie er das Essen timen sollte. Ich schob mein schlechtes Gewissen beiseite und machte der Freude über die Überraschung Platz. Diese lieben Aufmerksamkeiten waren typisch für Patrick.

Als ich die Küche betrat, schmeckte er gerade das Curry ab. Ein zufriedenes *Hmmm* verriet mir, dass es ihm offensichtlich gelungen war. Er war so vertieft gewesen, dass er mich nicht bemerkt hatte. Zärtlich schlang ich meine Arme von hinten um seine Brust, stellte mich auf die Zehenspitzen und küsste seinen Hals.

»Danke«, flüsterte ich liebevoll in sein Ohr.

Patrick drehte sich zu mir um, sah mir mit seinen ozeanblauen Augen bis ins Herz und küsste mich auf eine Weise, dass mir die Knie weich wurden. Wie gern hätte ich mich dem Gefühl, das allein seine Küsse in mir auslösten, hingegeben, aber mein Blick wanderte zur Küchentür, in der ich jeden Moment die Zwillinge erwartete.

Patrick grinste. »Wenn du die Kinder suchst, die sind mit Vicky im Kino und anschließend bei McDonald's. Lammcurry mögen sie nicht.« Mit einem verschmitzten Blick auf seine Uhr sagte er: »Wir haben drei Stunden sturmfrei, bis ich sie vom Bahnhof abholen muss.«

»Na, wenn das so ist …«

»Was dann?«, raunte Patrick.

»Dann können wir ja ganz in Ruhe essen.«

Der für einen Sekundenbruchteil enttäuschte Blick war zu komisch. Grinsend fügte ich hinzu: »Und du bist die Vorspeise.« Mit diesen Worten gingen meine Lippen gefolgt von den Händen zum Gegenangriff über. Es dauerte nicht lange, bis eine Spur aus Kleidungsstücken den Weg von der Küche bis ins Wohnzimmer zierte und wir ineinander verschlungen aufs Sofa glitten.

Es war bereits halb neun, als wir unsere Klamotten zusammensuchten und uns ausgehungert über das Lammcurry hermachten, das nach dem leidenschaftlichen Sex doppelt lecker schmeckte. Wir unterhielten uns, lachten gemeinsam, waren glücklich wie am ersten Tag. Solche Abende waren traumhaft. Mit verklärtem Blick sah ich uns in Gedanken alt und grau händchenhaltend im Garten sitzen und unseren Enkeln beim Spielen zusehen.

Patrick schnappte sich seinen Autoschlüssel und gab mir einen letzten Kuss.

»Ich hol schnell die Zwillinge. Danach gibt es Nachtisch«, verkündete er und verließ mit einem Zwinkern das Haus. Vor mich hin summend räumte ich in der Zwischenzeit die Spülmaschine ein.

Es dauerte keine Minute, da stand Patrick wieder vor mir. Seine eben noch freudig strahlenden Augen waren finster und kalt auf mich gerichtet. Sein Oberkörper pumpte wie ein Maikäfer, als er, jedes Wort einzeln betonend, seine Anschuldigung vor mir ausspuckte:

»Du hast mein neues Auto kaputt gefahren!«

»Was?« Ich wusste nicht, was er meinte. Ich hatte den

BMW doch vor wenigen Stunden heil in der Garage abgestellt.

»Du hast mich schon richtig verstanden. Du hast mein Auto ruiniert«, schrie er mir entgegen. »Komm sofort mit raus und sieh dir die Scheiße an, die du fabriziert hast!« Er warf mir einen verachtenden Blick zu, drehte sich um und stampfte in Richtung Haustür davon.

Unsicher folgte ich ihm. Hatte ich vielleicht, ohne es zu bemerken, eine Macke in eine der edlen Alufelgen gefahren oder hatte jemand das Auto zerkratzt, als es vor dem Brautmodengeschäft geparkt gewesen war?

Das Bild, das sich mir vor der Garage bot, gab die Antwort. Der rechte hintere Kotflügel war eingedrückt, das Xenonlicht defekt und die Beifahrerseite fast komplett verschrammt. Patrick musste seinen BMW beim Ausparken an die Garagenwand gesetzt haben. Mit offenem Mund sah ich zwischen dem Auto und meinem Mann hin und her.

»Ja, da glotzt du doof. Das kannst du gut. Meinen von Herzen geschenkten Schmuck verschmähst du und ziehst lieber diesen billigen Kitsch an, aber dann mein teures Auto zerstören. Tolle Leistung, Nicola. Hast du nicht einmal etwas zu deiner Entschuldigung zu sagen?«

»Aber …« Es dauerte eine Weile, bis ich die Gedanken in meinem Hirn sortiert hatte.

»Wegen dir blöder Kuh ist mein Auto schrott! Kapierst du nicht einmal das?«

»Wieso wegen mir? Du hast es doch eben an die Garagenwand gesetzt. Ich war nicht mal in der Nähe deines Heiligtums«, protestierte ich endlich. Die Anschuldigung war absurd.

»Du bist schuld, weil du das Auto falsch eingeparkt hast! So blöd, wie du es in die Garage gefahren hast, konnte man es unmöglich heil ausparken.« Voller Wut trat Patrick gegen den defekten Kotflügel, der den Tritt mit einem Scheppern quittierte, was ihn nur noch lauter fluchen ließ.

Der alte Herr Wagner von gegenüber betrachtete das Treiben aus sicherer Entfernung, ohne sich einzumischen. Gott, war das peinlich.

Seltsamerweise breitete sich in mir eine innere Ruhe aus. Wo ich mich sonst auf irgendeine Art zumindest mitschuldig fühlte, wenn Patrick mich mit seinen absurden Vorhaltungen bombardierte, und immer kleiner wurde, richtete ich mich diesmal gerade auf.

Ich sah Patrick direkt an und sagte: »Es tut mir leid, dass dein Auto kaputt ist, aber es liegt einzig und allein in deiner Verantwortung. Du bist gefahren, nicht ich! Ich hole jetzt mit meinem Auto die Kinder.« Damit drehte ich mich um, holte die Cabrio-Schlüssel aus dem Haus und fuhr, ohne eine weitere Diskussion zuzulassen, davon.

Während der Fahrtwind mein Hirn durchpustete, fühlte ich mich elend, auch wenn ich in gewisser Weise einen Sieg errungen und Patricks Schuldzuweisung diesmal nicht angenommen hatte. Was nutzte das? Die Stimmung war vergiftet.

Noch vor einer Stunde hatte ich einen wunderschönen Abend mit Patrick verbracht und das nicht nur wegen des Sexes, und jetzt war alles wieder ruiniert. Freud und Leid lagen oft eng beieinander. Diese ständige Achterbahn der Gefühle, das Himmelhochjauchzend und zu Tode betrübt, die sich manchmal minütlich abwechselten, kostete mich unendlich viel Kraft. Menschen wie der alte Nachbar erlebten eine starke, selbstbewusste Frau, die mit den Macken ihres Mannes umzugehen wusste, aber wie viel Energie ich aufbringen musste, wie viele durchgeweinte Nächte sich dahinter verbargen, das sah keiner. Manchmal fragte ich mich, wie lange meine Kraft dafür noch ausreichen würde. Warum konnte das Leben mit Patrick nicht einfach normal sein? Sanfte Wellen, statt wilde Zacken nach oben und unten wie auf einer EKG-Kurve. Ich würde gern auf die Höhenflüge verzichten, wenn es dafür keine Abstürze ins Bodenlose mehr geben würde.

Ob Patrick sich wohl beruhigt hatte, bis ich mit Amy und Fynn nach Hause kam?

Tatsächlich saß mein Mann entspannt vor dem Fernseher, die Füße auf dem kleinen Wohnzimmertisch. Die Kinder überfielen ihn und erzählten aufgeregt von ihrem Kinofilm und ihrem Abend mit Vicky. Es war, als hätte es das Intermezzo mit seinem Auto gar nicht gegeben. Kurz war ich versucht, in die Garage zu gehen, um mich zu vergewissern, ob sein BMW wirklich beschädigt war oder ob ich mir die Szene eben nur eingebildet hatte. Wie konnte Patrick von einer auf die andere Sekunde von einem Extrem ins andere wechseln? Das war mir ein Rätsel. Mir hing der Streit immer noch nach. Wenigstens hatten die Kinder von seinem Ausraster nichts mitbekommen, das war mein einziger Trost.

Nachdem ich die Zwillinge ins Bett gebracht hatte, setzte ich mich zu Patrick aufs Sofa. Es lief »Stirb langsam« mit Bruce Willis, einem meiner Lieblingsschauspieler. Ich überlegte, ob ich den Vorfall von eben noch mal ansprechen sollte, entschied mich aber dagegen, es brachte ja doch nichts. Lieber ließ ich mich von John McLane in eine heldenhafte Welt entführen und einfach berieseln. Stirb langsam, was für ein seltsamer Titel, kam es mir kurz in den Sinn, bevor die Handlung mich in ihren Bann zog.

In der Werbepause ging Patrick in die Küche. »Soll ich dir auch ein Glas Rotwein mitbringen?«

»Ja, bitte.« Den konnte ich jetzt gut gebrauchen.

Kurz darauf reichte er mir von hinten das langstielige Glas. Seine Lippen drückten mir einen zarten Kuss auf den Scheitel. In dem Versuch, die aufkommende Gänsehaut wegzuspülen, trank ich einen großen Schluck. Warm und samtig breitete sich der nach Heidelbeeren und Schokolade schmeckende Wein in mir aus wie eine tröstliche Umarmung. Die nächsten Schlucke folgten hastig in der Hoffnung, das Gefühl festhalten zu können. Statt der tröstlichen Umarmung spürte ich Patricks Hand an meinem Hals entlang in meinen Ausschnitt gleiten. Fassungslos drehte ich mich um und hätte mich fast verschluckt. Nackt stand er vor mir mit lüsternem Blick und einem Glied, das sich mir gierig entgegenreckte. Ungläubig glitt mein Blick an ihm auf und ab.

»Was soll das denn?«, fragte ich irritiert.

»Das …« Patrick blickte an sich hinab und fuhr dabei mit seiner freien Hand die Silhouette seines Körpers entlang. »… ist dein Nachtisch.«

Als ich nicht gleich reagierte, setzte er nach: »Du erinnerst dich, ich habe dir vorhin ein Dessert versprochen, wenn die Kinder schlafen?«

»Ich erinnere mich sehr wohl, dass ich für dich eben noch die blöde Kuh war, die du zur Schnecke gemacht hast, weil sie angeblich dein heiliges Auto zerstört hat«, konterte ich pampig.

»Das ist doch längst vergessen«, säuselte er gönnerhaft.

Was sollte vergessen sein? Meinte er vielleicht, dass er es vergessen und mir gnädiger Weise verziehen hatte, wie damals an Ostern bei seinen Eltern? Die Frage lag mir auf der Zunge, aber ich schluckte sie hinunter wie bitteren Lebertran. Wie vieles andere, was in mir tobte.

»Für mich ist es nicht vergessen!« Ich kippte den Wein auf

ex hinunter und drückte ihm das Glas in die Hand. »Mir ist der Appetit vergangen.« Damit verabschiedete ich mich ins Bett.

Ich hörte noch, wie er mir nachrief: »Schön, dass du wieder eine Ausrede gefunden hast, um mich abzuweisen. Nie hast du Lust!« Dann fiel die Schlafzimmertür ins Schloss.

KAPITEL 5

Zwei Monate später

Montagabend kurz nach acht. Mein Handy vibrierte. Eva schrieb: »Hi Nicky, bin in fünfzehn Minuten da.«

Mist, den Mädelsabend mit meiner besten Freundin hatte ich völlig vergessen. Nach dem Megastreit mit Patrick auf dem Apfelblütenfest vor zwei Tagen war ich froh, dass er sich diese Woche auf Geschäftsreise befand. Ich wollte am liebsten allein sein und mir mal wieder die Decke über den Kopf ziehen. Aber vielleicht tat ein bisschen Ablenkung gut. Sollte außerdem Patrick anrufen und mitbekommen, dass Eva da war, konnte er mir wenigstens schon nicht unterstellen, es in seiner Abwesenheit mit einem anderen Mann zu treiben. Allein bei dem Gedanken an seine haltlosen Unterstellungen kam mein Blut erneut in Wallung.

Patrick war stets eifersüchtig gewesen, aber inzwischen war seine grundlose Eifersucht allgegenwärtig und wurde von Tag zu Tag schlimmer. Ich wusste nie, wann mir der nächste Vorwurf wie eine Ohrfeige ins Gesicht klatschte.

Überraschte ich ihn mit einem selbst gebackenen Kuchen, wenn er von einer Geschäftsreise zurückkehrte, konnte er sich das eine Mal riesig darüber freuen und beim nächsten Mal hieß es: »Mit wem hast du denn geschlafen, dass du dich mit einem Kuchen wieder einschleimen musst?« Grüßte ich einen Bekannten freundlich auf der Straße, musste ich mit dem Kommentar rechnen: »Hast du was mit dem?« Witzigerweise konnte je nach Patricks Laune genau das Gleiche passieren, wenn ich denjenigen nicht beachtete. Dann hieß es, ob ich etwas zu verbergen hätte, weil ich so täte, als würde ich den Mann nicht kennen. Egal, wie ich mich verhielt, es war falsch. In den letzten Jahren hatte ich mir eine harte Schale zugelegt, sodass die verbalen Ohrfeigen mich nicht mehr treffen konnten, aber das, was er sich am Wochenende geleistet hatte, war wie ein Schlag in die Magengrube gewesen, von dem ich mich noch nicht erholt hatte.

Letztlich sah ich Patricks Not hinter seinem Verhalten. Wie verunsichert musste ein Mensch sein, wenn er in ständiger Angst lebte, selbst nicht gut genug zu sein? Zumindest war es meine Überzeugung, dass darin der Grund für seine Eifersucht lag, denn einen Anlass hatte ich ihm nie gegeben. Für ihn reichte es, dass ich lange vor seiner Zeit einmal einen One-Night-Stand gehabt hatte, um mir mit Misstrauen zu begegnen. Patrick brauchte Kontrolle wie ein Fallschirmspringer seinen Fallschirm. Ohne war er verloren.

Ich wusste, dass auch Eva ihm ein Dorn im Auge war. Allein nicht zu wissen, was wir redeten, war für Patrick kaum auszuhalten. Neulich hatte er uns sogar unterstellt, lesbisch zu sein. Früher hätte ich mich unwohl gefühlt und hätte mit allen möglichen Argumenten versucht, ihn vom Gegenteil zu überzeugen, geschockt darüber, dass er überhaupt so etwas denken konnte, wo ich doch mit ihm verheiratet war. Inzwischen konnte ich über diese haltlose Anschuldigung nur lachen. Die Vorstellung war für mich so abwegig, dass ich überhaupt nicht darauf eingegangen war. Unser Freundschaftsband war stärker als Patricks Intrigen, sodass ihm nichts anderes übrigblieb, als sich mit Eva zu arrangieren.

Mein Handy vibrierte erneut. »Ding Dong!«, erschien auf dem Display. Ich musste schmunzeln. Um die Kinder nicht zu wecken, klingelten wir stets auf diese Weise. Ich drückte auf den Türöffner, und noch während er summte, wirbelte mir Eva, heute mit blutroten, in alle Richtungen abstehenden Haaren und einer Flasche Sekt in der Hand, entgegen.

»Hallo, Nicola, du siehst echt scheiße aus!«, begrüßte sie mich und fiel mir um den Hals. Ihre Umarmung und das Gefühl, nicht allein zu sein, taten gut. Mir war sofort klar, dass ich um einen Bericht über das Wochenende nicht herumkommen würde.

»Danke für die Blumen«, entgegnete ich. »Eigentlich dachte ich, ich sehe gar nicht übel aus.«

Tatsächlich hätte ich für jeden anderen vermutlich kein schlechtes Bild abgegeben. Meine langen braunen Haare fielen mir elegant geschwungen über die Schultern, das Make-up war makellos und sogar mein frisch-sinnliches Lieblingsparfüm lag noch dezent in der Luft. Dazu steckten meine langen Beine in einer engen schwarzen Jeans. Vollendet wurde das Outfit mit einer lässigen weißen Bluse.

»Ich rede von deinem Ausdruck, nicht von deinem Outfit«, konterte Eva. »Bring du uns mal zwei Gläser, während ich den Sekt aufmache, du siehst aus, als hättest du ihn nötig. Und dann will ich wissen, was los ist.«

Als ich mit den Gläsern aus der Küche kam, hatte Eva es sich bereits mit hochgezogenen Beinen auf dem cremefarbenen Sofa gemütlich gemacht. Das Radio spielte leise Rockballaden. Ich schenkte uns ein und gesellte mich zu ihr.

»Prost«, rief ich ihr zu und leerte das halbe Glas in einem Zug, als müsste ich mir Mut antrinken. In der Tat fühlte sich der prickelnde Alkohol erleichternd an. Ich konnte mir glatt einbilden, dass sich unmittelbar eine dezente Entspannung in mir breitmachte. Vielleicht lag es aber auch nur daran, dass ich jetzt, wo die Kinder schliefen und Eva hier war, sein konnte, wie ich war, und nicht mehr schauspielern musste.

Eva stieß mich unsanft in die Seite. »Erde an Nicola, wie lange willst du mich noch auf die Folter spannen? Jetzt erzähl! Was hat Patrick sich wieder geleistet?«

Schmollend antwortete ich: »Wer sagt denn, dass es um Patrick geht?«

»Ich, deine beste Freundin. Das sehe ich dir an der Nasenspitze an.«

Ich seufzte tief. »Du hast ja recht. Es gab am Wochenende wieder mal richtig Zoff. Das hängt mir noch nach.« Ich merkte, wie mir allein der Gedanke an die Ereignisse des Apfelblütenfestes jegliche Energie entzog.

»Okay, geht's auch ein bisschen genauer?«, fragte Eva ungeduldig.

Da ich wusste, dass sie vorher keine Ruhe geben würde, trank ich noch einen großen Schluck und berichtete.

»Patrick hat mir auf dem Apfelblütenfest vor unserem ganzen Freundeskreis in aller Öffentlichkeit eine riesige Szene gemacht.« Leise fügte ich hinzu: »Er hat mich als Schlampe beschimpft und als Hure, die sich jedem an den Hals wirft, sobald er nicht hinsieht.« Traurig blickte ich auf das Glas in meinen Händen, bemüht, die Tränen zurückzuhalten.

»Nicht dein Ernst?!« Eva war sichtlich schockiert, obwohl sie durchaus einige Storys von Patrick kannte. »Wie kommt er denn zu einer derartigen Behauptung?«

»Ich habe auf dem Fest mit einem anderen Mann Discofox getanzt«, erklärte ich mit tonloser Stimme.

»Und weiter? Das allein ist doch kein Grund, auszurasten, oder hat der andere dich angemacht?«

»Nein, überhaupt nicht.«

»Hast du etwa ihn angemacht?«

Entsetzt sah ich Eva in die Augen. »Spinnst du? Das würde ich nie tun!«

»Sorry, Nicola, so habe ich es nicht gemeint.« Eva zuckte entschuldigend mit den Schultern. »Ich versuche nur zu verstehen, wie Patrick auf diese krasse Weise reagieren kann, wenn zwischen dir und dem Tänzer gar nichts war. Wer war das überhaupt?«

Auch wenn es Eva nicht so gemeint hatte und mir klar war, dass ich mich vor ihr nicht rechtfertigen musste, sackte ich in mir zusammen. Die Ohnmacht, die ich empfunden hatte, als Patrick mir seine Anschuldigungen um die Ohren geknallt hatte, war sofort wieder präsent. Ich fühlte die Enge in meiner Kehle und schluckte schwer. Nur mit Mühe konnte ich weitersprechen. »Der Tänzer ist der Vater eines Mitschülers von Fynn, den ich nur flüchtig kenne. Völlig unwichtig. Ich hatte Patrick am Anfang des Abends gebeten, mit mir zu tanzen, aber der hatte keine Lust. Von daher dachte ich mir absolut nichts dabei, die Aufforderung anzunehmen.« Ich seufzte. »Und, Eva, ich schwöre dir, wir haben wirklich ganz anständig getanzt.« Die erste Träne löste sich aus dem Augenwinkel, während es in meinem Brustkorb eng wurde. »Es war herrlich, von ihm über die Tanzfläche gewirbelt zu werden. Ich habe mich lebendig gefühlt wie lange nicht mehr.« Weitere stille Tränen schlossen sich der Ersten an.

Eva nickte verständnisvoll. Ich klammerte mich an dem Glas fest, als wäre es mein Rettungsanker und könnte mir dabei helfen, gegen den Kloß im Hals anzukommen. Eva legte mir tröstend die Hand auf mein Bein und gab mir die Zeit, bis ich in der Lage war, weiterzusprechen.

»Ich hatte für fünf Minuten richtig Spaß«, sagte ich und

schniefte, »bis ich Patrick entdeckte, der mit verschränkten Armen und eisigem Blick am Eingang der Bar lehnte. Ich wusste sofort, dass es Ärger gibt, auch wenn ich nichts Falsches getan habe. Sobald das Lied zu Ende war, bin ich zu ihm geeilt. Aber es war zu spät. Mich traf sein ganzer Hass unvermittelt. Für ihn war ich nur noch eine billige Hure, die es mit jedem treibt.«

Eva, die schweigend zugehört hatte, rutschte zu mir herüber. Sie nahm mich in den Arm und sagte tröstend: »Nicola, du hast es nicht verdient, derart schlecht behandelt zu werden. Besser gesagt, Patrick hat dich nicht verdient!«

Das Gefühl, gehalten und verstanden zu werden, ließ den Damm endgültig brechen. Bittere Tränen rannen mir unablässig über das Gesicht. Unter Schluchzen erzählte ich weiter:

»Patrick war völlig irre! Du hättest ihn sehen sollen. Er hatte die Hände geballt, dass die Handknöchel weiß hervortraten, und seine Augen spiegelten puren Hass wider. Nicht nur, dass die ganze Situation megapeinlich war, ich hatte richtig Angst vor ihm. Er sah aus, als würde er jeden Moment zuschlagen, dermaßen außer sich war er.« Mein ganzer Körper bebte unter den Schluchzern, die aus mir herausbrachen. »Ich wollte nur noch da weg. Er befahl mir, auf der Stelle mit nach Hause zu kommen, aber ich habe mich geweigert, mit ihm in dem irren Zustand irgendwohin zu gehen. Das hat er mir gleich wieder so ausgelegt, dass ich ja nur freie Fahrt wolle, um mit meinem Tänzer vögeln zu können. Was soll ich denn darauf noch sagen? Er dreht sich alles, wie er es braucht!« Resigniert zuckte ich mit den Schultern. Wie gern hätte ich die Erinnerungen mit Sekt einfach hinuntergespült, aber meine Kehle war wie zugeschnürt.

»Ach, Süße, du hast es nicht nötig, dich zu rechtfertigen«,

versuchte Eva mich aufzumuntern. »Es liegt nicht an dir. Irgendwas in Patricks Hirn ist krank.«

»Ja, vielleicht. Aber wieso hat dann keiner unserer Freunde irgendetwas dazu gesagt? Wenn nur einer Eier in der Hose gehabt hätte, wäre er mir zur Seite gesprungen und hätte Patrick mal den Kopf gewaschen. Aber da kam nichts. Keiner von denen traute sich, sich mit ihm anzulegen.« Wut und Enttäuschung machten sich in mir breit und verdrängten die Tränen.

Eva streichelte mir beruhigend über den Rücken und ließ mich weiterreden.

»Weißt du, Eva, es ist einfach ungerecht. Natürlich hatte ich ein Leben vor Patrick und da gab es auch ein paar andere Männer, aber in meiner Ehe habe ich mir absolut nichts zuschulden kommen lassen. Weder auf dem bescheuerten Fest noch die letzten zehn Jahre und trotzdem werde ich hingestellt, als wäre ich eine billige Hure, weil ich einmal in meinem Leben einen One-Night-Stand hatte, als ich Patrick noch nicht einmal kannte. Da bin ich schon selbstbewusst genug, Patrick die Meinung zu sagen und ihm zu entgegnen, dass das alles nicht stimmt, aber ich komme gegen seine fiesen Behauptungen einfach nicht an. Beruflich bin ich stark und souverän, aber in Auseinandersetzungen mit ihm gehe ich regelmäßig als Verliererin vom Feld und fühle mich wie ein dummes kleines Mädchen. Was mache ich denn falsch?«

Geräuschvoll schnäuzte ich in mein Taschentuch und wartete auf eine Antwort von Eva. Aber die schien gerade ganz weit weg zu sein. Traurig ging ihr Blick ins Leere.

»Eva, hast du mir überhaupt zugehört?«

Sie zuckte erschrocken zusammen und stammelte: »Ja, natürlich. Ich habe nur über deine Frage nachgedacht.«

In Erwartung einer ihrer zündenden Ideen bohrte ich nach: »Und bist du zu einem Schluss gekommen?«

Eva sah mich ernst an. Dann holte sie tief Luft, bevor sie antwortete.

»Nicola, wir müssen reden!«

KAPITEL 6

Dunkelheit umgab mich. Äußerlich wie innerlich. Ich fühlte nichts. Keinen Schmerz, keine Wut, keine Trauer. Wenn man tot ist, musste es sich ähnlich anfühlen, dachte ich. Auch dann taten die Wunden nicht mehr weh. Eva war vor Stunden gegangen. Seit einer gefühlten Ewigkeit saß ich im finsteren Kinderzimmer, das sich Amy und Fynn teilten, und hörte den beiden beim Schlafen zu. Einatmen – ausatmen – einatmen – ausatmen. Es schien alles friedlich. Wie immer. Und doch war alles anders. Der Schaukelstuhl, ein Relikt aus der Stillzeit, wiegte mich im Rhythmus der Atmung meiner Kinder langsam vor und zurück, während ich Fynns weiche weiße Kuschelrobbe fest an mich drückte. Wie eine Süchtige saugte ich den süßen Kindergeruch in mich auf, um mich überhaupt irgendwie spüren zu können. Wie gerne hätte ich die Zeit angehalten oder, besser noch, zurückgedreht.

»Wir müssen reden!«, hatte Eva gesagt.

Dann hatte sie geredet, und ich wünschte, sie hätte es nicht. Mit wenigen Sätzen hatte sie meine vermeintlich heile Welt zum Einsturz gebracht und eine Wunde tief wie der Marianengraben in mein Herz gerissen. Um mich zu schützen, wie sie sagte.

Evas Worte hallten in meinen Ohren wider und kamen doch nicht in meinem Verstand an. Wie ein kleines Kind, das sich beim Verstecken spielen mitten im Raum die Augen zuhält in der festen Überzeugung, damit für die Sucher unsichtbar zu sein, hatten sich reflexartig meine Sinne in der Hoffnung verschlossen, die erschütternde Wahrheit damit ausschließen zu können.

Patrick hatte mich betrogen. Patrick, der Prediger vor dem Herrn, wenn es um Treue und heile Familie ging. Patrick, der mir mit seiner unbegründeten Eifersucht ständig das Leben zur Hölle gemacht hatte. Patrick, der mir klar gesagt hatte, dass ein Betrug für ihn das sofortige Aus der Ehe bedeutete. Ausgerechnet er war fremdgegangen. Doch das war nicht einmal das Schlimmste. Das Schlimmste war, er hatte es mit Eva getan!

Eva, meine angeblich beste Freundin, der ich alles anvertraut hatte, meine Seelenverwandte, die jedes beschissene Problem mit Patrick kannte und die wusste, wie gemein und manipulativ er sein konnte, war mit ihm ins Bett gestiegen. Ich konnte es immer noch nicht fassen. Mein Verstand weigerte sich, diese Information zu verarbeiten, obwohl das Unterbewusstsein spürte, dass es die Wahrheit war. Instinktiv wusste ich sogar, wann es geschehen war.

Vor ein paar Wochen, kurz vor Ostern, war Patrick stundenlang beim Einkaufen gewesen. Als er endlich gekommen war und mir zur Begrüßung einen Kuss auf die Wange gedrückt hatte, hatte ich reflexartig zu ihm gesagt: »Du stinkst nach Eva.« Ich war über die Heftigkeit meiner intuitiven Aussage selbst völlig überrascht gewesen. Schließlich hatte er nicht gestunken, er hatte lediglich dezent nach »Alien« gerochen, das mir selbst stets gut gefallen hatte. In dem Moment hätte ich an Patricks Reaktion merken müssen, dass etwas faul war. Er hatte sich ertappt gefühlt und irgendetwas gestammelt, von wegen, er hätte ihr einen kleinen Osterhasen von uns vorbeigebracht. Ich wolle doch, dass er auch meine Freundinnen akzeptiere, und da hätte er das für eine liebe Geste gehalten. Aber wie immer könne man es mir ja nicht recht machen.

Mein Bauchgefühl hatte damals rebelliert, aber selbst, wenn ich für Patrick nicht die Hand ins Feuer gelegt hätte, dann doch für Eva. Von daher war das Bauchgefühl gar nicht bis ins Bewusstsein durchgedrungen.

Jetzt, wo ich mich mit der schonungslosen Wahrheit konfrontiert sah, dass mein Mann mit meiner besten Freundin geschlafen hatte, war völlig klar, wie blind ich gewesen war. Wut stieg in mir auf. Wut auf mich selbst, weil ich so blöd gewesen war, und noch größere Wut auf Patrick, der mir erneut eine Freundschaft zerstört hatte. Die Engste, die ich je gehabt hatte. Ich fühlte mich gedemütigt und allein. Mir kam die kindliche Kaiserin aus der unendlichen Geschichte in den Sinn, die verletzlich in ihrem Elfenbeinturm saß und mitansehen musste, wie ihr »Phantasien« in sich zusammenfiel.

Mein Blick wanderte von Amy zu Fynn, bevor er nach innen ging und sich in der Erinnerung an meine eigene Kindheit verlor. Schon früh hatte ich mir geschworen, dass es meine Kinder mal besser haben sollten als ich. Sie sollten ein liebevolles und behütetes Zuhause haben. Eines, in dem sie sich geborgen und bedingungslos geliebt fühlen konnten. Ein Zuhause, in dem sie wussten, dass sie mit all ihren Sorgen zu mir kommen konnten.

Was sollte ich denn jetzt tun? In meinem Kopf wirbelten Hunderte Fragezeichen bezüglich der Kinder, der Ehe, Patrick und Eva durcheinander, ohne dass sich eines konkret fassen ließ. Mein Hirn war nicht in der Lage, sich jetzt mit den Fragen auseinanderzusetzen. Ich bräuchte jemanden, mit dem ich das Kopfchaos aufräumen könnte, aber mit wem konnte ich reden? Auch noch über so was? Das konnte ich doch keiner Menschenseele erzählen. Wenn ich das Laura sagte, brachte sie vermutlich erst Patrick und anschließend Eva um.

Eva. Ihr Betrug traf mich bis ins Mark. Er erschütterte mich in meiner Grundfeste und war unverzeihlich. Männer gehen oft fremd. Das hört man alle Nase lang, aber wie kann ich die beste Freundin hintergehen und verraten? Warum? Sie hatte doch selbst einen Mann und mochte Patrick nicht einmal. Okay, sie hatten in letzter Zeit öfter miteinander gechattet, aber das war kein Geheimnis. Im Gegenteil, ich hatte es befürwortet, dass die beiden sich verstanden, denn dann war die Wahrscheinlichkeit größer, dass Patrick mir meine Freundschaft nicht wieder kaputtmachen wollte.

Mit einem Ruck schwang ich mich aus dem Schaukelstuhl, legte die Robbe wieder zu Fynn ins Bett und eilte ins Wohnzimmer, wo ich energisch zum Handy griff. Vorhin hatte ich Eva nur rausgeworfen, aber jetzt wollte ich Antworten auf meine Fragen. Es war mir scheißegal, dass es bereits weit nach Mitternacht war.

Beim zweiten Klingeln hob Eva ab.

»Warum, Eva?«, kratzte meine Stimme ins Telefon.

»Ich weiß es nicht. Ich verstehe mich selbst nicht und ich hasse mich dafür. Es tut mir unendlich leid, Nicola.«

Ich konnte hören, dass sie geweint hatte, doch ich empfand kein Mitleid. »Ich weiß es nicht, ist keine Antwort. Wenn du mit dem Mann deiner angeblich besten Freundin in die Kiste steigst, ist das Mindeste, das du haben solltest, einen guten Grund«, keifte ich ihr entgegen.

»Nicky, ich habe keine Ahnung, was mich in dem Moment geritten hat«, antwortete Eva entschuldigend.

»Ich schätze mal, es war mein Mann.« Den bissigen Kommentar konnte ich mir nicht verkneifen, aber Eva tat, als hätte sie ihn nicht gehört.

»Ich weiß, dass ich mit dem einen Moment der Schwäche alles kaputtgemacht habe. Es zerreißt mir das Herz, dir so wehzutun. Unsere Freundschaft bedeutet mir sehr viel.«

»Bullshit, Eva. Wenn mir eine Freundschaft etwas bedeutet, ist der Partner der Freundin ein absolutes No-Go, und wenn es um die beste Freundin geht, gleich dreimal!«

»Ich weiß, Nicola. Du solltest nie von diesem Fehler erfahren, aber ich kann nicht länger tatenlos mit ansehen, wie Patrick dich Stück für Stück kaputtmacht. Lieber verliere ich dich als Freundin, als dich weiter unglücklich zu sehen.«

»Ach, und du meinst, dein Betrug macht mich glücklicher?«, fragte ich bissig.

Eva versuchte, sich weiter zu rechtfertigen: »Ständig macht dein Mann dir das Leben mit seinen haltlosen Anschuldigungen zur Hölle. Neulich hast du sogar erzählt, dass du zufällig herausgefunden hast, dass er heimlich einen Einzelverbindungsnachweis von deinem Handy angefordert hat, um dir nachspionieren zu können. Das hat doch nichts mehr mit Liebe zu tun. Patrick will dich besitzen. Er kontrolliert dich, wo er nur kann, Nicola. Dabei ist er derjenige, der Dreck am Stecken hat, nicht du. Wach endlich auf. Ich will dir doch nur helfen.«

»Danke, aber auf die Hilfe einer treulosen Verräterin kann ich verzichten.« Wütend drückte ich sie weg. Verdammtes Miststück. Ich wusste nicht, auf wen ich mehr sauer sein sollte, auf Patrick oder auf sie. Am meisten ärgerte es mich, dass sie auch noch recht hatte, was Patricks kontrollierendes Verhalten anging. Ich fühlte mich selbst oft so, als hätte er mich an die goldene Kette gelegt. Dinge wie mein eigenes Privatkonto hatte ich nur unter größten Auseinandersetzungen und Beschimpfungen behaupten können, und Patrick wurde nicht müde, mir die Geldverschwendung der doppelten Kontoführungsgebühren aufs Brot zu schmieren. Aber all das entschuldigte in keiner Weise die Tatsache, dass Eva sich meinen Mann gekrallt hatte.

Einsam saß ich auf der großen Couch, auf der meine angebliche Freundin mich vor wenigen Stunden noch tröstend im Arm gehalten hatte. Jetzt hatte mich nur noch die Ratlosigkeit im Griff. Ich wusste nicht, wohin mit meinen Gefühlen. Wo sich anfangs nur Schock und ein großes Nichts an Emotionen befunden hatten, machte sich neben Wut nun mehr und mehr die Verzweiflung breit. Alles in mir wollte den Schmerz der doppelt Betrogenen laut hinausschreien, aber ich durfte die friedlich schlummernden Zwillinge nicht wecken. Wie konnte Patrick mir das antun, gerade er, der Apostel der Ehrlichkeit, der Prediger ehelicher Treue? Während all seiner Geschäftsreisen, wo ich mehr als genug Angst hätte haben können, dass er mal ins falsche Bett hüpfen könnte, war ich voller Vertrauen gewesen, weil ich einfach wusste, dass Patrick mich nicht betrügen würde. Aber natürlich galten für ihn andere Regeln als für mich. Wie hatte ich das nicht ahnen können? Und wie sollte ich darauf reagieren? Der Gedanke an Amy und Fynn und daran, ihre heile Familie vielleicht zu zerstören, machte den Schmerz unerträglich. Ein markerschütterndes Schluchzen bahnte sich den Weg aus meiner Kehle. Erschrocken presste ich mir ein Sofakissen vors Gesicht, bevor der Staudamm endgültig brach. Unkontrolliert drängten die schmerzlichen Gefühle, nur gedämpft durch das weiche Kissen, nach außen. Mein Körper wurde gebeutelt von einem Heulkrampf nach dem anderen. Die Niagarafälle waren nichts dagegen. Irgendwann ließ mich die Erschöpfung in einen unruhigen Schlaf fallen.

KAPITEL 7

»Mama, was schenkst du Papa zum Geburtstag?«, nuschelte Fynn mit vollem Mund.

»Das wird nicht verraten, du kleines Müslimonster!«

»Bitte, Mama, du weißt doch auch, was wir Papa schenken.«

»Das ist sonst unfair.« Amy stand ihrem Bruder bei.

»Nein, ihr Räuber, das ist es nicht. Schließlich habe ich euch beim Basteln geholfen. Außerdem bin ich eine Meisterin darin, Geheimnisse zu bewahren. Euch hingegen sieht man Geheimnisse an der Nasenspitze an.« Zärtlich berührte ich die neugierigen Stupsnasen.

»Oh Menno. Das stimmt nicht. Wir sagen auch nichts. Versprochen«, bettelten beide im Chor. So unterschiedlich die Zwillinge sonst auch waren, diesmal waren sie sich einig.

»Nein, ich schweige wie ein Grab«, antwortete ich theatralisch. »Und jetzt ab mit euch in die Schule. Da könnt ihr eure Lehrer löchern.«

Beleidigt schnappten sich die zwei ihre Jacken und Büchertaschen und liefen mit demonstrativ hängenden Schultern vor mir zur Tür. Dort drehten sie sich noch einmal um, und als auch ein letzter gemeinsamer Dackelblick mich nicht erweichen konnte, gaben sie mir einen Kuss auf die Wange und verabschiedeten sich. »Wir haben dich trotzdem lieb, Mama.«

»Ich habe euch auch lieb. Bis später«, rief ich ihnen hinterher, ehe die Tür ins Schloss fiel.

Mit dem Rücken zur Wand sank ich zu Boden. Die Kälte der Fliesen kroch sofort unter den dünnen Morgenmantel und vermischte sich mit der Kälte in meinem Herzen. Der Kaffeeduft, der noch in der Luft hing, war das einzig Tröstliche im ganzen Raum. Die Kraft hatte gerade noch ausgereicht, um die fröhliche Fassade für die Kinder aufrechtzuerhalten. Jetzt stürmten die Ereignisse der letzten Nacht gnadenlos auf mich ein.

Der Mann mit der besten Freundin. Das gab es normalerweise nur im Fernsehen. Ich hatte gehofft, es wäre alles nur ein schlechter Traum gewesen, aber die Nachrichten von Eva auf meinem Handy bezeugten das Gegenteil.

»Es tut mir unendlich leid.«

»Wie geht es dir?«

»Was machst du?«

»Wie geht es jetzt weiter?«

»Hast du es Patrick schon gesagt?«

»Soll ich vorbeikommen?«

»Können wir reden?«

Ich ignorierte sie. Insgeheim stellte ich mir vor, wie sie darunter litt, keine Antworten zu bekommen. Der Gedanke war mir eine kleine Genugtuung.

Wie sollte es mir gehen? Eine blödere Frage war ihr nicht eingefallen. Sie war der letzte Mensch, den ich jetzt sehen wollte. Nach Patrick.

Woher sollte ich wissen, wie es weitergehen würde? Am Wochenende war Patricks vierzigster Geburtstag, mit riesiger Party, zu der alle Freunde aus nah und fern eingeladen waren. Die Feier konnte ich doch nicht einfach absagen. Wie würde das denn aussehen? Welche Begründung sollte ich angeben? Mit der Wahrheit würde ich mich zum Gespött der ganzen Stadt machen. »Habt ihr gehört? Nicola war zu blöd, um zu merken, dass ihr Alter was mit ihrer besten Freundin hatte.« Ganz bestimmt nicht. Das würde keiner erfahren!

Was sage ich eigentlich zu Patrick? »Hey, du hattest was mit Eva, scher dich zum Teufel und nimm sie gleich mit?« Na prima. Dann hatte er es doch noch geschafft, meine Freundschaft mit ihr zu zerstören und meinen Traum von der heilen Familie gleich mit. Nicht mit mir! Nicht so! Diesen Erfolg gönnte ich ihm nicht.

Was würde es für Amy und Fynn bedeuten, wenn ich ihren Vater in die Wüste schickte? Sie sollten sich nicht auch so zerrissen und ungeliebt fühlen wie ich bei der Scheidung meiner Eltern. Die Erinnerung an unzählige durchweinte Nächte mutterseelenallein in meinem Zimmer drängte sich in mein Bewusstsein und zerrte zusätzlich an meinem Herzen. Das kam nicht infrage. Unwillkürlich schlossen sich meine Hände zu Fäusten, während ich meine Kiefer fest aufeinanderpresste.

Patrick wollte Theater spielen? Dann würden wir Theater spielen! Wie auch immer das aussehen würde.

Obwohl eine heiße Dusche meine Lebensgeister wenigstens halbwegs geweckt hatte, war ich nach wie vor wütend, als ich zwei Stunden später bei meinem Heilpraktiker Marc ankam. Meine ständigen Nierenbeckenentzündungen hatte ich dank seiner Akupunkturnadeln gut in den Griff bekommen, und er gab mir meist noch ein paar Globuli für das allgemeine Wohlbefinden obendrauf. Die konnte ich heute gut gebrauchen, dachte ich, während ich mich im Behandlungsraum umsah, um mich abzulenken. Die Einrichtung war in zarten Braun- und Orangetönen gehalten mit deutlich buddhistischem Einschlag. Der beladene Schreibtisch aus dunklem schwerem Holz, die zwei Armsessel und die braunrote Couch mit den unzähligen Kissen erinnerten eher an ein Wohnzimmer als an die Arbeitsstätte eines Alternativmediziners. Der Eindruck wurde durch den anregenden Duft der Räucherstäbchen und die meditative Hintergrundmusik noch verstärkt. Die besinnliche Atmosphäre des Raumes passte nicht im geringsten zu meiner Verfassung. Ich wusste nach wie vor nicht, ob ich schreien oder heulen sollte, wenn mir Patrick mit seinen zwei Gesichtern in den Sinn kam. Es gab vermutlich kein passenderes Sternzeichen als Zwilling für ihn. Wenn ich nur an seine Scheinheiligkeit dachte, kroch die Wut in mir hoch.

»Hallo, Nicola, entschuldige bitte, dass du warten musstest.« Voller Elan betrat Marc das Zimmer.

»Wie geht es dir?«, fragte er mich wie üblich.

»Danke, gut. Ich bin beschwerdefrei«, antwortete ich tonlos.

Marc neigte den Kopf zur Seite und schaute mich prüfend an. Seine linke Augenbraue zog er dabei fragend nach oben.

Ich hatte beim besten Willen keine Lust, mit meinem Heilpraktiker über mein verkorkstes Privatleben zu reden.

»Es ist alles okay. Setz nur schnell die Akupunkturnadeln und dann bist du mich wieder los.« Ich bemühte mich, ein Lächeln hinterherzuschicken aber meine Gesichtsmuskeln wollten nicht recht gehorchen. Stattdessen füllten sich meine Augen mit Tränen. Schnell wandte ich den Blick ab und kämpfte gegen die Emotionen an. Erfolglos. Zusammen mit den Tränen sprudelten die Worte nur so aus mir heraus. Meine ganze Enttäuschung, meine Wut und mein Schmerz, alles, worüber ich nie hatte sprechen wollen, lagen innerhalb weniger Minuten vor ihm. Marc sagte während meines

Redeschwalles kein Wort. Erst als ich mir auch den letzten Rest von der Seele geschluchzt hatte, setzte er ein.

»Ich verstehe dein Problem nicht, Nicola. Dein Mann hat dir doch nichts weggenommen.«

Irritiert schaute ich Marc an. Ich hatte mit vielem gerechnet, aber nicht mit dieser Aussage.

»Wie bitte?«

»Ich sagte, Patrick hat dir doch nichts weggenommen. Es war vielleicht nicht die feine englische Art, hinter deinem Rücken mit deiner Freundin zu schlafen, aber du solltest das alles nicht so engstirnig sehen. Sex ist etwas Wunderschönes und wieso sollte man das nur mit einem Partner teilen?«

Fassungslos und nach wie vor nicht sicher, ob Marc mich gerade auf den Arm nehmen wollte oder es ernst meinte, entgegnete ich: »Willst du mich veräppeln?«

»Nein, Nicola, das ist mein voller Ernst. Mit deiner klein-bürgerlichen Sichtweise machst du dir nur selbst das Leben schwer. Du kreierst ein Drama, wo keines sein müsste.«

Völlig entrüstet blinzelte ich ihn an. Da mir sichtlich die Worte fehlten, sprach Marc weiter.

»Es ist wie beim Tennisspielen. Man hat vielleicht seinen Lieblingsspielpartner, aber es ist eine Bereicherung, auch mit anderen ein Match zu wagen. Davon profitieren du und dein Partner.«

»Marc, du kannst doch Tennis nicht mit Sex gleichsetzen. Um mit einem Menschen intim zu werden, braucht es innige Gefühle.«

»In welchem Jahrhundert lebst du denn, Nicola? Ich hätte nicht gedacht, dass du derart verklemmt bist.«

Autsch! Damit hatte Marc einen wunden Punkt getroffen. Ehrlich gesagt, war mir allein die Unterhaltung über diese Themen unangenehm. Sofort fühlte ich mich unzulänglich.

War ich wirklich verklemmt, weil ich Prinzipien hatte und an eine monogame, treue Beziehung glaubte? Sahen alle anderen Menschen, die diesbezüglich ohne Vorbelastung aufgewachsen waren, dies viel lockerer als ich? War Patrick vielleicht nur zu Eva ins Bett gestiegen, weil ich zu verklemmt war? Das war doch Schwachsinn, nichts als ein Totschlagargument, das Männer sich hatten einfallen lassen, um ihr Fremdgehen zu rechtfertigen. Oder war doch etwas dran? Verdammt. In meinem Kopf herrschte das reinste Chaos. Aber ich konnte Marcs Darstellung so nicht stehen lassen.

»Ich kann doch mit niemandem schlafen, für den ich nichts empfinde.«

»Es sagt ja keiner, dass du nichts empfinden sollst. Natürlich braucht es Sympathie und Respekt, aber Liebe ist nicht nötig. Oder was glaubst du, warum Swingerclubs und Co boomen?«

»Das ist mir doch egal. Mit diesem Schmuddelkram habe ich nichts zu tun. Ich bin stinksauer auf Patrick und Eva, und ich finde, das ist mein gutes Recht. Was die beiden gemacht haben, ist unter aller Sau und hat nichts mit Respekt zu tun.«

Marc ließ sich davon nicht beeindrucken. »Das stimmt, sonderlich respektvoll war das nicht. Natürlich darfst du sauer sein, du kannst Patrick auch in die Wüste schicken, nur macht dich das glücklicher?«

Verzweifelt versuchte ich, Marc meine Gefühle zu erklären: »Du verstehst das nicht. Patrick ist eifersüchtig ohne Ende. Er macht mir damit das Leben zur Hölle. Es kommt eine Szene nach der anderen, ohne dass ich ihm je einen Grund geliefert hätte, und dann betrügt ausgerechnet er mich?«

»Das klingt, als wärst du wütend, weil du brav warst, während er das Leben genossen hat«, konstatierte Marc gleichmütig.

Entrüstet schnappte ich nach Luft. »Darum geht es doch überhaupt nicht!«, schrie ich jetzt fast.

»Worum geht es dann, Nicola?«

»Was weiß ich?«

Mein Hirn schien ein einziger Berg Spaghetti zu sein. Zig verwurstelte Fäden, die sich nicht zu einem klaren Gedanken formen ließen, waberten wirr durch mein Oberstübchen. Die Unterhaltung mit Marc ging mir gewaltig auf die Nerven.

»Marc, kannst du mir bitte die Nadeln setzen und mich mit deinen wüsten Theorien in Ruhe lassen?«

Er strich sich mehrmals über den Bart, als würde er nachdenken. Schließlich sagte er: »Das halte ich für keine gute Idee. Angespannt, wie du bist, würden die Nadeln von dir abprallen.«

»Haha, sehr witzig«, erwiderte ich beleidigt, aber Marc fuhr bereits fort: »Ich habe eine bessere Idee. Du kommst am Donnerstag nächste Woche um neun Uhr wieder. Ich lade dich zu einer Tantra-Massage ein. Das wird dir mehr helfen als eine Akupunktur.«

Ich glaubte, mich verhört zu haben. Entsetzt suchte ich nach einem Anzeichen in Marcs Mimik, das mir verriet, dass er gerade gescherzt hatte. Vergeblich.

»Ganz sicher nicht«, entgegnete ich entrüstet.

»Überleg es dir in Ruhe, Nicola. Gerade, bevor du kamst, wurde meine Fortbildung für Donnerstag gecancelt. Nur deshalb habe ich Zeit, und ich denke, das ist Schicksal. Du weißt doch, nichts im Leben passiert ohne Grund. Vielleicht hilft es dir, deinen inneren Frieden zu finden.«

Für einen Moment fehlten mir die Worte.

»*Inneren Frieden*«, äffte ich ihn in Gedanken nach. *Bla, bla, bla, was für ein Stuss!* Ich wollte davon nichts mehr hören, und ich war nicht bereit, mit Marc weiter über solch einen Unsinn zu diskutieren.

»Ich sollte besser gehen.« Fluchtartig verließ ich das Behandlungszimmer, ohne mich noch einmal umzusehen.

»Die Einladung steht, wenn du bereit bist, eigene Begrenzungen hinter dir zu lassen«, rief Marc mir hinterher.

Nachdem Amy und Fynn abends fast eine Stunde mit ihrem Vater telefoniert hatten, lagen beide endlich im Bett. Bis auf ein paar belanglose Worte hatte ich den Kontakt mit Patrick Gott sei Dank vermeiden können, sodass er mir nichts angemerkt hatte. Ein Handy war eher nicht das geeignete Medium, um einen Betrüger zur Rede zu stellen.

Sollte ich das überhaupt tun? Was brachte es mir, ihn zu konfrontieren? Patrick würde sowieso alles abstreiten. Das war so sicher wie das Amen in der Kirche. Wie ich ihn kannte, würde er Eva der Lüge bezichtigen und ihr unterstellen, dass sie alles nur behauptete, um uns auseinanderzubringen, weil sie neidisch auf unsere Liebe war. Das war zwar Schwachsinn, aber damit stand Aussage gegen Aussage. Beweise gab es nicht. Dennoch war ich mir absolut sicher, dass Eva die Wahrheit gesagt hatte. Der Schmerz in ihren Augen, als sie mir ihren Fehler in dem Bewusstsein gebeichtet hatte, dass dies das Ende unserer Freundschaft bedeutete, war echt gewesen. *Warum, Eva? Wie konntest du es so weit kommen lassen?* Das wollte einfach nicht in meinen Kopf. Wehmütig dachte ich an unsere Freundschaft zurück. Ließ sich dieser Bruch noch einmal kitten? Wollte ich das überhaupt? Darüber konnte ich mir später Gedanken machen. Zuerst musste ich überlegen, wie es mit Patrick weitergehen sollte. Wenn ich ihn nicht zum Teufel jagen wollte, war es klüger, das Wissen um sein Fremdgehen für mich zu behalten. Warum auch immer es dazu gekommen war, wegen eines Fehltritts würde ich nicht meine ganze Familie zerstören. Das hatte ich mir selbst und bei der kirchlichen Trauung vor Gott geschworen. Ich ging zwar nicht in die Kirche und war vielleicht nicht wirklich gläubig, zumindest nicht so, wie viele andere das waren, aber ein Versprechen war ein Versprechen. Sicher bereute Patrick diesen Fehltritt schon und er war ihm eine Lehre für die Zukunft. Bestimmt war es so. Ich würde für meine Ehe kämpfen. Für meine Kinder und für mich. Jawohl, das würde ich tun!

Dazu gehörte, dass mein Mann weiterhin denken musste, dass die Freundschaft zu Eva existierte, sonst würde er hellhörig werden. Für ihn musste es den Anschein haben, dass sie langsam im Sande verlief. Auf diese Weise hatte ich genug Zeit, mir zu überlegen, wie es mit Eva weitergehen sollte. Eigentlich war ihr Verrat unverzeihlich, und dennoch schmerzte mich der Gedanke, sie als Freundin zu verlieren, auch wenn im Moment die Wut auf sie deutlich überwog. Wie das alles genau ablaufen sollte, wusste ich zwar nicht, aber das würde ich hinbekommen. Für meine Kinder würde ich das schaffen. Das stand fest.

Ich schob die Gedanken an Patrick und Eva beiseite, denn noch etwas beschäftigte mich. Marc. Verdammt, sein irrwitziges Angebot mit der Tantra-Massage ging mir nicht mehr aus dem Kopf. Was bildete der Typ sich eigentlich ein? Von wegen »eigene Begrenzungen überwinden.« Er tat gerade so, als wäre ich altmodisch und verklemmt. Damit triggerte er meinen wunden Punkt. Eigentlich hielt ich mich auch sexuell für eine aufgeschlossene Frau. Was mir jedoch schwerfiel, war, mich richtig fallen zu lassen, wenn es darum ging, verwöhnt zu werden. Ich gab lieber, als dass ich nahm. Gleichzeitig wünschte ich, ich könnte das Nehmen befreiter genießen.

Witzigerweise hatte Patrick vor einer Weile selbst am Rande anklingen lassen, dass er sich eine Tantra-Massage in einem Massagestudio vorstellen könnte, und ich hatte geplant, Patrick zum Vierzigsten mit einem Gutschein für eine Tantra-Paarmassage zu überraschen. Von wegen verklemmt! Die Lust auf diese Paarmassage war mir nach seiner Aktion mit Eva allerdings deutlich vergangen. Schade eigentlich, ich hatte gehofft, dass ich damit nicht nur Patrick eine Freude machen, sondern auch das letzte Schloss an meiner Seele wegzaubern könnte. Sollte ich die Einladung von Marc, so grotesk sie nach wie vor für mich klang, doch annehmen und diese Erfahrung allein für mich machen? Patrick würde das nie erlauben. Er würde ausrasten. *Na und? Sollte er doch!* Das war nichts im Vergleich zu dem, was er sich geleistet hatte. Die Wut im Bauch loderte auf und vermischte sich mit dem Schmerz, ihn nicht einmal konfrontieren zu können. In dem Moment traf ich meine Entscheidung.

KAPITEL 8

Als das perfekte Vorzeigepaar standen Patrick und ich am Eingang der Restaurantterrasse, auf der wir vor fast zehn Jahren bereits die Hochzeit gefeiert hatten, und begrüßten Patricks Gäste. Familie, Freunde, Kollegen, alle hatten sich anlässlich seines Vierzigsten in Schale geworfen. Patricks weißes Leinenhemd, das er zu seiner schwarzen Edeljeans trug, kratzte an den Stellen, wo es meine nackte Haut berührte. Er ließ keine Gelegenheit aus, seinen Arm besitzergreifend um mich zu legen. Jede seiner Berührungen löste erneut Gänsehaut bei mir aus, als würden die Härchen sich bemühen, ihn von mir wegzuschieben. *Welch aussichtsloses Unterfangen*, schoss es mir durch den Kopf. Umso froher war ich, dass ich mich entgegen Patricks Wunsch, der gern das kurze Schwarze an mir gesehen hätte, für mein cremefarbenes Lieblingskleid entschieden hatte. Meine Seele fühlte sich finster genug an, da brauchte ich wenigstens im Außen etwas Helles. Dafür trug ich High Heels statt Pumps, sodass ich halbwegs mit Patrick auf Augenhöhe war. Sogar an den Push-up-BH hatte ich diesmal gedacht, um unschönen Kommentaren vorzubeugen. Dabei kam mir Laura in den Sinn, die ich schmerzlich vermisste. Sie war mit Ben, mit dem es ihr richtig ernst zu sein schien, im Urlaub und wusste noch von nichts. Wie gerne hätte ich ihr alles erzählt, aber das musste bis nächste Woche warten.

Der Abend hatte noch nicht einmal richtig begonnen und ich fühlte mich bereits erschöpft. Es hatte mich unendlich viel Kraft gekostet, mir die letzten Tage nichts anmerken zu lassen, und das nun aufgesetzte Lächeln wog so schwer, als wäre es eine Maske aus purem Gold. Doch wenn ich in meiner Kindheit eines gelernt hatte, dann zu funktionieren, egal, wie es in mir aussah. *The show must go on.* Apropos, *wo blieb eigentlich Eva?* Sie und ihr Mann waren auch eingeladen, und ich hatte mit ihr abgesprochen, dass sie trotz allem zur Party kommen sollten, damit Patrick keinen Verdacht schöpfte. Auch, wenn es hart für mich war.

Ich hatte den Gedanken noch nicht zu Ende gedacht, da sah ich sie. Eva schritt am Arm ihres Mannes Torben die Treppen herauf, wie immer in einem extravaganten, farbenfrohen Outfit, mit noch mehr Make-up als gewöhnlich. Dagegen sah Torben aus wie ein trockenes Brötchen. Wenn einer schon Torben hieß. Das war dieselbe Weicheikategorie wie Sören oder Malte. *Was er wohl dazu sagen würde, wenn er wüsste, dass seine Frau gerade vor seinen Augen den Mann umarmte, mit dem sie ihn betrogen hatte?* Mein Magen krampfte sich schmerzlich zusammen. Ein Teil in mir malte sich aus, wie ich dem Weichei – *warum war ich eigentlich aggro auf ihn?* – steckte, was seine feine Frau Gemahlin trieb, wenn er nicht zu Hause war. Aber damit war niemandem geholfen, und auf keinen Fall, wenn Patrick es nicht erfahren sollte. Ich schluckte bitter, als Eva mich zur Begrüßung ebenfalls umarmte. Mit Mühe konnte ich die aufsteigende Übelkeit, die ihr Parfüm seit Neuestem in mir auslöste, weglächeln. Gedanklich setzte ich »Alien« zu Asbach-Cola, Samt, Tabak-Aftershave und bunten kleinen Ostereiern auf die No-go-Liste.

Gleichzeitig fühlte sich Evas Umarmung vertraut und richtig an. Erinnerungen an unzählige Stunden, in denen wir Sekt getrunken und wie alberne Teenager herumgeblödelt hatten, ebenso wie solche, in denen wir der anderen unser Innerstes offenbart hatten, liefen wie ein Film vor meinem inneren Auge ab. Der Verlust dieser Freundschaft schmerzte fast mehr als die Tatsache, dass mein Mann seinen Schwanz nicht in der Hose hatte lassen können.

»Hallo, Nicola. Du siehst umwerfend aus«, sagte Torben, während er mir links und rechts einen Kuss auf die Wangen drückte. Igitt, war das nass! Mit Mühe widerstand ich dem Reflex, seine Spucke abzuwischen. Es war kein Wunder, dass Eva sich meinen Mann geschnappt hatte. Der konnte wenigstens küssen. Mit einem breiten Zahnpasta-Werbungsgrinsen hielt Torben uns sein Sektglas zum Anstoßen entgegen. *Richtig stoßen konnte der bestimmt nicht. Nicola*, ermahnte ich mich selbst, *jetzt reiß dich am Riemen und konzentrier dich gefälligst.*

»Prost.«

Die vier Gläser stießen klirrend aneinander und ich leerte das halbvolle Glas in einem Zug.

»Am besten sucht ihr euch einen schönen Platz. Das Büffet wird demnächst eröffnet.« Ich wollte die zwei nur noch loswerden.

»Das machen wir, danke«, sagte Eva schnell und bahnte sich Arm in Arm mit ihrem Mann den Weg durch die Menge. Gott sei Dank, das war geschafft. Patrick schien nichts gemerkt zu haben. Für den Rest des Abends sollte es hoffentlich möglich sein, sich bei über fünfzig Gästen weitgehend aus dem Weg zu gehen.

Der Großteil der Feier lag ohne Zwischenfälle hinter mir. Smalltalk hier, Smalltalk da, die perfekte Ehefrau, eine oscar-reife Show. Ich hatte nicht gedacht, dass es derart schwer sein würde, zu schweigen und gute Miene zum bösen Spiel zu machen. Die Wunden waren noch zu frisch. Ohne eine auf-richtige Entschuldigung schien es unmöglich, auch nur daran zu denken, Patrick zu verzeihen.

Grundsätzlich war es eine gelungene Party. Das Ambiente war perfekt, das Büffet war ein Traum gewesen, auch wenn ich kaum etwas essen hatte können, und die Gäste schienen sich bestens zu amüsieren. Für mich jedoch fühlte es sich an, als würde ich in der traumhaften Karibik mit blutigen Füßen durch Salzwasser waten.

Ich hatte mich gerade an den Tisch zu Vicky und meinen Schwiegereltern zurückgezogen, als Patrick lautlos hinter mich trat. Zärtlich strich er mir eine Strähne hinters Ohr und küsste meinen Hals, ehe er sich an seine Familie wandte.

»Ich muss euch Nicola kurz entführen«, säuselte Patrick verheißungsvoll. Seine Berührungen und sein zuckersüßer Tonfall ließen eine Welle des Ekels in mir aufsteigen. Ob er mit Eva auch in dieser süffisanten Weise gesprochen hatte? Nur unter größter Anstrengung konnte ich den aufsteigen-den Würgereflex mit ein paar tiefen Atemzügen unterdrücken. Obwohl Patricks Stimme diesmal keinen gereizten oder gar gemeinen Unterton hatte, fühlte sie sich für mich bedrohlich an. *Nicola, du siehst langsam echt Gespenster,* ermahnte ich mich. Patrick würde sich sicher nicht vor allen Leuten eine Blöße geben.

Patrick reichte mir auffordernd die Hand.

»Was hast du denn vor?«, erkundigte ich mich zögernd, während sich mein Magen erneut verkrampfte.

Ohne eine Erklärung griff mein Gemahl nach meiner

Hand und führte mich auf die Tanzfläche. Auf Patricks Zeichen verstummte die Musik. Ein Räuspern des Geburtstagskindes genügte und die Gäste versammelten sich am Rande der Tanzfläche. Alle Augen waren auf uns gerichtet und lauschten dem, was da kommen sollte.

»Liebe Familie, liebe Freunde, ich freue mich sehr, dass ihr alle gekommen seid, um heute meinen vierzigsten Geburtstag mit mir zu feiern. Ich möchte die Gelegenheit nutzen, mich bei euch allen zu bedanken. Danke für den wunderschönen Abend, danke für eure Geschenke, aber vor allem danke für eure Freundschaft. Es ist schön, dass es euch gibt.«

Zustimmende Rufe wurden laut, aber Patrick unterbrach sie mit einem Handzeichen.

»Ich möchte diese Feier auch zum Anlass nehmen, heute einem Menschen ganz besonders zu danken, dem Menschen, ohne den ich heute nicht der wäre, der ich bin. Meiner Frau, Nicola. Sie ist für mich der Fels in der Brandung, das Licht am Ende des Tunnels und die Liebe meines Lebens. Ohne sie wäre ich nichts.«

Meine Beine drohten unter mir nachzugeben, und ich beschwor meinen Körper, mich jetzt nicht im Stich zu lassen. Patrick würde ausrasten, wenn ich ihm mit einem Zusammenbruch die Show vermasselte. Ich schaltete innerlich von Funktionieren auf Notstrom. Patricks Worte drangen derweil unaufhaltsam weiter in mein Ohr.

»Deswegen, liebe Nicola, soll nicht nur ich heute beschenkt werden, sondern auch du. Schließlich hast du es mit mir altem Kauz oft nicht leicht.«

Unter zustimmendem Gelächter zog Patrick eine Schmuckschatulle aus der Hosentasche. Wenn die anderen wüssten, wie sehr Patricks letzter Satz der Wahrheit entsprach, dachte ich, ehe mir die Tränen in die Augen stiegen.

Eva stand kreidebleich neben dem DJ-Pult, von Weichei weit und breit keine Spur. Mitgefühl lag in ihren Augen. Sie war die Einzige, die wusste, dass es keine Tränen der Rührung waren.

»Nicola.« Patrick sah mir tief in die Augen. »Danke, dass du immer für mich da bist. Ich liebe dich von ganzem Herzen. Nimm diese Kette mit deinem Lieblingstier«, sagte er, öffnete die Schmuckschachtel und überreichte sie mir, »als Zeichen meiner Liebe.«

Heuchler, schoss es mir durch den Kopf, oder hatte ich das gerade laut gesagt? Nervös sah ich in die Runde, erblickte aber nur strahlende Gesichter und atmete auf. Erst dann glitt mein Blick in die Schatulle, aus der heraus mich ein hübscher goldener Schmetterling anstrahlte.

Die Sekunden verliefen wie in Slow Motion, während die Emotionen in Höchstgeschwindigkeit Achterbahn fuhren. In mir herrschte Chaos. Hunderte Gedanken versuchten, an die Oberfläche zu dringen, aber keiner konnte sich aus dem Brei in meinem Gehirn lösen. Wie ferngesteuert tat ich, was von mir erwartet wurde. Ich bedankte mich bei Patrick mit einer Umarmung, ließ ihn mir die filigran gearbeitete Kette anlegen und mich unter dem Beifall der Gäste küssen. Vermutlich hielt sogar die lachende Maske dem Ansturm der Gefühle stand. Ich wusste es nicht. Zumindest schien keinem etwas komisch vorzukommen.

Einige Männer klopften Patrick anerkennend auf die Schulter, faselten etwas davon, dass er sie mit der Aktion ganz schön in die Bredouille gebracht hätte und sie sich bei ihren Frauen jetzt ordentlich ins Zeug legen müssten. Patrick genoss es sichtlich, mit seiner Ansprache und dem Geschenk für mich heldenhaft im Mittelpunkt zu stehen. Der DJ legte eine Schnulze auf, und ehe ich mich's versah, schwofte

Patrick engumschlungen mit mir über die Tanzfläche. Konnte der Abend noch schlimmer werden?

Um Patricks verliebten Blick nicht erwidern zu müssen, lehnte ich meinen Kopf an seine Schulter und schenkte einem schwarzen Fussel auf seinem Hemd meine ganze Aufmerksamkeit. Hauptsache, ich hatte irgendetwas, woran ich mich gedanklich festhalten konnte, um nicht völlig die Fassung zu verlieren und meinem Göttergatten vor versammelter Mannschaft seine Verlogenheit ins Gesicht zu schreien. Ein Teil von mir wollte alle Anwesenden wissen lassen, dass ihr sauberer Patrick, der gerade die Show des Jahrhunderts abgezogen hatte, mich kürzlich erst mit meiner Freundin betrogen hatte. Aber die Scham und der Gedanke an meine Kinder hielten mich davon ab.

Stattdessen bewegten sich meine Füße automatisch zum Takt der Musik, während mein Herz unrhythmisch vor sich hin stolperte wie ein Motor, der jeden Moment seinen Geist aufgeben wollte. Als der nächste Song einsetzte, war ich erleichtert, dass Eva Patrick abklatschte. Ihr Blick hieß so viel wie: »Nimm dir eine Auszeit, ich lenke ihn ab.« Nicht eine Sekunde kam das Gefühl in mir auf, dass Eva sich erneut meinen Mann schnappen wollte. Alles an ihr zeigte mir, dass es ihr nur darum ging, mich aus dieser Situation zu befreien. Nicht einmal der Betrug hatte unser *Verstehen ohne Worte* kaputt machen können. *Wieso nur hatte Eva unsere besondere Freundschaft für einen bescheuerten Fick weggeworfen?* Das würde ich nie verstehen. Wieder musste ich an Laura denken und wünschte, sie wäre jetzt bei mir und ich könnte ihr alles erzählen. Aber vermutlich war es besser, dass sie den ganzen Mist nicht mitbekam, zumindest, wenn ich unserer Ehe noch eine Chance geben wollte. Mein Magen verkrampfte sich. Schnell eilte ich von der Tanzfläche, ehe ein anderer

Mann mich auffordern konnte. Ich hörte noch, wie Patrick mir hinterherrief: »Der Schmetterling hat noch eine Überraschung im Inneren«, dann erreichte ich keine Sekunde zu früh die Damentoilette und übergab mich in die nächstgelegene Schüssel.

Während ich mir den Mund unter dem Wasserhahn ausspülte, streifte ich die High Heels ab und kickte sie in die Ecke. Obwohl ich nun mit beiden Füßen stabil auf den Fliesen stand und meine Finger um das Waschbecken krallte, fühlte ich mich haltlos. Auch das kalte Wasser, das ich mir über die Handgelenke rinnen ließ und mit dem ich mein Gesicht benetzte, brachte keine Erleichterung. In mir herrschte das reinste Chaos. Das Wissen um Patricks Seitensprung und dass er trotz allem diese Show abgezogen hatte, ließen mich fassungslos zurück. Wenn ich nur daran dachte, drehte sich mir erneut der Magen um. Ich nahm einen tiefen Atemzug und betrachtete den Schmetterlingsanhänger im Spiegel genauer. Er bestand nicht aus einem massiven Klumpen Gold, vielmehr waren die Konturen des Insektes wie auch die Adern der Flügel zart nachgebildet. Das Licht schien durch das netzartige Geflecht, was dem Amulett eine besondere Leichtigkeit verlieh. Eigentlich war es wunderschön und so, wie ich mir Ketten von Patrick stets gewünscht hatte. Es sah sogar so aus, als hätte er ausnahmsweise kein Vermögen dafür ausgegeben und meinen Wunsch nach alltagstauglichem Schmuck respektiert. Und trotzdem. Wie konnte er mir ausgerechnet jetzt einen Schmetterling schenken? Das Symbol für Selbstentfaltung, Freiheit, Leichtigkeit, zumindest für mich? Es fühlte sich an, als hätte Patrick mit seinem Geschenk mein Symbol entweiht.

Was hatte er gesagt? Man könne das Amulett öffnen. Mit zitternden Fingern betastete ich den Verschluss. Mist, ich bekam den Schmetterling nicht auf. Ich nahm die Kette ab, setzte mich auf den Klodeckel der hintersten Kabine und verriegelte die Tür, ehe ich es erneut versuchte. Als der Verschluss unter meinen zittrigen Fingern aufsprang und den Blick auf das Innere freigab, traf es mich wie ein Fausthieb in die Magengrube. Alle Luft entwich unvermittelt aus mir, und ich war nicht in der Lage, meine Lunge mit frischem Sauerstoff zu füllen. Ungläubig starrte ich auf das Schmuckstück. Ein Schmetterling im Schmetterling. Und nicht nur das. Der kleine, zarte Schmetterling baumelte an einer Kette aus dem Großen.

Von einer Sekunde auf die andere fühlte ich mich, als hätte man mir jeden Flügel einzeln ausgerissen. Als wäre ich der kleine Schmetterling, gefangen im Großen, der ab und an rausgelassen, aber doch nie frei sein wird, weil die Kette ihn zurückhält. Schnell schloss ich den Anhänger wieder, als könnte ich damit den Gedanken ans Gefangensein ebenso wegsperren.

Die Enge, die sich mit der Erkenntnis in meiner Brust breitmachte und mich zu ersticken drohte, war unbeschreiblich. Meine Augen wollten sich mit Tränen füllen, aber ich drängte sie zurück und schluckte sie zusammen mit dem brennenden Schmerz hinunter. Ob Patrick das Symbol bewusst gewählt hatte? Wollte er mir damit etwas sagen? Oder sah ich Gespenster und er hatte es nur lieb gemeint?

Ein leises Klopfen riss mich aus meinen Gedanken.

»Nicky, bist du da drin?«

»Hm«, grummelte ich.

»Mach mal auf.«

Ich reagierte nicht.

»Komm schon, Nicky, ich hab dir was mitgebracht.«

Ich war doch kein kleines Kind, das man mit einem Überraschungsei locken konnte. Überraschungen hatte ich für heute genug. Aber es war eh alles egal. Nicht einmal Eva konnte mich jetzt noch schocken. Klickend drehte sich der Schlüssel im Schloss. Eva hielt zwei Gläser Ramazotti mit Eis und Zitrone in der Hand. Doppelte, wie es aussah. Das war ausnahmsweise eine gute Idee. Ohne anzustoßen, trank ich einen großen Schluck. Der Alkohol brannte ein Stück des Kloßes in meiner Kehle weg, sodass ich in der Lage war, zu sprechen.

Ich hielt Eva den Anhänger entgegen. »Was denkst du, wenn du den Schmetterling siehst?«

»Schön, aber das ist harter Tobak in Anbetracht der aktuellen Situation.«

»Ja, das auch, aber das meine ich nicht einmal. Was denkst du über den Anhänger selbst?«

Sie blickte zwischen mir und dem Schmetterling hin und her. Ich sah nur Fragezeichen in ihren Augen.

»Du musst ihn öffnen.«

Der Verschluss klickte beim Öffnen und im gleichen Moment sprach ihr Gesicht Bände. So wie ich auf der Tanzfläche ihren Blick vor dem Abklatschen einordnen hatte können, wusste ich ihren Ausdruck auch jetzt zu deuten. Scheinbar war ich doch nicht ganz verrückt. Immerhin waren wir jetzt zwei mit dem gleichen Gedanken.

»Nicola, du musst Patrick zur Rede stellen. Ich sehe doch, wie dich das Wissen um seine Untreue zerfrisst. Solche Aktionen wie heute Abend sind kaum auszuhalten.«

Ich schüttelte kraftlos den Kopf.

»Dafür ist es zu spät. Ich schaff das.«

Unvermittelt nahm Eva mich in den Arm. Es fühlte sich falsch und zugleich auch irgendwie richtig an.

KAPITEL 9

Ein halbes Jahr später

»Ich liebe dich, Nicola«, stöhnte Patrick in mein Ohr.

Meinen Kopf in die Kuhle seiner Schulter gebettet, raunte ich zurück: »Ich liebe dich auch.« Mit geschlossenen Augen genoss ich die Wärme unserer erhitzten Körper sowie die Geborgenheit in Patricks Armen. Wenn der Vormittag bei Marc vor einem halben Jahr für eines gut gewesen war, dann dafür, Patrick und mich einander wieder näherzubringen. Ohne den Tantra-Massage-Termin bei meinem Heilpraktiker wäre es vielleicht anders gekommen. Hin und wieder zwickte mich zwar das schlechte Gewissen, weil es nicht nur bei der sinnlichen Massage geblieben war, aber Patrick hatte mit Eva schließlich auch seinen Spaß gehabt. Indem ich mich gerächt hatte, hatte ich Patrick seinen Fehltritt verzeihen und mich wieder für ihn öffnen können, was ein neues Miteinander möglich gemacht hatte.

Auch Patrick wirkte deutlich entspannter. Ich hatte das Gefühl, dass es damit zu tun hatte, dass ich mich von Eva, trotz meiner anfänglichen Versuche, die Freundschaft zu retten, zurückgezogen hatte. Ich hatte das Vertrauen zu ihr verloren und sie war nach und nach aus meinem Leben verschwunden. Und damit eine Person, die mich einiges hatte kritischer sehen lassen, als es letztlich gewesen war. Dadurch gab es nun viel seltener Streit. So glücklich wie jetzt waren wir lange nicht mehr gewesen. Und das hatte nichts damit zu tun, dass wir gerade miteinander geschlafen hatten.

»Was hältst du davon, etwas Neues auszuprobieren?«, fragte Patrick lüstern.

»Grundsätzlich keine schlechte Idee. Woran denkst du denn?«

»Ich denke daran, einen Swingerclub zu besuchen.«

Ich glaubte, mich verhört zu haben. Hatte mein eifersüchtiger Ehemann gerade tatsächlich einen Swingerclub vorgeschlagen? Das kam für mich nicht infrage. Selbst wenn ich Interesse daran gehabt hätte, war mir völlig klar, dass das nur in einer Katastrophe würde enden können.

Bemüht, Patrick nicht völlig vor den Kopf zu stoßen, antwortete ich vorsichtig: »Ich dachte eher an etwas Neues, das nur uns beide betrifft.«

»Wieso? Schämst du dich etwa?« Patrick grinste.

»Das hat mit Schämen überhaupt nichts zu tun«, protestierte ich beleidigt, obwohl das durchaus auch eine Komponente war. »Ich finde, Sex gehört in die Partnerschaft und nicht in die Öffentlichkeit«, rechtfertigte ich mich ungehalten.

»Sei doch nicht gleich eingeschnappt, Nicola. Es hat niemand gesagt, dass wir mit anderen intim werden müssen. Wir können in einem Erotikclub auch nur zusehen oder miteinander unseren Spaß haben.«

»Wenn es dir um das Zusehen geht, tut es doch auch ein Porno.« Mein Blick fiel auf die Fliege an der Wand, die uns bestimmt gerade beim Liebesspiel zugesehen hatte.

»Sexfilme sind nicht das Gleiche. Es geht primär um die Atmosphäre in diesen Etablissements, um das Sehen und Gesehenwerden. Allein die Vorbereitung auf einen Clubabend stelle ich mir sehr erregend vor. Du etwa nicht?« Patricks

Augen leuchteten bei der Vorstellung, während sich Unwohlsein in mir ausbreitete.

»Ich weiß nicht, Patrick …«

»Bitte, Nicola, tu mir den Gefallen! Ich stelle es mir extrem heiß vor, wenn die anderen ganz geil auf dich sind und du nur mir gehörst.«

Genau das bezweifelte ich, abgesehen davon, dass ich grundsätzlich keinerlei Interesse daran hatte. Patrick würde die Krise kriegen, würde mich ein fremder Mann angraben oder gar anfassen.

»Patrick, ich kann das nicht und ich will das auch nicht. Ich finde die Vorstellung ekelhaft, von fremden Männern wie Vieh begutachtet zu werden.« Instinktiv löste ich mich aus seinem Arm und brachte etwas Abstand zwischen uns.

»Mein Engel, du hast mich doch darum gebeten, offen über meine Gefühle und Wünsche zu reden. Jetzt überwinde ich mich dir zuliebe und dann ist es auch nicht richtig.« Enttäuscht drehte Patrick sich von mir weg.

»Das ist nicht wahr. Natürlich freue ich mich, wenn du offen zu mir bist. Ich habe bisher nur mit keinem Gedanken daran gedacht, jemals einen Swingerclub zu besuchen, und bin mit der Vorstellung völlig überfordert.« Ich fühlte mich elend. Patrick hatte recht. Sicher hatte es ihn große Überwindung gekostet, mir diese Sehnsucht mitzuteilen, und ich stieß ihn weg. Mist.

»Wenn das so ist, brauche ich dir meine andere heiße Fantasie erst gar nicht zu erzählen«, kam es beleidigt von der anderen Bettseite.

Irgendetwas sagte mir, dass ich sie gar nicht hören wollte, dennoch fragte ich vorsichtig nach: »Wie sieht die denn aus?« Vielleicht konnte ich mit ihr mehr anfangen als mit einem Swingerclub.

Als hätte Patrick nur auf den Startschuss gewartet, drehte er sich mir wieder zu und erzählte mit der aufgeregten Stimme eines kleinen Jungen, der gerade mit Freunden einen verbotenen Plan ausgeheckt hatte:

»Mein größter Traum ist ein Dreier; ein Dreier mit einem zweiten Mann, sodass wir es dir zusammen so richtig besorgen können.« Seine Augen funkelten voller Vorfreude. Dass ihm der Sabber nicht aus dem Mundwinkel lief, war alles.

Igitt! Die Vorstellung, noch dazu derart billig, wie Patrick sie vorgetragen hatte, war einfach nur widerlich. Ich widerstand dem Impuls, mich von ihm abzuwenden. Stattdessen sagte ich energisch: »Auf gar keinen Fall!«

»Wieso? Ist dir eine zweite Frau lieber? Möchtest du eine lesbische Erfahrung machen?«

»Nein. Ich will weder Mann noch Frau. Ich will nur dich! Du reichst mir völlig! Ich finde es gerade sehr verstörend, dass du, wo du mir sonst schon eine Szene machst, wenn mich jemand zu lange anschaut, plötzlich willst, dass ich mit anderen Sex habe.« Inzwischen war ich stinksauer.

Patrick redete seelenruhig weiter auf mich ein. »Ich habe endlich verstanden, dass ich dich nicht einengen darf, Nicola. Ich war ein Idiot. Mit meiner Eifersucht habe ich viel kaputt gemacht. Ich will es wiedergutmachen und dir etwas gönnen. Sei doch froh, mein Engel. Ich entwickle mich weiter und lerne dazu. Ich möchte, dass du den Freiraum hast, den du brauchst.«

Die Diskussion ging eine ganze Weile in der Art weiter. Alles klang, als wolle Patrick mir etwas Gutes tun, aber in mir fühlte es sich falsch an. Auf jeden meiner Einwände hatte er eine passende Antwort. Er redete mich schlichtweg an die Wand. Letztlich wusste ich mir nicht anders zu helfen, als ihm zu versprechen, dass ich zumindest über einen Besuch im Swingerclub ohne Partnertausch nachdenken würde. Der war das kleinere Übel.

Dass Patrick mir seine Fantasien offenbart hatte, war inzwischen etliche Wochen her. Ich ließ mich schließlich auf den Kompromiss ein, uns als Paar in einem Swinger-Chatroom anzumelden, um den schriftlichen Austausch mit Paaren aus der Szene zu suchen und mir deren Erfahrungen anzuhören. Tatsächlich schienen das ganz normale Menschen zu sein. Es hörte sich interessant an, was sie über ihre Erlebnisse berichteten, und einige der Chats waren zugegeben sehr erregend, was unser Intimleben durchaus bereicherte. Vor allem John, laut seiner Beschreibung elegant, sportlich, gebildet und humorvoll, schrieb uns regelmäßig. Die Chats mit ihm waren der Hammer. Stilvoll, feinfühlig, erotisch, heiß.

Schnell war den beiden Männern das Chatten zu wenig. Nicht nur John bat um ein persönliches Treffen, auch Patrick drängte mehrfach darauf. Der Mann, der bereits ausrastete, wenn ich nur harmlos mit einem anderen tanzte, erlaubte mir plötzlich gönnerhaft Sex mit einem Fremden. Es wäre sogar in Ordnung gewesen, wenn ich mich erst einmal ohne ihn mit John auf ein Schäferstündchen getroffen hätte. Quasi zum Testen, ob er für einen Dreier geeignet ist. Ich verstand die Welt nicht mehr. Was ging da nur in Patrick vor? Das erotische Schreiben hatte was, ja, aber zu mehr war ich nicht bereit.

Irgendwann kam mir der Chat mit John spanisch vor. Seltsamerweise schrieb er meist dann, wenn Patrick auf Geschäftsreise war. Als ich das Patrick gegenüber am Rande erwähnte, kamen plötzlich auch Nachrichten, wenn mein Mann zu Hause war, aber nie, wenn wir nebeneinander auf dem Sofa saßen. Ein seltsamer Zufall?

Als ich eines Abends von einem Treffen mit Laura zurückkam, fand ich einen Chat zwischen John und Patrick in dem gemeinsamen Account, in dem sich die beiden Männer ihre Fantasien von einem Dreier mit mir schrieben. Allein bei dem Gedanken daran schüttelte es mich. Was mir dabei jedoch auffiel, war, dass sich keine der Nachrichten zeitlich überschnitt, was, wenn ich mit John schrieb, regelmäßig vorkam. Bei dem Männerchat schrieb entweder Patrick oder John, stets brav im Wechsel. Das machte mich stutzig. Ich nahm meinen ganzen Mut zusammen und sprach Patrick eines Abends darauf an.

»Sag mal, kann es sein, dass du dich als John ausgibst?«

Patrick klappte die Kinnlade herunter. »Hast du sie noch alle? Du spinnst wohl! Du bist doch krank im Hirn, mir so etwas zu unterstellen!«

Diesmal würde ich nicht lockerlassen. Mein Bauchgefühl blieb dabei, dass hier etwas faul war. Ich wollte die Wahrheit wissen.

»Das ist keine Antwort. Bist du dieser John?«

»Nein, natürlich nicht!«, antwortete er gereizt. »Wie soll das denn gehen? Es ist eine Bodenlosigkeit, die du mir da unterstellst. Was hätte ich denn davon?«

»Vielleicht, dass du zu deinem heiß ersehnten Dreier kommst, indem ihr mich *zu zweit* manipuliert und versucht, mich umzustimmen.« Ich durchbohrte Patrick mit meinen Blicken, als würde mir das helfen, in sein Inneres zu sehen.

»Du spinnst doch. Ich will einen Dreier, dazu braucht es ja wohl einen echten Mann. Daran siehst du lediglich, dass ein Dreier etwas ganz Normales ist. Nur prüde Hinterwäldlerinnen wie du trauen sich nicht, derartiges zu genießen. Es ist der Traum jeder normal denkenden Frau, von zwei Männern gleichzeitig in Ekstase versetzt zu werden. Du bist die Einzige, die das nicht will.«

Der Pfeil hatte gesessen, auch wenn mir klar war, dass diese Behauptung absolut haltlos war. Ich ersparte es mir, Patrick darauf hinzuweisen. In diesem Zustand war jede weitere Diskussion zwecklos. In mir schrie nach wie vor alles nach Lüge, aber eine andere Antwort würde ich von Patrick nicht mehr bekommen. Vielleicht tat ich ihm doch Unrecht und meine Intuition war mit der Dreiergeschichte an sich einfach überfordert. Die Vorstellung, dass mein Mann solch eine Inszenierung aufzog, nur um mich zu manipulieren, war dann vielleicht doch weit hergeholt. Außerdem stimmte es, dass Patrick den Dreier real erleben wollte, da hätte ein Fake-Mann nicht viel genützt. Mein Verstand ließ sich beruhigen. Das ungute Bauchgefühl blieb.

KAPITEL 10

Es dämmerte bereits, als ich an Patricks Arm den in warmes Licht getauchten Weg zum Eingang des mittelalterlichen Schlosses emporschritt. Ein frischer Frühlingswind wehte aus dem Schlosshof sanfte Klänge einer Liveband zu uns herüber und spielte mit meinem dunkelroten langen Rock, dessen Schlitz fast bis zum Rand der Halterlosen reichte. Der glänzende Stoff raschelte bei jedem Schritt und ergänzte sich mit dem Klappern der Stilettos und dem Klopfen meines in einer sexy Corsage steckenden Herzens zu einer sinnlichen Symphonie.

Patrick sah in seinem schwarzen Anzug mit dem lässigen weißen Hemd umwerfend aus. Wenn ich es nicht besser gewusst hätte, hätte ich meinen können, wir gehen in die Oper.

Nur wenige Meter trennten uns von der Einlasskontrolle an der Schlosspforte. Ich fühlte mich nackt, ganz ohne Handtasche und Handy. Für überflüssigen Ballast war heute kein Platz. Lediglich mein Ausweis steckte zum Nachweis meiner Identität in Patricks Geldbeutel zusammen mit den Eintrittskarten zur »Nacht der Leidenschaft«, einem exklusiven Erotikevent ausschließlich für Paare.

Patrick warf mir einen liebevollen Blick zu. »Bist du bereit?«, fragte er.

Ich nickte. Sicherheitshalber erinnerte ich ihn an unsere

klare Abmachung. »Es gilt, was wir besprochen haben. Kein intimer Kontakt zu anderen!« Das war der Kompromiss, unter dem ich mich ihm zuliebe durchgerungen hatte, mir seine Traumwelt einmal anzusehen.

»Versprochen.« Zärtlich küsste er mich. »Wir genießen für uns den Abend in diesem wundervollen Schloss, mehr nicht.« Sanft erwiderte ich den Kuss, während neben der Aufregung auch die Erregung in mir wuchs.

Auf was hatte ich mich da nur eingelassen? Seit wir vor ein paar Wochen die Karten für das Event gebucht hatten, hatte ich versucht, mich mental auf den heutigen Abend vorzubereiten. Ich wollte meinem Mann mit seinen Wünschen wenigstens etwas entgegenkommen. Da stellte ein erotischer Abend in diesem reizvollen Schloss das geringere Übel dar, verglichen mit seinem Wunsch nach einem Dreier, den ich ihm nie im Leben erfüllen würde.

Tatsächlich fühlte ich mich allein durch das besondere Outfit, das meine weiblichen Reize hervorhob, sexy und viel souveräner, als ich es mir unter diesen Umständen hätte vorstellen können. Es war, als hätte ich meine Rolle als Hausfrau und Mutter abgelegt, um nur noch Frau zu sein.

Freundlich begrüßte uns der ganz in Schwarz gekleidete Mann mit Zorro-Maske am Eingang, kontrollierte die Ausweise und Eintrittskarten und versicherte sich, dass wir keinerlei Mobiltelefone oder sonstige Aufnahmegeräte bei uns trugen. Es beruhigte mich, dass sie es mit den Sicherheitsvorkehrungen hier sehr genau nahmen. Ich hatte keine Lust, mich auf irgendwelchen Fotos oder Videos im Internet wiederzufinden. Niemand, auch nicht Laura, wusste, wo wir heute Abend waren. Offiziell verbrachten wir ein Wellnesswochenende in den Bergen. Die Stimme des Zorros holte mich aus meinen Gedanken.

»Nachdem die Formalitäten geklärt sind, erst einmal herzlich willkommen zur Nacht der Leidenschaft. Wart ihr schon mal hier?«

»Nein, bisher nicht«, erwiderte Patrick.

»Dann darf ich euch eine kleine Einführung geben.«

Wir nickten.

»Hier auf der linken Seite des Schlosshofes befinden sich die Umkleiden, der Speisesaal und der Barbereich mit Tanz und Musik, der sich zum Kennenlernen eignet. Rechts findet ihr auf zwei Etagen den Vergnügungsbereich mit den unterschiedlichsten Zimmern und einer SM-Abteilung im Kerker. Wie ihr sicher wisst, heißt eine angelehnte Tür, dass es erlaubt ist, zuzusehen, steht eine Tür weit offen, darf man auch gerne mitmachen. Habt ihr noch Fragen?«

»Im Moment nicht. Vielen Dank.«

»Dann genießt den Abend.« Mit einem verheißungsvollen Augenzwinkern entließ er uns in das Innere des Schlosses und wandte sich den nächsten Neuankömmlingen zu.

»Wusstest du das mit den Türen?«, fragte ich Patrick, sodass es sonst niemand hören konnte.

»Nein, aber scheinbar hat er uns für alte Hasen gehalten, das ist doch cool.«

Tatsächlich war ich ein klein wenig stolz, dass Zorro mir meine Aufregung nicht sofort angesehen zu haben schien.

»Wollen wir erst einmal etwas trinken?«, fragte Patrick und reichte mir seine ungewohnt schwitzige Hand.

Schon der Weg zur Bar war ein Erlebnis. Noch nie hatte ich so viele verschiedene, mal mehr, mal weniger freizügige, sexy Outfits gesehen. Viele der Herren trugen wie Patrick Anzüge oder Lack- und Lederkleidung. Bei den Damen nahm die Vielfalt kaum ein Ende. Einige waren elegant gekleidet mit tiefem Ausschnitt, manche steckten in heißen

Kostümen als Zimmermädchen, Polizistin, Krankenschwester und Co, andere zeigten sich als freizügige Piratenbraut oder in den unterschiedlichsten SM-Outfits. Mein Blick blieb an einer Dame im Ganzkörperlatexanzug mit Stachelkragen haften, der nur die prallen Brüste frei ließ. Ich konnte gar nicht anders, als ständig auf ihre Oberweite zu starren. Sie unterhielt sich angeregt mit einem Mann, der deutlich kleiner war als sie und den Eindruck, dass sie eine Domina verkörperte, noch verstärkte. Als die beiden zusammen zur Tanzfläche gingen, prangten mir nackte Pobacken entgegen, die den String, den der Mann zu den Chaps trug, verschluckten. Hübscher Hintern, dachte ich.

Patrick reichte mir den kühlen Drink. Wir ließen die Gläser klirren und sahen uns auf der Tanzfläche um. Die Stimmung war locker und gelöst, fast so, als wäre man in einem normalen Club. Aber nur fast. Wo man sonst Gefahr lief, blöd angemacht oder gar angegrabscht zu werden, herrschte hier eine sehr respektvolle Atmosphäre. Ohne dass vorher mit Blicken abgeklärt worden war, ob beidseitiges Interesse bestand, kam einem niemand zu nahe.

»Lass uns tanzen«, forderte ich Patrick auf.

»Mit dem größten Vergnügen, mein Engel.«

Unsere Körper eng aneinandergeschmiegt, bewegten wir uns zum Takt der Musik über die Tanzfläche. Ich nahm Patricks herbes Parfüm wahr, seine Hand auf dem Ansatz meines Pos, seine Brust an meiner. Die Stimmung war hocherotisch geladen, so dass jede kleine Berührung sich zehnmal intensiver anfühlte als unter normalen Umständen. Diese Welt hier, von der ich noch nicht einmal die Hälfte gesehen hatte, faszinierte mich tatsächlich.

Patrick küsste meinen Hals und flüsterte mir ins Ohr: »Danke, dass wir hier sind. Das bedeutet mir sehr viel,

Nicola. Ich weiß, wie schwer es für dich war, über deinen Schatten zu springen. Wie fühlst du dich?«

Wärme machte sich in meinem Herzen breit bei seinen lieben Worten. »Bisher ist es wirklich schön. Es hat nichts von dem Schmuddeligen, das ich mir vorgestellt habe. Ich bin sehr froh, dass man hier nicht nur in Dessous oder gar nackt herumläuft. Auf diese Weise fühle ich mich tatsächlich wohl und finde es sehr anregend.«

»Das freut mich. Ist dir aufgefallen, dass die gutaussehende Blondine im silbernen Abendkleid ständig zu uns herübersieht? Genau genommen, sieht sie vor allem dich an.« Patrick strahlte stolz.

Tatsächlich waren auch mir ihre Blicke nicht entgangen.

»Die Frau scheint ein Auge auf dich geworfen zu haben, mein Schatz«, meinte Patrick und unterstrich seine Aussage mit einem Augenzwinkern.

»Das Gefühl habe ich auch. Was mach ich denn jetzt?«

»Wenn du willst, geh doch rüber«, feixte Patrick.

»Auf keinen Fall! Am Ende denkt sie noch, dass ich was von ihr will. Wir sind zum Schauen hier, schon vergessen?«

»Natürlich nicht. Das ist ein gutes Stichwort. Wollen wir uns mal den Rest des Schlosses ansehen?«

Ein Prickeln durchzog meinen Körper bei dem Gedanken daran, in das Herzstück des Schlosses vorzudringen. Ich sog ein letztes Mal an meinem Strohhalm, stellte das leere Glas auf die Theke und hakte mich bei Patrick unter.

»Okay, lass uns das Schloss erkunden.« Ohne noch einmal in Richtung der Blondine zu sehen, verließen wir die Bar und betraten den Innenhof. Frische Luft kühlte uns etwas ab, während wir das Kopfsteinpflaster auf dem Weg zur anderen Seite, in dem der Vergnügungsbereich lag, überquerten.

Das Licht auf dem langen Gang im ersten Stock war gedimmt. Vereinzelt flanierten Paare durch den Flur, blieben an offenen Türen stehen, sahen zu oder erbaten Einlass in eines der Liebesnester. Unsicher stahlen wir uns von Tür zu Tür, als täten wir etwas Verbotenes. Ich konnte meinen eigenen Herzschlag hören.

Links eröffnete sich ein großer Saal, der komplett in Kerzenlicht getaucht war. In der Mitte standen einige Bistrotische, daran Paare, deren Aufmerksamkeit auf die Liegeflächen in den Ecken des Saales gerichtet war, auf denen sich einige Partygäste vergnügten. Ein leicht ergrauter, dominant wirkender Herr stand an einem der Tische hinter seiner Partnerin, seine Hand in ihrer Bluse, und schaute zwei Frauen zu, die sich vor den Augen ihrer Männer verwöhnten. Als »Mr. Grey« bemerkte, dass unsere Aufmerksamkeit auf ihm lag, schob er den Minirock seiner Begleitung nach oben und entblößte damit vor uns ihre Scham. Verlegen blickte ich zur Seite, um dann doch von den Bewegungen im Augenwinkel magisch angezogen zu werden. Mr. Grey quittierte dies mit einem süffisanten Lächeln. Er leckte sich über die Finger, glitt zwischen die Spalte seiner Begleitung und spielte mit ihrer Klitoris, während er seinen Unterleib von hinten an sie presste. Sofort gab sie lustvolle Geräusche von sich. Gefesselt sah ich der Szene zu. Beide schienen es sichtlich zu genießen, dass wir sie beobachteten. Patrick wollte sich an einen der freien Tische stellen, aber ich zog ihn weiter. Es war mir peinlich, derart offensichtlich andere beim Liebesspiel zu beobachten. Gleichzeitig erregte es mich ungemein. Drei Türen weiter war ein Zimmer frei. Ohne zu fragen, zog ich Patrick ins Innere und küsste ihn leidenschaftlich. Seine Hand fuhr in den Ausschnitt der Korsage und knetete meine Brust, was mich lustvoll aufstöhnen ließ. Ich war bereits mehr als feucht. Jede Berührung war unglaublich intensiv, die Sinne aufs höchste sensibilisiert. Mit flinken Fingern öffnete ich Patricks Hose, zog sie zusammen mit seinem Slip aus und schubste ihn aufs Bett. Sein Penis stand steil und hart nach oben. Genüsslich leckte ich über seine freigelegte Eichel. Ehe ich sein Glied ganz in den Mund nehmen konnte, hielt Patrick mich zurück:

»Wenn du das tust, komme ich sofort.«

Er war mehr als bereit für mich und ich für ihn. Mein String flog in hohem Bogen durchs Zimmer. Für den Rest der Kleidung war keine Zeit. Ich raffte den Rock und setzte mich rittlings auf ihn. Allein das Gefühl, als sein bestes Stück in mich eindrang, kam einer Explosion gleich. Ich stöhnte auf.

»Nicola, die Tür ist nicht richtig zu.«

»Was?«

»Die Tür ist nur angelehnt.«

»Scheiß drauf!«

Ich war so kurz davor zu kommen, dass mir alles egal war. Selbst wenn einer ins Zimmer schaute, der Rock verdeckte sowieso alles. Meine Aufmerksamkeit galt einzig und allein dem Gefühl, das Patricks Glied in mir auslöste, während es im Rhythmus meiner Bewegungen rein und raus glitt. Ich musste mir in die Hand beißen, um nicht laut zu schreien. Nach wenigen Schüben entlud sich unsere Lust in einem gigantischen gemeinsamen Orgasmus. Selig ließ ich mich neben ihm aufs Bett fallen und kuschelte mich in seine Kuhle.

»O mein Gott, was war das denn?« Mein Körper bebte immer noch vor Lust. »Krasse Scheiße. So schnell bin ich ja noch nie gekommen.«

Patrick grinste breit. »Ich erlebe noch ganz neue Seiten an dir, mein Engel. Du weißt schon, dass du mich gerade zum Sex genötigt hast, und das bei offener Tür?«

Halb verlegen, halb stolz strahlte ich ihn an.

»Tja, ich bin wohl doch nicht so verklemmt, wie du behauptest. Und von Nötigung kann sicher nicht die Rede sein.«

»Ich fand es richtig cool«, bemerkte Patrick zufrieden.

»Ich auch. Und weißt du was? Jetzt habe ich Hunger. Ich mach mich schnell frisch, dann gehen wir was essen, okay?« Nach einem innigen Kuss löste ich mich aus seiner Umarmung und verschwand im Badezimmer. Als ich zurückkam, war Patrick bereits startklar.

»Moment, ich brauche noch meinen Slip.«

»Meinst du den hier?« Patrick ließ den String um seinen Finger kreisen.

»Ja.«

»Den kriegst du aber nicht.« Ehe ich ihn schnappen konnte, ließ er das kleine Stück Stoff in seiner Hosentasche verschwinden.

»Wie jetzt?«

»Wer bei offener Tür ficken kann, kann sicher auch ohne Höschen herumlaufen, oder nicht? Die Vorstellung, dass du unter deinem Rock völlig blank bist, macht mich total an.«

Er griff in den Schlitz des Rockes und strich zärtlich über meine Scham. In mir zog sich schon wieder alles zusammen. Dennoch zierte ich mich.

»Weißt du, wie hoch der Schlitz geht?«, fragte ich ihn halb empört.

»Natürlich weiß ich das. Deswegen macht es mich umso mehr an.« Als Beweis führte er meine Hand an seine Hose, unter der sich eine deutliche Beule abzeichnete. Ich blieb skeptisch.

»Ich sehe schon, ich muss dich noch überzeugen.« Mit diesen Worten ging Patrick vor mir auf die Knie, schob den Rock ein wenig nach oben, legte mein Bein auf seine Schulter, damit mein Intimbereich sich vor ihm öffnete, und leckte gekonnt über meine Lustperle. Unweigerlich stöhnte ich auf. Alles war noch sehr empfindlich von dem Sex zuvor. Jedes Barthaar war wie eine sinnliche Massage. Immer heftiger spielte seine Zunge mit meiner Klitoris. Ich grub meine Hände in sein Haar und presste seinen Kopf tiefer in mich hinein. Als sich seine Lippen schließlich um meine Lustperle schlossen und rhythmisch an ihr saugten, explodierte ich zum zweiten Mal an diesem Abend.

Das Essen war köstlich, auch wenn ich mich nur schwer darauf konzentrieren konnte, weil mich Patrick mit gelegentlichen Griffen unter meinen Rock dezent daran erinnerte, dass mein Höschen in seiner Hose steckte.

An unserem Tisch saßen zwei weitere Pärchen, mit denen wir uns gut über Gott und die Welt und natürlich das Event unterhielten. Beide waren auf anderen Erotikveranstaltungen sowie in Swingerclubs gewesen und regelmäßig auch im Partnertausch aktiv. Die »Nacht der Leidenschaft« war für sie allerdings der Rolls Royce unter den Events. Patrick stimmte ihnen zu. Dass es für uns das erste Mal war, erwähnte er nicht. Aber ich war froh, dass er ihnen gegenüber erklärte, dass wir der Atmosphäre wegen hier seien und Partnertausch ausgeschlossen hätten. Die vier akzeptierten dies ohne Wenn und Aber. Keiner versuchte, mich vom Gegenteil zu überzeugen. Ich hatte sogar den Eindruck, dass sie die klare Haltung stark fanden, auch wenn sie von ihren Swinger-Erlebnissen schwärmten. Wie bereits beim Chatten war ich auch jetzt wieder überrascht, wie normal und respektvoll die Menschen doch waren, die ihre Sexualität auf diese Weise auslebten. Früher hatte ich gedacht, dass das nur Abartige tun. Das Vorurteil musste ich eindeutig revidieren.

Zusammen gingen wir in die Bar und tanzten. Auf der Tanzfläche hatte ich gegen Partnertausch nichts einzuwenden und auch Patrick war entspannt, nicht wie damals auf dem Apfelblütenfest. Vielleicht hatte er sich tatsächlich geändert und erkannt, wie viel er mit seiner Eifersucht kaputt gemacht hatte. Das Kämpfen für die Ehe hatte sich offenbar gelohnt.

Nach einer ausgiebigen Runde auf der Tanzfläche und zwei weiteren Aperol Spritz verabschiedeten wir uns von den vier anderen und marschierten wieder über den Innenhof auf die andere Seite.

»Hast du Lust, dir den SM-Bereich im Keller anzusehen?«, erkundigte sich Patrick mit einem neckischen Augenzwinkern.

»Lass uns lieber noch mal schauen, was oben los ist.«

Wenn Patrick enttäuscht war, ließ er es mich nicht merken und wir stiegen Arm in Arm die Treppen ins Obergeschoss.

Vor der Tür zum großen Liebessaal blieb er stehen und blickte mich auffordernd an.

»Wollen wir es uns an einem der Bistrotische gemütlich machen und zusehen?«

Ich scannte den Raum. Nur an zwei der fünf Stehtische hielten sich Paare auf. Die beiden hinteren Liegeflächen waren belegt, aber ich konnte von der Tür aus nichts Näheres erkennen. Einige Kerzen waren bereits erloschen, sodass der Raum deutlich dunkler wirkte als zuvor. Links lagen vier Personen, darunter die Blondine aus der Bar, und verwöhnten sich. Als sich unsere Blicke trafen, streichelte sie bewusst langsam ihre Brüste und sandte mir ein einladendes Fragezeichen mit ihren Augen. Ich schüttelte kaum merklich den Kopf. Es reichte, damit sie verstand. Sofort wandte sie ihre

Aufmerksamkeit wieder der Frau und den beiden Männern auf ihrer Matratze zu. Erleichtert atmete ich aus. Ohne es gemerkt zu haben, musste ich die Luft angehalten haben.

Wir stellten uns an einen der Tische und betrachteten für einige Minuten das Treiben. Patrick hielt mich dabei im Arm, liebkoste meinen Hals und nutze den hohen Schlitz, um zu meinem nackten Schoß vorzudringen.

»Na, wer ist denn da schon wieder feucht?«, kommentierte er überrascht. »Was ist denn mit dir los?«

Ich drehte mich zu ihm um, drückte mich nah an ihn und küsste ihn.

»Das sagt der Richtige. Wer ist denn da schon wieder steif?« Patrick grinste zufrieden.

»Was hältst du davon, wenn wir uns noch mal ein Zimmer suchen?«, fragte Patrick lüstern.

»Ich habe eine bessere Idee«, flüsterte ich. Dann nahm ich all meinen Mut zusammen und führte Patrick zur freien überdimensionalen Matratze in der Ecke des Raumes.

Ungläubig sah er mich an. »Dein Ernst?«

»Wieso nicht?«

»Ja … Ich meine … Bist du dir sicher?«

»Traust du dich etwa nicht?«

»Na ja, schon, aber …«

Weiter kam er nicht. Ich verschloss ihm mit meinen Küssen den Mund und sank mit ihm auf das gemütliche Polster nieder. Dort liebten wir uns nach allen Regeln der Kunst. Die Halterlosen waren das Einzige, das ich noch trug. Dass andere Menschen im Raum waren, nahm ich nur am Rande wahr. Es störte mich nicht. Im Gegenteil, ich genoss es, mit meinem Mann die befreite Lust zu leben. Kein Gefühl der Scham oder Unzulänglichkeit. Kein Gedanke, wie andere das vielleicht fanden, kein Vergleichen, einfach Patrick und ich. Ich fühlte mich wie eine Rose, die zur vollen Pracht erblüht war. Nach einer halben Stunde Liebesspiel erlebte ich den gigantischsten Orgasmus aller Zeiten. Selig lächelte ich in mich hinein. Eins war sicher: Prüde war ich definitiv nicht.

KAPITEL 11

Fröhlich die Hits im Radio mitsummend, räumte ich das Frühstücksgeschirr in die Spülmaschine. Es war Montagmorgen, mein freier Tag. Die Kinder waren in der Schule, Patrick schlief aus, bevor er später zu seiner Geschäftsreise aufbrach, und ich dachte an die Erlebnisse der Nacht der Leidenschaft zurück, die mir ein verschmitztes Lächeln ins Gesicht zauberten. Der Abend war der Hammer gewesen. Nie im Leben hätte ich mir träumen lassen, dass ich mich traute, ein Erotikevent zu besuchen, geschweige denn, dass es in mir einschlägt wie eine Bombe. Es fühlte sich an, als hätte ich eine auferlegte Mutprobe bestanden. Als wäre ich zum ersten Mal mit dem Fallschirm aus einem Flugzeug gesprungen. Ich konnte nicht nur stolz sein, gesprungen zu sein, sondern war auch noch mit unbeschreiblichen Gefühlen belohnt worden. Sofort machte sich wieder ein angenehmes Prickeln in mir breit, das mir sogar beim Aufräumen einen wehmütigen Seufzer entlockte.

»Autsch!« Vor lauter Tagträumerei war ich beim um die Ecke biegen an die Kommode gestoßen. *Mensch, Nicola, pass doch auf,* ermahnte ich mich selbst und rieb die schmerzende Stelle. Was stand heute alles auf der To-do-Liste? Einkaufen, einen neuen Reisepass beantragen und um zwölf wollte sich

Laura unbedingt mit mir auf einen Imbiss im Alfredos treffen, bevor um eins die Zwillinge aus der Schule kamen. Apropos Reisepass, da fiel mir ein, dass mein Personalausweis noch in Patricks Geldbeutel steckte. Bevor ich es wieder vergaß und mein Mann ihn mit nach Barcelona nahm, wollte ich ihn lieber gleich aus seinem Portemonnaie holen.

Ich öffnete die oberste Schublade der Kommode, nahm Patricks Geldbeutel heraus und klappte ihn auf. Fotos von mir und den Zwillingen lächelten mir entgegen. Zärtlich strich ich über die Bilder. Dahinter entdeckte ich meinen Ausweis und zog ihn heraus. Tollpatschig, wie ich war, rutschten die Fotos gleich hinterher. Ordentlich verstaute ich sie wieder im Klarsichtfach. *Ich sollte mal neue Bilder machen lassen, auf diesen erkennt man die Zwillinge ja kaum mehr, immerhin sind sie inzwischen neun und nicht mehr fünf,* dachte ich, als ich noch etwas entdeckte. Was war das denn? Da lag ein kleiner Zettel, nicht größer als eine Visitenkarte, der hinter den Fotos gesteckt haben musste. Ich wollte den harmlos aussehenden Schnipsel Papier gerade zurückstecken, als ich sah, dass es sich um handgeschriebene Zugangscodes handelte. Ich schluckte. Es waren nicht irgendwelche Zugangsdaten, es waren Passwörter von unterschiedlichen Sexportalen und der Code zu einer mir unbekannten Mail-Adresse. Mein Bauchgefühl schlug so laut Alarm, dass mir die Ohren klingelten. *Nicola, jetzt spinn nicht,* versuchte ich mich zu beruhigen, *das muss nichts heißen. Bestimmt ist es nicht so, wie du denkst.*

Mein Blick flog weiter über das eng beschriebene Stück Papier. Das konnte nicht wahr sein! Ich hielt mich an der Kommode fest, um nicht umzukippen. Mein Herz hämmerte so laut gegen meinen Brustkorb, dass ich fürchtete, Patrick könnte davon zwei Räume weiter noch wach werden. Es wäre clever, den Zettel abzufotografieren und zu warten, bis Patrick außer Haus war. Aber das konnte ich nicht. Nicht nach dem, was ich auf diesem Zettel las. Ganz unten stand der Dolch, der sich in mein Herz bohrte: der Zugang zu Johns Account aus dem Swinger-Chatroom.

Ich hatte es gewusst! Mein Bauchgefühl hatte goldrichtig gelegen. Absolut nichts konnte mich jetzt noch davon abhalten, auf der Stelle nachzusehen. Ich schubste das Portemonnaie zurück in die Kommode und eilte an den Esstisch, um mich über meinen Laptop einzuloggen. Nicht in »Johns« Profil, das war überflüssig. Allein dass dessen Zugangsdaten hier standen, war Antwort genug. Ich wählte stattdessen die geheime Mail-Adresse von Patrick.

Ungläubig starrte ich auf den Bildschirm. Für eine gefühlte Ewigkeit blieb mein Herz stehen. Die Welt hörte auf, sich zu drehen. Die Töne des Radios drangen nicht mehr bis zu mir durch. In die gespenstische Stille hinein formten sich die Worte in meinen Gedanken. *Dieses miese Dreckschwein!* Unbändige Wut kochte in mir hoch. Mit jeder neuen Mail, die ich öffnete, wurde meine Fassungslosigkeit größer. O mein Gott. Das durfte doch alles nicht wahr sein! Mein Magen krampfte sich zusammen. Bittere Galle stieg auf. Reflexartig sprang ich auf und schaffte es gerade noch rechtzeitig in die Küche, um in die auf Hochglanz polierte Spüle zu kotzen. Die unglaubliche Wahrheit lag in Form von Erbrochenem vor mir und stank mich an. Die Wahrheit. Ich hatte sie schwarz auf weiß. Ich war nicht verrückt! Endlich hatte ich den Beweis, dass meine Intuition richtig gelegen hatte. Nicht nur, was John anging, sondern vermutlich all die Male zuvor ebenso. Wie blöd konnte ich gewesen sein, Patrick den Lippenstift am Hemdkragen durchgehen zu lassen? Wie hatte ich nicht nachhaken können, als wir seiner Kollegin am

Weihnachtsmarkt über den Weg gelaufen waren und er sich so komisch verhalten hatte?

Jetzt lagen die stichfesten Beweise direkt vor mir. Ich musste sie augenblicklich sichern, bevor Patrick merkte, dass ich in seinem geheimen E-Mail-Postfach war und alles löschte. Schnell spülte ich den Mund unter dem Wasserhahn aus. Das Erbrochene verteilte sich durch den Strahl kreisförmig in der ganzen Spüle, aber das musste warten. Zurück am Tisch kopierte ich in Windeseile einzelne Mails aus seinem Postfach und speicherte sie auf meinem Laptop. Gleichzeitig schickte ich mir die Dokumente zusätzlich an meine Mail-Adresse, falls Patrick auf die Idee käme, meinen Laptop mitsamt den Beweisen zu vernichten. Sicher war sicher. Kurz fragte ich mich, ob es nicht schizophren war, die Beweise auch noch extern zu sichern, aber nach dem, was ich allein in den letzten Minuten gelesen hatte und welche Abgründe sich aufgetan hatten, war es das nicht. Dieser Mann, mein Mann, war zu allem fähig, wenn es darum ging, seine Lügenwelt aufrechtzuerhalten. Er hatte nicht einmal gezögert, mich als verrückt hinzustellen, als ich vermutet hatte, dass er selbst sich als John ausgab.

Patricks geheimes Postfach enthielt nicht die üblichen Ordnernamen wie Schriftverkehr, Rechnungen und dergleichen, es war sortiert nach den Städten seiner Geschäftsreisen. Barcelona, London, Frankfurt, München, Düsseldorf, Berlin, Hamburg. In jedem Städteordner waren die Mails der dort ansässigen Frauen fein säuberlich aufgelistet. Ich überflog den Schriftwechsel. Von professionellen Escort-Damen über Frauen, die auf eine Anzeige mit dem Titel »Geiler Geschäftsmann sucht Affäre« geantwortet hatten, bis hin zu Kolleginnen aus den Niederlassungen seiner Firma war alles dabei. Das waren an die hundert verschiedene Kontakte.

Eine E-Mail, die mir ins Auge sprang, stammte aus dem Geburtsjahr der Zwillinge. Zehn Jahre oder länger. Das war kein einmaliges Fremdgehen, das war ein komplettes Doppelleben, das vor mir auf dem Bildschirm prangte. Unfassbar!

Der Schock begrub alle Emotionen unter sich. Nur die Wut lauerte wie ein schwarzes Pulverfass kurz vorm Explodieren in meinem Inneren. Längst hatte der Autopilot in mir die Steuerung übernommen. Die Finger flogen über die Tasten und kopierten wie von selbst eine Datei nach der anderen. Dabei brannten sich einzelne Textfetzen in meine Netzhaut ein und hefteten sich in meinem Hirn fest. An einem weiteren Datum blieb ich besonders hängen. Der Urlaub auf Sylt letztes Jahr. Patrick war wegen eines angeblichen Notfalls in der Firma zwei Tage früher mit dem Zug allein zurückgereist. Am Tag drauf war Amy so krank geworden, dass ich, statt wie geplant am Sonntagmorgen, bereits am Samstagnachmittag losfahren wollte, damit die Kinder im Auto schlafen konnten und ich mich nicht um Verkehr und Quengeleien gleichzeitig kümmern musste. Patrick war strikt dagegen gewesen. Er meinte, es sei viel zu gefährlich, in die Nacht hineinzufahren, ich solle lieber am Tag drauf im Hellen sicher nach Hause kommen. Er würde sich sonst viel zu große Sorgen machen. Von wegen Sorgen. Seine Sorge hatte lediglich darin bestanden, dass sein Date platzte. Dieses Schwein hatte für diese Nacht doch tatsächlich eine Nutte zu uns nach Hause bestellt. Hier stand es, ohne jeden Zweifel. Nicht einmal vor unserem Heim machte er halt.

Bei allem Entsetzen empfand ich für einen Moment so etwas wie Erleichterung. Erleichterung darüber, festzustellen, dass ich nicht verrückt war. Mein Bauchgefühl, das mich Patrick damals hatte fragen lassen, ob wir ihm die Tour vermasseln, wenn wir früher zurückkommen, war goldrichtig gewesen. Aber wie so oft, hatte er mein Gefühl ins Lächerliche gezogen und mich als geisteskrank hingestellt. Jetzt leuchtet mir auch ein, warum Patrick stets extrem eifersüchtig war. Er hat all die Jahre das bei mir gesucht, was er regelmäßig praktizierte – Betrug. All seine manipulativen Worte, all seine Lügen fanden aber hier und heute ein Ende!

Die Schlafzimmertür knarzte. Mist. Ich war noch nicht fertig mit dem Kopieren der E-Mails.

»Guten Morgen, mein Engel.« Gut gelaunt betrat Patrick das Esszimmer. Ich saß an der Stirnseite des langen Tisches, den Blick geschäftig auf den Bildschirm gesenkt und bemüht, die Fassung zu bewahren.

»Guten Morgen, dein Frühstück steht in der Küche«, brachte ich unter größter Anstrengung möglichst normal über die Lippen.

Patrick sah mich lüstern an und sagte, während er auf mich zukam: »Ich hatte gehofft, dich zum Frühstück zu bekommen, bevor ich eine Woche verreise und mich nach dir verzehre.«

Das war zu viel. Ich spürte, wie mein Pokerface entgleiste. Ruckartig erhob ich mich.

Irritiert sah Patrick mich an und fragte in seinem fürsorglichsten Tonfall: »Nicola, was ist denn los? Geht es dir nicht gut?« Eine Armlänge entfernt blieb er stehen, bemüht, in meinem Gesicht zu lesen. Die Lunte des Pulverfasses in meinem Inneren brannte, während mein Blick zu Eis gefror.

»Du mieses, verlogenes Dreckschwein!« Ich schleuderte ihm die Worte, jede Silbe einzeln betonend, mit meinem nach Kotze stinkenden Atem entgegen.

Erschrocken und angewidert wich er einen Schritt zurück. »Bist du jetzt völlig verrückt geworden?«

Mit hasserfülltem Blick fixierte ich ihn und meinte, Angst

in seinem Gesicht zu entdecken. »Pack deine Sachen und verschwinde!« Mein Tonfall war kalt, klar und kompromisslos.

»Aber was ist denn los?« Mein Göttergatte versuchte, den Ahnungslosen zu spielen.

»Was los ist? Dein Ernst? Du fragst mich, was los ist?«, schrie ich ihm entgegen.

»Ja, verdammt! Ich habe keine Ahnung, was in dich gefahren ist. Du benimmst dich wie eine geistesgestörte Furie. Hast du deine Tage?«

Wie ein Panther bereit zum Angriff wartete ich auf den richtigen Moment, um zuzuschlagen. Die Schlinge um Patricks Hals zog sich enger und enger. Er fühlte sich sichtlich unwohl in seiner Haut, und ich genoss es, ihn schmoren zu lassen. Quälend langsam nahm ich den Zettel mit den Passwörtern vom Tisch und hielt ihn ihm entgegen. Für einen Sekundenbruchteil sah ich Entsetzen in seinen Augen aufblitzen, verbunden mit der Frage, wie viel ich wohl wusste.

Sofort änderte er seine Strategie und ging empört zum Gegenangriff über. »Was hast du in meinem Geldbeutel zu suchen? Es ist bodenlos, dass du mir hinterherspionierst. Du solltest dich schämen.«

Ich überging seinen Kommentar und fragte stattdessen: »Was hast du zu dem Zettel zu sagen?«

Als er die Kompromisslosigkeit in meiner Stimme und Körpersprache wahrnahm, änderte er seine Taktik.

»Ach, mein Engel, das hat doch nichts zu bedeuten. Das sind nur Portale, auf denen ich mich auf der Suche nach einem passenden Chatroom für uns umgesehen habe.«

»Bullshit!«, donnerte ich ihm entgegen. »Ich kann deine Lügen nicht mehr ertragen. Verschwinde aus meinem Leben!«

»Nicola, mach dich doch nicht lächerlich. Du warst doch mit dem Chatroom einverstanden.« Patrick bemühte sich wie gewöhnlich, mir den schwarzen Peter zuzuschieben, aber die Rechnung hatte er diesmal ohne mich gemacht.

»Ich rede nicht von den Sexportalen. Ich rede von deinem geheimen Mail-Account. Davon, dass du deine ganzen Geliebten nach Städten sortiert hast. Davon, dass du mich seit Jahren regelmäßig betrügst. Davon, dass du ein verficktes Doppelleben führst!«

Patricks Gesichtsfarbe wechselte von rot zu kreideweiß. »Du verstehst das alles völlig falsch, Nicola. Da war nie etwas. Das waren lediglich virtuelle Chats, mehr nicht. Die hatten wir doch beide. Du weißt doch, ich liebe nur dich, mein Engel.«

»Nenn mich nie wieder Engel!« Meine Stimme überschlug sich und ich kannte kein Halten mehr. All die jahrelang hinuntergeschluckten Worte schossen aus mir heraus wie die Salven einer Maschinenpistole. »Halt deine verlogene Fresse!« Während ich ihm den Bildschirm zudrehte, schrie ich weiter. »Hier stehen schwarz auf weiß konkrete Terminvereinbarungen. Du hast eine Prostituierte sogar zu uns nach Hause bestellt, während ich mit den Kindern im Urlaub war. Bei der Nutte Nadja entschuldigst du dich dafür, dass du bei einem Blowjob in der Umkleidekabine zu früh gekommen bist! Soll ich dir mehr Beispiele nennen?«

»Das war alles ganz anders, Nicola. Es ist nicht, wie es …«

Ich schnitt Patrick das Wort ab. »Schweig! Dank dir kenne ich virtuelle Chats. Das hier sind keine!«, schmetterte ich ihm entgegen, während ich ihn angewidert anstarrte.

Als Patrick merkte, dass er mit dem Versuch, alles zu verharmlosen, nicht weiterkam, änderte er seine Strategie erneut. »Nicola, lass uns doch in Ruhe reden. Bitte. Ich liebe nur dich. Das musst du mir glauben.«

Mit einem verächtlichen Lachen antwortete ich: »So, wie

ich dir glauben sollte, dass du nicht dieser John bist, der den Dreier mit uns wollte? Du erinnerst dich? Vor einer Woche erst habe ich dich darauf angesprochen. Du hast mich zur Sau gemacht, wie ich dir so etwas unterstellen kann. Als verrückt hast du mich bezeichnet. Dabei ist es wahr. Du warst derart perfide und respektlos, einen Mann zu erfinden, um mich zu manipulieren, mit dem Ziel, zu deinem beschissenen Dreier zu kommen. Was bitte hat das mit Liebe zu tun? Wenn das deine Art ist, zu lieben, was tust du dann erst, wenn du mich hasst? Und was hättest du gemacht, wenn ich zu einem Dreier mit John Ja gesagt hätte? Hm? Hättest du einen Callboy bezahlt und ihn mir als John verkauft? Du ekelst mich an!« Patrick wollte etwas erwidern, aber ich ließ ihm keine Chance: »Du fährst jetzt auf deine Geschäftsreise, und wenn du zurückkommst, zieht einer von uns aus. Es ist vorbei!« Ich machte auf dem Absatz kehrt, griff mir Handtasche und Schlüssel und stürmte zur Tür.

»Das kannst du doch nicht machen«, stammelte Patrick entsetzt. Schwungvoll drehte ich mich um und kam energischen Schrittes ein Stück zurück. Ich warf Patrick einen letzten, vernichtenden Blick zu, schnappte mir meinen Laptop vom Esstisch und knallte die Tür hinter mir ins Schloss.

KAPITEL 12

Es war ruhig hier, fast idyllisch. Dunst stieg nach dem Regen vom moosigen Waldboden auf und ein frischer Duft nach Harz und Kiefernnadeln erfüllte die Luft. Ganz in der Nähe klopfte ein Specht. Ich saß wie betäubt in meinem Cabrio, den Laptop fest an die Brust gedrückt, als müsste ich ihn wie einen Schatz mit meinem Leben verteidigen. Wie paradox. Müsste ich ihn nicht eher in den nächsten Abgrund werfen und mir wünschen, dass alles nur ein böser Traum wäre? Stattdessen klammerte ich mich an die bittere Wahrheit im Inneren des schwarzen Kastens, war sie doch Zeuge dafür, dass nicht ich krank im Kopf war, sondern Patrick selbst. Unsere zehn Ehejahre liefen an meinem inneren Auge vorbei. Unzählige Szenen, in denen ich mein ungutes Gefühl zur Seite geschoben hatte und an die große, ehrliche Liebe glauben wollte, die Patrick stets beteuert hatte. Szenen, in denen ich im Zweifel für den Angeklagten entschieden hatte, sei es, wenn es um andere Frauen ging oder auch wenn er, wie so oft, gemein zu mir gewesen war. Immer hatte ich versucht, Verständnis zu zeigen, hatte seine Geschichte dahinter gesehen und an das Gute in ihm geglaubt, das ich hinter seiner Fassade zu sehen glaubte und das er mir zwischendurch immer wieder gezeigt hatte. Ich wollte unbedingt, dass meine

Ehe funktionierte, hatte dabei unzählige Opfer gebracht, die die schönen Spitzen lange nicht mehr aufwogen, dass ich blind gewesen war für das, was um mich herum passiert war. Ich hatte mich blenden lassen von Patricks Charme und Rhetorikkünsten und war mit meiner Art, auch meinen Anteil von Schuld an einer Sache einzuräumen, nicht gegen ihn angekommen. Gegen ihn, der stets jeden Fehler komplett von sich zu weisen wusste, sogar als er sein Auto gegen die Wand gefahren hatte.

Jedes Gefühl für Patrick, all die Liebe, die ich je für ihn empfunden hatte, war wie schockgefrostet, mein Herz ein einziger Eisklumpen. Was war nur aus meinem Traum von der heilen Familie geworden? Ausgeträumt. Hart auf dem Boden der Tatsachen aufgeschlagen, die schillernde Seifenblase meines Lebens zerplatzt. Einfach so.

Blutige Hände und Knie hatte ich mir beim Kampf für die Ehe in der Vergangenheit öfter geholt, da musste ich zum Beispiel nur an Patricks Seitensprung mit Eva denken. Jahrelang hatte ich für diese Ehe gekämpft, in dem Bewusstsein, dass Liebe nicht selbstverständlich ist, sondern auch Arbeit und Verzeihen erfordert. Doch diesmal ging es nicht um ein paar blutige Schrammen, nicht um die seelischen Narben, die er mir mit seinen spitzen Worten immer wieder zugefügt hatte; diesmal war es der Genickbruch für unsere Ehe. Selbst wenn ich noch wollte, ich wüsste nicht, wie ich diesem Mann je wieder vertrauen, wie ich je wieder etwas für ihn empfinden könnte. Nicht einmal zu Hass war ich fähig. Wäre das nicht die angemessene Reaktion? Ihn hassen? Aber was war in solch einer Situation schon angemessen? Die Kälte, die von dem Eisklumpen in meinem Herzen ausging, fror pauschal jegliches Gefühl ein. Übrig blieb Leere. Ich hätte nicht gedacht, dass sich das Ende einer Ehe so unwirklich anfühlen würde.

Die Zwillinge kamen mir in den Sinn. Amy mit ihrem zarten Gesicht und Fynn mit seinem spitzbübischen Lächeln. Jeder auf seine Weise empfindsam, beide vernarrt in ihren Quatschmach-Papa. So langsam realisierte ich die Tragweite der Entdeckung. Ein kleiner Schnipsel Papier, der zum falschen oder vielleicht auch richtigen Zeitpunkt aus Patricks Brieftasche gefallen war, fungierte als Symbol für das Ende meines Kindheitstraumes.

Mein Magen verkrampfte sich, die Mundwinkel zuckten, obwohl ich mir auf die Lippe biss, um meine Zähne vom Klappern abzuhalten. Der Geschmack von Eisen breitete sich in meinem Mund aus, während die erste Träne über meine Wange kullerte. Je mehr sich die körperliche Schockstarre löste, desto unkontrollierbarer setzte das Zittern am ganzen Körper ein. All die Wut, die Schmach des Betrugs, die Trauer um den Verlust der Familie für meine Kinder, die Enttäuschung über das eigene Versagen als Ehefrau, das gebrochene Versprechen vor Gott ergossen sich schließlich in Millionen von Tränen.

Ich weiß nicht, wie lange ich schluchzend im Auto gesessen hatte. Den Tempos auf dem Beifahrersitz nach eine halbe Ewigkeit. Die Tränen waren versiegt, der Schmerz war geblieben. Es war, als wäre all meine Kraft aus meinem Körper geflossen. Allein das Handy aus der Handtasche zu kramen, schien so anstrengend wie das Stemmen einer Fünfzigkilo-Hantel.

Zweiunddreißig Anrufe in Abwesenheit von Patrick in den letzten zwei Stunden, dazu unzählige WhatsApps von ihm und zwei von Laura. Patrick konnte mich mal. Ihm hatte ich vorerst gesagt, was ich zu sagen hatte.

Laura, unsere Verabredung, Mist, es war kurz nach zwölf,

ihr musste ich wenigstens absagen. Die Vorstellung, etwas essen zu sollen, drehte mir den Magen um. Ganz zu schweigen davon, dass ich mich nicht imstande sah, mich in der Öffentlichkeit zu präsentieren, ebenso wenig wie über das zu reden, was gerade geschehen war. Solange ich die Trennung nicht laut aussprach, hatte sie noch etwas Unwirkliches an sich. Schnell öffnete ich den Chatverlauf mit Laura.

11:02 Uhr: »Hi Nicola, ich freue mich riesig auf unser Treffen heute Mittag. Ich muss dir unbedingt etwas erzählen.«

12:00 Uhr: »Was ist passiert? Du bist NIE unpünktlich!«

Rasch tippte ich eine Antwort.

»Sorry, Laura, ich schaffe es heute nicht. Wir reden ein andermal. Ich melde mich bei dir. Sei mir bitte nicht böse.«

Das musste für Erste genügen. Ich brauchte Zeit. Zeit und einen Plan. Im Planen und Organisieren war ich stets gut gewesen, jetzt galt es, diese Fähigkeiten abzurufen und zu funktionieren. Heulen konnte ich später wieder. Vielleicht half es, ein paar Schritte zu gehen, um die Schockstarre zu überwinden und wieder klar denken zu können. Mühevoll schälte ich mich aus dem Autositz und versuchte unter größter Anstrengung, wieder Leben in meinen steifen, kraftlosen Körper zu bringen. Der Schotter des Waldparkplatzes knirschte unter meinen Schuhen und kratzte sachte an einer alten Erinnerung, ohne dass ich sie hätte fassen können. Nach wenigen Schritten ging der Parkplatz in einen mit Nadeln bedeckten Waldweg über, der weich und geschmeidig jeden Schritt abfederte, als würde er mich in Watte hüllen wollen. Mit einem tiefen Atemzug füllte ich meine Lunge mit dem frischen Duft des Kiefernwaldes. Sachte strich ich über die rissige Borke einer alten Eiche, die ihren Platz zwischen all den Koniferen behauptete. Wie oft war mir der Wald wie eine zweite Heimat gewesen, ein Ort, an dem ich mich bereits als Kind geborgen gefühlt hatte. Meine Zuflucht und mein Trost. Allein und doch nicht einsam. Wie auf Kommando zwitscherte ein Vogel in einer benachbarten Baumkrone und ein Eichhörnchen huschte über mir von Ast zu Ast. Ich sog die Kraft der Natur mit jedem Atemzug in mir auf, fühlte sie über die Rinde durch meine Hände in meinen Körper fließen, nahm sie wahr im frischen Grün der jungen Eichenblätter und im Gesang des Waldes. Das Leben ging weiter, wie es das immer tat, um mich herum und in mir drin.

KAPITEL 13

Zwei Wochen später

Laura hatte es sich im Schneidersitz auf dem Sofa bequem gemacht, ihre Teetasse in beiden Händen, und schaute mich erwartungsvoll an. Auch wenn die Tage Ende März recht mild waren, wurde es abends empfindlich kühl. Ich fröstelte, obwohl das Feuer im Kamin knisterte und sich der warme Chai Tee wohlig in meinem Bauch ausbreitete. Den Eisberg in meinem Inneren vermochte beides nicht zum Schmelzen zu bringen. Auch Lauras Nachricht über ihre Verlobung mit Ben, hatte es nicht geschafft mein Herz zu erreichen. Natürlich freute ich mich für meine Freundin, dass sie den Mann fürs Leben gefunden hatte, aber ich konnte es nicht fühlen.

Mit einem Räuspern, das für einen Moment die leise Hintergrundmusik übertönte, versuchte ich den Reif von meiner Stimme zu schütteln, um meiner Verbündeten ein Update der letzten Tage zu geben. Wo sollte ich anfangen? So viel war passiert, seit ich ihr von meiner Entdeckung berichtet hatte.

Laura kam mir zur Hilfe. »Hast du die Testergebnisse von deiner Ärztin bekommen?«

»Ja, Gott sei Dank waren sämtliche Befunde negativ. Ich habe mir echt Sorgen gemacht, nachdem sich in den Chats von Patrick herausgestellt hat, dass er oft nicht mal ein Kondom benutzt hat. Wie unverantwortlich kann man nur sein?« Fassungslos schüttelte ich den Kopf.

»Das ist alles so krass, Nicola. Ich bin unendlich froh, dass du ihn rausgeworfen hast.« Laura schenkte mir einen aufmunternden Blick, ehe sie fragte: »Wie geht es den Zwillingen damit? Wo sind die Racker eigentlich? Freitags um die Zeit sind sie doch sicher noch nicht im Bett.«

»Nein, die Zeiten sind leider vorbei. Amy übernachtet bei ihrer Freundin Fiona und Fynn bei einem Fußballkumpel.« Mein Blick ging verlegen zu Boden. Nach einer Pause fügte ich hinzu: »Sie wissen es noch nicht.«

Laura schaute, als hätte ich ihr gerade erklärt, dass zwei plus drei zehn ergibt. »Patrick ist doch ausgezogen.«

»Ja, das schon. Nachdem ich darauf bestanden habe, dass wir keine Nacht mehr gemeinsam unter einem Dach schlafen, hat er sich nach der Geschäftsreise ein Zimmer in Nürnberg genommen, wo er gerade ein neues Projekt betreut. Das Haus hat er uns vorerst überlassen.« Vorsichtig pustete ich in meine Teetasse.

»Und weiter? Mensch, Nicola, lass dir doch nicht jedes Wort aus der Nase ziehen«, drängelte Laura.

Fast flüsternd gab ich zu: »Amy und Fynn denken, dass er beruflich gerade einfach viel unterwegs ist.«

Laura stellte ihre Tasse unsanft auf dem Wohnzimmertisch ab. »Das ist nicht dein Ernst, Nicola, worauf wartest du denn?«

»Ich wollte es ihnen ja sagen, aber …« Ich zuckte entschuldigend mit den Schultern. Ja, was war eigentlich das Aber?

Aber der Moment war nie der richtige.

Aber ich muss mich erst selbst sortieren.

Aber es sind noch so viele Fragen offen.

Aber ich weiß nicht, wie ich es ihnen beibringen soll.

Aber es fällt mir so schwer, ihre heile Welt zu zerstören.

Es gab gefühlt unzählige Aber. Statt auch nur eines zu nennen, meinte ich kleinlaut: »Es ist nicht mal gelogen, nur die Wahrheit etwas gebogen.«

Laura drückte meine Hand. In ihrem Blick lagen Milde und Verständnis, wusste sie doch, wie schwer die ganze Situation für mich war. Ich rechnete ihr hoch an, dass von ihr kein »Ich habe es dir doch gleich gesagt« oder »Ich habe Patrick nie über den Weg getraut« gekommen war. Sie war nicht mal sauer gewesen, als ich ihr gebeichtet hatte, dass Patrick vor einem Jahr bereits mit Eva aufgeflogen war, was ich ihr bis dahin verschwiegen hatte. Sie verstand, dass ich sie nicht unnötig belasten und das Verhältnis zwischen ihr und Patrick nicht noch komplizierter machen wollte, als es sowieso war. Sogar meine Racheaktion mit Marc hatte sie nachvollziehen können, ja, sich sogar darüber gefreut, dass ich Patrick eins ausgewischt hatte, obwohl das absurd war. Schließlich hatte er nie davon erfahren.

»Ach, Laura«, sagte ich mit einem tiefen Seufzer und drückte sie ganz fest. »Danke, dass du da bist.«

»Danke, dass du mich da sein lässt.« Tröstend strich sie mir über den Rücken und nahm dann meine Hände in die ihren. »Wie geht es denn jetzt weiter?«

»Wenn ich das wüsste! Patrick kämpft wie verrückt für unsere Ehe, obwohl ich ihm unmissverständlich gesagt habe, dass es endgültig aus ist. Ständig kommen Nachrichten, E-Mails, Entschuldigungen, Liebesbeteuerungen. Er behauptet, er würde alles dafür tun, wenn ich ihm noch eine Chance gäbe. Erst gestern habe ich einen Brief von ihm bekommen.«

»Was schreibt er denn?«

Ich zog den Brief aus meiner Gesäßtasche und reichte ihr das zerknitterte, rußige Stück Papier.

Mit spitzen Fingern nahm Laura es entgegen. »Was ist denn damit passiert?«

Entschuldigend zuckte ich mit den Schultern. »Ich habe es zerknüllt und in den Kamin geworfen, dann aber doch wieder herausgeholt.«

Laura begann mit angewidertem Gesicht zu lesen.

Liebste Nicola,

ich weiß, ich habe dich sehr verletzt und ich kann dir gar nicht oft genug sagen, wie unendlich leid mir alles tut. Du musst mir glauben, dass das absolut nichts mit dir zu tun hatte. Du bist und bleibst meine Traumfrau. Ich habe immer nur dich geliebt und werde dich immer lieben. Das mit den anderen Frauen hatte nichts zu bedeuten. Für keine habe ich je etwas empfunden. Es ging dabei nur um Macht. Ich habe mich oft klein und wertlos gefühlt, war gequält von Selbstzweifeln, dass ich auf diese Weise Bestätigung gebraucht habe. Wenn ich eine Frau erobern konnte, selbst wenn ich dafür bezahlen musste, fühlte ich mich überlegen und mächtig. Es war wie eine Sucht. Ich brauchte dieses Gefühl immer öfter, weil ich mich von Mal zu Mal dir gegenüber mieser gefühlt habe. Du warst so perfekt, erfolgreich, wunderschön und ich ein wertloser Niemand. Oft war ich rasend vor Eifersucht. Diese ganzen Frauengeschichten waren wie ein Teufelskreis, aus dem ich allein keinen Ausweg mehr fand. Ich kann dir gar nicht sagen, wie froh ich bin, dass dieses Doppelleben endlich aufgeflogen ist. Jetzt kann ich mir Hilfe holen. Ich hatte sogar zwei Coachinggespräche bei Tara, die du mir vor Jahren mal empfohlen hast. Du siehst, ich meine es wirklich ernst. Es kann alles anders werden. Wir können wieder von Neuem anfangen. Bitte wirf uns nicht weg wie einen schmutzigen Lumpen. Wir sind doch das Dreamteam.

Denk an unsere Kinder! Willst du Amy und Fynn eine Tren-
nung wirklich antun? Überleg doch mal, wie sehr du unter der
Scheidung deiner Eltern gelitten hast. Ich weiß, dass dein Ver-
trauen im Moment zerstört ist, aber wir haben doch alle Zeit
der Welt. Es kann wieder wachsen. Wir müssen nichts über-
stürzen. Ich werde dir beweisen, dass ich mich geändert habe
und dass ich es wert bin, dass du mir wieder dein Vertrauen
schenkst. Nur, bitte, gib uns noch diese eine Chance und lass
es uns mit einer Paartherapie versuchen. Wenn du danach
sagst, es funktioniert nicht, verspreche ich dir, dich in Ruhe
zu lassen. Bitte gib mir diese allerletzte Chance.
Wenn nicht für mich, dann tu es für unsere Kinder.

Dein dich auf ewig liebender,
Patrick

PS: Sollte es mit uns nichts mehr werden, werde ich kein
Scheidungspapa. Das tue ich mir nicht an. Ich kann nur ganz
oder gar nicht. Im Falle einer Scheidung werde ich mich ins
Ausland versetzen lassen und die Kinder nie wieder sehen.
Finanziell sorge ich natürlich für euch. Das soll keine
Erpressung sein, ich will nur mit offenen Karten spielen.

Lauras Mienenspiel hatte während des Lesens die unterschiedlichsten Facetten gezeigt: genervtes Augenrollen, »Eine-Runde-
Mitleid-Blick«, kritisches Stirnrunzeln, und war jetzt zu vergleichen mit einer Comicfigur, der vor Wut der Dampf aus
den Ohren kochte.

»Der spinnt doch, der Typ! Was ein Arsch! Wenn er
meint, dass du dich mit seiner Drohung, die Kinder im Stich
zu lassen, erpressen lässt, hat er sich geschnitten.«

Ich war mir sicher, dass Patrick diesen Pfeil ganz bewusst

abgeschossen hatte. Er wusste nur zu gut, wie sehr ich nach der Scheidung meiner Eltern um die Liebe und Aufmerksamkeit meines Vaters gekämpft hatte, auch wenn ich mit meinem Stiefvater quasi eine neue Familie hatte. Obwohl Papa nicht einmal eine halbe Stunde entfernt gewohnt hatte, hatte ich ihn nur alle paar Monate gesehen, weil alles andere für ihn wichtiger gewesen zu sein schien als ein Vater-Tochter-Wochenende, sodass ich mich unzählige Abende einsam in den Schlaf geweint hatte.

»Das hat er doch, oder?«, setzte Laura hoffnungsvoll nach.

»Was hat er?«

»Na, sich geschnitten, wenn er meint, dich erpressen zu können.«

»Ja, schon …« Mein Blick verlor sich im milchigen Braun des Tees, in dem ich monoton rührte. Wie ein Strudel sog mich die kreisrunde Teespirale in die Tiefe meiner Erinnerung. Ich fühlte den alten Schmerz meiner Kindheit, der sich mit einer lang vergessenen Szene in mein Bewusstsein drängte.

Ich war vielleicht dreizehn oder vierzehn Jahre alt gewesen, als ich mit hohem Fieber krank bei meiner Mutter und meinem Stiefvater, die mit dem Hof beschäftigt gewesen waren, zu Hause lag. Ich hatte meinen Vater ewig nicht gesehen und vermisste ihn schmerzlich. Er erzählte mir am Telefon, dass er mittags im Nachbarort zu tun habe, und ich bat ihn, mich wenigstens für fünf Minuten zu besuchen. Ich wünschte mir nur eine kurze Umarmung, einmal seine Nähe spüren, dann hätte er wieder fahren können. Stunde um Stunde verstrich, aber die Türklingel blieb stumm. Als es schließlich nach neunzehn Uhr war, hatte ich ihn angerufen, um zu fragen, wo er blieb. Seine Antwort war gewesen: »Ach, mein Mäuschen, es war schon spät und ich wollte pünktlich zur Sportschau zu Hause sein. Fünf Minuten hätten sich doch gar nicht gelohnt.«

Ich presste die Hand auf mein Herz, als könnte ich es damit vor dem Zerspringen schützen. Trotzdem fraß sich der Schmerz durch jede Zelle und war so präsent wie damals.

»Was aber?« Lauras drängende Stimme holte mich ins Hier und Jetzt zurück. »Nicola, was geht in dir vor? Bitte rede mit mir.«

»Entschuldige, ich habe nur an meinen Vater gedacht. Das Aber war darauf bezogen, dass Patrick sogar eine Paartherapie vorgeschlagen hat.«

»Das habe ich gelesen, na und?«

»Was ist, wenn er es jetzt ernst meint? Psychokram war für ihn immer ein rotes Tuch.«

»Du denkst darüber auch nur ansatzweise nach, nach allem, was war?«, fragte Laura entsetzt.

Ich zuckte mit den Schultern. »Was, wenn er tatsächlich aus Minderwertigkeitsgefühlen heraus gehandelt hat? Wenn er wirklich froh ist, dass er den Teufelskreis durchbrechen kann und nun endlich bereit ist, an seinen tieferen Themen zu arbeiten?«

Laura sah mich fassungslos an. »Nicola, hast du vergessen, was er dir alles angetan hat? Und da rede ich keineswegs nur von den Weibergeschichten.«

»Nein, natürlich habe ich das nicht vergessen. Ich denke an nichts anderes. Sobald ich die Augen schließe, schieben sich ekelhafte Bilder in mein Bewusstsein, wie er in der Umkleidekabine steht, während die Nutte ihm einen bläst, wie er seine Kollegin mit den nackten Brüsten an die Scheibe des Hotelzimmers drückt und sie von hinten nimmt oder wie er es mit einer Escort-Tussi in unserem Ehebett nach allen Regeln der Kunst treibt. Ich habe keine Ahnung, wie ich diese

Bilder je wieder aus meinem Kopf bekommen soll, wie ich ihm je wieder vertrauen können soll. Und trotzdem frage ich mich, ob ich nicht diesen einen Schritt zu früh aufgebe. Ich habe die letzten Jahre unendlich viel Kraft und Energie in diese Ehe gesteckt, was, wenn ich jetzt kurz vorm Ziel stehen bleibe?« Ich hob meinen Blick und sah in Lauras besorgtes Gesicht. »Laura, es geht nicht nur um mich. Wir haben zwei Kinder, denen ich die heile Familie bieten wollte, die ich nie hatte. Sogar meine Eltern und mein Vater, die alle Patrick noch nie sonderlich mochten und die mir signalisiert haben, dass sie für mich da sind, haben gefragt, ob ich wirklich die Trennung will mit den Zwillingen. Die Nachbarn, meine Ärztin … Von allen Seiten heißt es, denk an die Kinder und überstürze nichts. Die kennen, zugegeben, alle nur Bruchstücke, aber trotzdem. Vielleicht ist eine Paartherapie eine echte Chance, alles zum Guten zu wenden; nicht nur die Sexgeschichten, sondern auch sein Verhalten an sich.«

»Glaubst du das ernsthaft? Das sind doch alles leere Versprechungen, um dich wieder rumzukriegen.«

»Ich weiß es nicht, Laura. Aber mir wird gerade klar, dass ich mir ein Leben lang vorhalten würde, nicht alles versucht zu haben, um meinen Kindern die Familie bewahren zu können, wenn ich Patrick, wenn ich unserer Ehe nicht diese allerletzte Chance gebe. Wir sind getrennt, daran ändert sich nichts, und nur wenn eine Paartherapie Erfolg bringt, kann es vielleicht einen Neustart geben. Scheitert sie, habe ich alles Menschenmögliche versucht und kann guten Gewissens die Scheidung einreichen.«

Laura nickte langsam. Der Schmerz in ihren Augen und ihre Sorge um mich waren nicht zu übersehen, was mir in der Seele wehtat. Es machte mir einmal mehr bewusst, warum ich in der Vergangenheit viele Dinge mit mir allein ausgemacht hatte.

KAPITEL 14

Zufrieden, wenn auch erschöpft, faltete ich die neun Seiten des Briefes an den Paartherapeuten, den mir meine Hausärztin empfohlen hatte, zusammen und steckte ihn in das vorbereitete Kuvert. Eigentlich war Herr Reuter ausgebucht, aber er hatte mir bei meinem Anruf letzte Woche einen Termin in vierzehn Tagen gegeben. Eine Stunde, oder besser fünfzig Minuten, in denen er einen von uns beiden, egal, wen, sehen wollte, um darüber zu entscheiden, ob er unseren Fall annahm oder nicht.

Mehr als zehn Jahre in fünfzig Minuten. Über Persönliches zu reden, war noch nie meine Stärke gewesen. In so kurzer Zeit die ganze Dimension unserer Probleme darzulegen, ohne entscheidende Aspekte zu vergessen, erschien mir unmöglich. Denn eines war klar: Herr Reuter sollte alles wissen. Nicht nur die aktuellen Gründe für die Trennung, sondern auch die subtilen Gemeinheiten, das Dr.-Jekyll-und-Mr.-Hyde–Verhalten, und auch, dass ich mir nicht vorstellen konnte, wie je wieder eine vertrauensvolle Zukunft möglich sein sollte, von den fehlenden Gefühlen für Patrick ganz zu schweigen. Sogar Marc, die Nacht der Leidenschaft und einen Teil meiner Kindheit hatte ich in den Brief mit hineingepackt.

Die neun Seiten wogen schwer in meiner Hand. Vergangenheit wie Zukunft lagen darin. Noch nie hatte ich derart offen in der Komplexität über mich und mein Leben geschrieben. Es war ungewohnt, all die lang gehüteten und hinter Masken versteckten Geheimnisse preiszugeben, aber es fühlte sich richtig an. Irgendwie leichter.

Was sich hingegen gar nicht leicht anfühlte, war der bevorstehende Abend mit Patrick. Der Blick auf die Uhr verriet mir, dass er mit den Zwillingen in weniger als einer halben Stunde zum Abendessen hier aufschlagen würde. Ich hatte mich zwar geweigert, am Ostersonntag traditionell mit zu seinen Eltern zu fahren, denen er meines Wissens bisher nichts von der Trennung erzählt hatte, aber mich der Kinder zuliebe dazu durchgerungen, ihm zu erlauben, den Osterabend mit uns zu verbringen. Amy und Fynn wussten inzwischen zumindest, dass wir gerade etwas Abstand brauchten, um ein paar Probleme zu klären, weiter hatten sie zum Glück nicht nachgefragt. Sie freuten sich auf den ersten gemeinsamen Abend seit dem Rauswurf vor vier Wochen.

Bisher hatte ich mich in meiner Arbeit vergraben, wenn Patrick übers Wochenende bei den Kindern gewesen war. Ich hatte Messebesuche als Erklärung für meine Abwesenheit über Nacht vorgeschoben und auf einer Pritsche im Hinterzimmer des Brautladens geschlafen. Dabei war mir meine Arbeit noch nie schwerer gefallen. Als wollte es mich verhöhnen, begrüßte mich mein Brautkleid auf der Schaufensterpuppe, wenn ich das Brautatelier betrat. Ich sollte längst ein anderes Kleid dekoriert haben, aber es abzunehmen, hätte mir noch schmerzlicher bewusst gemacht, wie schnell der Traum vom lebenslangen Glück zu zweit doch platzen konnte. Solange mein Kleid noch hing, gab es vielleicht Hoffnung. Sollte die Ehe endgültig scheitern, musste ich mir grundsätzliche Gedanken über meinen Brautladen machen. Von der finanziellen Unsicherheit der Selbstständigkeit ganz abgesehen – wie sollte ich Bräute beraten, wenn ich selbst in meiner Ehe versagt hätte? Selbst jetzt war jede Beratung eine emotionale Qual, auch ohne dass mir mein Versagen offiziell auf die Stirn geschrieben stand. Ich fühlte mich wie eine Lügnerin, was ich ja auch war. Aber mit einer Lüge würde ich später wenigstens aufräumen, das hatte ich mir fest vorgenommen. Allein bei dem Gedanken daran bekam ich feuchte Hände. Seltsamerweise verspürte ich Angst, aber was sollte passieren? Meine Ehe war bereits kaputt. Sollte es jemals einen Neuanfang geben, sollte dieser auf ein ehrliches Fundament gebaut werden, ohne Leichen im Keller.

Freudig rufend polterten die Zwillinge die Treppe herauf. »Mama, Mama, sieh mal, was der Osterhase bei Oma und Opa uns gebracht hat.« Fynn wedelte mit einer gelben Transformer-Figur vor meinem Gesicht herum.

»Der heißt Bumblebee. Das ist ein Guter.«

»Super, mein Schatz, da war der Osterhase ja sehr großzügig.«

»Ja, voll krass. Amy hat er sogar einen Kopf geschenkt. Du weißt schon, einen mit Schminki-Schminki, Glitzer und Mädchengedöns, und wir haben ganz viele Eier im Garten gefunden und die Osterhasen mit Glöckchen.«

Wie schön diese leuchtenden Kinderaugen doch waren. Die Freude und Unbeschwertheit steckten an, leckten leicht an meinem gefrorenen Herzen und zauberten mir ein Lächeln aufs Gesicht.

»Ich bin mir sicher, deine Schwester hat sich genauso sehr über den Schminkkopf gefreut wie du dich über deinen Transformer.«

»Hm, kann sein. Ich muss gleich meine andere Figur suchen, dann können die zwei fighten.« Ehe ich etwas erwidern konnte, war Fynn im Kinderzimmer verschwunden, und Amy nutzte die Gelegenheit, mir stolz ihr Geschenk zu präsentieren.

»Ist der nicht cool, Mama? Mit Lippenstiften, Lidschatten, Glitzer, drei Sorten Rouge und ganz vielen Haarspangen. Schau mal, die Zöpfe habe ich ganz allein geflochten.«

»Wow, die Frisur ist prima geworden. Das hast du toll gemacht, meine Süße.« Wie herzallerliebst sie doch aussah mit den vor Glück leuchtenden Augen. Wie sehr wünschte ich mir, dass meine Kinder immer so strahlen könnten.

»Mama, zeigst du mir, wie ein Mozartzopf geht? Dann kann ich das endlich auch lernen.«

Ich zögerte, sah auf die Uhr. »Na klar, nach dem Abendessen, okay?«

Kurz legte Amy den Kopf schief, als wollte sie protestieren, aber dann antwortete sie: »Na gut, dann schminke ich Mia erst mal.« Damit verschwand auch sie samt Puppenkopf in Richtung Kinderzimmer. Übrig blieben Patrick und ich. Die plötzliche Stille ließ mich frösteln, oder war es die Abwesenheit des wärmenden Kinderlachens?

Patrick stand mitten im Esszimmer, wie ein Möbelstück, das nicht wusste, wo sein Platz war. Dunkle Ringe unter den Augen, unrasiert, unsicher. Ganz anders als der herrische Bestimmer, der er früher gewesen war. Vielleicht sollte ich Genugtuung empfinden oder Mitleid, aber in mir regte sich weder das eine noch das andere. Ich hoffte nur, dass der Abend schnell vorüberging.

»Du bist schmal geworden«, sagte er leise und ohne Einleitung. »Also nicht, dass du vorher dick gewesen wärst. Ach, du weißt, was ich meine. Ich rede Müll. Entschuldige bitte.«

»Schon okay. Willst du etwas trinken?« Wie seltsam es sich anfühlte, ihm wie einem Gast etwas anzubieten. Steifer konnte die Situation kaum sein.

»Ja, gerne. Eine Cola, bitte, ich muss ja noch fahren.«

Ich überhörte den Seitenhieb, ging in die Küche, die ich bewusst nicht picobello aufgeräumt hatte, wie Patrick es liebte, und schenkte ihm sein Getränk ein. Das Gluckern der braunen Flüssigkeit übertönte die stille Befangenheit, die zäh zwischen uns hing. Am liebsten hätte ich mir Wein eingegossen, aber ich begnügte mich mit Wasser. Es war besser, einen klaren Kopf zu behalten.

»Kann ich dir helfen?« Fast hätte ich vor Schreck mein Glas verschüttet. Ich hatte nicht gehört, dass Patrick mir gefolgt war. Hastig drückte ich ihm seine Cola und den Brotkorb in die Hand. »Hier, nimmst du das bitte mit zum Esstisch und holst die Kinder? Ich bringe den Rest, dann können wir essen.«

Das Abendbrot verlief ohne besondere Vorkommnisse. Die Kinder plapperten munter drauf los, Patrick erzählte wilde Geschichten, mit denen er alle zum Lachen brachte, und nach kurzer Zeit fühlte es sich wie ein normaler Abend einer ganz normalen Familie an. Selbst ohne Vertrauen wirkte alles schrecklich vertraut.

»Papa, spielst du was mit uns?«, fragte Fynn, als wir fertig gegessen hatten.

»Geht ihr zwei vor, ich komme gleich. Ich helfe Mama noch schnell beim Tischabräumen.«

»Aber dann kommst du?«

»Ja, mein Großer.« Patrick strubbelte Fynn durch seine wilde Mähne. »Jetzt saust, ihr zwei.«

Klappernd räumte ich das Geschirr in die Maschine, das Patrick mir anreichte.

»Sind wir nicht ein gutes Team?«, fragte er. Dass er dabei nicht nur die Hausarbeit meinte, war offensichtlich. Die feinen Härchen in meinem Nacken richteten sich auf, während sich mein Magen zusammenzog, als wäre mein Körper das Spiegelbild meiner inneren Zerrissenheit.

Schärfer als geplant, gab ich zurück: »Zu einer Ehe gehört mehr als gemeinsam eine Spülmaschine einräumen zu können.« Ich hasste es, dass Patrick immer wieder tat, als wäre nichts gewesen und als könnte man mit ein paar netten Gesten und dummen Witzen alles ungeschehen machen. Vielleicht hasste ich aber auch mich dafür, dass sich das gemeinsame Abendessen gut angefühlt hatte.

»Es tut mir leid, Nicola. So war das nicht gemeint. Ich weiß, dass ich dich sehr verletzt habe. Nichts würde ich lieber tun, als alles ungeschehen zu machen. Die Zeit, so heißt es doch, heilt alle Wunden, und zusammen mit dem Therapeuten werden wir an unserer Ehe arbeiten und bekommen das sicher hin.«

Lauter als nötig knallte ich die Spülmaschinentür zu.

»Dir ist schon bewusst, dass wir noch keine Therapiezusage haben, sondern nur einen Kennlerntermin?« Es regte mich auf, dass er bei allem so tat, als gäbe es überhaupt kein Problem.

»Das klappt bestimmt. Du kommst stets gut bei den Menschen an, der kann gar nicht anders, als Ja sagen. Von daher ist es perfekt, dass du zuerst hingehst.«

Ich empfand diese Lobhudeleien als völlig übertrieben. Woher wollte er das wissen?

»Die Geschäftsreise zu verschieben, wäre echt schwierig geworden. Außerdem können wir die Therapie auf diese Weise auch gleich über deine Krankenkasse abrechnen, dann kann ich bei meiner die Beitragserstattung wieder in Anspruch nehmen. Du wirst sehen, mithilfe des Therapeuten werde ich ein neuer Mensch und wir schaffen es, unsere Ehe zu retten.«

Bei der Aussage, dass die mögliche Therapie über meine Krankenkasse laufen sollte, zuckte ich innerlich zusammen. Eine leise Ahnung schlich sich an, ohne dass ich sie konkret benennen konnte.

Ich schob sie fürs Erste beiseite und antwortete: »Patrick, ich habe dem Termin zugestimmt, ja, aber mehr kann ich dir nicht versprechen. Ich fühle nichts mehr für dich, und ich weiß auch nicht, ob das zu kitten ist, selbst wenn du dich änderst.« Ich fröstelte und konnte die Kälte in meinem Inneren förmlich spüren. Am liebsten hätte ich gleich alles hingeworfen und Nägel mit Köpfen gemacht.

»Wir machen einfach einen Schritt nach dem anderen, ich bin mir sicher, dass wir es schaffen, unsere Liebe neu aufzubauen und schöner blühen zu lassen als je zuvor.«

Ich verdrehte genervt die Augen, während ich Krümel von der Brotschneidemaschine wischte, die eigentlich längst alle weg waren. *Jetzt oder nie,* dachte ich. »Patrick, ich muss dir noch was erzählen.«

»Natürlich, du kannst mir alles sagen. Was ist denn?«, fragte er in hoffnungsvollem Ton.

Ich holte tief Luft und nahm all meinen Mut zusammen, ehe ich sprach: »Nachdem ich erfahren habe, dass du mich mit Eva betrogen hast, habe ich mich gerächt.«

Schweigen. Stirnrunzeln. Fragezeichen im ganzen Gesicht, als müsste Patrick in seinem Gehirn erst die einzelnen Worte wie Puzzleteile zu einem großen Ganzen zusammensetzen, um die Bedeutung zu erfassen. Schlucken.

»Willst du mir damit sagen, dass DU mich betrogen hast?«, fragte er ungläubig.

Ich erdrückte das Küchentuch in meiner Hand fast. »Ja.«

Patrick ließ sich auf den Barhocker der Küchentheke sinken, sein Gesicht weiß wie die Packung Mehl neben ihm.

»Okay.« Schweigen.

Mit dieser Antwort hatte ich beim besten Willen nicht gerechnet. Und auch nicht damit, dass er derart ruhig blieb. Klar, was sollte er auch sagen, wo er mich vermutlich Hunderte Male mehr betrogen hatte.

Ohne aufzublicken, fragte er mit tonloser Stimme: »Mit wem?«

»Mit dem Heilpraktiker, zu dem ich damals gegangen bin.«

»Hast du jemandem davon erzählt?«

»Nein, ich bin nicht gerade stolz darauf.« Sein Tonfall verriet mir, dass ich besser für mich behalten sollte, dass ich es wenige Tage zuvor erst Laura gebeichtet hatte.

Aus dem Kinderzimmer wurden Rufe laut. »Papa, wann kommst du? Ich habe die Legoburg fertig aufgebaut.«

Patrick schien seinen Sohn nicht wahrzunehmen. Er war zu sehr in die Welt seiner Gedanken versunken. Statt Fynn zu antworten, zischte er mich an: »Sag das niemandem! Ich habe keine Lust, als der Depp von Würzburg zu enden, über den sich jeder das Maul zerreißt.«

Verstand ich das gerade richtig? Dass jemand wusste, dass er untreu gewesen war, war ihm egal, diesbezüglich hatte er mir nie Redeverbot erteilt, aber dass ich ihn gehörnt hatte, durfte keiner wissen?

»Hast du das verstanden?«, fragte Patrick mit Nachdruck.

»Ja, ich bin ja nicht blöd.«

Plötzlich tauchte Fynns Kopf in der Türe auf, dicht gefolgt von Amy. Hatten sie gehört, was wir gesprochen hatten?

»Papa, wann kommst du endlich? Du hast es uns versprochen.« Dem sorglosen Tonfall zufolge Gott sei Dank wohl nicht.

Patrick sprang von seinem Hocker auf, schlug mit der flachen Hand auf den schwarzen Marmor und fuhr seine Kinder an. »Verschwindet! Geht auf der Stelle in euer Zimmer, und wehe, ihr lasst euch blicken, bevor ich euch rufe!«

Die Zwillinge zuckten zusammen, Tränen bildeten sich in Fynns Augen, der seinen Vater verständnislos ansah, während Amy sofort das Weite suchte.

»Hör gefälligst auf zu heulen wie ein Mädchen!« Ein erneuter Schlag auf die Arbeitsplatte und auch Fynn setzte sich in Bewegung. Am liebsten wäre ich den beiden hinterhergelaufen und hätte sie getröstet, aber dazu kam ich nicht.

»Und jetzt zu dir!« Patrick schob die Küchentüre zu und versperrte mir damit den Ausgang.

»Liebst du ihn?«

»Quatsch, natürlich nicht! Es war nur Sex.«

»Ich dachte, ohne Gefühle kannst du nicht«, blaffte Patrick mich an. Er machte sich vor mir breit, die Hände in die Hüften gestemmt, und blinzelte mich böse an. Ich wich zwei Schritte zurück, hielt dem Blick aber kommentarlos stand, schließlich war er der Letzte, der ein Recht dazu hatte, über mich zu urteilen.

»War er gut? Hat er einen größeren Schwanz als ich? Wie oft hat er es dir besorgt? In welcher Stellung? Bist du gekommen? Hast du geschrien? Los, rede! Ich will alles wissen.«

Speicheltropfen flogen mir bei seinem Verhör entgegen. Die Ader an Patricks Stirn pulsierte wild, die Gesichtsfarbe war von Weiß auf Rot umgesprungen. Kurz war ich versucht, wie ein artiges kleines Kind mit eingezogenem Genick auf seine Fragenflut zu antworten. Dann erinnerte ich mich an den Inhalt all der Mails, die ich gelesen hatte, und straffte die Schultern.

»Nein! Weiß ich denn Einzelheiten von all deinen Seitensprüngen?«

»Das ist etwas anderes!«, herrschte er mich an.

Ruhig gab ich zurück: »Das finde ich nicht, und außerdem spielt es überhaupt keine Rolle! Ich habe dir das von Marc nur gesagt, damit für eine mögliche Zukunft keine Lügen und Geheimnisse mehr zwischen uns stehen.«

Solche Widerworte war Patrick von mir nicht gewohnt. Mit erhobenem Zeigefinger, die andere Hand neben dem Körper zur Faust geballt, kam er auf mich zu. »Nicola, ich erwarte auf der Stelle Antworten auf meine Fragen! Wie hat er dich gefickt? War er besser als ich?«

Meine Knie zitterten. Das Herz schlug mir bis zum Hals, als ich die nächsten Worte möglichst souverän aussprach. »Ich glaube, es ist besser, wenn du jetzt gehst.«

Patrick schnappte nach Luft und fuchtelte wie verrückt mit seiner Hand vor meinem Gesicht herum. »Ich lasse mich von dir Hure nicht aus meinem eigenen Haus werfen!«

»Wie du willst, dann fahre ich mit den Kindern zu meinen Eltern.«

All meinen restlichen Mut zusammennehmend, nutzte ich den Überraschungseffekt und drängte mich an Patrick vorbei aus der Küche. Geistesgegenwärtig schnappte ich mir im Vorbeigehen mein Handy und die Schlüssel von der Kommode, steckte beides in die Hosentasche und eilte weiter zum Kinderzimmer.

Patrick war oft sauer gewesen, aber so wie eben hatte ich ihn noch nie erlebt. Es hatte nur noch der Schaum vor dem Mund gefehlt wie bei einem tollwütigen Tier. Angstschweiß klebte mir im Nacken. Mein Instinkt schrie: »*Raus hier!*«, und das so schnell wie möglich.

Die Zwillinge saßen zusammengekuschelt auf Amys Bett und weinten. Vor ihnen auf dem Boden verstreut lagen die

Teile dessen, was wohl einmal Fynns Legoburg gewesen war, lieblos zertreten.

»Schnell, kommt mit! Wir fahren zur Oma. Ich erkläre es euch später.«

Die Kinder blieben wie versteinert sitzen. Es war unmöglich für sie, zu begreifen, was hier gerade vor sich ging. Wie konnten sie auch, ich verstand es selbst kaum. Ich setzte mich zu ihnen auf die Bettkante und nahm die zwei Häufchen Elend in den Arm. Vier Kinderarme klammerten sich an mir fest, beide drückten ihre Köpfe an meine Brust. Ich spürte ihre Tränen durch die dünne Bluse auf meiner Haut. Das salzige Zeugnis ihres Schmerzes vermischte sich in mir mit dem lieblichen Duft von Amys Apfelshampoo. Wie bizarr.

Noch ehe ich die beiden erneut auffordern konnte, aufzubrechen, versteifte sich Fynns Körper in meinem Arm. Reflexartig fuhr ich herum und sah ihn. Patrick. Die Augen gerötet, ausdruckslos, unser größtes Küchenmesser in der Hand, dessen Klinge im Licht der Kinderzimmerlampe neben Patricks Körper gefährlich aufblitzte. Da stand er bewaffnet mitten im Türrahmen, dem einzigen Ausweg, und sagte kein Wort.

O mein Gott. Spontan malte mein Gehirn eine Pressemeldung auf meine Netzhaut. *Familiendrama bei Würzburg. Ehemann ersticht erst Ehefrau, dann die neunjährigen Zwillinge.*

Für einen Augenblick blieb meine Welt stehen. Alles wurde ganz leise, sogar mein Herzschlag verstummte. Wie sehr hätte ich mir gewünscht, dass Patrick mich jetzt einfach anschrie, anstatt still und unberechenbar dazustehen.

Meine Kinder! Schnell schob ich sie vom Schoß und stellte mich schützend vor sie. In Sekundenbruchteilen scannte ich meine Umgebung nach etwas, das ich zur Verteidigung benutzen könnte. Vergeblich. Das einzig Greifbare waren Bumblebee und Amys Kuscheltiere. Nichts, was ich dem großen Messer entgegensetzen hätte können. Eine Flucht durchs Fenster? Ausgeschlossen. Während ich fieberhaft meine Möglichkeiten weiter abwog, hob Patrick das scharfe Messer. Ich dachte, *das war's jetzt.* Aber er griff nicht uns an, sondern führte die Klinge langsam an sein eigenes Handgelenk.

Völlig ruhig, ins Leere schauend, sagte er: »Ich bringe mich jetzt um.«

»Nicht vor den Kindern«, war alles, was ich herauspressen konnte.

Patrick zögerte, nickte kaum merklich und sagte teilnahmslos: »Dann gehe ich ins Bad.«

Damit verschwand er aus unserem Sichtfeld.

Die Situation ließ sich kaum erfassen. Erleichterung, scheinbar mit den Zwillingen aus der Schusslinie zu sein, mischte sich mit der Sorge um den Vater meiner Kinder. Ich musste etwas tun, aber was? Notruf! Mit zitternden Fingern tastete ich nach meinem Handy. Wie war die Nummer? 001? Ich versuchte, die Zahlen zu treffen. Das Handy glitt mir aus der schwitzigen Hand. Mist. War es doch die 110? Oder 210? Ich atmete viel zu schnell, viel zu flach, und bekam doch keine Luft. Meine Gedanken rasten schwarz auf schwarz, ich konnte sie nicht lesen. Die Nummer, scheiße, ich wusste die richtige Nummer nicht! Die weiß doch jedes Kind, wie konnte sie mir nicht einfallen? Was sollte ich überhaupt sagen? Mein ganzer Körper bebte.

»Mama?«

»Gleich, mein Schatz, Mama muss erst Hilfe holen, dann bin ich für euch da.« Meine Stimme zitterte unkontrolliert.

Ich sah in die verängstigten Gesichter meiner Kinder. Was würde aus Patrick werden, wenn ich jetzt die Polizei rief?

Würde ich damit seine Zukunft ruinieren? Langsam ließ ich das Telefon sinken. Hätte er noch eine Zukunft, wenn keine Hilfe kam? Aus dem Bad hörte ich Patricks lautes Schluchzen. Noch lebte er auf jeden Fall.

Tara! Das war die Idee. Tara konnte vielleicht helfen, mit ihr hatte Patrick bereits Coaching-Sitzungen gehabt. Hastig scrollte ich mit zitternden Fingern durch die Anrufliste. Da war ihre Handynummer. Ich drückte auf Wahlwiederholung und betete, dass sie am Sonntagabend abnahm. Es klingelte. Einmal. Zweimal. Fünfmal. Die kurz aufgeflammte Hoffnung wich erneuter Panik. Dann endlich, nach dem siebten Klingeln, knackte es in der Leitung.

»Fleckenstein.«

Meine Knie gaben nach und im selben Moment, in dem ich zu Boden sackte, brachen unmenschlich klingende Schluchzer aus mir heraus. Ich heulte Tara ins Telefon, völlig hysterisch, nach Luft schnappend, dazwischen Wortfetzen an ihr Ohr schleudernd. Messer – Patrick – Selbstmord.

»Nicola, bist du es? Ich kann dich nicht verstehen.«

Hyperventilierend versuchte ich erneut, die Situation zu erklären.

»Nicola, ganz ruhig. Atmen. Einatmen, ausatmen. Du musst dich beruhigen, sonst kann ich dich nicht verstehen.«

Erst im dritten Anlauf hatte ich mich so weit unter Kontrolle gebracht, dass Tara die Situation erfassen konnte. »Okay, wo ist Patrick jetzt?«

»Im Bad.«

»Bring ihm das Telefon, ich rede mit ihm. Du wartest in der Zwischenzeit bei den Kindern. Und Nicola, schließ die Tür ab.«

Ich nickte, auch wenn Tara mich nicht sehen konnte.

Mühsam rappelte ich mich auf und ging ängstlich Richtung Bad, nicht wissend, welcher Anblick mich dort erwartete.

»Mama, geh nicht weg!« Kinderarme griffen nach mir.

»Ich bin gleich wieder bei euch. Versprochen.«

»Wirklich?«

Wieder nickte ich, damit die Kinder die Angst in meiner Stimme nicht hören konnten, drückte ihre Hände und ging ins Bad.

Patrick saß auf dem Badewannenrand, den Kopf in die eine Hand gestützt, das Messer in der anderen, und starrte zu Boden. Als er mich bemerkte, blickte er auf. Tränen standen in seinen Augen, die nun nicht mehr ganz so kalt aussahen wie eben.

»Hier, für dich.« Ich streckte ihm das Telefon entgegen, darauf bedacht, genug Abstand zu halten.

Patrick sah mich fragend an.

»Tara.«

Damit überließ ich ihm das Handy und eilte zurück zu den Kindern, die Türe doppelt hinter mir verriegelnd. Zu dritt aneinandergeschmiegt in der hintersten Ecke des Zimmers, als wären wir eins, saßen wir auf dem Boden und warteten. Ich wiegte die Kinder in meinen Armen und wiederholte wie ein Mantra die Worte: »Alles wird gut.«

Keine Ahnung, wie viel Zeit vergangen war, bis es vorsichtig an die Tür klopfte. Fünf oder fünfzig Minuten. Das Zeitgefühl war völlig verlorengegangen. Die Kinder krallten instinktiv ihre Finger fest in mein Fleisch, als könnte es ihnen Halt geben. Auch wenn ich mich selbst vor Angst nicht bewegen konnte, schien ich doch ihre Rettungsboje zu sein, an der wenigstens sie sich festklammern konnten.

Es klopfte erneut. »Nicola, ich gehe jetzt.«

Tränen der Erleichterung schossen mir in die Augen.

»Okay«, hörte ich mich sagen. Mehr kam nicht aus mir heraus, ohne dass meine Stimme gebrochen wäre.

Patrick stand immer noch vor der Tür, ich konnte seine Präsenz spüren. Als würde er darauf warten, dass wir herauskämen, damit er sich verabschieden konnte.

»Ich habe noch dein Handy. Du sollst Tara zurückrufen«, kam es tonlos aus dem Flur.

»Leg es einfach vor die Tür. Das mach ich später.« *Bitte, bitte, geh doch einfach*, flehte ich innerlich und versuchte, das einsetzende Zittern zu unterdrücken. Die Sekunden kamen mir vor wie Minuten.

»Ich habe euch lieb«, tönte es von der anderen Seite der Tür.

Stille auf unserer Seite. Nur mein Schlucken, obwohl längst keine Spucke mehr in meinem Mund war, klang in meinen Ohren. Dann ein leises Klackern auf dem Parkett und erlösende Schritte, die sich von uns entfernten.

Kurz darauf hörten wir die Haustür ins Schloss fallen und wenig später das Starten eines Motors. Mit quietschenden Reifen entfernte sich ein Auto.

Minutenlang blieben wir reglos sitzen und lauschten in die Stille. War Patrick weg? War der Alptraum zu Ende und wir wirklich sicher?

Wieder war es Amy, die sich zu Wort meldete: »Mama, ich habe Angst, aber ich muss mal.« Auch mir saß die Angst noch in allen Knochen, aber das wollte ich den Kindern nicht zeigen. Ich musste versuchen, ihnen wieder Sicherheit zu geben. Außerdem konnten wir uns nicht die ganze Nacht auf Verdacht weiter verbarrikadieren.

»Okay, ich gehe nachsehen, ob die Luft rein ist, dann hole ich euch. Ihr bleibt hier und schließt die Tür hinter mir ab. Verstanden?«

»Aber …«

»Nichts aber, ich bin gleich wieder da. Versprochen. Mir passiert nichts.«

Das Haus war tatsächlich menschenleer. Patrick hatte Wort gehalten und war gefahren. Trotzdem lauerte die Panik in jeder dunklen Ecke. Was, wenn er es sich anders überlegte und jeden Moment zurückkam? Ich rannte an die Haustüre, schloss von innen ab und stellte eine Flasche davor. An der Eingangstür zum Wohnbereich ließ ich den Schlüssel von innen stecken und platzierte eine Porzellanfigur auf dem Griff. Sicher war sicher. Nachdem ich auch alle Fenster geschlossen und die Rollläden heruntergelassen hatte, klopfte ich an die Kinderzimmertür.

»Ihr könnt aufmachen, ich bin es.«

Der Schlüssel quietschte im Schloss und ehe ich mich's versah, flogen mir die Zwillinge in die Arme.

Die Nacht verbrachten wir zu dritt im Ehebett. Ein Kind links, eins rechts im Arm. Es dauerte eine Ewigkeit, bis sich beide in den Schlaf geweint hatten. Erst dann liefen meine Tränen still in die Dunkelheit hinein und hielten mit mir Nachtwache.

Die heißen Wassertropfen prasselten seit zehn Minuten auf mich nieder. Das Bad war mit Dampf erfüllt und lag verschwommen im Nebel. So fühlte es sich auch in mir an. Ich konnte weder klar sehen noch klar denken, geschweige denn Entscheidungen treffen. Das Wasser konnte den zähen Brei aus Gedanken und Emotionen nicht auflösen. Ich war voll und leer zugleich.

Patrick hatte direkt am Morgen angerufen und sich für seinen Ausraster entschuldigt und darum gebeten, vorbeikommen zu dürfen, was ich ihm jedoch untersagt hatte. Bis auf Weiteres hatte er sich von mir und den Kindern fernzuhalten. Sollte er das nicht akzeptieren, hätte sich jede Gesprächsgrundlage erledigt. Zähneknirschend hatte er eingewilligt, erst einmal auf Abstand zu bleiben, auch wenn er meinte, dass ich für seine Reaktion doch Verständnis haben müsste. Schließlich sei ich auch ausgerastet, als ich von seinen Fehltritten erfahren hätte, und nun müsste ich ihm doch auch eine emotionale Reaktion zugestehen, immerhin hätte ich ihn völlig geschockt.

Für mich stand mein Schreien und Rauswerfen, als er aufgeflogen war, in keinem Verhältnis zu seiner Messeraktion und der Selbstmorddrohung, noch dazu vor den Kindern, aber mir fehlte nach der schlaflosen Nacht die Kraft, um darüber zu streiten. Noch dazu hatten mich Taras Worte gestern Abend verunsichert. Ich hatte erwartet, dass sie mir half und zu mir hielt. Wir kannten uns seit der gemeinsamen Elternbeiratszeit im Kindergarten, und auch wenn wir nicht direkt Freundinnen waren, hatten wir uns stets gut verstanden. Patrick hatte sie erst jetzt durch das Coaching kennengelernt. Aber sie hatte sich bei meinem Rückruf sehr reserviert gezeigt und etwas davon gefaselt, dass jeder seinen Teil der Schuld trage. Logisch hatte ich auch meinen Anteil daran, immerhin hatte auch ich Patrick betrogen, aber so, wie sie es gesagt hatte und in welchem Ton, hatte es sich nicht richtig angefühlt und nicht die Tragweite der Gesamtsituation berücksichtigt. Es schien mir, als hätte Patrick sie mit seinen Rhetorikkünsten voll von sich eingenommen, und als wäre ich nun mehr die einzige Böse in dem ganzen Spiel und mein Mann der, den es zu bedauern galt. Ich fühlte mich von Tara verraten; gerade jetzt, wo ich jemanden gebraucht hätte, der mich gegen Patricks Gehirnwäscheversuche schützte, gab sie eher ihm recht, statt mir.

Alles in allem fehlten mir die Klarheit und die Kraft, eine Konsequenz aus dem gestrigen Abend zu ziehen. Statt auf Gefahr mit Flucht oder Angriff zu reagieren, pickte ich wie ein dummes Huhn Körner vom Boden und setzte den Alltag fort. Sollte mein Mann den Therapeutentermin doch kriegen. Auf die paar Tage kam es auch nicht mehr an. Dann konnte ich wenigstens sagen, dass ich wirklich alles Menschenmögliche versucht hatte.

Als ich das Badezimmer mit einer doppelten Schicht Make-up verließ, klang die Stimme von Joris aus dem Wohnzimmerradio an mein Ohr: »Immer, wenn es Zeit wäre, zu geh'n, verpass ich den Moment und bleibe steh'n«, sang der Sänger gerade, als würde er von mir reden.

Ehe ich weiter über das Lied nachdenken konnte, stürmte Fynn durch die Haustür und warf schnaubend seine Jacke auf den Boden.

»Mit Falco spiele ich nie mehr!«, schrie er mir empört entgegen.

Falco war der zwei Jahre jüngere Nachbarsjunge, bei dessen Mutter wir zum Geburtstagsfrühstück eingeladen waren. Die Kinder hatten nicht warten wollen, bis ich geduscht hatte, und waren bereits vorgegangen.

»Was ist denn passiert, mein Räuber?« Ich versuchte, Fynn beruhigend über sein zerzaustes Haar zu streicheln, aber er duckte sich weg und trat stattdessen wütend gegen den Tisch.

»Falco ist blöd. Der behauptet, dass ich ein Lügner bin.«

»Wie kommt er denn darauf?«

»Keine Ahnung. Er sagt, dass ich nur angeben würde und dass es gar nicht stimmt, dass Papa gestern mit dem großen Messer vor uns stand und wir uns dann eingeschlossen haben. Und seine Mutter hat mich auch ganz dumm angeschaut.«

Ich sog scharf die Luft ein. Ach du meine Güte. Ich hatte nicht damit gerechnet, dass Amy oder Fynn den Vorfall herumerzählen würden.

Als ich klein war, war es für mich selbstverständlich gewesen, dass über unangenehme Dinge nicht geredet wurde; nicht innerhalb der Familie und erst recht nicht außerhalb. Ich hatte vergessen, dass ich meine Kinder anders erzogen und mich bemüht hatte, ihnen den Raum zum Reden zu geben, den sie brauchten.

Durch Fynns unbekümmerte Äußerung bekam die Fassade meiner heilen Welt gerade gewaltige Risse. Was, wenn die Messeraktion in der Nachbarschaft die Runde machte? Ob Regina Fynn für voll genommen hatte? Mir wurde schwindelig. Schnell setzte ich mich auf den nächstbesten Esszimmerstuhl, bemüht, mir meine Bestürzung nicht ansehen zu lassen, und zog Fynn auf meinen Schoß. Sein steifer Körper setzte sich widerwillig, nicht ohne sich zu versichern, dass ihn auch ja niemand sehen konnte. Schließlich war er neuneinhalb, und es war uncool, sich von der Mutter trösten zu lassen.

»Weißt du, Fynn, Falco ist ja noch kleiner als du. Vielleicht kann er deine Erlebnisse nicht verstehen oder er ist sogar neidisch, weil du etwas sehr Aufregendes erlebt hast und er sich im Vergleich zu dir wie ein Baby fühlt.«

Fynns Anspannung ließ merklich nach und er schmiegte sich für einen Moment in meine Umarmung.

»Mama?«, sagte er leise. »Hattest du ...«

»Was hatte ich?«

Fynn rutschte unruhig auf meinem Schoß hin und her. »Ich meine, hattest du gestern ...«

Wieder stockte Fynn mitten im Satz.

»Was meinst du, mein Großer? Du darfst mich alles fragen.«

»Ach, egal! Ich geh wieder spielen und zeig dem Falco, dass mir egal ist, was er glaubt. Der ist ja noch ein Baby.« Fynn hüpfte von mir herunter.

159

»Warte, Fynn. Ich hatte gestern auch Angst, wenn es das ist, was du mich fragen wolltest. Aber Papa hat es nicht so gemeint.«

Fynn nickte verlegen.

»Du weißt, dass du jederzeit mit mir reden kannst. Auch über gestern.«

»Ja, das weiß ich doch, Mama. Alles gut.« Damit flitzte er durch die Tür.

KAPITEL 15

Herr Reuters Praxisräume befanden sich im Erdgeschoss eines renovierten Altbaukomplexes in der Würzburger Innenstadt, in dem außerdem die Büroräume einer Versicherungsagentur sowie einer Anwaltskanzlei für Familien- und Erbrecht untergebracht waren. Wie praktisch, dachte ich, wenn der Seelenklempner versagen würde, konnte ich gleich einen Stock weiter oben die Scheidung einreichen. Tatsächlich war ich froh, dass nicht jeder, der mich das Haus betreten sah, direkt erkennen konnte, dass ich einen Termin bei einem Therapeuten hatte. Ein Teil in mir schämte sich dafür, dass ich meine Probleme nicht mehr allein lösen konnte, oder war es mehr das Gefühl, gegen die als Kind verinnerlichte unausgesprochene Familienregel zu verstoßen, indem ich im Begriff war, den Mantel des Schweigens zu lüften?

Ich war bereits dreimal unauffällig die Straße auf und ab geschlendert, da ich natürlich viel zu früh angekommen war. Von Mal zu Mal wurden meine Hände feuchter. Mir wurde schlecht, wenn ich mir bewusst machte, was dieser mir noch völlig fremde Mensch aufgrund meines Mammutbriefes alles wusste. Hoffentlich konnte er mir wenigstens helfen.

Drei Minuten vor elf. Es war an der Zeit, zu klingeln. Ich atmete noch einmal tief durch, wischte meine Hände an der

Hose ab, straffte die Schultern und betrat das Gebäude. Drinnen drückte ich den messingfarbenen Klingelknopf der Praxis. Ein älterer Herr, den ich auf Ende fünfzig schätzte, öffnete mir mit einem freundlichen Lächeln die Tür und streckte mir seine gepflegte Hand entgegen.

»Frau Wolf, nehme ich an? Ich bin Steffen Reuter, guten Tag. Schön, dass Sie da sind, kommen Sie doch herein.«

Ich erwiderte die Begrüßung und folgte Herrn Reuter in sein Besprechungszimmer, das im Wesentlichen aus einem mit Büchern und Akten beladenen Schreibtisch, einem Ledersofa links und einem Lehnsessel rechts bestand.

»Nehmen Sie doch Platz«, bat er mich freundlich und zeigte auf die berühmt-berüchtigte Couch, während er sich auf dem Chefsessel niederließ.

»Ja, Frau Wolf, normalerweise würde ich Sie fragen, weshalb Sie hier sind, aber das haben Sie mir in Ihrem Brief ja ausführlich geschildert.«

Ich spürte, wie mir die Röte ins Gesicht stieg, während er Gott sei Dank weitersprach.

»Ich muss sagen, einen derart umfassenden, gut reflektierten Brief wie von Ihnen habe ich in meiner langen Laufbahn noch nie bekommen.«

»Es tut mir leid, dass ich Ihnen unser ganzes Eheleben niedergeschrieben habe, aber Sie haben gesagt, dass Sie mir diese eine Stunde geben, um zu entscheiden, ob Sie uns dazwischenschieben können, und ich hätte nicht gewusst, wie ich Ihnen die Tragweite der Situation auf die Schnelle hätte erklären sollen. Ich hoffe einfach, dass Sie mir sagen können, ob eine Paartherapie überhaupt theoretisch noch Sinn machen würde.«

Vielleicht hoffte ich insgeheim, dass er diese Frage mit Nein beantworten würde. Aber er sah mich nur aufmerksam an, sodass ich weiterredete.

»Herr Reuter, ich hänge, seit ich vor über einem Monat die Trennung ausgesprochen habe, völlig in der Luft. Für mich war die Ehe mit dem Auffliegen von Patricks Doppelleben endgültig erledigt, aber er bettelt mich an, ihm diese eine Chance mit einer Therapie noch zu geben. Mein Mann war immer total gegen alles, was mit Psychologie zu tun hat, und dass er jetzt den Wunsch äußert, lässt mich glauben, dass wir ihm wirklich sehr wichtig sind und dass es ihm ernst damit ist, an sich arbeiten zu wollen«, beendete ich meinen Rede-schwall.

»Was wollen Sie?«, fragte mich der Therapeut, ohne mich aus den Augen zu lassen.

Meine Hände knetend, gestand ich kleinlaut: »Ich weiß es nicht.« Mein Blick ging jetzt doch zu Boden, als ich weiter-sprach. »Ich habe mir stets eine heile Familie gewünscht, und natürlich sind mir unsere Kinder das Wichtigste überhaupt. Aber ich habe keine Ahnung, wie ich je wieder etwas für Patrick empfinden können soll, geschweige denn, wie ich ihm je wieder vertrauen können soll. Selbst ohne die Frauen-geschichten war unsere Ehe oft die Hölle für mich. Außer-dem ist es letzte Woche noch derart eskaliert, als ich meinem Mann meinen Fehltritt gebeichtet habe, dass er mit dem Messer vor mir und den Kindern stand. Ich dachte, er bringt uns jetzt alle um, aber stattdessen wollte er sich selbst vor den Augen unserer Kinder das Leben nehmen.«

Kaum hatte ich mich warm geredet, quasselte ich wie der sprichwörtliche Wasserfall und brachte Herrn Reuter auf den aktuellen Stand.

»Ich weiß einfach nicht mehr weiter. Glauben Sie, dass es noch Sinn macht, weiterzukämpfen, und wenn ja, würden Sie uns dabei helfen?«

Der Therapeut, der die ganze Zeit geduldig zugehört hatte,

strich sich über die kurzen Bartstoppeln am Kinn und räusperte sich, ehe er antwortete. »Das hängt ganz von Ihnen ab.«

Irritiert sah ich ihn an. »Wie meinen Sie das?«

»Ich bin bereit, Ihrer Frage mit Ihnen auf den Grund zu gehen.«

War das etwa ein Ja? Wollte Herr Reuter uns helfen und weitere Termine anbieten?

»Allerdings unter zwei Voraussetzungen.«

Mein hastiges Nicken reichte aus, damit er weitersprach.

»Punkt eins: Sie müssen ergebnisoffen sein. Damit meine ich, dass wir an Ihrem Thema arbeiten können, aber dass dabei offenbleibt, ob Sie der Weg als Paar zusammen- oder auseinanderführt. Das wird erst der Prozess zeigen.«

Tatsächlich hörte sich dieser Punkt für mich sehr gut an. Er nahm mir ein Stück der Last von den Schultern, mit dem Zugeständnis eines Therapieversuches automatisch die Fortsetzung der Ehe fest vor Augen haben zu müssen.

»Ja, das ist absolut in meinem Sinn. Ergebnisoffen ist prima.«

»Gut. Punkt zwei: Ich arbeite nur mit Ihnen und nicht mit Ihrem Mann. Zumindest nicht zum jetzigen Zeitpunkt.«

»Aber …« Mir fehlten die Worte, um weiterzusprechen. Die Gedanken schlugen Purzelbäume. Warum nur mit mir? Hielt Herr Reuter mich für krank? Hatte Patrick doch die ganze Zeit recht gehabt? War ich das Problem?

Tränen stiegen mir in die Augen. Obwohl ich mir fest vorgenommen hatte, auf diesem beschissenen Sofa nicht zu weinen, konnte ich nicht verhindern, dass mir die ersten Tropfen über die Wangen liefen.

Herr Reuter, der mich genau beobachtet hatte, reichte mir ein Taschentuch, ehe er weitersprach. »Frau Wolf, Sie haben mir geschrieben, dass Ihr Mann mit einer Frau Fleckenstein einige Gespräche hatte.«

Ich nickte, während ich mir die Tränen abtupfte, und versuchte zu verhindern, dass noch weitere über die Lidkante kippten.

»Ihr Mann soll seine Therapie mit Frau Fleckenstein fortsetzen.«

Immerhin war ich wohl doch nicht die einzige Bekloppte, aber dennoch hatte ich mir eine Paartherapie anders vorgestellt. Ich konnte kaum mehr einen klaren Gedanken fassen.

»Warum getrennt?«, fragte ich nach.

»Das hat mehrere Gründe. Sagt Ihnen der Begriff Narzissmus etwas?«

Ganz dunkel erinnerte ich mich an den Titel »Narziss und Goldmund« aus dem Deutschunterricht, aber ich hatte das Buch nicht gelesen.

»Nicht wirklich. Wieso?«

»Wie Sie Ihren Mann beschrieben haben, scheint es mir, dass er starke narzisstische Anteile hat, die vielleicht sogar Richtung Narzisstische Persönlichkeitsstörung gehen, und mit Narzissten arbeite ich nicht mehr. Die Erfahrung hat mir gezeigt, dass Menschen mit ausgeprägt narzisstischen Zügen die Therapie sowieso abbrechen, sobald ich sie mit für sie unschönen Dingen konfrontiere.«

»Aber wie soll eine Therapie dann überhaupt etwas bringen, wenn Sie sagen, Patrick sei ein Narzisst und die ändern sich nicht?«

»Das habe ich so nicht gesagt. Es gibt eine Chance, wie sich auch Narzissten, wenn Herr Wolf denn einer ist, ändern können.«

Langsam war ich völlig verwirrt. »Was denn jetzt? Und wie soll das funktionieren, wenn nicht mit Ihnen? Frau Fleckenstein ist Coach und kein studierter Therapeut wie Sie. Ich weiß nicht, ob sie das überhaupt kann.«

»Die Lösung ist nicht Frau Fleckenstein, sondern die Lösung sind Sie, Frau Wolf.«

Ich starrte Herrn Reuter ungläubig an. »Wie? Aber …« Wie sollte ich die Lösung für Patricks Probleme sein? Ich hatte die letzten zehn Jahre versucht, ihm all meine Liebe zu geben, hatte mich völlig verausgabt und verbogen, geredet und geredet, und hatte ihn bestärkt, wo es nur ging, aber Patrick war ein Fass ohne Boden. Egal, wie viel Liebe ich ihm gezeigt hatte, egal, was ich alles für ihn getan hatte, es war nie genug gewesen, wie man an all den Frauengeschichten sah.

Herr Reuter war in seinem Sessel nach vorne gerutscht und schob seine Brille wieder nach oben, bevor er zu erklären begann: »Frau Wolf, was will Ihr Mann im Moment am allermeisten?«

Da musste ich nicht lange überlegen. »Mich.«

»Genau. Deswegen sind Sie der einzige Mensch, von dem er Kritik annehmen können muss, wenn er möchte, dass es mit Ihnen noch mal etwas wird. Kritisiere ich als sein Therapeut ihn, wird er mich als inkompetent beschimpfen und mich zum Teufel jagen.«

Ich wusste genau, was Herr Reuter meinte. Patrick konnte mit Kritik absolut nicht umgehen und ließ in der Folge kein gutes Haar mehr an der Person, die es gewagt hatte, ihm zu nahe zu treten.

»Sie, Frau Wolf, wird er nicht zum Teufel jagen, da er Sie zurückgewinnen will.«

Herr Reuter machte eine Pause, in der ich das Gesagte in mir arbeiten lassen konnte.

»Hm, okay, das ergibt Sinn. Aber trotzdem bin ich keine Therapeutin. Ich bin selbst mit den Nerven am Ende und erhoffe mir Hilfe. Wie soll ausgerechnet ich Patrick helfen können? Das habe ich die letzten zehn Jahre vergeblich versucht.«

»Hier komme ich ins Spiel. Ich bin für Sie da und arbeite mit Ihnen daran, wie Sie mit Ihrem Mann umgehen können. Ich bilde Sie, wenn Sie wollen, quasi als ›Therapeutin‹ für Ihren Mann aus.«

Ehrlich gesagt, gefiel mir sein Vorschlag gar nicht. Ich hatte mir nicht professionelle Hilfe gesucht, um selbst die Rolle der Therapeutin zu übernehmen. Ich wusste nicht, ob ich dazu überhaupt die Kraft hatte. Aber was war die Alternative? Wenn ich jetzt Nein sagte, stünden wir ganz ohne Therapeuten da, und weitere Wochen oder gar Monate in der Luft zu hängen, bis der oder die nächste Zeit für uns hätte, würde ich nicht aushalten. Ich brauchte jetzt eine Lösung. Außerdem hatte Herr Reuter etwas an sich, das ich mochte. Er strahlte Ruhe und Lebenserfahrung aus, die ihn auf mich sehr kompetent wirken ließen. Wenn er lächelte, zeichnete sich ein Grübchen in seiner rechten Wange ab, und er gab mir das Gefühl, dass ihm seine Patienten ehrlich am Herzen lagen.

»Was denken Sie gerade, Frau Wolf?« Herr Reuter holte mich aus meinen Gedanken.

Ich seufzte schwer. »Ich habe Angst, dass die ganze Verantwortung für die Therapie, für unsere Ehe, einfach für alles, dann auf meinen Schultern lastet und dass ich dem nicht gewachsen bin. Wieso soll wieder nur ich für diese Ehe schuften? Er hat sich doch durch unzählige Betten gevögelt und alles verbockt.« Sauer verschränkte ich die Arme vor der Brust und lehnte mich im Sofa zurück. Ich spürte, dass ich mich wie ein bockiges Kind benahm, aber mal ehrlich, ich hatte doch recht, oder nicht?

Herr Reuter, der geduldig und aufmerksam meine Regungen beobachtet hatte, setzte mit seiner Erklärung fort. »Ich sage Ihnen nur, dass es aus meiner Erfahrung heraus der einzige Weg ist, den ich für möglich halte. Es gilt, zuallererst Sie zu stärken, damit Sie in der Lage sind, aus Ihren alten Verhaltensmustern auszubrechen, fähig werden, glasklare Ansagen zu machen und sich nicht mehr manipulieren zu lassen.«

Als ich nichts erwiderte, meinte Herr Reuter: »Wie würden Sie das Kräfteverhältnis innerhalb der Ehe prozentual beschreiben?«

»Zwanzig ich, achtzig er«, schoss es spontan aus mir heraus.

»Und wie soll es künftig sein?«

»Fünfzig, fünfzig natürlich. Ich will mich nicht länger ständig verbiegen müssen und auf leisen Sohlen durchs Haus schleichen, jede mögliche Bodenmine umschiffend. Ich will nicht länger sein Fußabtreter und Punchingball sein.«

Je mehr ich mich in Rage redete, desto deutlicher kam Herr Reuters Grübchen zum Vorschein. »Genau darum geht es«, lobte er mich. »Es gilt jetzt, ganz wachsam zu sein und Ihrem Mann jedes Mal, wenn es zu einer Situation kommt, in der er versucht, Sie kleinzumachen, das Stoppschild vorzuhalten und ihm zu zeigen, was er gerade tut. Dazu gehört, dass Sie nicht mehr versuchen, die Klippen, von denen Sie viele kennen, zu umschiffen, sondern so zu handeln, wie es Ihnen entspricht. An Ihrer Stelle würde ich sogar ein Stoppschild basteln, das Sie ihm direkt vor die Nase halten können. Sie können dieses Symbol auch als WhatsApp-Zeichen verschicken, um auch übers Handy Grenzen zu setzen. Und glauben Sie mir, mit Ihrem neuen Verhalten umgehen zu lernen, wird für Ihren Mann die weit größere Herausforderung sein und bedeutet auch für ihn richtig Arbeit. Sie werden schnell sehen, ob er wirklich bereit ist, sich weiterzuentwickeln, oder ob seine Worte nur leere Versprechungen sind.«

Erwartungsvoll ruhte Herrn Reuters Blick auf mir. Er musste nicht lange auf meine Antwort warten.

»Schnell klingt gut. Okay, versuchen wir es.«

Ich fühlte mich zwar immer noch wie mit Ballerinas auf Glatteis, aber wenigstens hatte ich einen Schlachtplan im Tutu. Was Patrick wohl dazu sagen würde, dass es keine richtige Paartherapie geben würde?

KAPITEL 16

Vier Wochen später

Laura und ich lagen nach einer entspannenden Aromaöl-Massage in unsere Bademäntel gehüllt im Ruheraum des Wellnesshotels und nippten an unserem Prosecco. Wie gut es doch tat, nach den letzten Wochen, die mir alles abverlangt hatten, mal wieder halbwegs zur Ruhe zu kommen und etwas Kraft zu schöpfen.

Es war Patricks Idee gewesen, dass ich mir eine Auszeit gönnte, während er das Wochenende im Haus bei Amy und Fynn verbrachte. Laura hatte sich spontan bereit erklärt mitzukommen, und wir waren quasi direkt nach unserer Ankunft im Hotel auf die Massageliegen gefallen. Im Auto hatte meine Freundin sich noch beherrscht und meine Fragen zu ihrer Hochzeit in zwei Monaten, beantwortet, aber nun war ihre Geduld langsam ausgereizt. Sie drehte sich auf die Seite und sah mich erwartungsvoll an. Ihr Haarband hatte sich gelöst, sodass ihre langen Locken ihr Gesicht umspielten. Sie sah mit der Mähne aus wie eine Löwin, die bereit war, ihr Junges zu beschützen. Unwillkürlich musste ich schmunzeln.

»Wieso lachst du?«, fragte Laura und betastete ihre Frisur. »Sehe ich komisch aus? Oder habe ich einen Popel im Gesicht?«

»Nein, alles in bester Ordnung. Du bist wunderhübsch. Deine Mähne hat mir nur gerade bewusst gemacht, dass du wie eine Löwenmutter zu mir bist und wie gut du mir tust. Danke, dass du dich um mich sorgst und dir auch noch die Zeit genommen hast, mich hierher zu begleiten.«

»Hallooo …« Laura machte eine ausladende Geste durch den Raum. »Du tust ja gerade, als wäre es eine Strafe, mit dir hier in diesem schicken Wellnesshotel zu sein. Danke, dass ich mitkommen durfte.«

»Na klar doch.« Auch ich drehte mich auf die Seite, damit wir uns direkt ansehen konnten. »Aber im Ernst, Laura, ich wüsste nicht, wie ich das alles ohne dich durchstehen würde. Ich weiß es sehr zu schätzen, dass du dich nie von Patrick hast vertreiben lassen und dass du meine Entscheidung, es mit Herrn Reuter und der Therapie zu versuchen, mitträgst, auch wenn du dir gewünscht hättest, dass ich meinen Mann sofort in die Wüste geschickt hätte.«

»Stimmt, dort würde ich ihn deutlich lieber sehen, wohl gemerkt, weit weg von jeder Oase oder Wasserquelle.« Ihrem Minenspiel zufolge malte sie sich gerade aus, wie die Geier über seinem dahinsiechenden Körper kreisten. Ich konnte mir ansatzweise vorstellen, wie schwer es ihr fallen musste, meine Entscheidung zu akzeptieren.

»Wie geht es dir denn, Nicola? Du siehst nicht wirklich besser aus. Macht Patrick doch wieder Ärger?«, erkundigte sie sich nun, während sich tiefe Falten auf ihrer Stirn abzeichneten.

»Nein, Patrick verhält sich weitgehend korrekt.«

Laura zog zweifelnd eine Augenbraue nach oben.

»Wirklich! Er gibt sich große Mühe. Klar gibt es viele anstrengende Gespräche, und das Stoppschild kommt häufig zum Einsatz, aber er akzeptiert meine Grenzen und arbeitet an sich. Es fällt ihm nur extrem schwer, mit meinem Fehltritt klarzukommen. Mein Fremdgehen hat sein Ego schwer getroffen, und das ist ständig wieder Gesprächsthema.«

»Es hat sein Ego getroffen? Was ist denn bitte mit deinem? Das, was er sich alles geleistet hat, steht ja wohl in keinem Verhältnis zu deinem einen Seitensprung, der nur passiert ist, weil du dich wegen Eva an ihm rächen wolltest«, verteidigte mich Laura.

Ich vermied es, näher auf die Vergangenheit einzugehen, und versuchte stattdessen, Laura zu erklären, wie es aktuell in mir aussah.

»Es kostet mich unendlich viel Kraft, Patrick jedes Mal den Spiegel vorzuhalten und in die Konfrontation zu gehen, auch wenn er sich beherrscht und es nicht eskaliert wie früher. Ich habe einfach Bedenken, dass er wieder ausrasten könnte. Die Angst vor seiner Reaktion auf meine Kritik, oder sagen wir auf mein konstruktives Feedback, bekomme ich nicht ohne weiteres los. Ganz abgesehen davon bin ich mir über meine Gefühle für ihn auch noch nicht im Klaren.« Ich seufzte schwer.

Verständnisvoll streichelte Laura über meinen Arm. »Das glaube ich. Ich bin so wütend auf diesen Arsch und würde ihn am liebsten in der Luft zerreißen. Wie muss es dir da nur gehen? Außerdem ist es bestimmt schwer, nicht in deine alten Verhaltensmuster zu fallen und ihm nicht mehr jedes vermeintliche Ärgernis aus der Welt zu sensen.«

»Genau. Und das ist wirklich schwerer, als ich gedacht hätte. Ich bin froh, dass ich die Gespräche mit Herrn Reuter habe, um mein Verhalten zu reflektieren oder auch bestätigt zu bekommen.«

»Okay. Wenigstens etwas, wenn der Psychoonkel dich schon seine Arbeit machen lässt«, murmelte Laura. Ich überhörte den bissigen Unterton in ihrer Stimme. Ein Stück weit konnte ich ihren Unmut sogar nachvollziehen, ich hatte mir eine Paartherapie ursprünglich auch anders vorgestellt.

»Wie laufen eigentlich Patricks Sitzungen?«, wollte Laura wissen.

Ich zögerte kurz. »Du meinst mit Tara?«

»Ja, natürlich mit Tara, der Reuter will ihn ja nicht. Ich kann es nach wie vor nicht fassen, dass Patrick nicht zu Tode beleidigt war, dass er von dem Therapeuten abgelehnt wurde«, stellte Laura kopfschüttelnd fest.

»Na ja, ganz so krass habe ich es ihm auch nicht verkauft. Ich habe Patrick erklärt, dass Herr Reuter erst getrennt arbeiten möchte und dass er daher bei Tara bleiben soll, weil er dort bereits begonnen hat. Das mit dem Verdacht auf den ausgeprägten Narzissmus habe ich nicht erwähnt«, gestand ich Laura.

»Verstehe, du hast ihm mal wieder mögliche Stolpersteine aus dem Weg geräumt. Einmal Rasenmäher-Ehefrau, immer Rasenmäher-Ehefrau. Wolltest du das künftig nicht sein lassen?«, kam es kritisch von der anderen Liege.

»Ich verhalte mich inzwischen wirklich anders. Ich schwöre es!«, gelobte ich feierlich und hob dabei die Hand zum Ehrenwort, nicht ohne meinen süßesten Dackelblick aufzusetzen.

Laura konnte nicht anders, als loszuprusten. »Okay, okay, ich glaube dir ja«, antwortete sie lachend. »Ich habe einfach Angst um dich, Nicola. Mit einem Narzissten ist nicht zu spaßen. Narzissten sind Meister im Lügen, Manipulieren, Demütigen, Abwerten, Blenden, Beschimpfen, Angst machen und darin, die Schuld umzukehren. Sie suchen permanent nach Bestätigung, sind neidisch auf die Erfolge anderer, sind egoistisch, egozentrisch und rechthaberisch und häufig sehr eifersüchtig und kontrollierend. Wenn du mich fragst, ist Patrick ein Obernarzisst«, beendete Laura ihr Resümee.

»Du hast zu dem Thema recherchiert und das alles auch noch auswendig gelernt?«, fragte ich überrascht.

»Recherchiert, ja, aber auswendig lernen musste ich nichts, denn es kam mir alles sehr vertraut vor. Ich habe gerade nur aufgezählt, was ich bei Patrick alles wahrgenommen habe. Hast du dich etwa nicht informiert?«

»Doch, natürlich.« Ich zupfte an meiner Nagelhaut. Ich war froh, endlich einen Namen für Patricks Verhalten zu haben und zu wissen, dass ich all die Jahre gar nicht so falsch gewesen war, wie er mir hatte eintrichtern wollen. Aber ich schämte mich dafür, dass ich auf sein Gaslighting, wie sich das Verunsichern bis dahin, dass man seiner eigenen Wahrnehmung nicht mehr traut, nennt, hereingefallen war.

Laura hakte nach. »Warum bist du jetzt komisch? Es stimmt doch, was ich sage, oder etwa nicht?«

»Ja, ich habe Patrick in vielen der Beschreibungen über Narzissten auch wiedererkannt«, gab ich zu. »Das ist es nicht.«

»Was ist es dann, Nicola? Bitte rede mit mir und zieh dich nicht wieder in dein Schneckenhaus zurück.« Laura drehte eine Locke um ihren Finger.

Sie hatte recht, ich durfte mich nicht wieder hinter Masken verstecken. Ich räusperte mich und gestand ihr: »Ich habe mich für eine gebildete, selbstbewusste Frau gehalten, die mit beiden Beinen fest im Leben steht. Wie konnte ich all die Jahre derart blöd gewesen sein, auf seine Lügen hereinzufallen? Wie konnte ich zulassen, dass er immer wieder schlecht mit mir umging? Ich dachte, das passiert nur naiven Dummchen, die nicht bis drei zählen können. Ich schäme mich so.«

»Du brauchst dich doch nicht zu schämen! Hast du gelesen, wie vielen Frauen es ergeht wie dir? Narzissten suchen sich doch meistens erfolgreiche Frauen, die etwas darstellen und mit denen sie angeben können. Sie sind Meister der Manipulation, und Patrick war ja nicht von Anfang an gemein

174

zu dir. Zu Beginn, und ich glaube auch zwischendurch, hat er dich mit seiner Liebe überschüttet. Du weißt ja, Love Bombing wird das in der Fachliteratur genannt.«

»Ja, es gab auch viele wundervolle Zeiten, die mich haben hoffen lassen, dass es eines Tages dauerhaft schön sein kann. Aber trotzdem ...« Ich seufzte schwer.

»Nix trotzdem. Schau doch mal, Nicola, du kennst doch die Geschichte vom Frosch im Kochtopf. Würde man den Frosch in heißes Wasser werfen, würde er sofort herausspringen, aber erhitzt man es langsam, bleibt er sitzen und merkt es nicht.«

»Na toll, jetzt bin ich auch noch auf der geistigen Ebene einer glitschigen Amphibie angekommen«, entgegnete ich halb beleidigt, halb scherzend.

»Hey, so war das nicht gemeint«, protestierte Laura.

»Okay, du hast ja recht. Weißt du, es gab mit Patrick viele Momente, in denen er gemein zu mir war, mir die Dinge aber als Spaß verkauft hat oder unterschwellig eins reingedrückt hat, wie mit dem Push-up-BH zum Beispiel, als du mit Ben bei uns warst. Oft fühlte ich mich verletzt, aber es war nie richtig greifbar. Es gab Tage, da hatte ich mir gewünscht, dass er mir einfach eine scheuert, dann hätte ich etwas Handfestes gehabt und er hätte sich nicht mehr herausreden können. Weißt du, wie ich meine? Eine Ohrfeige wäre keine Auslegungssache mehr gewesen, sondern Fakt.«

Den Gedanken hatte ich in der Tat öfters gehabt. Aber wenn ich ehrlich war, fragte ich mich inzwischen, ob ich wirklich anders gehandelt hätte, wäre Patrick jemals handgreiflich geworden. Vermutlich hätte ich auch dann Gründe gefunden, ihn in Schutz zu nehmen, sein Verhalten zu rechtfertigen oder gar die Schuld auf mich zu nehmen. Immerhin hatte er erst kürzlich mit dem Messer vor mir und den Kindern gestanden und ich hatte ihm trotzdem noch die versprochene Chance gegeben.

»Das kann ich gut verstehen. Auf jeden Fall warst du nicht dumm. Du warst und bist einfach eine herzensgute Person, die stets an das Beste im Menschen glaubt. Außerdem denke ich, dass man, wenn man selbst nicht derart skrupellos tickt, sich gar nicht vorstellen kann, dass ein anderer so sein kann und ohne mit der Wimper zu zucken lügt und betrügt.«

Ich musste an Patricks Inszenierung mit dem angeblichen John denken und es wurde eng in meinem Hals bei der Erinnerung an seinen perfiden Plan, mich mit einer erfundenen Person zu einem Dreier zu bewegen. Schnell schüttelte ich den Gedanken ab und antwortete meiner Freundin.

»Ja, da kannst du recht haben. Ich glaube immer noch an das Gute in Patrick. Irgendetwas muss ihn in seiner Kindheit in einer Weise verunsichert haben, dass er sich den Narzissmus als Schutzschild übergezogen hat, um seine Minderwertigkeitsgefühle zu überspielen. Oder so ähnlich.«

»Mag sein, ich hoffe für ihn, dass er das jetzt mit Tara in den Griff bekommt, sonst lernt er mich kennen.« Laura verlieh ihren Worten mit erhobener Faust Nachdruck.

Ich schluckte heimlich schwer. Dass Patrick nicht mehr zu Tara ging, weil er der Meinung war, dass sie ihm nichts Neues mehr sagen könne und wir ja jetzt gemeinsam an uns arbeiten würden, verschwieg ich lieber. Stattdessen meinte ich: »Das hoffe ich auch. Die letzten Wochen hat er sich echt Mühe gegeben, und ich kann mich nicht beschweren, aber ich weiß trotzdem nicht, ob ich ihm jemals wieder vertrauen kann. Es ist unendlich viel passiert und mein Herz ist nach wie vor ein einziger Eisberg.«

»Kein Wunder bei allem, was jetzt noch zusätzlich ans Licht gekommen ist. Das hat er sich selbst zuzuschreiben.

Aber weißt du, was ich nicht verstehe?« Laura drehte versonnen an ihrer Locke.

»Nein, was denn?«

»Wieso gibst du ihm noch eine Chance, wenn du nicht einmal mehr etwas für ihn empfindest? Also versteh mich nicht falsch. Es soll kein Vorwurf sein, ich kann es nur nicht nachvollziehen.«

In mich versunken sah ich den Bläschen im Prosecco beim Aufsteigen zu, während ich versuchte, mir selbst über Lauras Frage klar zu werden. Anfangs hatte ich gedacht, es ginge nur darum, meinen Kindern die Familie erhalten zu können und nicht diesen einen Schritt zu früh aufzugeben. Eine Ehe oder Partnerschaft bedeutete immer auch Arbeit, und ich fand, dass viele Paare zu schnell die Flinte ins Korn warfen. Sie zogen von einem zum nächsten, wo sich die gleichen Probleme nur wiederholten, weil sie mit einer Trennung lediglich vor ihnen davongelaufen waren. Aber das war nicht alles. Ich hob meinen Blick und sah Laura direkt an.

»Ich glaube, ich gebe nicht nur Patrick die Chance, sondern auch mir selbst. Scheitert die Ehe endgültig, dann habe ich versagt. Dann habe ich eines meiner Lebensziele verraten.«

»Das ist doch Quatsch! Du hast jetzt schon mehr für diese Ehe getan als jeder Normalsterbliche. Du bist keine Versagerin, und mit Verraten hätte es auch nichts zu tun, bestenfalls mit einem gesunden Selbsterhaltungstrieb.«

Ich zuckte mit den Schultern. »Wie auch immer. Wir werden sehen, ob dieser letzte Rettungsversuch Erfolg zeigt, sowohl was Patricks Verhalten als auch meine Gefühle angeht, und das schneller, als mir lieb ist.«

Laura sah mich fragend an.

»Der Urlaub auf Norderney«, erklärte ich.

»Wie? Habt ihr den nicht storniert?«

Ich schüttelte den Kopf.

Lauras Blick war fassungslos. »Wollt ihr einfach zusammen in den Urlaub fahren, als wäre nichts gewesen?«

»Von wollen kann keine Rede sein.«

»Warum lässt du dich dann darauf ein?«

»Herr Reuter hat vorgeschlagen, dass wir wie geplant zu viert in das Ferienhaus fahren. Wir können ja nicht ewig auf dem Level weitermachen wie bisher.«

»Herr Reuter mal wieder«, äffte Laura mich nach.

Ich ignorierte ihren Sarkasmus und sprach weiter. »Er meinte, dass sich in der längeren Zeit auf engem Raum zeigen würde, ob Patrick sich wirklich ändern will beziehungsweise kann, und wie es mir damit geht, ihn wieder nah bei mir zu haben. Es ist neutraler Boden und für die Kinder nicht so ein Hin und Her, wie wenn er später wieder probeweise zu Hause einziehen würde. Auf diese Weise ist es einfach ein gemeinsamer Urlaub, der von vornherein zeitlich begrenzt ist. Sollte es nicht klappen oder ich die Nähe noch nicht ertragen können, ist besprochen, dass Patrick abreist. Wir haben sogar ein Zimmer mehr, sodass wir in getrennten Räumen schlafen können.«

Ich sah, wie Laura mit sich kämpfte und nach den richtigen Worten suchte. Ich rechnete mit einem großen Donnerwetter, aber schließlich meinte sie nur:

»Wie geht es dir damit?«

»Ich habe eine Scheißangst davor«, gestand ich ehrlich.

»Das glaub ich. Ich auch. Bitte pass auf dich auf. Du musst mir versprechen, mir jeden Tag zu schreiben, sonst schicke ich die Polizei los.«

»Versprochen.«

Laura setzte sich zu mir auf die Liege und drückte mich ganz fest. Ich konnte ihr Shampoo riechen, als mir ihre

Locken ins Gesicht fielen. Wie tröstlich dieser Duft doch war. Ich wusste, ich war nicht allein.

Ohne mich loszulassen, fragte Laura: »Was hoffst du, wie der Urlaub ausgeht?«

Ich löste mich aus ihrer Umarmung und sah ihr direkt in ihre blauen Augen, ehe ich antwortete. »Ganz ehrlich, ich weiß es nicht.« Ich glaubte, eine kleine Enttäuschung über Lauras Gesicht huschen zu sehen, aber vielleicht hatte ich mir das auch nur eingebildet. »Aber weißt du, was ich weiß?«

»Nein, was denn?«

»Dass wir uns jetzt dringend in den Pool stürzen und Spaß haben sollten.«

KAPITEL 17

Auf Norderney

Der Wind spielte mit meinen Haaren, während ich meine Füße in den weichen Sand grub und die Junisonne meinen Körper wärmte. Zwei Möwen stritten sich kreischend in einiger Entfernung um eine Muschel, und auch wenn das Meer aufgrund der Ebbe gerade nicht zu sehen war, wehte die typische Brise. Ich leckte mir das Salz von den Lippen und inhalierte einige Male den vertrauten Duft. Es fühlte sich an, als würde die Salzluft die Verkrustungen in meiner Lunge auflösen, sodass der Sauerstoff wieder in jede Zelle meines Körpers gelangen konnte. Derart frei hatte ich lange Zeit nicht mehr atmen können.

Genüsslich sank ich auf mein Strandtuch und ließ den zarten Sand durch die Finger rinnen, während ich den Wölkchen zusah, die langsam über mir hinwegzogen.

Ich fühlte mich gut, fast glücklich.

Vielleicht war es doch keine schlechte Idee von Herrn Reuter gewesen, an dem Urlaub festzuhalten. Wir waren fast eine Woche hier und bisher verlief der gemeinsame Aufenthalt ohne Zwischenfälle. Patrick war bemüht und zurückhaltend, und die Kinder genossen es sichtlich, uns beide um sich zu haben, auch wenn Patrick und ich wie vereinbart in getrennten Zimmern schliefen.

Ehe ich mich in meinen Gedanken verlieren konnte, hörte ich die Zwillinge aus dem Watt nach mir rufen. Sie standen zusammen mit Patrick in einiger Entfernung knietief in einem Priel und winkten mich aufgeregt zu sich.

»Mama, Mama, du musst dir unbedingt ansehen, was wir gefunden haben!«, rief Fynn.

Ich schüttelte bedauernd den Kopf. Ich liebte das Meer, nicht den Matsch, bei dem man nie wusste, was einem beim Einsinken unter seinen Füßen erwartete.

»Bitte, Mama, das musst du dir selbst ansehen. Jetzt komm doch«, bettelte Fynn. »Es sind doch nur ein paar Meter.« Auch Amy legte flehend die Hände aneinander. Meine Kinder so aufgeregt zu sehen, gab mir den letzten Stups, meinen Widerwillen zu überwinden.

Langsam setzte ich den ersten Fuß ins Watt und sank wie erwartet ein Stück ein, sodass der braune Matsch durch die Zehen quoll. Igitt, wie ich dieses Gefühl hasste. Quatsch, quatsch, quatsch, schmatzte der schlammige Untergrund unter meinen Füßen, während ich wie ein Storch einen Schritt vor den anderen setzte. Eine Möwe zog über mir ihre Kreise; ihr Geschrei klang, als würde sie mich auslachen.

»Beeil dich, Mama!« Amy trieb mich an, während Patrick entschuldigend die Hände hob und meinte: »Ich habe ihnen gesagt, dass du nicht ins Watt magst, aber sie waren nicht davon abzubringen, dir ihren Fund zu präsentieren.«

»Alles gut, ich werde es überleben. Was habt ihr denn entdeckt?«, fragte ich, als ich den Priel, neben dem sie inzwischen kauerten, endlich erreicht hatte.

Amy deutete auf eine Stelle im Wasser nur eine Armlänge von ihr entfernt und sagte: »Schau doch mal, wie schön der ist.«

Tatsächlich musste ich nicht lange suchen. Ein riesiger Seestern mit bestimmt fünfundzwanzig Zentimetern Durchmesser lag auf dem Boden des Priels und leuchtete in hellem Orange zu uns herauf. Ich ging neben den Kindern in die Hocke und betrachtete das Prachtexemplar mit seinen fünf stacheligen Armen.

»Wow, ich wusste gar nicht, dass es an der Nordsee solch große Seesterne gibt. Ich dachte, die sind klein und weiß.«

»Der lebt sogar noch«, erklärte mir Fynn. »Deswegen musstest du herkommen.« Als Beweis stieg er ins Wasser und stupste den Seestern sachte mit seinem großen Zeh an. Sofort grub dieser sich tiefer in den Grund.

Ich unterdrückte einen entsetzten Aufschrei. »Fass ihn lieber nicht an, vielleicht ist er ja giftig oder kann beißen.«

»Dein Ernst, Mama?«, antwortete Fynn belustigt.

»Warum nicht? Mir sind diese Wassertiere nicht geheuer.«

Fynn und Amy grinsten breit und warfen sich einen verschwörerischen Blick zu. Oh, oh, mir schwante nichts Gutes. Da schubsten mich beide an der Schulter an und ich plumpste mit der Bikinihose nach hinten in den Matsch.

»Igitt!« Es fühlte sich an, als wäre ich in einen großen Kuhfladen gefallen. »Na wartet, euch krieg ich!« Ich versuchte, Amy zu schnappen, die mir am nächsten stand, aber sie war schnell aufgesprungen, über den Priel gehüpft und hatte sich in Sicherheit gebracht. Sie dachte sicher, dass ich ihr in dem Matsch niemals hinterherspringen würde. Da hatte sie nicht einmal unrecht. Ungelenk rappelte ich mich auf, bemüht, dem Schmatzen des Watts unter mir keine Beachtung zu schenken. Die Möwe kreiste mal wieder lachend über unseren Köpfen. Kurzerhand griff ich mit den Händen beherzt in den Schlamm und warf eine Ladung auf Amy, dann auf Fynn. Beide Matschbälle verfehlten ihr Ziel knapp, sodass die Kinder belustigt quietschten und zum Gegenangriff übergingen. Patrick stand am Rand des Geschehens und verfolgte, die Hand lässig in die Hüfte gestemmt, sichtlich amüsiert die Schlammschlacht.

»Steh hier nicht dumm rum! Hilf mir lieber!«, forderte ich ihn auf. Im selben Moment traf mich eine von Fynns Matschkugeln mitten auf die Brust.

»Na warte, das gibt Rache!« Jetzt war Schluss mit lustig. Ich vergaß den Matsch unter meinen Füßen und jagte Fynn hinterher, der mit meinem Sprint nicht gerechnet hatte und so überrumpelt war, dass ich ihn mir schnappen konnte. Im Nu landete eine Ladung Matsch in seinem Genick und eine weitere steckte ich ihm unter das T-Shirt, ehe er flüchten konnte und zu Amy auf die andere Seite des Priels sprang. Die Schlammkugeln flogen nur so hin und her, mit dem Wasserlauf zwischen uns als natürliche Abgrenzung des Schlachtfeldes, Amy und Fynn gegen Patrick und mich. Unser Lachen übertönte sogar die lautesten Möwen, die nicht weniger irritiert glotzten als die wenigen Wattspaziergänger. Nach einer gefühlten Ewigkeit sackte ich erschöpft mit vor Lachen schmerzendem Bauch auf die Knie und hisste die weiße Flagge oder, besser gesagt, die schlammige Hand.

»Ich ergebe mich«, japste ich nach Luft ringend.

»Ich auch«, kam es von Patrick, der völlig außer Puste neben mir niederging.

»Yes! Wir haben gewonnen«, feierten die Kinder. Sie klatschen sich ab, sprangen über den Wassergraben und nahmen ihr neu erobertes Territorium mit einer Siegesgeste in Beschlag. Dann fielen sie uns freudig um den Hals.

»Das war voll cool, Mama«, kommentierte Fynn unseren Fight und schlang seine Arme fester um mich, während Amy Patrick drückte. Kurz darauf nahmen sich auch die Kinder gegenseitig in den Arm, sodass wir ein U bildeten, das nur noch die Verbindung zwischen Patrick und mir offen ließ.

»Ich habe dich ewig nicht mehr ausgelassen mit den Kindern herumalbern sehen«, bemerkte Patrick und schenkte mir einen liebevollen Blick. Er hatte recht. Die letzten Jahre waren gefühlt nur noch anstrengend gewesen, und ich hatte stets die Kontrolle behalten und dafür gesorgt, dass alles irgendwie funktioniert hatte. Für Unbeschwertheit war da kein Platz gewesen, wie generell selten in meinem Leben. Während der Matschschlacht hatte ich eine Leichtigkeit verspürt, von der ich gar nicht mehr gewusst hatte, dass ich sie in mir trug.

Patricks Hand an meiner Schulter holte mich aus meinen Gedanken. »Darf ich?«, fragte er. Ich nickte fast unmerklich. Er legte den Arm um mich und aus dem offenen U wurde für den Moment ein geschlossenes O. Ein Kreis aus Leibern, das zusammen mit den glücklichen Kinderaugen das Eis in meinem Inneren wieder etwas mehr zum Schmelzen brachte. Ich fühlte mich glücklich und lebendig wie schon lange nicht mehr. Keine schmerzenden Kanten, sondern einfach rund; rund wie die Träne der Rührung, die sich gerade über die schlammverschmierte Wange ihren Weg bahnte.

Es war Abend geworden. Die Kinder lagen sauber und satt in ihren Betten und schliefen. Patrick hatte sich in die Sauna im Badezimmer zurückgezogen und ich hatte es mir mit der »Schopenhauer-Kur«, einer Leseempfehlung von Herrn Reuter, und einer Tasse Tee auf dem Sofa im Wohnzimmer gemütlich gemacht. Der Wind peitschte böig ums Ferienhaus und übertönte das Knistern des Feuers im Kamin. Wie schön die Flammen in Orange und Rot hinter der Scheibe tanzten! Wie ein Paar, leidenschaftlich und heiß. Mit einem tiefen Seufzer schlug ich das Buch zu, ich konnte mich gerade nicht auf die Geschichte konzentrieren. Stattdessen musste ich wehmütig an unseren Nachmittag zu viert im Watt denken. Es hatte sich etwas in mir verändert. Natürlich war mit einem schönen Nachmittag nicht alles Schlimme vergessen, aber ich fing an, wieder etwas zu fühlen, mich wieder zu spüren. Automatisch zog ich die Knie zu mir heran und umschlang sie mit meinen Armen. Mit den Gefühlen schlich sich auch die Angst in mein Herz – würde Patrick sich jemals wirklich ändern können?

Der Nachrichtenton meines Handys riss mich aus meinen Gedanken.

»Hi Nicola, wie geht es dir? Ist alles okay bei euch?«

Ich überlegte kurz, Laura zu schreiben, was gerade in mir vorging, aber ich wusste selbst noch nicht, wie ich meine Gefühle hätte in Worte fassen sollen. Es war alles noch wirr.

Von daher tippte ich nur: »Alles paletti. Die Zwillinge haben heute einen riesigen Seestern gefunden, mit dem sie mich ins Watt gelockt haben«, und schickte ihr ein Foto von den Kindern und mir nach der Schlammschlacht. Wir witzelten noch hin und her, als Patrick, in seinen Bademantel gehüllt, ins Wohnzimmer kam. Ich zuckte zusammen und rechnete mit der üblichen Kontrollfrage, mit wem ich schrieb, stattdessen schlenderte Patrick entspannt an mir vorbei in die Küche und entkorkte mit einem lauten Plopp eine Weinflasche.

»Magst du auch ein Glas?«, rief er mir aus der Küche zu.

»Ja, gerne«, antwortete ich und ließ langsam die hochgezogenen Schultern wieder locker.

Laura hatte sich gerade von mir verabschiedet und ich legte mein Handy zur Seite, als Patrick mit der Flasche Rotwein und zwei Gläsern zum Sofa kam.

»Schönen Gruß an Laura«, warf er beiläufig ein.

Lag da eine List in der Stimme? Eine Nuance Gereiztheit? Oder bildete ich mir das ein? Seine Körperhaltung schien völlig entspannt, wie ein satter Löwe am Wasserloch. Trotzdem war ich ständig auf der Hut wie die Antilope, die dem lieben Frieden nicht traute. Ich musste unbedingt damit aufhören, von negativen Reaktionen seinerseits auszugehen, seine Arbeit an sich schien wirklich Früchte zu tragen.

Patrick machte es sich neben mir auf dem Sofa bequem, goss gluckernd die tiefrote Flüssigkeit in die bauchigen Gläser und reichte mir meines.

»Auf den tollen Tag«, sagte er und prostete mir zu, »und auf uns, wir sind ein tolles Team!« Ich stieß mit ihm an, ohne seinen Trinkspruch zu erwidern, trank einen großen Schluck und blickte versonnen in mein Glas. Der Geschmack von vollmundiger Brombeere mit einem Hauch Vanille breitete sich in meinem Mund aus. Zumindest stand das auf dem Etikett, das ich studierte, um Patrick nicht ansehen zu müssen.

»Magst du mir sagen, was dich gerade beschäftigt?«, fragte Patrick sanft in die peinliche Stille hinein.

»Wie kommst du darauf, dass mich etwas beschäftigt?«

Patrick grinste. »Das sehe ich dir an. Außerdem kaust du auf deiner Unterlippe. Das machst du immer, wenn du nicht weißt, wie du etwas sagen sollst.«

»Echt?« Das war mir nicht bewusst gewesen. Ich fühlte mich ertappt. Er hatte recht, aber ich wusste selbst nicht, wie ich das Thema ansprechen sollte, und druckste herum. Der Tag war wunderschön gewesen und ich wollte die Stimmung jetzt nicht mit ernsten Gesprächen zerstören.

»Na, raus mit der Sprache. Unsere Aufgabe ist es schließlich, offen miteinander kommunizieren zu lernen und nicht alles mit uns selbst auszumachen. Oder etwa nicht?«

Patrick hatte recht. Ich hatte viel zu lange in den schönen Momenten stillgehalten und keine Probleme angesprochen, in der Hoffnung, diese so lange wie möglich auszudehnen, bevor der nächste Absturz unausweichlich kommen würde.

»Es geht um deine ganzen Frauengeschichten«, platzte es aus mir heraus. »Ich frage mich, wie du verhindern willst, dass es so weitergeht?«

»Nicola, es wird keine Frauengeschichten mehr geben. Ich habe kapiert, was ich euch, was ich dir damit angetan habe.«

»Das mag sein, aber wie willst du einfach damit aufhören können? Du hast doch gesagt, es war wie eine Sucht für dich. Ein Alkoholiker kann auch nicht einfach aufhören zu trinken, wenn er als Alkoholiker enttarnt wurde. Er braucht eine Entziehungskur, Therapie, Reha, was weiß ich. Und du gehst nicht mal mehr zu Tara. Du warst vielleicht alles in allem viermal bei ihr. Das soll es gewesen sein?«

»Das kann man nicht vergleichen, Nicola.«

»Ich finde schon. Sucht ist Sucht, oder nicht?«

»Selbst wenn, es gibt auch Situationen, in denen ein Alkoholiker von einem auf den anderen Tag aufhört. Es muss nur etwas passieren, das schlimm genug ist.«

»Wie meinst du das?«

»Na ja, wenn ein Säufer zum Beispiel im Rausch ein Kind angefahren hat, kann der Schock so groß sein, dass es ihn von der Sucht befreit und er keinen Tropfen mehr anrührt.«

Wirklich überzeugt war ich von dem Vergleich nicht, aber Patrick redete bereits weiter.

»Nicola.« Er räusperte sich, um seine Stimme in den Griff zu bekommen, nahm meine Hand in die seine und sah mich mit glasigen Augen an. »Ich habe mit diesem Scheiß mein ganzes Leben aufs Spiel gesetzt. Ihr, du und die Kinder, seid alles für mich. Das wusste ich natürlich schon vorher, aber jetzt, wo ich euch verloren habe, wurde es mir umso deutlicher bewusst. Diese Erkenntnis hat für mich alles verändert. Ich brauche Tara nicht mehr.«

Diese Erklärungen klangen für mich wie viele leere Versprechungen in der Vergangenheit. Plattitüden ohne Gehalt.

»Das hast du mir schon in den unzähligen Nachrichten, Mails und Briefen geschrieben. Wieso sollte ich dir das glauben? Wer sagt mir, dass es wirklich anders werden wird und dass du nicht doch bald wieder den Kick einer anderen brauchst, sei es des Sexes oder der Macht wegen?«

Ich war mir fast sicher, ein Zucken in Patricks Mimik wahrgenommen zu haben, und hielt instinktiv die Luft an. Doch im nächsten Moment wirkte sein Gesicht wieder entspannt.

»Ich glaube, der Unterschied ist, dass ich jetzt weiß, dass ich bei dir auch schwach sein und meine Gefühle zeigen darf.«

»Das durftest du jederzeit«, unterbrach ich ihn. »Aber jedes Mal, wenn ich dir helfen wollte, hieß es nur, ich solle dich mit meinem Psychoscheiß in Ruhe lassen.«

»Ich weiß, das war mein Fehler. Ich wollte nicht, dass du mich für einen Loser hältst. Ich habe erst jetzt begriffen, dass es ein Zeichen von Stärke ist, wenn man sich seinen Gefühlen stellen kann.«

Ein bisschen klang das für mich, als hätte er die letzten Sätze aus einem Psychologie-Lehrbuch auswendig gelernt.

»Durch die Coachinggespräche mit Tara habe ich viel gelernt. Ich brauche keine anderen Frauen mehr, um mich mächtig zu fühlen. Ich habe null Bedürfnis danach, und das, wo es mir wirklich miserabel geht, weil mein ganzer Lebenssinn auf der Kippe steht.«

Patricks Stimme war von Satz zu Satz brüchiger geworden, die Tränen glitzerten in seinen Augen. »Ich liebe dich und die Kinder von ganzem Herzen. Der Tag heute zu viert am Strand als Familie war ein Traum. Ich wünschte, es könnte wieder immer so sein.« Damit sackte er auf meinem Schoß zusammen und ließ seinen Tränen freien Lauf.

Unschlüssig saß ich da, verwirrt von Patricks Gefühlsausbruch. Es kam mir vor, als hätte ich eines meiner Kinder auf dem Schoß, das mir gebeichtet hatte, dass es etwas angestellt hatte, und mich darum bat, ihm nicht böse zu sein. Instinktiv regte sich Mitleid in mir. Behutsam legte ich eine Hand auf Patricks Rücken und streichelte ihn, wie ich es mit Amy und Fynn tat, wenn sie traurig waren. Meinen eigenen Schmerz schob ich beiseite. Mal wieder.

Patricks Körper bebte nach wie vor unter meiner Hand, wenn auch langsam weniger stark. Seine Tränen waren längst durch meine Pyjamahose gedrungen, die nun feucht auf meinem Oberschenkel klebte. Feucht wie der Matsch heute im Watt. Ich sah die fröhlichen Kinderaugen vor mir. Amy und Fynn, wie sie seit Langem wieder befreit gelacht hatten, wie sie uns nach ihrem Schlachtsieg glücklich in die Arme gefallen waren. Ich sah ihren hoffnungsvollen Blick, als ich sie ins Bett gebracht hatte, ihr unausgesprochenes Flehen.

»Patrick?«

Schniefend hob er langsam den Kopf, wischte sich mit dem Ärmel seines Bademantels übers Gesicht, ehe er mich wie ein reuiger Hund anblickte.

»Hm?« Mehr schien er nicht herausbringen zu können.

»Patrick, wenn noch eine einzige Sache mit einer anderen Frau vorkommt, bedeutet es das sofortige und endgültige Ende unserer Ehe ohne jede weitere Diskussion! Ist das klar?«

Ungläubig sah Patrick mich an. »Meinst du ... Heißt das ... Gibst du mir noch eine Chance?«, stotterte er und ließ mich nicht aus den Augen.

Ich konnte selbst kaum fassen, was ich da gerade gesagt hatte. »Ja, unter dieser Voraussetzung: keine Weibergeschichten mehr.«

»Nicola, es wird nie mehr eine andere Frau als dich geben. Das schwöre ich dir.« Damit zog er mich mit sich hoch, nahm mich in seine Arme und wirbelte mich freudig im Kreis herum. »Danke, danke, danke. Du wirst es nicht bereuen«, versprach er mir.

Hoffentlich behielt er recht.

»Der Rest gilt natürlich weiterhin«, schob ich schnell hinterher. »Keine haltlosen Unterstellungen, keine grundlose Eifersucht, Schluss mit den Erniedrigungen und was wir sonst in den letzten Wochen besprochen haben.«

Behutsam setzte Patrick mich wieder auf dem Boden ab, strich mit seinem Finger über meine Lippen und küsste mich unvermittelt. Wie weich seine Lippen doch waren und wie gut sie sich anfühlten.

»Versprochen«, hauchte er mir ins Ohr, ehe sein Mund wieder den meinen suchte. Kurz versuchte ich, der körperlichen Annäherung zu widerstehen, aber letztlich gab ich mich unserer angestauten Leidenschaft hin.

Am nächsten Morgen hatte Patrick bereits Brötchen geholt, während ich den Frühstückstisch gedeckt hatte, und wir saßen nach einer kurzen Nacht vergnügt bei der ersten Tasse Kaffee, als Fynn und Amy bedröppelt aus ihrem Zimmer kamen. Mit hängenden Köpfen setzten sie sich an den Frühstückstisch.

»Was ist denn mit euch los?«, fragte ich besorgt. »Seid ihr krank?« Ich fühlte ihre Stirn, aber die fühlte sich nicht heiß an.

»Alles okay«, grummelte Fynn. »Lass uns einfach.« Damit

stach er lustlos in ein Brötchen und schnitt es in zwei Hälften, von denen er eine Amy reichte.

»Danke, ich habe keinen Hunger«, erwiderte sie und rührte niedergeschlagen in ihrem Kakao.

Patrick und ich sahen uns fragend an. »Was ist denn passiert? Gestern wart ihr doch noch so fröhlich.«

Fynn funkelte mich düster an. »Gestern war auch noch nicht heute.«

»Was ist denn heute anders als gestern?«

Amy und Fynn hielten den Blick starr auf den Tisch gesenkt, ohne mir zu antworten. »Redet bitte mit mir, sonst kapiere ich es nicht und kann euch nicht helfen«, versuchte ich es wieder.

Amy schnaubte. »Ihr checkt auch echt gar nichts, oder?«

»Amy, es reicht. So redet ihr nicht mit uns«, meldete sich nun auch Patrick zu Wort. »Was zum Teufel ist heute denn anders?«

Schließlich platzte Fynn der Kragen. »Heute ist ein Tag näher an morgen und morgen ist der Urlaub zu viert zu Ende!« Nicht wissend wohin mit seinen Gefühlen, klatschte er eine Scheibe Wurst auf sein Brötchen.

Daher wehte also der Wind. Patrick und ich sahen uns an. Wärme lag in unseren Blicken, und das Gefühl, gestern die richtige Entscheidung getroffen zu haben, machte sich in mir breit.

»Du oder ich?«, fragte ich Patrick.

»Sag du es ihnen.«

»Was soll Mama uns sagen?«, erkundigte sich Amy mit zitternder Stimme.

Es war wohl besser, die Zwillinge nicht länger auf die Folter zu spannen.

»Papa und ich haben gestern miteinander geredet. Wir versuchen es noch einmal miteinander.«

»Wirklich?«, kam es wie im Chor von beiden. Ihre Blicke huschten von einem zum anderen, nach Bestätigung suchend, als würden sie ihren Ohren nicht trauen und sich nicht zu früh freuen wollen.

Wir nickten beide. »Ja, ihr Räuber, Papa kommt morgen mit nach Hause.«

Die Kinder sprangen auf und fielen uns in die Arme. Ihre Freudentränen mischten sich mit Tränen der Erleichterung und Rührung, und ich betete, dass nun alles gut werden würde.

KAPITEL 18

Drei Monate später

Abgehetzt parkte ich mein Auto in Jennifers Hof, sprintete zur Tür und drückte auf die Klingel. Ich war zehn Minuten zu spät, um Amy von ihrer Freundin Fiona abzuholen. Während ich wartete, dass die Tür geöffnet wurde, zog ich meinen Pferdeschwanz fest und formte in Gedanken eine Entschuldigung für meine Verspätung. Aber zu der kam ich gar nicht.

Jenny, Fionas Mama, öffnete mir die Tür und begrüßte mich überschwänglich mit einem Küsschen rechts und links, obwohl wir uns kaum kannten. Eigentlich waren vor allem unsere Töchter befreundet, die zusammen in derselben Tanzgruppe waren, aber Jennys offener Art konnte man sich kaum entziehen. Sie war gefühlt immer voller Energie und hatte etwas Herzerfrischendes an sich.

»Hi, Nicola, schön, dass du da bist. Du hast doch sicher noch Zeit für eine Tasse Kaffee oder willst du lieber ein Glas Sekt?«

»Kaffee ist prima. Danke.«

Jenny wirbelte herum, dass ihre langen schwarzen Haare nur so flogen, und ging vor mir her in die Küche. Obwohl sie nur ein lässiges Top zu einer gewöhnlichen Shorts trug, sah sie umwerfend aus. Ich hätte wetten können, dass sie an jedem Finger zehn Männer hätte haben können, aber meines Wissens war sie seit ihrer Scheidung vor einem Jahr allein.

Während ich ihr in die Küche folgte, fragte ich sie: »Wo sind denn die Mädels? Es ist ungewöhnlich ruhig hier.«

»Die sind noch mal zum Drogeriemarkt gelaufen, um sich einen passenden Nagellack für ihre Tanzaufführung auszusuchen. Das kann dauern«, scherzte Jennifer. »Komm, wir machen es uns auf der Terrasse gemütlich.«

Ich folgte ihr nach draußen, wo wir uns in den Korbsesseln niederließen. Sofort kam Kater Frodo, schlich um meine Beine, und als ich ihn streichelte, sprang er direkt auf meinen Schoß und machte es sich schnurrend auf mir gemütlich. Es war sehr warm für September, und ich bereute es bereits, nicht einen kühlen Prosecco statt des warmen Kaffees gewählt zu haben. Das flauschige Knäuel auf mir strahlte zusätzlich Wärme aus. Unter der Pergola ging kaum ein Lüftchen, sodass sich bereits die ersten Schweißperlen auf meiner Stirn bildeten.

»War Amy brav?«, erkundigte ich mich, während ich an meinem Kaffee nippte.

»Ja, das ist sie doch immer. Amy ist so ein liebes, vernünftiges Mädchen. Wir verstehen uns prima und mit ihr gibt es nie Stress; kein Vergleich zu den Zicken aus Fionas Schule.«

»Das freut mich. Danke.«

»Ich bin froh, dass die beiden sich gefunden haben. Sie tun sich gegenseitig gut. Übrigens geht es Amy inzwischen wieder besser«, fügte Jenny ungefragt hinzu.

Ich hielt in der Kraulbewegung inne, was Frodo mit einem ungehaltenen Miauen quittierte. »Wie meinst du das?«, hakte ich nach.

»Na ja, sie hat Fiona erzählt, dass du und dein Mann eine

Krise hattet. Das hat sie sehr mitgenommen und sie hat öfter geweint, wenn sie hier war, und uns ihr Herz ausgeschüttet.«

Statt in Frodos Fell krallte ich meine Hand in die Sessellehne, während ich weiter an Jennys Lippen hing.

»Du weißt schon, da Fiona auch erst die Trennung mitgemacht hat, konnte sie sehr mit Amy mitfühlen.« Als Jenny meinen bestürzten Blick sah, fügte sie schnell hinzu: »Keine Sorge, seit ein paar Wochen wirkt Amy wieder viel gelöster.«

Ich schluckte und wusste gar nicht, was ich darauf erwidern sollte. Wieder einmal war unser Privatleben nach außen getragen worden, obwohl wir sehr diskret vorgegangen waren. Außer mit Laura und meinen Eltern, die in letzter Zeit noch öfter als sonst auf die Kinder aufgepasst hatten, um mich zu entlasten, hatte ich mit niemandem über die vorübergehende Trennung gesprochen, geschweige denn über die Gründe, die dazu geführt hatten. Dadurch dass Patrick viel im Ausland war, war es nicht einmal unserem Bekanntenkreis aufgefallen, dass er drei Monate nicht bei uns gewohnt hatte.

Natürlich fand ich es super, dass Amy nicht alles mit sich ausmachte, so wie ich es als Kind getan hatte. Trotzdem versetzte es mir einen Stich und ganz davon abgesehen sah ich mich überrumpelt davon, mit unserer vorübergehenden Trennung konfrontiert zu werden. Ich wollte nicht zu viel verraten.

»Ja, wir haben uns wieder zusammengerauft«, antwortete ich zögerlich und fügte verlegen hinzu: »Danke, dass ihr für Amy da wart.«

»Nichts zu danken, Nicky, das ist doch selbstverständlich.«

Bei meinem alten Spitznamen zuckte ich unweigerlich zusammen. So hatte mich lange niemand mehr genannt.

»Lass mich raten, er hatte was mit einer anderen?«, sagte Jenny direkt.

Fast hätte ich mich an meinem Kaffee verschluckt, der heiß in meiner Kehle brannte wie die Erinnerungen an Patricks Fremdgehen. Kurz überlegte ich, abzuwiegeln, gestand dann aber: »Ja, das auch.«

Jenny nickte wissend. »Mein Ex hat mich auch betrogen«, erzählte sie frei heraus.

Ich wusste gar nicht, wie ich mit ihrer Offenheit umgehen sollte. Wir kannten uns schließlich nur oberflächlich, und ich wäre nicht im Traum auf die Idee gekommen, dass wir uns einmal über unsere untreuen Ehemänner unterhalten würden.

»Das tut mir leid.« Mehr fiel mir auf die Schnelle als Reaktion nicht ein. Aber das schien Jenny nicht zu stören. Sie plauderte bereits weiter, als wären wir die dicksten Freundinnen. Schließlich beendete sie ihre Ausführungen über ihre Ehe damit, mir zu verkünden, dass sie heilfroh war, die Lügen ihres Exmannes aufgedeckt und das Kapitel abgeschlossen zu haben. Erwartungsvoll sah sie mich an, als würde sie davon ausgehen, nun auch meine Geschichte in Gänze zu hören. Als ich keine Anstalten machte, zu erzählen, fragte sie nach:

»Wie ist das jetzt bei euch?«

Wo blieben nur die Kinder? Mein Shirt klebte an meiner Haut, mein Puls ging viel zu schnell – vermutlich vom Kaffee –, ich bekam kaum Luft und wollte einfach nur hier weg. Weg von der Terrasse, weg von den alten Erinnerungen, aber Jenny saß mir gegenüber und wartete auf eine Antwort, die ich ihr irgendwie schuldig war, war sie doch für Amy dagewesen.

»Weißt du, wir haben es mit externer Hilfe wieder gut hinbekommen. Ehrlich gesagt, sogar besser als vorher. Patrick war auch unabhängig von seinem Fremdgehen schwierig gewesen«, erklärte ich und vermied es bewusst, eine Anzahl seiner Seitensprünge durchklingen zu lassen. »Ich habe jetzt das erste Mal in unserer Ehe das Gefühl, dass wir eine Partnerschaft auf Augenhöhe führen. Vielleicht haben wir diese Krise gebraucht, damit sich vieles zum Guten hin verändern konnte.«

Jenny sah mich ungläubig an. »Hast du keine Angst, dass er dir noch mal untreu sein könnte? Du weißt ja, einmal Schürzenjäger, immer Schürzenjäger!«

Ich hörte kurz in mich hinein. Aber tatsächlich waren diesbezüglich aktuell keine Ängste oder Zweifel in mir zu spüren. Patrick wirkte so ausgeglichen wie nie zuvor. Er zeigte auch mir gegenüber keine Eifersucht und ich hatte kein ungutes Bauchgefühl wie früher. Okay, seine narzisstische Art konnte ich im Umgang mit anderen noch beobachten, genau genommen sogar mehr als vorher, aber mir gegenüber verhielt er sich so, dass es kaum Grund zur Beanstandung gab.

Ein frischer Luftzug schob sich unter die Pergola und machte das Atmen leichter. »Nein, ich habe keine Bedenken. Es fühlt sich richtig gut an«, verkündete ich.

Jenny sah mich an, holte Luft, als wollte sie etwas Bedeutendes erwidern, hielt einen Moment inne und sagte schließlich: »Ich wünsche es euch.«

In dem Moment unterbrach die Türklingel das einsetzende Schweigen. Fiona und Amy kamen von ihrem Einkaufsbummel zurück und präsentierten stolz ihre neue Errungenschaft, was unser Gespräch Gott sei Dank beendete. Bevor Jenny auf die Idee kam, die Mädels noch mal spielen zu schicken, nutzte ich die Gelegenheit, um aufzubrechen.

»Amy, wir müssen gleich los. Ich muss Fynn noch abholen. Danke für den Kaffee, Jenny … und du weißt schon …«

Sie nickte. »Tschüss, bis bald, ihr zwei. Und, Nicky, wenn du mal reden magst, ich bin da.«

KAPITEL 19

Drei Monate später

»Wo verdammt noch mal ist meine silber-blau gestreifte Krawatte?«, schallte es ungehalten aus der Ankleide.

Ich rollte mit den Augen, verabschiedete mich schnell am Telefon von Jenny und eilte ins Schlafzimmer. Patricks Koffer lag geöffnet auf dem Bett. Hosen, Hemden, Sakkos, Pullis, Wäsche, Kulturbeutel, Badeschlappen und Co. waren fein säuberlich hineingestapelt, bereit zum Aufbruch zur Geschäftsreise nach Barcelona, von der aus er direkt nach Nürnberg zur Weihnachtsfeier seiner Firma fliegen würde.

Mit einem Griff angelte ich die Krawatte aus dem begehbaren Schrank und reichte sie ihm. »Meinst du die hier?«, fragte ich, wohl wissend, dass es die Richtige war, die dort gehangen hatte, wo sie immer hing, wenn sie nicht gerade um Patricks Hals baumelte. Als Antwort bekam ich nur ein Schnauben. Seine Laune war seit Tagen, wenn nicht Wochen, zum Davonlaufen.

»Was gab es denn Wichtiges mit Jenny zu besprechen?« Er knallte den Kofferdeckel zu und nur das Geräusch des Reißverschlusses erfüllte für einen Moment die Stille im Raum.

Wie ich es hasste, wenn er diesen Ton anschlug. Es gab mir jedes Mal das Gefühl, als müsste ich mich rechtfertigen.

»Wir mussten noch etwas wegen der Tanzaufführung am Samstag abklären.« Dass ich mich mit Jenny auch über den Kontakt durch die Kinder hinaus inzwischen gut verstand, erwähnte ich lieber nicht.

»Ja, ich weiß, die Aufführung, wegen der du nicht mit zu meiner Firmenveranstaltung kommst, weil mal wieder alle anderen wichtiger sind als ich.« Patricks Augenbrauen rückten bedrohlich nah zusammen und der Sarkasmus in seiner Stimme war nicht zu überhören.

Es kam mir vor, als würde ich mit einem beleidigten Kindergartenkind reden, das keinen Lolli abbekommen hatte, und nicht mit einem verantwortungsbewussten Familienvater, der auch mal in der Lage sein sollte, seine Bedürfnisse hintanzustellen. Schließlich ging es für Amy um einen sehr wichtigen Auftritt, und es war schlimm genug, dass ihr Vater nicht dabei sein konnte. Meine Eltern hatten wegen ihres Reiterhofs fast nie Zeit gehabt, zu meinen Turnwettkämpfen zu erscheinen. Es kam nicht infrage, Amy auch das Gefühl zu geben, dass ihre Leistungen und Interessen nichts zählten. Ich suchte nach den richtigen Worten, um mich zu erklären, aber Patrick machte mir bereits die nächsten Vorwürfe.

»Wir hätten ein tolles Wochenende in Nürnberg auf Kosten der Firma verbringen können, aber du gibst ja lieber mein hart verdientes Geld für Mädelswochenenden aus.«

Der ungerechtfertigte Seitenhieb traf mich, weil ich einmal im Jahr mit Laura übers Wochenende wegfuhr. »Wir hätten Freitag über den Christkindlmarkt schlendern können mit einer Tasse Glühwein in der Hand, dem Duft von gebrannten Mandeln, einer leckeren Feuerwurst im Magen und was nicht alles. Drei Tage Wellness, gutes Essen, Zeit für uns, von der großen Weihnachtsfeier am Samstagabend ganz zu schweigen, bei der ich, nebenbei bemerkt, wie der letzte

Depp dastehen werde, weil Madame mal wieder keine Zeit hat, mich zu begleiten.«

Mein Brustkorb hatte sich während Patricks Monolog immer weiter zusammengezogen. Ich spürte einen Druck auf dem Herzen, der mir das Atmen erschwerte. Es war nicht das erste Mal, dass es wieder Szenen gab, die an die Zeit vor unserem Neustart vor sechs Monaten erinnerten. Nicht so schlimm wie früher, um einiges subtiler, aber doch jagte jede einzelne einen spitzen Schmerz durch mein Herz. Mein ungutes Bauchgefühl, das seit einer Weile immer mal wieder aufmuckte, ließ sich zumindest nicht länger überhören. Ich kämpfte mit einem tiefen Atemzug gegen die Enge in der Brust an, nahm all meinen Mut zusammen und hielt Patrick den Spiegel vor, wie ich es bei Herrn Reuter gelernt hatte.

»Sag mal, was ist eigentlich mit dir los? Du bist seit einiger Zeit wieder unausgeglichen, unzufrieden, suchst Streit wegen jeder Kleinigkeit …«

»Schwachsinn! Man wird ja wohl mal enttäuscht sein dürfen, wenn man wie der letzte Dreck behandelt wird.« Mit einem lauten Rumms stellte er seinen Koffer auf den Boden und überprüfte sein Spiegelbild.

Ich trat hinter ihn, legte ihm versöhnlich die Hand auf die Schulter und sah durch den Spiegel in seine Augen. Von dem Ozeanblau war nichts zu sehen. Das Blau jetzt war trüb und erinnerte eher an einen schmutzigen Tümpel als an ein offenes Meer.

»Das ist nicht wahr, Patrick! Niemand behandelt dich wie Dreck. Du weißt genau, dass es dieses Wochenende nicht geht.« Ich strich zärtlich über seinen Rücken, während ich zusah, wie er seine Krawatte band. »Abgesehen von dem Auftritt haben wir auch kein Kindermädchen für die Zwillinge. Meine Eltern sind im Urlaub, deine Mutter ist völlig durch den Wind, seit dein Vater in der Klinik liegt …«

»Na klar, gib jetzt auch noch Maria die Schuld an allem. Darin, anderen die Schuld in die Schuhe zu schieben, warst du schon immer gut«, unterbrach mich Patrick.

Wie eine Alarmglocke setzte mein Tinnitus ein und fiepste mir sirrend im Ohr. Ich ignorierte sowohl das unangenehme Geräusch wie auch Patricks Kommentar. »Laura ist krank und Vicky hat auch keine Zeit. Mit zehn Jahren sind die Zwillinge zu klein, um allein zu bleiben.«

Patrick fummelte am Knoten herum, der ihm heute nicht gelingen wollte. Sein Schweigen nutzte ich für einen weiteren Vorstoß: »Ich rede nicht nur von heute und mir. Ich glaube, dass es dir nicht gut geht und du wieder alles in dich hineinfrisst.«

Patrick sog scharf die Luft ein, während sich seine Rückenmuskeln unter meiner Hand anspannten. Ich spürte, dass es besser wäre, es stehen zu lassen, aber einmal in Fahrt purzelten die Worte, die ich die letzten Wochen zurückgehalten hatte, nur so aus mir heraus.

»Du bist sogar den Kindern gegenüber zunehmend unfair. Vor allem Fynn bekommt ständig von dir einen fiesen Spruch gedrückt, weil seine schulischen Leistungen nicht deinen Erwartungen entsprechen und er es vermutlich nicht aufs Gymnasium schafft.« Spätestens jetzt hätte ich die Klappe halten sollen, aber mein Kopf war zu langsam, sodass mein Bauch die Worte aussprach, die mir seit Tagen auf der Seele lasteten. »Dein Verhalten fühlt sich für mich an, als würdest du mehr und mehr in alte Muster zurückfallen, was unser Eheleben nicht gerade einfacher macht.« Ich versuchte zu schlucken, aber mein Mund war staubtrocken.

Mit einem Ruck zog Patrick den Krawattenknoten zu und drehte sich zu mir um. Erschrocken zuckte meine Hand zurück. Sein Gesicht war rot, als hätte er sich mit dem silberblauen Band um seinen Hals die Luft abgeschnürt.

»Wie würde es dir denn gehen, wenn dein Vater in der Klinik liegt, es ihm sauschlecht geht und keiner weiß, was los ist? Natürlich bin ich angespannt. Und jetzt lass mich endlich mit deinem Psychoscheiß in Ruhe! Ich habe genug an mir gearbeitet! Es reicht!«, rief er, vor Wut schäumend.

»Aber ...«

»Ich frage mich, ob du wieder nur an mir rumnörgelst, weil du insgeheim etwas am Laufen hast. Ja, das muss es sein. Wahrscheinlich war das dein Lover am Telefon und nicht Jenny und du versuchst, mir den schwarzen Peter zuzuschieben, indem du mich kritisierst.« Zur Bestätigung seiner Aussage nickte er hektisch mit dem Kopf und warf mir einen abschätzigen Blick zu.

Ich hätte aufbegehren, meine Fassungslosigkeit zum Ausdruck bringen müssen, aber ich blieb sprachlos, als läge die Krawatte um meinen Hals und zöge sich enger und enger. Ich blickte in die schmutzigen Tümpel in seinem Gesicht und spürte, wie ein Teil von mir starb.

»Nein!«, quetschte ich mit dem letzten bisschen Luft, das mir blieb, hervor, ohne sagen zu können, auf welche Frage das Nein die Antwort war.

Patrick war gegangen. Kusslos, grußlos, lieblos. So viel los und doch schien die Zeit stillzustehen. Das Gedicht »Der Panther« von Rainer Maria Rilke kam mir in den Sinn.

Sein Blick ist vom Vorübergeh'n der Stäbe
so müd geworden, dass er nichts mehr hält.
Ihm ist, als ob es tausend Stäbe gäbe
und hinter tausend Stäben keine Welt.
Der weiche Gang geschmeidig starker Schritte,
der sich im allerkleinsten Kreise dreht,

ist wie ein Tanz von Kraft um eine Mitte,
in der betäubt ein großer Wille steht.
Nur manchmal schiebt der Vorhang der Pupille
sich lautlos auf –. Dann geht ein Bild hinein,
geht durch der Glieder angespannte Stille –
und hört im Herzen auf zu sein.

Bei dem Gedanken an den Panther bildete sich ein riesiger Kloß im Hals. Ich konnte das gefangene Tier nur zu gut verstehen. Eine Ohnmacht, schwer wie Blei, legte sich auf mich, drohte mich zu ersticken. Ich fühlte mich wie der Vogel, der versäumt hatte, loszufliegen, als die Käfigtür offen stand. Wie ein Schlag traf mich die Erkenntnis: Patrick würde sich nie ändern. Er hatte sich eine Zeit lang zusammengerissen, hatte seine Aggressionen bei anderen ausagiert, mich in Sicherheit gewiegt und gewartet, bis er mich wieder in seinen Fängen hatte. Zusammengesunken saß ich auf dem Bett und sah in den Spiegel, der eben noch Patricks Bild auf meine Netzhaut geworfen hatte. Nun blickte ich nur in meine leeren Augen. Mit einem Mal wusste ich, dass ich gehen musste, wenn ich nicht als Schatten meiner selbst enden wollte. War ich das nicht sogar schon? Ich erschrak über diesen klaren Gedanken. Es war, als wären mit Patricks letzter Schuldzuweisung mit einem Mal die Gläser aus der rosaroten Brille, die ich mir von ihm hatte aufsetzen lassen, gefallen und auf dem Boden in tausend Scherben zersplittert.

Ich würde das Haus aufgeben müssen, meine Selbstständigkeit, mein Lebensziel der heilen Familie. Ich müsste bei null anfangen, aber ich konnte nicht bis an mein Lebensende so weitermachen. Das würde ich nicht mehr lange aushalten. Bauch und Kopf waren sich ausnahmsweise einig. Beide schrien: »Flieh vor diesem Narzissten!« Ich musste an mein

Gespräch mit Jenny vor ein paar Monaten denken, bei dem ich noch mit Überzeugung dafür plädiert hatte, dass Patrick sich wirklich geändert hatte. Würde sie mich heute fragen, fiele die Antwort anders aus. Sein Verhalten hatte sich definitiv wieder verändert und das lag nicht nur an der Sorge um seinen Vater, wie er behauptete.

Ich saß in der Falle. Patrick würde mich nie einfach gehen lassen, er würde mir die Schuld zuschieben, mir einen anderen Mann andichten, mich vor den Kindern in den Schmutz ziehen und mich schwindelig reden, wie er es stets tat. Er würde mir das Leben zur Hölle machen, noch mehr als jetzt, das war so sicher wie das Amen in der Kirche. Diese Gewissheit kroch eisig kalt an mir hoch und fror die letzten Gefühle für Patrick gänzlich ein. Ich musste ausbrechen, aber wie? Ginge es nicht um sein Verhalten, sondern hätte er mich erneut betrogen, würde die an der Nordsee getroffene Abmachung greifen und er müsste mich ohne Zirkus gehen lassen. Ein verzerrtes Lachen schob sich an dem Kloß vorbei aus meiner Kehle. Als ob Patrick sich jemals an irgendeine Vereinbarung gehalten hätte.

Langsam erhob ich mich vom Bett, zog die Decke glatt und kramte die Visitenkarte, die ich einst von einer Bekannten erhalten hatte, aus dem Versteck in meinem Nachttisch. Renate Rosenthal, las ich und strich über das matte Papier, ehe ich mich aufrichtete, die Schultern zurücknahm und ihre Nummer in mein Handy tippte, bevor mich mein Mut wieder verließ. Tatsächlich erreichte ich die Dame beim ersten Versuch. Wenn das kein Zeichen war, dass es die richtige Entscheidung war, mir Hilfe zu suchen.

Die Stimme, die sich meldete, klang warm und klar wie ein Sommerregen. Ich hatte gleich ein gutes Gefühl. Wir verständigten uns auf einen Termin Mitte Januar, wenn Patrick auf seiner nächsten Geschäftsreise sein würde, und ich legte mit einer Hausaufgabe im Gepäck und vor Aufregung rasendem Herzen auf.

KAPITEL 20

Freudestrahlend fiel Amy mir um den Hals. »Mami, Mami, hast du das gesehen? Wir haben keinen Fehler getanzt. Die Choreografie hat genau so geklappt, wie unsere Gruppe es geübt hat«, plapperte sie aufgeregt.

Der Applaus der Zuschauer klang noch in meinen Ohren nach und das Strahlen in den Augen meiner Tochter bestätigte mir, dass es richtig war, dabei zu sein.

»Ja, meine Große, ich habe es gesehen. Du warst spitze. Ich bin unendlich stolz auf dich.« Die Gedanken in mir überschlugen sich, während ich mein Mädchen fest in die Arme nahm. Meine eigenen Wettkämpfe als Kind, die ich meist hatte allein bestreiten müssen, der Streit mit Patrick, weil ich jetzt nicht bei ihm in Nürnberg war, die Freude über mein glückliches Mädchen. Die Menge an Emotionen überrollte mich.

»Aber Mami, wieso weinst du denn jetzt?«, fragte Amy mit großen Kulleraugen, als sie mich wieder losgelassen hatte.

»Weil ich mich freue, mein Schatz«, schniefte ich und schenkte ihr ein Lächeln, ehe sie von Fiona mit sich gezogen wurde, um sich wieder in die erste Reihe zu setzen.

Jenny reichte mir ein Taschentuch, das ich dankend annahm.

»Magst du mir sagen, was los ist?«, fragte sie mitfühlend,

nachdem ich geschnäuzt hatte, und legte den Arm um mich. Ich zuckte bei der Berührung zusammen und sah mich prüfend um. Sofort ließ Jenny mich los.

»Dann halt nicht, ich wollte nur helfen«, sagte sie und wandte sich von mir ab.

»So war es nicht gemeint, Jenny. Es tut mir leid.« Jetzt war ich es, die meine Hand auf ihr Bein legte.

Ich sah mich um. Obwohl wir in der vollen Sporthalle saßen, befanden wir uns wie in einer Blase, der niemand Beachtung zu schenken schien. Der Geräuschpegel um uns herum war beachtlich, trotzdem senkte ich meine Stimme.

»Ich habe gerade nur Stress mit Patrick und der lässt mich selbst auch in alte Muster verfallen«, versuchte ich mein Verhalten zu erklären.

»Hä? Was denn für Muster?«

Ich blickte betreten zu Boden. »Ich habe dir doch erzählt, dass Patrick früher sehr eifersüchtig war, auf alles und jeden.«

»Und weiter?«, fragte Jenny ungeduldig.

»Als du den Arm um mich gelegt hast, schoss mir der Gedanke durch den Kopf, dass er mir vorhalten könnte, etwas mit dir zu haben … und … früher habe ich versucht, alles zu vermeiden, was ihm Anlass für unsinnige Diskussionen bieten könnte. Meine Freundin Laura hat mich deswegen oft Rasenmäher-Ehefrau genannt«, erklärte ich.

Der Applaus für die nächste erfolgreiche Tanzgruppe unterbrach unser Gespräch. Wobei Jenny die Fragezeichen auch ohne Worte ins Gesicht geschrieben standen.

»Aber … ich bin doch eine Frau. Bist du lesbisch oder bi oder so?«, fragte sie sichtlich irritiert.

»Nein, nichts dergleichen.«

»Dann kapier ich es nicht.« Ihr Blick war derart verwirrt, dass ich fast lachen musste.

»Patrick braucht keinen Grund, um haltlose Behauptungen aus dem Ärmel zu zaubern. Da reicht der tröstliche Arm einer Freundin auf der Schulter wie eben, auch wenn wir beide stockhetero sind.«

Ganz schien Jenny die Sache noch nicht nachvollziehen zu können. Wie auch? Wenn man die Dynamik mit einem Narzissten nicht selbst erlebt hatte, konnte man sich das Ausmaß des psychischen Drucks kaum vorstellen. Es war eine Art Daueralarmbereitschaft, quasi als würde das Herz ununterbrochen einen Marathon laufen.

»Siehst du deswegen aus wie der Tod?«, erkundigte sich Jenny.

Ich rutschte noch ein Stück näher an meine Freundin und sprach fast flüsternd weiter. »Es ist kompliziert. Angefangen hat es damit, dass mein Mann sauer war, weil ich ihn heute wegen der Aufführung und mangels Kindermädchen nicht mit nach Nürnberg zur Weihnachtsfeier seiner Firma begleitet habe. Aber letztlich sind wir in einer Grundsatzdiskussion gelandet, deren Konsequenz ich erst mal verdauen muss. Ehrlich gesagt, weiß ich nicht, wie das alles weitergehen soll.«

Statt weiter nachzubohren, was mich bei Jenny mehr als wunderte, schwieg sie einen Moment, als würde sie nachdenken. Ein schelmischer Ausdruck legte sich auf ihr Gesicht und sie sah auf die Uhr.

»Wann fängt die Weihnachtsfeier an?«, fragte sie aufgeregt.

»Um neunzehn Uhr, glaube ich, wieso?«

»Na ganz einfach. Amy kommt mit zu uns und du fährst schnell heim, wirfst dich in Schale, setzt dich in dein Auto und düst nach Nürnberg und überraschst ihn. Dann macht ihr euch einen schönen Abend und klärt, was zu klären ist.« Begeistert von ihrer Idee, sah sie mich erwartungsvoll an.

»Das geht nicht, ich muss Fynn um sechs bei seinem Freund abholen, und …«

»Geht nicht, gibt's nicht. Ich hole Fynn für dich ab und er bekommt das Gästezimmer. Worauf wartest du? Du hast noch drei Stunden. Die Uhr tickt.«

Tatsächlich saß ich eine knappe Stunde später aufgebrezelt – sexy Abendkleid, die Haare elegant nach oben gesteckt und leicht kokett geschminkt, wie Patrick es liebte – in meinem Auto und fuhr auf der A3 Richtung Nürnberg. Das Radio spielte Weihnachtslieder und die ersten Schneeflocken des Jahres rieselten auf die Windschutzscheibe, bevor sie unsanft vom quietschenden Scheibenwischer beiseitegeschoben wurden. Jenny hatte mich mit ihrer Idee völlig überrumpelt. Je länger ich über die Spontanaktion nachdachte, desto mehr fragte ich mich, was ich in Nürnberg überhaupt sollte. Mir war weder nach trauter Zweisamkeit noch erhoffte ich mir etwas davon, mit Patrick noch mal zu reden. Etwas in mir hatte sich seit dem Streit im Schlafzimmer verändert. Ich sah meinen Mann als das Fass ohne Boden, das er war. Egal, wie viel Liebe, Aufmerksamkeit, Lob, Anerkennung ich hineinlegte, es wurde nicht voller. Ich war des Kämpfens für die Ehe müde und fieberte meinem Termin mit Frau Rosenthal entgegen.

Was war es dann, das mich weiter durch das Schneetreiben kämpfen ließ? Pflichtbewusstsein? Die Aussicht auf ein leckeres Abendessen? Ich konnte es mit dem Verstand nicht fassen.

»Sie haben Ihr Ziel erreicht«, meldete sich das Navi zu Wort.

Ich ergatterte einen der Hotelparkplätze in der Tiefgarage, tauschte meine Stiefel gegen die High Heels und machte mich auf den Weg zur Rezeption. Meinen Koffer würde ich später holen. Im Fahrstuhl zog ich meinen Lippenstift nach und rückte meine Brüste in dem Kleid zurecht.

»Ganz schön sexy«, sagte ich zu meinem eigenen Spiegelbild, als die Fahrstuhltür mit einem »Ping« zur Seite glitt und ich mich mit pochendem Herzen im Foyer wiederfand.

Wie zur Bestätigung meiner eigenen Gedanken drehten sich zwei Männer nach mir um, sodass der eine beim Weiterlaufen fast mit der Palme neben ihm kollidiert wäre. Ich wurde direkt ein bisschen rot und freute mich über das versteckte Kompliment. Hoffentlich war auch Patrick mit meinem Outfit zufrieden und gab mir nicht wieder mit missbilligenden Äußerungen zu verstehen, dass ich ihn vor seinen Kollegen blamieren würde. Ohne weiter auf die Menschen und die Umgebung der pompösen Eingangshalle zu achten, bahnte ich mir den Weg zum Empfang.

»Guten Abend, wie kann ich Ihnen helfen?«, fragte mich ein junger Mann in Hoteluniform. Seine Haare waren stylisch nach hinten gegelt und seine Zähne, sahen aus, als wäre er einer Zahnpasta Werbung entsprungen. Er starrte mir für einen Moment ins Dekolleté, auf eine unangenehme Weise, nicht bewundernd, wie die beiden Herren eben. Unwillkürlich zog ich den Mantel etwas enger um mich.

»Ähm«, setzte ich verunsichert an. »Können Sie mir bitte sagen, in welchem Zimmer ich Herrn Patrick Wolf finde?«

Er ließ seinen Blick noch einmal an mir auf- und abgleiten.

»Ich bin seine Ehefrau«, fügte ich hinzu, weil ich das Gefühl hatte, das klarstellen zu müssen.

»Selbstverständlich«, kam es ein klein wenig zu süffisant von dem Lackaffen. »Zimmer Nummer 707 … Frau Wolf.«

Die Pause zwischen der Nummer und meinem Namen dauerte etwas zu lang, und inzwischen fragte ich mich wirklich, wofür er mich hielt.

»Soll ich Sie anmelden?«

»Nein, danke.« Damit drehte ich mich um und schritt Richtung Fahrstuhl davon. Was ein Arschloch. Kurz war ich versucht, umzudrehen und ihm meinen Ausweis unter die Nase zu halten, entschied mich dann aber dafür, dass er es nicht wert war, einen weiteren Gedanken an ihn zu verschwenden. Ich konzentrierte mich lieber auf Patrick, er würde sich sicher freuen, nicht allein auf der Feier erscheinen zu müssen, so wichtig, wie es ihm die Tage gewesen war. Ich prüfte erneut mein Aussehen im Spiegel des Aufzugs und sah dann den Zahlen zu, die nacheinander aufleuchteten.

Eins, zwei, drei … Ich spürte jetzt doch ein Prickeln im Bauch und kicherte. Was Patrick wohl zu der Überraschung sagen würde?

Vier, fünf … Die Türen öffneten sich und ein Pärchen trat ein, das nur Augen für sich hatte.

Sechs, sieben. Wieder ertönte ein »Ping«, die Türen fuhren zur Seite und ich trat in den mit rotem Teppich ausgekleideten Flur. Bis auf einen Kellner, der einen Servierwagen vor sich herschob, war der Gang menschenleer. Ein Porträt, in Öl gemalt, glotzte mich von der gegenüberliegenden Wand an. Ich orientierte mich an den Hinweisschildern. Zur 707 musste ich in dieselbe Richtung wie der Ober, der gerade in einiger Entfernung an eine der Türen klopfte. Die Absätze meiner High Heels sanken bei jedem Schritt in den weichen Teppichboden, der auch den kleinsten Laut verschluckte. Es war so still hier, dass ich für einen Moment mein eigenes Herz schlagen hören konnte. 704 entdeckte ich auf der linken Seite. Patricks Zimmer konnte nicht mehr weit sein. Ich war fast gleichauf mit dem Ober, als die Tür, an die er geklopft hatte, geöffnet wurde.

»Ihre Bestellung, Madame«, hörte ich den Kellner sagen.

707 las ich neben der halb geöffneten Tür. Sekunden wur-

den plötzlich zu Minuten. Meine Beine liefen wie von selbst weiter, obwohl ich mein Ziel erreicht hatte, und ich konnte im Vorübergehen einen Blick auf eine Frau im Bademantel und mit langen roten Fingernägeln erhaschen, die den Sektkübel entgegennahm. Sie bedankte sich mit piepsiger Stimme beim Kellner und schob die Tür zu, sodass ich nichts mehr erkennen konnte. Die Härchen in meinem Nacken stellten sich auf, während sich meine Absätze Schritt für Schritt in das Rot des Teppichs bohrten. Mein Gehirn versuchte, die Information zu verarbeiten. Hatte der Rezeptionist mir eine falsche Nummer genannt? Oder war es wirklich Patricks Zimmer? Wenn ja, was machte diese Frau dort?

»Blöde Frage!«, schalt ich mich selbst. Wahrscheinlich war die Nummer falsch, Patrick musste ja gleich zur Weihnachtsfeier in den großen Festsaal und würde sicher keinen Sekt bestellen. In dem Moment sah ich aus dem Augenwinkel, dass sich die Türe noch mal einen Spalt öffnete.

»Moment, hier, für Sie«, hörte ich meinen Mann sagen, dann fiel die Tür ins Schloss. Der Kellner steckte den Zehner in die Hosentasche und bog mit einem zufriedenen Lächeln auf den Lippen, sein Wägelchen vor sich herschiebend, um die nächste Ecke, ohne von mir Notiz zu nehmen. Selbst durch die geschlossene Tür war das Knallen des Korkens zu hören, kurz darauf Gekicher und ein Poltern, als würde Patrick die Frau direkt im Flur an die Wand drücken und im Stehen nehmen.

Ich stand da, mit offenem Mund, nicht in der Lage, mich zu bewegen. Patricks Stimme hallte in meinen Ohren nach und vermischte sich in mir mit dem Piepsen dieser Frau zu einer Kakophonie, die einen Schmerz der Gewissheit von den Ohren aus durch jede Zelle meines Körpers sandte. Ich schwankte, hielt mich an der Wand fest, um nicht umzukippen, während die Erkenntnis tiefer und tiefer sackte. Ich nahm kaum wahr, dass weiter vorne ein Pärchen aus dem Zimmer trat und auf mich zu kam. Erst als der Mann mich mit besorgtem Gesichtsausdruck fragte, ob es mir gut ginge, löste sich langsam die Starre in mir. Ich nickte geistesabwesend. Seine Frau zog ihn schnell weiter, und ich konnte hören, wie sie sagte: »Die ist doch völlig zugedröhnt, hast du ihren leeren Blick gesehen?«

So sah ich also aus? Dabei war ich selten klarer gewesen. Klar und ruhig. Ja, der Schmerz hatte mich kurz zusammenziehen lassen, hatte mir den Todesstoß ins Herz gerammt, aber jetzt richtete ich mich auf, der Rücken gerade, die Schultern zurückgezogen, das Kinn nach oben, und atmete frei auf. Wie ein Phönix, der aus der Asche stieg, fühlte ich mich. In Gedanken bewegte ich meine Glieder, reckte und streckte mich und hatte das Gefühl, dass dabei eine Schnur nach der anderen der Marionette, die ich in Patricks Händen gewesen war, mit einem triumphierenden Zischen riss, und es wurde plötzlich warm in meinem Herzen. Nur ein bisschen, aber der Funke war entzündet. Der Funke der Selbstliebe.

Ein Zimmermädchen kam vorbei, wunderte sich offenbar, dass ich einsam auf dem Gang stand, und fragte mich: »Suchen Sie etwas? Kann ich Ihnen helfen?«

Wieso wollte mir plötzlich jeder helfen? Wo waren all die helfenden Hände in der Vergangenheit gewesen, als ich sie gebraucht hätte?

Mit einem freundlichen Lächeln auf den Lippen antwortete ich: »Danke, ich habe meinen Schlüssel gerade gefunden.«

Vielleicht hätte ich schreien oder mit den Fäusten gegen die Tür mit der Nummer 707 hämmern sollen, aber ich hatte nicht das Bedürfnis nach einer großen Szene, keine Lust zu sehen, was ich bereits eindeutig gehört hatte. In mir war keine Wut, nur Erkenntnis und Gewissheit, die mir inneren Frieden schenkten. Statt zu toben, zog ich erschreckend ruhig mein Handy aus der Handtasche, entfernte mich ein paar Schritte von der Tür und wählte Patricks Mobilnummer. Nach dem sechsten Klingeln nahm er das Gespräch an.

»Hallo, mein Engel, was gibt's?«, schallte seine Stimme abgehetzt durch die Leitung.

»Wo habe ich dich denn hergeholt? Du bist ja ganz außer Atem«, fragte ich, statt zu antworten, gespannt auf Patricks Erklärung.

»Du weißt doch … die Weihnachtsfeier … Im Saal ist es zu laut, da bin ich schnell rausgegangen, damit ich dich besser verstehen kann.«

Ich schwieg. Nickte ein Nicken, das mir selbst galt.

»Hast du Spaß?«, fragte ich mit einem Hauch Schärfe in der Stimme, gerade so viel, dass man es auch für Zufall hätte halten können.

»Nicht wirklich, ich vermisse dich an meiner Seite. Ich wünschte, du wärst hier, mein Liebling«, säuselte Patrick ins Telefon, woraufhin sich meine Nackenhaare angewidert aufstellten. »Alle sind in Begleitung da, nur ich sitze hier allein.« Gönnerhaft fügte er hinzu: »Aber du hast ja recht, es war wichtig, dass du bei Amys Aufführung warst.«

»Ja, die Aufführung war sehr schön. Fast so gut wie deine«, fügte ich leiser hinzu.

»Wie meinst du das?«, fragte er irritiert.

»Ach nichts, ich will nicht weiter stören und wünsche dir noch eine schöne Zeit auf deiner Feier.«

»Ja, danke, ich muss auch langsam wieder rein. Der offizielle Teil geht gleich los. Bis morgen, mein Schatz.«

Unwillkürlich schüttelte es mich. Kurz hatte ich das Bild

vor Augen, wie Patricks »Rein« gleich aussehen würde, und atmete tief durch.

»Ja, tschüss.« Damit legte ich auf. Mein Puls raste, während ich mich Patricks Zimmertür näherte. Sollte ich doch klopfen? Ich hob die Hand, hielt in der Bewegung inne, überlegte, ließ die Hand wieder sinken. Wozu noch? Lügen, Ausreden, Beteuerungen und Schuldumkehr hatte ich in meiner Ehe zur Genüge gehört. Ich blickte nach unten auf den goldenen Ring an meiner rechten Hand, den ich seit der Trauung vor mittlerweile elf Jahren nicht mehr abgelegt hatte. Ich nahm ihn vom Finger. Ganz leicht glitt er herunter, als wäre es ein Zeichen dafür, dass er schon lange nicht mehr passte. Für einen Moment drehte ich ihn wehmütig hin und her und spürte das glatte Metall unter meinen Fingerspitzen. Es ist nicht alles Gold, was glänzt, dachte ich bei mir, schob den Ring unter der Tür durch und fuhr nach Hause.

KAPITEL 21

»Und dann?«, fragte Laura, die mit weit aufgerissenen Augen im Schneidersitz auf meinem Sofa saß und ein Plätzchen nach dem anderen futterte, als wäre es Popcorn im Kino. »Wie ging es weiter, nachdem du den Ring unter der Tür durchgeschoben hast?«

»Ich bin heimgefahren, habe zwei Taschen mit dem Nötigsten für mich und die Kinder gepackt, inklusive wichtiger Unterlagen wie Pässe, Stammbuch und dergleichen, habe sicherheitshalber Versicherungspolicen und Kontoauszüge kopiert, sämtliche Ortungsfunktionen am Handy und Auto ausgeschaltet und bin zu Jenny gefahren, um mit den Kindern, die bereits bei ihr waren, aus der Schusslinie zu sein. Ich wollte nicht noch mal eine Szene wie bei meinem ersten Trennungsversuch erleben.«

»Du erzählst das, als würdest du von einer Shoppingtour berichten. Hast du denn gar nichts gefühlt? Traurigkeit, Angst, Wut, irgendwas?«

Ich überlegte kurz. »Na ja, Angst vor Patricks Reaktion hatte ich natürlich und das nicht zu gering. Deswegen wollte ich auf keinen Fall allein auf ihn treffen und erst recht nicht die Kinder mit reinziehen. Ein traumatisches Erlebnis für sie hat gereicht.« Bei der Erinnerung an den Abend, als Patrick mit dem Messer vor uns gestanden hatte, jagte es mir einen kalten Schauer über den Rücken. »Aber von der Angst vor ihm und natürlich vor der Zukunft abgesehen, habe ich nichts gefühlt. Als hätte der neue Betrug den letzten Stein zur Mauer geliefert, die ich über die letzten Jahre zum Selbstschutz um mein Herz gezogen habe. Die Gefühle, die ich mal für Patrick empfunden habe, prallten an ihr ab. Ich war wie leer und habe einfach funktioniert.« Betreten sah ich auf meine Hand, die sich ohne Ring leicht und schwer zugleich anfühlte, rieb unbewusst über die Stelle, an der das Zeichen unserer Ehe gesessen hatte, und erzählte weiter: »Von Jenny aus habe ich dir Bescheid gesagt, und meine Mutter und meinen Vater angerufen und auch sie über die Trennung und ein paar Hintergründe informiert.«

»Wie haben deine Eltern denn reagiert?«, fragte Laura neugierig.

»Richtig gut«, sagte ich mit einem Lächeln. »Sowohl Papa als auch Mama und mein Stiefvater haben mir sofort ihre Unterstützung zugesagt. Ich hatte sogar ein bisschen das Gefühl, dass sie froh waren, dass ich endlich meine Maske habe fallen lassen und sie mir jetzt helfen dürfen.« Die Maske, das war es. Erschrocken fasste ich mir ins Gesicht, befühlte es, nahm wahr, wie weich es sich anfühlte, wie locker die kleinen Muskeln waren. Ich spürte wieder mich, konnte sein, wer ich war, musste niemandem mehr eine heile Welt vorspielen, die es schon lange nicht mehr gab. Ich musste mir selbst nichts mehr vorspielen. Befreit atmete ich auf. Als hätte Laura meine Gedanken fühlen können, nahm sie mich wortlos ihn den Arm, um sich anschließend das nächste Plätzchen in den Mund zu stecken.

»Bist du dir sicher, dass du nicht schwanger bist?«, fragte ich, verwundert über ihren Kekskonsum dazwischen.

Kauend antwortete sie: »Ganz sicher. Nur weil ich verheiratet bin, heißt das noch lange nicht, dass automatisch ein Kind folgen muss. Wir genießen erst einmal unsere Zweisamkeit. Aber lenk nicht ab und erzähl mir lieber, wie Patrick reagiert hat.«

Ich verdrehte die Augen und berichtete. »Er hat den Ring erst am nächsten Morgen gefunden und daraufhin unzählige Male angerufen, Sprach- und Textnachrichten hinterlassen, aber ich habe nicht abgenommen beziehungsweise nicht reagiert. Ich habe ihm dann nur eine Nachricht geschrieben.«

»Mensch, Nicola, spann mich doch nicht auf die Folter! Was denn genau?« Ungeduldig rutschte Laura auf dem Sofa hin und her.

»Meine Antwort war kurz und knapp: *Es ist aus! Ich ziehe mit den Kindern auf den Reiterhof. Gespräche wird es nur noch in Gegenwart einer dritten Person geben!*«

»Stark!«, kommentierte Laura und fiel mir gleich noch mal um den Hals. »Ich bin mega stolz auf dich. Wir schaffen das.«

Ich nickte und schluckte trocken. »Ich will überhaupt keine Erklärung von Patrick hören. Ich lasse mich von ihm nicht mehr einwickeln und es wird definitiv nur noch Gespräche unter Zeugen geben, damit er mir nicht wieder das Wort im Mund umdrehen und seine perfiden Spiele mit mir spielen kann. Ich brauche das zu meinem Schutz«, erklärte ich eher mir als ihr.

»Das ist eine prima Idee. Wie kommt es dann, dass du noch hier im Haus bist und nicht auf dem Reiterhof?«, erkundigte sich Laura verwundert.

»Patrick hat uns angeboten, dass er zu seiner Mutter zieht, dann kann er sie unterstützen, weil sein Vater immer noch in der Klinik ist, und die Kinder können mit mir in ihrem gewohnten Umfeld bleiben, bis ich eine passende Wohnung für uns drei gefunden habe«, erklärte ich.

»Das ist ja mal nobel von ihm. Dass er so fair reagiert, hätte ich ihm gar nicht zugetraut«, nuschelte meine Freundin durch die Kekskrümel hindurch.

Ich schüttelte den Kopf. »Mit fair hat das nichts zu tun. Es ist reine Berechnung.« Unwillkürlich schlossen sich meine Hände zu Fäusten und ich spürte Wut in mir aufsteigen. »Zum einen steht er wieder als der Großartige da, und zum anderen hat er mich auf diese Weise besser unter Kontrolle, als wenn ich bei meinen Eltern wohne. Hier hat er einen Schlüssel und kann jederzeit ins Haus.« Bei der Vorstellung schüttelte es mich. »Außerdem habe ich das Gefühl, dass er mich nach wie vor nicht ernst nimmt. Er ist gerade lamm-fromm, zeigt sich von seiner besten Seite und denkt, dass ich mich bestimmt bald wieder abgeregt habe und er mich wie-der einspinnen kann wie früher. Aber das passiert niemals wieder!«, sagte ich mit Nachdruck in der Stimme. Ich war mindestens genauso überrascht über meine klaren Worte, wie es meine Freundin zu sein schien, deren Augen leuchte-ten, als hätte sie gerade erfahren, dass sie den Jackpot im Lotto gewonnen hatte. Ich selbst fühlte mich, als hätte ich mich von einer die Sinne benebelnden Droge befreit. End-lich war ich wieder Herr meiner selbst. Patricks Manipula-tionsversuche prallten an meiner Schutzmauer ab beziehungs-weise ich gab ihm durch möglichst geringen Kontakt keine Gelegenheit dazu, an den Steinen meiner Festung zu rütteln. Wie ein trockener Alkoholiker musste ich mich, so gut es eben ging, von der Flasche fernhalten. Ich musste schmun-zeln, als mir die Zweideutigkeit des Wortes Flasche bewusst wurde.

»Patrick hat mir, nachdem er gemerkt hat, dass er mit seinen Lügen nicht weiterkommt, geschrieben, dass er sich gleich am Montag einen Therapeuten gesucht hat, um an seinem »Rückfall« zu arbeiten, wie er es nennt. Außerdem will er, dass wir diesmal eine richtige Paartherapie machen.«

»Und?«, fragte Laura mit einem leichten Zittern in der Stimme.

»Ich habe ihm gesagt, dass ich es gut finde, wenn er sich Hilfe sucht. Die hat er dringend nötig. Und was die Paartherapie betrifft …« Ich sah, wie Laura die Luft anhielt. »… habe ich ihm mitgeteilt, dass es dafür keine Basis mehr gibt. Das Höchste der Gefühle wäre eine Paartherapie in dem Sinne, zum Wohl der Kinder einen guten Umgang miteinander während der Trennung zu finden.«

Laura ließ den Atem entweichen. »Puh, Gott sei Dank. Für eine Sekunde hatte ich befürchtet, du würdest ihm doch noch eine Chance geben.«

»Nein, definitiv nicht. Der »Point of no return« ist ein für alle Mal erreicht! Ich weiß jetzt, dass er sich nicht ändern wird. Ich habe so lange für die Kinder durchgehalten, aber es geht nicht mehr.« Es wurde eng um meinen Hals. Ich zog an dem Pulloverkragen, aber die Enge kam von innen, von dem Kloß, der sich bildete, wenn ich daran dachte, was ich meinen Kindern mit der Trennung zumutete. Die erste Träne kullerte mir über die Wange. Laura stellte die Keksdose beiseite, rutschte zu mir rüber und zog mich in ihren Arm.

»Nicola, wenn es dir gut geht, wird es auch deinen Kindern gut gehen. Was nützt ihnen eine Mutter, die zusammenbricht?«

»Ja, ich weiß … Aber trotzdem … Ich hätte es ihnen gern erspart … Weihnachten steht vor der Tür, der Skiurlaub …«

Ruckartig setzte sich Laura auf und drehte mich zu sich, sodass ich ihr direkt in die Augen sehen musste. »Sag jetzt nicht, dass ihr zusammen in den Skiurlaub fahrt!«

Ich schüttelte den Kopf. »Nein. Ich habe klar kommuniziert, dass ein gemeinsamer Urlaub nicht mehr infrage kommt.«

Lauras Griff lockerte sich und ihr war die Erleichterung ins Gesicht geschrieben.

»Ich habe Patrick angeboten, dass er allein mit den Kindern fahren kann oder seine Mutter noch mitnimmt, während ich nach seinem Vater sehe, aber das wollte er nicht. Er meinte vor den Zwillingen, wir könnten ja getrennte Zimmer nehmen oder unterschiedliche Hotels, aber ich habe zu allem Nein gesagt. Für die Kinder bin ich die Böse, die ihnen nicht mal den Urlaub gönnt und die sowieso alles kaputt macht, und das, obwohl sie ja mit ihrem Vater trotzdem hätten fahren können.« Ins Leere starrend, purzelten die Worte nur so aus mir heraus. »Eigentlich ist er es, der ihnen den Urlaub nimmt und nicht ich. Aber sie sehen ihren Papa, der vor ihnen heult, der sich als Opfer hinstellt und erzählt, dass er alles tue, um die Ehe zu retten. Im Gegenzug sehen sie mich, die für sie stark ist, die nicht auf Patricks Angebote eingeht, ihm keine Chance gibt, obwohl er doch so lieb ist. In den Augen von Amy und Fynn bin ich allein schuld an der Trennung. Das tut unfassbar weh«, stieß ich hervor und sank schluchzend an Lauras Schulter, die mir zärtlich über den Rücken strich. »Und Fynn …« Meine Stimme brach endgültig. Hemmungslos rannen die Tränen über mein Gesicht, während mein Körper in den Armen meiner Freundin bebte.

»Was ist mit Fynn?«, fragte Laura, als mein Schluchzen etwas leiser geworden war.

»Gestern Abend«, sagte ich und schniefte, »ist Fynn völlig ausgerastet. Er hat mich angeschrien, geweint und getobt und mir gesagt, dass ich dem Papa noch eine Chance geben muss. Als ich ihm erklärt habe, dass das nicht mehr geht, dass es schon zu viele Chancen gegeben hat, hat er sich in seinem Zimmer verbarrikadiert und …« Wieder konnte ich nicht mehr weitersprechen und wurde vom nächsten Heulkrampf gebeutelt.

»Es ist doch normal, dass er sich an die neue Situation erst gewöhnen und mit seinen Gefühlen klarkommen muss«, meinte Laura behutsam, während sie mir unablässig den Rücken streichelte.

»Ja, das schon … Aber … als ich später nach ihm sehen wollte, war er verschwunden. Es lag nur ein Zettel auf seinem Bett, auf dem stand, dass er erst zurückkommt, wenn ich meinen Egotrip beende und den Papa wieder zurücknehme. Ich habe Patrick angerufen, und wir haben ihn stundenlang in der Kälte gesucht und seine ganzen Freunde abtelefoniert. Ich bin schier wahnsinnig geworden vor Angst um ihn und habe mir solche Vorwürfe gemacht, von Patricks Schuldzuweisungen ganz zu schweigen«, erklärte ich Laura, die sichtlich schockiert war. »Schließlich habe ich ihn, als wir kurz davor waren, die Polizei zu verständigen, im Gartenhäuschen gefunden. Durchgefroren und wie ein Häufchen Elend saß er in der Ecke. Ich wollte Fynn in den Arm nehmen, ihn trösten, aber er wollte nur wissen, ob der Papa jetzt bleiben darf. Als ich Nein gesagt habe, hat er mich weggestoßen und gemeint, dass ich sein Leben zerstören würde. Dann ist er an mir vorbeigerannt und hat sich in Patricks Arme geworfen«, beendete ich meinen Bericht. Der Schmerz, der sich erneut durch mein Herz fraß, als wäre ich wieder in der Situation des Abends zuvor, drohte mich zu zerreißen.

Selten hatte ich Laura so sprachlos erlebt. Als müsste sie das Gehörte erst in ihrem Hirn zusammensetzen, kamen ihre Worte langsam, dafür aber mit Nachdruck.

»Das ist ja Erpressung. Weiß Fynn denn nicht, was Patrick getan hat?«, fragte sie verwundert.

Ich schüttelte den Kopf, zog die Rotze hoch, bevor sie auf

Lauras Bluse landete, und kramte ein Taschentuch aus der Hose.

Während ich schnäuzte, fragte sie: »Warum sagst du den Zwillingen denn nicht, dass Patrick sich durch unzählige Betten gevögelt hat, und erzählst ihnen, wie er dich psychisch fertiggemacht hat? Wieso nimmst du dieses Schwein noch in Schutz?« Auch Laura hatte inzwischen glasige Augen.

Ich schluckte, ehe ich antwortete: »Ich schütze nicht ihn, ich schütze die Kinder.«

»Hä? Wie meinst du das denn?«

Ständig von neuen Schluchzern unterbrochen, erklärte ich: »Ich habe in einem Trennungsratgeber gelesen, dass man die Elternprobleme nicht an die Kinder herantragen soll.«

»Nicola, das hier ist doch was anderes. Du lieferst den Kindern eine Erklärung, warum die Trennung sein muss, damit sie es verstehen können.«

Ich schnäuzte erneut in mein Taschentuch, ehe ich antwortete: »Ja, das dachte ich inzwischen auch, aber ich habe nach Fynns Aktion eine Kindertherapeutin angerufen, bei der wir morgen einen Notfalltermin haben. Die hat mir am Telefon klargemacht, dass es das Beste für die Kinder sei, die Probleme der Paarebene komplett von ihnen fernzuhalten.«

Laura legte die Stirn in Falten. »Wie ist das denn gemeint?«

»Ich darf das Bild ihres Vaters nicht zerstören. Die Vater-Kind-Ebene soll unbelastet bleiben, was nicht mehr der Fall wäre, wenn ich den Kindern sagen würde, dass er ein notorischer Fremdgeher ist.«

Lauras Nasenlöcher blähten sich auf. »Ach, die Vater-Kind-Ebene darf nicht angetastet werden, aber er darf dich als den Sündenbock inszenieren? Was soll denn die Scheiße?«

Ich zuckte mit den Schultern.

»Nicola!« Laura sah aus, als würde sie mich am liebsten

durchschütteln. »Das kannst du dir doch nicht gefallen lassen. Das ist nicht fair!«

»Ich weiß, es ist unfair hoch zehn, aber ich werde diese Trennung nicht auf dem Rücken der Kinder austragen«, sagte ich bestimmt. Etwas weicher setzte ich meine Erklärung fort: »Egal, was ich sage, Patrick wird den Zwillingen sowieso seine eigene Wahrheit aufbinden und sich als Opfer darstellen. Wie sollten Amy und Fynn seine Manipulationen durchschauen, wenn selbst ich mich immer wieder habe schwindelig reden lassen?«

Laura ließ die Schultern sinken. »Das ist hart!«, raunte sie kaum hörbar.

In Gedanken fügte ich hinzu: »Ich fürchte, das ist erst der Anfang.«

KAPITEL 22

Die Schlange an der Supermarktkasse wollte nicht enden. Obwohl die Feiertage vorbei waren, die mir emotional alles abverlangt hatten, und Schule und Arbeit nach den Ferien wieder begonnen hatten, war selbst vormittags der Andrang auf die Lebensmittel groß. Vor und hinter mir volle Wägen, die sich nur langsam vorwärtsbewegten. Ich spürte, wie mir heiß wurde. Kalter Schweiß rann an meinem Rücken hinab. Der Boden unter meinen Füßen schien sich zu bewegen, alles drehte sich plötzlich und das Piepsen des Scanners drang nur noch dumpf an mein Ohr. Reflexartig krallten sich meine Finger Halt suchend am Griff des Einkaufswagens fest. Bitte nicht umkippen, beschwor ich meinen Körper und versuchte, mit tiefen Atemzügen Sauerstoff in meine Lunge zu pumpen.

»Geht es Ihnen nicht gut?«, hörte ich die ältere Dame, die vor mir ihre Waren aufs Band legte, fragen. »Sie sind ganz blass.«

Auch wenn ihre Worte von weit weg zu kommen schienen, halfen sie mir, meine Umgebung wieder klarer wahrzunehmen und das Karussell in meinem Kopf zu stoppen.

»Danke. Es geht. Es ist nur stickig hier drinnen«, murmelte ich und zwang mich zu einem Lächeln, während ich den Reißverschluss der Jacke aufzog, um gleich wieder meine Finger um den Griff zu krallen. Sie nickte und wandte sich der Kassiererin zu, nicht ohne mir gelegentlich einen prüfenden Blick zuzuwerfen. Es war nicht das erste Mal, dass ich in letzter Zeit in einem Augenblick, in dem nichts zu tun war, als darauf zu warten, an die Reihe zu kommen, fast ohnmächtig geworden war. Als würde in den kleinen Momenten, in denen ich nicht auf Hochtouren lief, die Ohnmacht, die ich im Umgang mit Patrick erlebte, an meinem Körper zerren und versuchen, mich in die Tiefe zu reißen. Vielleicht war es aber auch nur die zunehmende Erschöpfung.

Endlich draußen, wagte ich es, meinen Griff zu lockern. Ich atmete die frische Winterluft ein und versuchte das beklemmende Gefühl abzuschütteln, während die Rollen des Einkaufswagens auf dem Weg zum Auto über den Asphalt ratterten.

»Hallo, Nicola, schön, dich zu sehen«, sprach mich eine Bekannte aus unserem gemeinsamen Freundeskreis an, als ich gerade in mein Auto steigen wollte. Sie drückte mich zur Begrüßung. »Wie geht es dir denn? Ich habe gehört, ihr habt euch getrennt«, fragte sie neugierig.

Kurz war ich versucht, »Danke, gut!« zu antworten, wie ich es gelernt hatte, aber ich war es leid, ständig so zu tun, als wäre alles in bester Ordnung. Auch wenn ich keine Lust verspürte, Details über die Trennung breitzutreten, wollte ich wenigstens offen antworten.

»Ehrlich gesagt, Ramona, geht es mir gar nicht gut. Die Trennung gestaltet sich sehr schwierig und kostet mich extrem viel Kraft. Es gibt Tage, da denke ich, ich schaffe das alles nicht mehr.«

Irritiert sah sie mich an, tätschelte mir die Schulter und meinte: »Du bist so eine starke Frau, Nicola. Wenn das eine schafft, dann du.« Im nächsten Moment verabschiedete sie sich von mir und stolzierte mit ihrem Einkaufskorb davon.

Na toll. Das hatte ich jetzt davon, dass mich jeder immer nur stark erlebt hatte. »Du schaffst das, Nicola!«, äffte ich Ramona nach. »Warum fragst du dann, wenn du gar nicht wissen willst, wie es mir wirklich geht?«, hätte ich ihr am liebsten hinterhergerufen. Aber ich schwieg und ließ mich auf den Autositz plumpsen, der mich mit einer tröstlichen Umarmung empfing. »Du schaffst das!«, hallte es in meinen Ohren nach, und ich fragte mich, was sie mit *das* eigentlich meinte. Als hätte sie eine Ahnung von dem Psychokrieg, der daheim ablief. Als wüsste sie auch nur ansatzweise, wie schwer es war, den Hass der Kinder auszuhalten, für die ich die alleinige Ursache allen Übels war. Wie gerne hätte ich ihr alles entgegengebrüllt, ihr die Gründe für die Trennung erklärt, ihr geschildert, wie Patrick war, wenn er Mr. Hyde war und nicht der Dr. Jekyll, den sie kannte, wie er die Kinder und alle Welt um sich herum manipulierte, aber was hätte es gebracht? Wahrscheinlich hätte sie mir sowieso nicht geglaubt. Ich hatte schließlich nach außen hin stets den perfekten Schein gewahrt. Und noch dazu, wieso hätte eine starke, selbstbewusste Frau wie ich das so lange mitmachen sollen, wenn es stimmte, was ich behauptete? Das war völlig absurd. Ich musste lachen, auch wenn es zum Heulen war. Wie ich die Sache auch drehte und wendete, es wurde nicht besser. An Ramonas Stelle würde ich mir vermutlich auch nicht glauben. Auch wenn alles in mir danach brannte, der ganzen Welt die komplette Wahrheit ins Gesicht zu schreien, durfte ich mich nur meinen engsten Freundinnen anvertrauen; meinen Freundinnen und Frau Rosenthal. Bei dem Gedanken an den bevorstehenden Termin bekam ich schwitzige Hände. Ich blickte auf die neue Uhr an meinem Handgelenk, die ich mir selbst zu Weihnachten geschenkt hatte, weil ich die von Patrick nicht länger tragen wollte. Sie hatte sich angefühlt wie eine Fessel an meinem Handgelenk. Meine neue Uhr war nicht einfach ein neues Zeitmessgerät, sondern vielmehr das Zeichen für eine neue Zeitrechnung. Die Zeit nach Patrick hatte begonnen und in weniger als zwei Stunden würde ich Frau Rosenthal endlich persönlich kennenlernen.

Die Stufen knarzten unter meinen Schritten, als ich die geschwungene Treppe in den zweiten Stock des Fachwerkhauses in der Aschaffenburger Altstadt zur Praxis von Frau Rosenthal emporstieg. Es war ein angenehmes Knarzen, so als würden die Stufen kleine Geschichten der Menschen erzählen, die hier hoffnungsvoll ein und aus gingen. Vermutlich war ich bescheuert, für einen Coachingtermin von Würzburg extra nach Aschaffenburg zu fahren, aber ich fühlte mich wohl hier. Abgesehen davon, dass die Chemie zwischen Frau Rosenthal und mir am Telefon super gepasst hatte, war die Wahrscheinlichkeit, dass mir hier jemand aus Patricks Dunstkreis über den Weg lief, gering. Sicherheitshalber hatte ich mein Auto trotzdem ein paar Straßen weiter am Schloss Johannisberg, das mit seinen vier Türmen imposant über dem Main aufragte, geparkt. Nur für den Fall, dass mein Mann mir einen Peilsender am Auto befestigt hatte. Langsam wurde ich tatsächlich schizophren oder litt unter Verfolgungswahn, dachte ich kurz. Aber inzwischen traute ich Patrick einfach alles zu.

Frau Rosenthal, die ich auf Anfang fünfzig schätzte, empfing mich mit einem herzlichen Lächeln und bat mich nach der Begrüßung, im Beratungszimmer Platz zu nehmen, während sie kurz nebenan verschwand.

Der Raum war in hellen Pastelltönen eingerichtet und klar strukturiert. Nur der kunstvoll arrangierte Blumenstrauß auf dem Sideboard, der einen dezenten Duft verströmte, stellte einen farblichen Akzent in Orangetönen dar. Es gab drei bequem aussehende Stühle mit hellgrünem Bezug, zwei davon nebeneinander, wohl für Paare, und einen gegenüber für sie. Je ein weißes Beistelltischchen vervollständigte den Sitzbereich. Die Grünpflanze in der Ecke wirkte stark und saftig, während die Stehlampe auf der anderen Seite das Zimmer in ein warmes Licht tauchte. Beides zusammen strahlte eine gesunde Gemütlichkeit aus. Sogar der Bambushain auf der Fototapete hinter ihrem Stuhl fügte sich in das klare Bild ein. Ich setzte mich auf den linken Stuhl und wischte mir reflexartig die Hände an der Hose ab, um überrascht festzustellen, dass sie gar nicht feucht waren wie sonst, wenn ich aufgeregt war. In dem Moment kam Frau Rosenthal mit einer Kanne Tee ins Zimmer und schenkte uns ein.

Als auch sie Platz genommen hatte, eröffnete sie das Gespräch: »Frau Wolf, Sie haben mir am Telefon bereits einiges über Ihre Situation in der Ehe erzählt. Wie genau kann ich Ihnen denn helfen?«

»Ehrlich gesagt, ist inzwischen alles ganz anders.«

Erwartungsvoll schob Frau Rosenthal ihre Brille zurecht und ermunterte mich mit ihrem Blick, weiterzusprechen.

»Ursprünglich wollte ich verstehen, warum ich mich nicht aus einer Beziehung lösen kann, die mich zunehmend fertiggemacht hat, aber eine Woche nach unserem Telefonat haben sich die Ereignisse überschlagen und ich habe mich von meinem Mann getrennt.«

Wenn sie überrascht war, ließ sie es sich nicht anmerken und lauschte weiter meinen Ausführungen.

In wenigen Minuten hatte ich Frau Rosenthal, deren halblange Locken wippten, wenn sie mir bestätigend zunickte, alles erzählt. Wie ich Patrick erwischt hatte, von der Trennung, von Fynns Erpressungsversuch, dem abgesagten Skiurlaub, den Weihnachtsfeiertagen, die wir der Kinder zuliebe zu viert verbracht hatten, und einfach allem, was Patrick tat, um mir das Leben schwer zu machen.

»Wissen Sie, Frau Rosenthal, ich habe zwar die Trennung geschafft, aber es kostet mich tagtäglich so unendlich viel Kraft, diese auch zu behaupten. Patrick und auch die Zwillinge versuchen alles, um das Konstrukt Familie hinzubiegen, das es in der Art nicht mehr gibt.« Ich knetete meine Hände und wich dem Blickkontakt aus, als ich weitersprach: »Ich weiß, dass ich nicht wieder einknicken und nicht mehr zu Patrick zurückgehen darf, wenn ich mich nicht völlig aufgeben will, aber zu sehen, wie sehr die Kinder leiden, und ständig mit ihrem Hass auf mich konfrontiert zu sein, macht es verdammt schwer. Vielleicht wäre es doch leichter, eine Scheinehe für die Kinder zu führen, wie Patrick vorgeschlagen hat, als mit der Situation zu leben, wie sie jetzt ist.« Ich schluckte schwer, ehe ich aus dem Fenster blickte, hinunter auf den Main, der braun und träge vor sich hinfloss und meine Gedanken mit sich forttrug. Die Stille, die sich über den Raum gelegt hatte, ließ mich frösteln, und ich trank einen Schluck von meinem Tee, dessen Wärme nicht in mir ankam. Aus dem Augenwinkel konnte ich sehen, wie Frau Rosenthal mich ansah. Ihre Haltung war gerade, die Beine parallel, wie seit Beginn unseres Gesprächs. Wie konnte jemand so lange so sitzen, ohne einmal die Beine übereinanderzuschlagen, fragte ich mich, bis ich die Stille nicht mehr aushielt und sie direkt ansah.

Ruhig, aber ernst fragte sie: »Was glauben Sie, was Ihre Kinder von Ihnen lernen, wenn Sie jetzt zu Ihrem Mann zurückgehen?« Unweigerlich musste ich an meine Mutter denken, die mir in einem Streit vorgeworfen hatte, dass sie Jahre ihres Lebens verloren hatte, weil sie nur meinetwegen so lange mit meinem Vater zusammengeblieben sei. Noch ehe ich eine Antwort zur eigentlichen Frage formulieren konnte, flog mir die nächste um die Ohren, und ich begriff, dass mein Gegenüber gar keine Antwort erwartete.

»Was würden Sie Ihrer Tochter raten, wenn sie einen Partner hätte, der sie niedermacht, psychisch missbraucht und noch dazu ständig betrügt und dabei sogar riskiert, sie mit was auch immer anzustecken?« Frau Rosenthal sah mich mit hochgezogener Augenbraue direkt an. Ich knetete meine Hände und schluckte schwer, während ich weiter zuhörte.

»Natürlich wollen Ihre Kinder an dem Vertrauten festhalten, aber ist es wirklich das Beste für sie, wenn sie lernen, dass man psychische Gewalt aushalten muss, statt seine Grenzen zu ziehen?« Frau Rosenthal beobachtete, wie ihre Fragen in mir arbeiteten, und fügte nach einer kurzen Pause hinzu: »Glauben Sie immer noch, dass es für Ihre Kinder langfristig gesehen besser wäre, sich zu opfern und zurückzugehen?«

Ich schüttelte den Kopf und versuchte, den Kloß in meinem Hals mit einem Schluck Tee hinunterzuspülen.

»Wenn Sie wirklich Ihre Kinder im Blick haben, dann müssen Sie weiter das Richtige tun, auch wenn es schwierig ist. Es ist nicht die Zeit für Selbstmitleid.«

Uff, der letzte Satz war hart und versetzte meinem Ego einen gehörigen Stich, auch wenn ich zugeben musste, dass sie nicht unrecht hatte. Es war nicht an der Zeit, zu jammern. Trotzdem wusste ich einfach nicht weiter. Egal, was ich tat, Patrick setzte eins drauf und sabotierte alle meine Versuche, mich weiter freizuschwimmen.

»Was denken Sie?«, hörte ich Frau Rosenthal fragen.

»Ich versuche ja, das Richtige zu tun, und ich kämpfe seit Wochen ununterbrochen, aber ich komme gegen Patrick einfach nicht an. Ich bekomme es nicht einmal hin, mich gegen seine Umarmung zu wehren«, sagte ich und ließ mit einem Seufzer die Schultern sinken.

»Wie meinen Sie das?«, hakte Frau Rosenthal nach.

»Na ja, wenn Patrick zu Besuch kommt, um die Kinder zu sehen, drückt er mich zur Begrüßung und auch zum Abschied. Als ich ihm gesagt habe, dass ich das nicht mehr will, sozusagen meine Grenze gezogen habe, meinte er, dass das nicht infrage komme und dass er sich nicht behandeln lasse wie der letzte Penner. Schließlich würde ich jeden Bekannten, den ich auf der Straße treffe, auch umarmen, und er sei immerhin noch der Vater unserer Kinder und verdiene Respekt.« Kaum hatte ich das ausgesprochen, fiel mir das nächste Beispiel ein und ich machte mir weiter Luft: »Oder, obwohl er bei seiner Mutter wohnt, packt er dort seine dreckige Wäsche ein und wirft sie mir daheim in den Wäschekorb. Als ich ihn höflich darauf angesprochen und gebeten habe, dass er seine dreckigen Unterhosen nicht durch die Weltgeschichte karren soll, meinte er – natürlich mal wieder vor den Kindern –, dass es ja wohl das Mindeste sei, dass ich seine Wäsche mitwasche, wenn er uns im Haus wohnen lässt und alles bezahlt.«

»Ist das denn so?«, erkundigte sich die Therapeutin.

Ich fuhr mir über die Stirn. Mein Kopf pochte und es fiel mir schwer, mich zu konzentrieren. »Im Prinzip ja«, stimmte ich zu, »aber nur, weil er darauf besteht. Ich wollte, dass wir mit der Trennung auch die Finanzen regeln. Sprich, dass wir bei einer Anwältin ausrechnen lassen, was den Kindern und mir zusteht, und dass er uns dann den entsprechenden Betrag auf mein Konto überweist, mit dem wir auskommen müssen. Aber Patrick will das partout nicht. Er gewährt uns weiterhin vollen Zugriff auf sein Konto und von Anwalt oder gar Scheidung will er absolut nichts wissen. Manchmal glaube ich,

dass er das alles macht, damit das Trennungsjahr nicht offiziell zu laufen beginnt. Quasi, damit er sagen kann, wir seien
ja nie von Tisch und Bett getrennt gewesen, wie es offiziell
sein muss.« Ich kratzte mich am Kinn, als mir auch schon ein
weiteres Beispiel einfiel. »Übrigens hat er die Zwillinge noch
nie mit zu seiner Mutter genommen, ich meine, mal übers
Wochenende oder so. Immer kommt er zu uns nach Hause,
um sie zu sehen, oder macht bestenfalls einen Ausflug mit
ihnen. Angeblich nimmt er sie nicht übers Wochenende,
weil in seinem Elternhaus kein Platz sei. Dass ich nicht lache.
Die Villa ist riesig und die Kinder könnten locker auch dort
schlafen. Ich weiß nicht, ob ich Gespenster sehe, aber ich
habe das Gefühl, dass er alles tut, um den Schein der Ehe
nach außen hin aufrecht zu erhalten. Vermutlich weiß seine
Mutter nicht einmal etwas von der Trennung, und er hat ihr
erzählt, dass er nur bei ihr wohnt, um sie mit ihrem kranken
Mann zu unterstützen.« Erschrocken über diesen Vorstoß,
biss ich mir auf die Unterlippe und wünschte, ich könnte
diese Vermutung zurücknehmen. Frau Rosenthal musste
mich für verrückt halten. Beschämt stützte ich meinen Kopf
in die Hände und senkte den Blick Richtung Dielen.

»Das halte ich durchaus für wahrscheinlich«, hörte ich sie
sagen.

Ungläubig blickte ich auf. »Aber ... Glauben Sie nicht, dass
ich völlig übertreibe?«

Nun musste Frau Rosenthal schmunzeln und schüttelte
den Kopf, sodass ihre Locken sanft hin und her wippten.

»Frau Wolf, ich habe Klienten hier sitzen, bei denen ich
locker zwanzig Prozent von dem, was sie erzählen, abziehen
muss, weil sie vieles heftiger erleben, als es ist. Bei Ihnen
habe ich das Gefühl, dass ich mindestens zwanzig Prozent
draufpacken muss, weil Sie die Tendenz haben, alles zu ver-

harmlosen, und ständig Ihren Teil der Schuld betonen. Das ist mir schon in Ihrer Hausaufgabe aufgefallen, die Sie mir gemailt haben, und es hat sich heute bestätigt.«

Erneut setzte ich an. »Aber ich weiß doch gar nicht, ob Maria wirklich nichts von der Trennung weiß. Vielleicht liege ich völlig falsch und Patrick hat es seiner Mutter doch gesagt.«

»Stimmt, das wissen wir beide nicht. Aber Ihre Theorie hört sich anhand der Fakten, die Sie mir in der letzten Stunde erzählt haben, schlüssig an. Sie fangen an, Ihren Exmann …«
Bei dem Wort Exmann zuckte ich unweigerlich zusammen.
»… klar zu sehen und fallen nicht mehr auf seine Gehirnwäsche herein. Sie hinterfragen sein Verhalten kritisch und stellen seine Aussagen auf den Prüfstand, ohne ihm länger ungefiltert alles zu glauben. Das ist ein riesiger Fortschritt«, erklärte Frau Rosenthal.

Mein Herz machte einen kleinen Hüpfer vor Freude. Ich war doch nicht verrückt.

»Ich kann Ihnen gar nicht sagen, wie froh ich bin, dass Sie mir glauben.« Für einen Moment schloss ich die Augen und genoss das Glücksgefühl, das sich wie eine warme Umarmung um mich legte. Jemand, der mich nicht kannte, der nur meine subjektive Sichtweise gehört hatte, glaubte mir. Einfach so.

Frau Rosenthals sanfte Stimme holte mich zurück in den Raum. »Sie haben begonnen, den Vater Ihrer Kinder klar zu sehen. Das gilt es jetzt zu festigen, um anschließend den nächsten Schritt zu gehen, nämlich, sich gegen ihn durchzusetzen.«

»Das wäre ein Traum, aber ich weiß nicht, wie ich das jemals hinbekommen soll. Ich habe so viele Diskussionen geführt, aber es bringt einfach nichts. Er lässt selbst die logischsten Argumente nicht gelten, erfindet immer wieder seine eigenen Wahrheiten, gegen die ich machtlos bin, und verdreht mir jedes Wort im Mund.« Ich ließ die Schultern sinken, und das Hochgefühl, das ich eben noch empfunden hatte, machte einer Schwere Platz, die mir den Atem raubte.

»Deswegen sind Sie ja bei mir. Ich werde mit Ihnen daran arbeiten, wie Sie sich in Gesprächen mit Ihrem Ex behaupten können, wenn Sie das wollen.«

Ich nickte hektisch. »Natürlich will ich das. Aber wie soll das funktionieren?«

»Es gibt zwei hauptsächliche Dinge, die jetzt wichtig sind«, erklärte die Therapeutin. »Punkt eins sind die Gespräche mit Patrick selbst. Die gilt es, stupide zu üben, und zwar in schriftlicher Form als eine Art Dialog.«

Auf meinem Gesicht mussten sich Fragezeichen abzeichnen, die so groß waren, dass ich die Frage gar nicht stellen musste.

»Sie kennen Ihren Ex gut genug, um zu wissen, wie er üblicherweise reagiert oder argumentiert.«

Ich nickte.

»Dieses Wissen nutzen Sie für einen fiktiven Dialog zu einem Thema, das Sie mit ihm ansprechen wollen. Sie schreiben abwechselnd, was Sie sagen möchten, zum Beispiel »*Ich lasse mich von dir nicht mehr umarmen!*«, und was er voraussichtlich antwortet, zum Beispiel: »*Das kommt nicht infrage, du umarmst jeden Deppen, ich lasse mich nicht behandeln wie den letzten Penner.*« Dann sprechen wieder Sie, dann er, und so weiter. Das können Sie zu Hause durchspielen und mir per Mail schicken und dabei alle Punkte ansprechen, die Ihnen wichtig sind. Ich schreibe Ihnen dann Kommentare und Verbesserungsvorschläge dazu und schicke Ihnen das Skript zurück. Sie überarbeiten damit den Dialog erneut, und das machen wir so lange, bis Sie souverän mit seinen Einwänden umgehen können, ohne sich von Ihrer Spur abbringen zu lassen, und sich zutrauen, dieses Gespräch in Echtzeit mit ihm zu führen.«

Das sollte etwas bringen? Allein der Gedanke an solche Echtzeitgespräche ließ meinen Mund staubtrocken werden und mir den Schweiß ausbrechen.

»Gibt es keinen einfacheren Weg?«, fragte ich vorsichtig nach.

»Zumindest keinen effektiven, den ich kenne«, antwortete Frau Rosenthal und schenkte mir ein ermutigendes Lächeln, das mir das Gefühl gab, dass zumindest sie vom Erfolg dieser Dialogmethode überzeugt war.

»Okay, ich versuche es«, antwortete ich trotz des mulmigen Gefühls im Bauch. Wenigstens konnte ich auf die Weise etwas tun und fühlte mich nicht mehr ganz so ohnmächtig.

»Gut, dann erwarte ich Ihren ersten Dialog in einer Woche und spätestens nach drei Tagen haben Sie die verbesserte Version zurück. Auf die Weise können wir viel online arbeiten, und es reicht, denke ich, wenn wir uns circa einmal im Monat persönlich treffen. Ist Ihnen das recht?«

»Ja, das passt gut. Aschaffenburg ist für mich nicht gerade um die Ecke.«

»Prima, dann sehen wir uns in vier Wochen zur selben Zeit wieder hier, und ich bin gespannt, wie viele Dialogrunden wir bis dahin schaffen. An dem Termin würde ich gerne mit Ihnen auch auf den zweiten Punkt, Ihre Kindheit, eingehen.«

Bei den letzten Worten runzelte ich die Stirn. »Was hat denn meine Kindheit mit Patrick zu tun?«, fragte ich, von der Idee nicht gerade begeistert.

»Sie erinnern sich an die Hausaufgabe, Ihr Leben aus der

Sicht eines Außenstehenden von der Geburt bis zum Auszug aus dem Elternhaus zu beschreiben?«, erkundigte sich Frau Rosenthal.

Ich nickte. »Ja, ich habe mich damals gewundert, was das mit meiner aktuellen Situation zu tun haben soll.«

Frau Rosenthal schob ihre Brille hoch, ehe sie wieder das Wort ergriff. »Sagen wir mal so: Es ist immer wichtig, ein zutreffendes Bild von den eigenen Prägungen zu haben, aber ganz besonders wichtig ist es, wenn ich in einer Beziehung mit einem Menschen festhänge, der meinen Geist ständig verwirrt und bei dem es mir schwerfällt, die eigene Klarheit aufrecht zu erhalten.«

Ich legte den Kopf schief und fragend die Stirn in Falten. »Haben Sie nicht den Eindruck, dass mein Bild von meiner Kindheit zutreffend ist?«, erkundigte ich mich irritiert.

Frau Rosenthal schmunzelte und sagte mit einem Zwinkern: »Lassen Sie es uns gemeinsam herausfinden!«

KAPITEL 23

»Juhu!«, schrie ich mitten in meinen Brautladen hinein, nachdem ich das Telefonat beendet hatte. Ich hüpfte und tanzte laut trällernd im Zickzack um die herumstehenden Kartons, um mich anschließend mit weit ausgebreiteten Armen im Kreis zu drehen, bis ich schwindelig, aber glücklich wie lange nicht mehr, auf das Sofa sank. So nah lagen Freud und Leid manchmal beisammen. Eben war ich noch wehmütig gewesen, weil ich meinen Brautladen aufgab, da es sich für mich nicht mehr richtig anfühlte, Bräute zu beraten, und die Selbstständigkeit finanziell zu unsicher war, und jetzt schlug mein Herz vor Freude Purzelbäume. Mein Grinsen, das von einem Ohr zum anderen reichte, wollte gar nicht nachlassen. Es war einer dieser Momente, in denen ich die ganze Welt hätte umarmen können.

»Sie haben den Zuschlag!«, waren die vier Zauberworte gewesen, mit denen die Vermieterin mich in einen Höhenrausch versetzt hatte. Endlich! Nach so langer Wohnungssuche und unzähligen Absagen, weil keiner einer Frau in Trennung mit zwei Kindern und unsicherer beruflicher Zukunft eine passable Wohnung vermieten wollte, war ich am Ziel. Erst kürzlich die Zusage für die vielversprechende Stelle in der Marketingabteilung eines Würzburger Verlages ab nächstem Monat, und nun die Wohnung. Vielleicht war doch etwas an dem Sprichwort »Alles neu macht der Mai.« Jetzt würde bestimmt alles gut werden und die nervenaufreibende Zeit mit all den Machtkämpfen mit Patrick würde ein Ende finden, wenn ich meine eigenen vier Wände hatte. Keine Wäsche mehr von ihm in meinem Wäschekorb, kein Herausreden, warum er die Kinder nicht übers Wochenende zu sich nahm, keine Angst mehr, dass er mit seinem Schlüssel plötzlich hereinkommen und mit dem Messer vor mir stehen konnte. Nach dem Auszug im August könnte endlich Ruhe einkehren, dachte ich und malte mir aus, wie ich unser neues Zuhause einrichten und friedlich mit meinen Kindern darin wohnen würde. Die Zwillinge fanden zwar noch alles blöd, was die Trennung klar definierte, so auch einen Umzug, und für sie stand fest, dass sie, wann immer möglich, bei Papa in ihrem alten Zuhause sein wollten, aber ich war zuversichtlich, dass sie sich schnell an das neue Heim gewöhnen würden. Das Reihenmittelhäuschen in einem Wohngebiet am anderen Ende von Würzburg war einfach perfekt. Patrick, der vorhatte, unser Haus zu behalten, wohnte weit genug entfernt und war trotzdem noch mit den öffentlichen Verkehrsmitteln für die Kinder gut zu erreichen. Fynn konnte künftig sogar mit dem Rad zum Fußballtraining fahren und Amy wohnte näher an ihrer Freundin Fiona.

Noch fünfzehn Monate, rechnete ich im Kopf nach, dann könnte ich mich endgültig scheiden lassen. Dann waren wir ab dem Auszugsdatum definitiv ein Jahr von Tisch und Bett getrennt und Patrick konnte nichts anderes mehr behaupten. So sehr ich auf das klare Ende auch hin fieberte, der Gedanke an den endgültigen Beweis des Scheiterns meiner Ehe versetzte mir doch auch einen Stich. Langsam rappelte ich mich vom Sofa auf, ging zur Schaufensterpuppe, die nach wie vor mein Brautkleid trug, und schüttelte ein letztes Mal die lange Schleppe auf. Raschelnd glitt der Stoff zu Boden. Wie magisch zog mich das Kleid an, ließ Erinnerungen eines alten Traumes wieder aufleben, Erinnerungen an schöne Zeiten. Wehmütig atmete ich aus, strich über den glänzenden Stoff und zog der Puppe schließlich das Kleid aus, um es vor dem Spiegel an mich zu halten. Ich schluckte schwer, ehe ich, ohne zu wissen, was ich da eigentlich tat, meine Hose und das Shirt abstreifte und mir das Kleid samt Reifrock überzog. Schwer hing der einstige Traum in Weiß auf meinen Schultern, während ich versuchte, die Schnürung der Korsage im Rücken zu binden, um Form in das Kleid zu bringen. Doch egal, wie fest ich auch zog, das Kleid wollte nicht mehr passen. Mein Spiegelbild zeigte eine dünne, knochige Frau, die ein Kleid trug, das ihr mindestens zwei Nummern zu groß war. Ich ließ die Bänder los, die Schultern sinken und das Kleid rutschte an mir hinab zu Boden. Die nackte Wahrheit, schoss es mir durch den Kopf. Die Ehe hatte mich ausgezehrt. Ich sah, was ich schon lange wusste, und in dem Moment nahm auch mein Herz Abschied von dem einstigen Kleinmädchentraum.

Die Türglocke schellte in dem Moment, als die Eingangstür schwungvoll aufgerissen wurde. Jenny und Laura kamen hereingeschneit.

Überrascht sah ich von einer zur anderen. »Was macht ihr denn hier? Und noch dazu zusammen? Ihr kennt euch doch gar nicht«, stammelte ich verblüfft.

Meine Freundinnen grinsten erst sich an, dann mich. »Schon mal was von Facebook gehört?«, fragte Jenny, stellte eine Flasche Sekt auf den Tresen und ließ ihren Blick über das Chaos im Verkaufsraum bis hin zu mir schweifen. »Wenn ich mir das hier so ansehe, wird es höchste Zeit, dass wir auftauchen und dir beim Packen helfen«, konstatierte sie und zwinkerte Laura verschwörerisch zu. »Aber vielleicht willst du dir erst einmal etwas anziehen!«

Erschrocken blickte ich an mir hinab. »Ups, Entschuldigung«, stammelte ich, während ich spürte, wie mir die Röte ins Gesicht stieg. Schnell befreite ich mich aus dem Stoffhaufen zu meinen Füßen und zog meine Klamotten wieder an.

Laura, die mein Brautkleid auf dem Boden erkannte, fragte besorgt nach: »Alles okay mit dir? Hast du gerade allen Ernstes dein Kleid angezogen?«

Ich nickte und lächelte schuldbewusst. Jenny und Laura warfen sich fragende Blicke zu, als könnten sie die Situation, oder, besser gesagt, meine emotionale Verfassung nicht einordnen. Bevor eine von beiden etwas sagen konnte, drückte ich Laura den Haufen Stoff in die Hand und bat sie, ihn kurz zu halten, während ich nach hinten flitzte und eine Schere holte.

»Halt es mal straff!«, forderte ich Laura auf, die mich mit großen Augen ansah, aber wortlos tat, was ich sie geheißen hatte. Auch Jenny hatte es anscheinend ausnahmsweise die Sprache verschlagen und sie verfolgte still das Geschehen.

Ich setzte die Schneiderschere an der Schnürung des Korsetts an und schnitt mit einem Ratsch die Bänder in der Mitte entzwei. Als hätte sich damit wieder ein Band um meine Brust gelöst, atmete ich befreit auf.

»So, jetzt können wir anfangen!«, verkündete ich mit einem Strahlen im Gesicht und stopfte mein Kleid in die nächstbeste Kiste, ohne ihm länger hinterherzutrauern.

»Echt jetzt?«, fragte Jenny. »Willst du vielleicht darüber reden, was gerade passiert ist?«

Ich schüttelte den Kopf. »Das Kapitel ist abgeschlossen. Übrigens, ich muss packen«, sagte ich euphorisch.

»Ähm, das wissen wir. Wir sind da, um dir beim Packen zu helfen. Hast du das vergessen?«, bemerkte Laura, deren Blick mir verriet, dass sie sich ernsthafte Sorgen um meinen Geisteszustand zu machen schien. Ich konnte nicht anders, als bei den seltsamen Gesichtsausdrücken meiner Freundinnen laut loszuprusten, die offensichtlich nicht wussten, was sie als Nächstes tun sollten. Kurzerhand fiel ich beiden gleichzeitig lachend um den Hals und verkündete: »Wir müssen zweimal packen. Ich habe eine Wohnung!«

Laura fand als Erste ihre Stimme wieder. »Mensch, Nicola, das ist ja wundervoll! Erst der neue Job und jetzt noch eine Wohnung, das ist doch perfekt.«

»Allerdings, ich kann euch gar nicht sagen, wie sehr ich mich freue. Jetzt geht es endlich aufwärts.«

Jenny ließ den Korken des Sekts knallen und wir stießen zu dritt auf mein neues Leben an. Ich fühlte mich wie die Kohlesäurebläschen in dem Blubberwasser. Hibbelig, leicht und voller Vorfreude.

»Was sagen denn die Zwillinge und Patrick dazu?«, erkundigte sich Jenny vorsichtig.

»Die wissen es noch nicht. Ich habe eben erst die Zusage von der Vermieterin bekommen«, erklärte ich. »Morgen unterschreibe ich die Verträge und am Mittwoch kann ich noch mal in die Wohnung, um alles auszumessen. Da nehme ich Amy und Fynn mit, damit sie sich ihre Zimmer aussuchen können.« Ein wenig machte sich das schlechte Gewissen in mir breit, dass ich die Kinder vor vollendete Tatsachen stellte und sie nicht zur Besichtigung mitgenommen hatte, aber der Termin hatte sich so kurzfristig ergeben, dass es nicht anders möglich gewesen war. Wahrscheinlich war es besser so. Zum einen hatte ich das Gefühl, dass jede Besichtigung neuen Schmerz für meine zwei Räuber bedeutet hatte, die aus

Prinzip sowieso jede Wohnung blöd fanden, und zum anderen hatte Patrick auf die Weise gar nichts von der Besichtigung mitbekommen. Ich traute ihm inzwischen sogar zu, dass er sonst versucht hätte, die Wohnungsvermittlung zu sabotieren. Vermutlich war ich übervorsichtig, aber sicher war sicher.

Jetzt musste auch Patrick realisieren, dass es endgültig aus war. Wie er wohl reagieren würde?

KAPITEL 24

»Du hast sie doch nicht alle!«, schmetterte Patrick mir entgegen. Er war mir ins Bad gefolgt, wo er mit voller Wucht seine Dreckwäsche in den Korb pfefferte. »Das kommt nicht infrage!«

Den Rouge-Pinsel fest umklammert, als wäre er eine Waffe, drehte ich mich meinem Mann zu und sagte so ruhig wie möglich, auch wenn ich innerlich vor Angst zitterte: »Ich brauche deine Erlaubnis nicht. Falls du es noch nicht begriffen hast, wir sind getrennt und ich ziehe mit den Kindern in den Sommerferien aus, ob es dir passt oder nicht.«

Patrick schnaubte und fuchtelte mit erhobenem Zeigefinger durch die Luft. »Das kannst du vergessen! Du kannst eine eigene Wohnung doch gar nicht bezahlen! Und die Kinder bleiben auf jeden Fall hier! Die wollen ihr Zuhause nicht verlieren, und dich hassen sie sowieso, weil du ihre Kindheit zerstört hast!«

Uff, Patricks Worte hatten gesessen wie der Schlag eines Boxers unter die Gürtellinie. Ich hielt mich unauffällig am Waschbecken fest, um nicht in die Knie zu gehen. Am liebsten hätte ich ihm entgegengebrüllt, dass die Zwillinge mich nur hassten, weil er ihnen permanent suggerierte, dass nur ich an allem schuld sei, weil er sich als das arme Opfer inszenierte, und weil ich der Kinder zuliebe die Wahrheit über ihren Vater zurückhielt. Aber wenn ich in diese Diskussion einstieg, hatte er mich genau da, wo er mich haben wollte. *Ruhig bleiben*, ermahnte ich mich selbst, auch wenn mein Herzschlag raste. *Du kannst mit logischen Argumenten nicht gegen einen Narzissten gewinnen*, erinnerte ich mich an Frau Rosenthals Worte und an die vielen Dialoge, die ich inzwischen mit ihr geübt hatte. Ich schluckte den bitteren Geschmack des Hasses, den ich in dem Moment für Patrick empfand, hinunter.

Dann richtete ich mich gerade auf und antwortete so sachlich und beherrscht wie möglich: »Ich ziehe in drei Monaten aus. Den Rest klären wir am besten über die Anwälte.« Damit drehte ich mich wieder dem Spiegel zu, nahm den Rouge-Tiegel in die Hand und trug meine Kriegsbemalung auf.

Aus dem Augenwinkel sah ich, wie sich Patricks Brustkorb hob und senkte, er seine Faust ballte und sein Gesicht wutrot anlief.

Reflexartig spannte ich die Muskeln an, um den nächsten Schlag abfangen zu können, nicht sicher, ob er verbal oder körperlich auf mich niedergehen würde. Ich spürte lähmende Angst vor seiner Reaktion in mir hochkriechen und war kurz versucht, doch wieder wie ein Lämmchen das Genick einzuziehen. Aber ich schaffte es meiner Angst Herr zu werden. Ich konzentrierte mich darauf, mich nicht mehr kleinkriegen lassen zu wollen, sammelte meine Kraft und machte mich zum Kampf bereit. *Schlag doch zu*, dachte ich. Versuch es! Dann habe ich endlich einen sichtbaren Beweis für deine Brutalität und nicht nur diese unsichtbare Psychokacke, die mir keiner glaubt.

Als hätte Patrick den Energieumschwung, der wie ein frischer Wind durch das Badezimmer wehte, wahrgenommen, ließ er langsam die Faust sinken. Sein Kiefer mahlte, ehe er die nächsten Worte vor mir ausspie.

»Die … Möbel … bleiben … hier! In diesem Haus bleibt alles genau so, wie es ist.« Damit drehte er sich um, stampfte aus dem Bad und knallte die Tür hinter sich zu.

»Amen!«, rutschte es mir heraus, während der Knall noch in meinen Ohren nachhallte. »Deine scheiß unpraktischen Designermöbel kannst du gerne behalten. Ich will sowieso nichts, was mich an das Leben mit dir erinnert«, sagte ich in die folgende Stille hinein, auch wenn Patrick mich längst nicht mehr hören konnte.

Langsam lockerte ich die Muskeln und mein Herzschlag beruhigte sich. Ich sah, wie bei meinem Spiegelbild die Mundwinkel nach oben gingen und meine Augen einen Glanz bekamen, den ich lange nicht mehr in ihnen gesehen hatte.

»Habe ich gerade gewonnen?«, fragte ich mein Abbild und sah, wie es mir mit einem immer breiter werdenden Grinsen zunickte. Auch wenn ich mich so erschöpft wie nach einem richtigen Boxkampf fühlte, spürte ich doch, dass sich meine Arbeit mit Frau Rosenthal auszahlte. Ich genoss den kleinen Sieg, der jede Anstrengung wert gewesen war, und bekam langsam eine Ahnung davon, dass es tatsächlich möglich sein konnte, im Umgang mit Patrick nicht mehr nur hilflos und ohnmächtig zu sein. Mein Blick löste sich von meinem Inneren und glitt zurück zu meinem Spiegelbild, während meine Lippen ein leises »Danke« formten.

KAPITEL 25

Zwei Monate später

Verdammt, ich war spät dran. Ich musste mich beeilen, sonst würde ich mitten in den Berufsverkehr geraten und zu spät zum Verlags-Meeting kommen. Als ich aus der Tür trat, wäre ich fast mit Patrick zusammengestoßen, dessen Hand über dem Klingelknopf schwebte.

»Was machst du denn hier?«, fragte ich überrascht.

»Noch ist das auch mein Haus«, entgegnete er grimmig, fuhr dann jedoch versöhnlicher fort: »Ich muss kurz mit dir reden; ohne die Kinder.«

Den Ton in seiner Stimme konnte ich nicht einordnen. Irgendwie klang er unheilschwanger, auf jeden Fall ernst. »Ich bin gerade auf dem Weg zur Arbeit«, sagte ich, blieb jedoch unschlüssig in der Tür stehen.

Patrick sah mich fragend an. »Ich dachte, du arbeitest nur vormittags?«

»Weitgehend schon, aber heute haben wir eine Dienstbesprechung.« Mist. Ich biss mir auf die Lippe. Ich musste damit aufhören, mich automatisch zu rechtfertigen. Es ging ihn gar nichts an, was ich tat und wo ich hinging, und ich wandte mich zum Gehen.

»Bitte, Nicola, ich brauche nur fünf Minuten. Es ist wichtig!«

Langsam machte Patrick mir Angst. »Okay. Fünf Minuten, dann muss ich wirklich los, ich kann es mir nicht leisten, in meinem neuen Job unpünktlich zu sein.«

Patrick nickte. Irgendetwas war anders an ihm als sonst. Er wirkte klein und verletzlich und seltsam ruhig.

»Was gibt es denn so Wichtiges?«, fragte ich ungeduldig und zog die Tür ins Schloss, um zu signalisieren, dass das Gespräch hier draußen oder gar nicht stattfinden würde.

Unsicher trat mein Mann von einem Bein aufs andere und schien die richtigen Worte zu suchen. »Nicola, ich wollte dir nur sagen, dass ich gehe …«

Ich runzelte die Stirn, nicht sicher, was er mir damit sagen wollte.

»Also, nicht sofort, ich muss noch ein paar Dinge regeln, aber dann werde ich mich von dieser Welt verabschieden.«

Mit weit aufgerissenen Augen stand ich reglos da, während Patricks Worte langsam in mir nach unten sackten. Er wollte sich das Leben nehmen? Meinetwegen? Schuldgefühle mischten sich mit dem Instinkt, helfen zu wollen, und hingen schwer wie nasse Kleidung an mir. Mein Herz zog sich bei der Vorstellung, dass ein Mensch, den ich mal geliebt hatte, meinetwegen nicht mehr leben wollte, schmerzlich zusammen.

»Ich habe mir mein Leben anders vorgestellt, wie du weißt, und ich habe dir gesagt, dass ich kein Scheidungspapa werde. Ohne mich seid ihr besser dran.« Patrick stand mit hängenden Schultern vor mir.

Ich versuchte, meine Gefühle beiseitezuschieben und dem Verstand wieder die Kontrolle zu übertragen, aber der stotterte wie ein Motor mit Startschwierigkeiten. Gerade wollte ich ihm sachlich antworten, dass ich mich nicht erpressen ließ, als er mir zuvorkam.

»Ich weiß, du denkst, das wäre nur eine Masche, um dich zurückzubekommen, aber das ist kein Erpressungsversuch. Ich habe mir lange Gedanken gemacht und mein Entschluss steht, egal, was du tust. Es gibt für mich kein Zurück mehr.« Sein Blick, der traurig und entschlossen anmutete, suchte den meinen, als hoffte er, darin meine Emotionen ablesen zu können.

»Ich wollte nur, dass du vorbereitet bist«, setzte Patrick schließlich nach. »Die Kinder werden dich brauchen, wenn ich nicht mehr bin.« Er senkte den Blick.

Wo war ein verdammter Stuhl, wenn man ihn brauchte? Meine Beine zitterten so sehr, dass ich mich am liebsten einfach auf die Treppe gesetzt hätte, um das Gehörte erst einmal zu verdauen. Aber ich wollte Patrick nicht zeigen, dass mir seine Worte zusetzten, obwohl mein Verstand mich warnte, dass es sicher wieder einer seiner weiteren Schachzüge war, um mich kleinzukriegen. Normalerweise schoss Patrick aus dem Affekt. Diesmal wirkte er besonnen, was mir eine Gänsehaut über den Rücken jagte, obwohl mir die Julisonne Schweißperlen auf die Stirn getrieben hatte. Mein Blick blieb am Netz einer Spinne hängen, die ihre Fäden fein säuberlich in die Äste des Olivenbäumchens neben der Haustür gesponnen hatte. Im Vergleich zu ihrem geordneten Netz fühlten sich meine Gedanken an wie ein verwurschtelter Korb Wolle. Egal, an welchem losen Ende ich auch zog, mein Faden blieb nach kurzer Zeit stecken und ich fand keine passende Antwort.

»Aber …«, war alles, was ich herausbrachte. Ich krallte meine Finger um das Treppengeländer, in der Hoffnung etwas Halt zu finden.

Patrick nutzte meine Wortfindungsstörung, um weiterzusprechen: »Du brauchst dir keine Sorgen zu machen. Ich regle in den nächsten Wochen alles. Es wird wie ein Unfall aussehen. Mit dem Geld aus der Lebensversicherung könnt ihr dann das Haus abbezahlen und darin wohnen bleiben und ihr seid finanziell abgesichert. Euch wird es an nichts fehlen«, sagte er gönnerhaft.

Endlich fand ich meine Stimme wieder und quetschte jetzt doch die Worte heraus, die mir vorhin schon auf der Zunge gelegen hatten: »Das kannst du doch nicht machen. Ich lasse mich nicht erpressen.« Die ganze Situation überforderte mich und ich kämpfte mit den Tränen, wofür ich mich hasste. Das war die letzte Regung, die ich Patrick zeigen wollte, der ganz lässig auf meinen Einwand reagierte.

»Wie gesagt, es ist keine Erpressung. Mein Entschluss steht und ist unumkehrbar, selbst wenn du zurückkommen würdest. Ohne mich geht es euch besser, glaub mir.«

Rein auf mich bezogen hatte er damit vermutlich sogar recht, schoss es mir spontan durch den Kopf. Es wäre zu schön, wenn ich nicht mehr diesem Psychokrieg ausgeliefert wäre, wenn er die Kinder nicht mehr manipulieren und subtil gegen mich aufwiegeln würde und ich einfach in Ruhe leben könnte. Aber es ging hier nicht um mich, sondern um die Kinder, und sie liebten ihren Papa. Ich sah mich jetzt nicht in der Lage für eine Diskussion. Alles, was ich sagen würde, wäre sowieso falsch, außerdem musste ich zur Arbeit. Bei ihr fühlte ich mich richtig wohl und ich wollte sie definitiv nicht verlieren. Der Verlag war wie meine neue Welt, zu der Patrick und seine Psychospiele keinen Zutritt hatten. Ich fühlte mich sicher, wertgeschätzt und bekam viele positive Rückmeldungen, die als Gegenpol zu Patricks Abwertungen Balsam für meine Seele waren und mir halfen, mein Selbstbewusstsein aufzubauen. Vor allem Teresa, die gleich in der ersten Woche mitbekommen hatte, wie Patrick mich am Telefon zur Sau gemacht hatte, kristallisierte sich als Verbündete heraus. Sie hatte selbst Erfahrungen mit einem Narzissten gemacht und verstand mich nur zu gut.

»Willst du gar nichts dazu sagen?«, fragte Patrick und holte mich damit aus meinen Gedanken.

»Ähm, doch, aber nicht jetzt. Du hast ja gesagt, du brauchst noch ein paar Wochen, um alles zu regeln, also ist es nicht eilig. Lass uns am Freitagnachmittag in Ruhe weitersprechen, wenn die Kinder beim Sport sind, okay?«, fragte ich mit einem leichten Zittern in der Stimme.

Patrick kratzte sich am Kopf, während er von einem Fuß auf den anderen trat und den Anschein machte, als hätte er nicht erwartet, dass ich ihn so einfach abwürge. Doch schließlich sagte er: »Ja, von mir aus. Dann komme ich am Freitag gegen fünfzehn Uhr vorbei, okay?«

Ich nickte. Patrick drückte mich, ohne dass ich die Geste erwiderte. Dann drehte er auf dem Absatz um, ging die Treppen hinunter zu seinem Wagen und fuhr los. Ganz ruhig und langsam, als hätte er gerade mit mir bei einem Glas Wein über gute alte Zeiten geplaudert, statt mir von seinem bevorstehenden Suizid zu berichten.

Die Vibrationen des Motors schienen die Wollfäden in meinem Kopf langsam zu entwirren, sodass ich wieder klarer denken konnte. Vermutlich war auch diese Selbstmorddrohung, ach nein, es war ja laut Patrick keine Drohung, sondern nur eine Ankündigung, eines seiner perfiden Spiele, um mich zurückzugewinnen. Er hatte zwar gesagt, meine Entscheidungen würden nichts mehr ändern, aber das war realistisch betrachtet völliger Schwachsinn. Wieso hätte er sich noch umbringen sollen, wenn er wieder das gemeinsame Leben hätte, das er unbedingt wollte? Würde er sich wirklich umbringen wollen, würde er es einfach tun und

nicht so eine Show abziehen, oder doch? Eigentlich war ich
mir inzwischen sicher, dass es wieder nur ein neuer Mani-
pulationsversuch war, vermutlich weil mein Auszugstermin
kurz bevorstand, aber was, wenn nicht? Ich konnte den Vater
meiner Kinder doch nicht einfach sterben lassen. Während
der viertelstündigen Fahrt zur Arbeit wollte sich mein Herzschlag kein bisschen beruhigen. Mal hämmerte ich wütend
aufs Lenkrad, mal kämpfte ich mit den Tränen, aber vor allem zermarterte ich mir das Hirn. Es war zum Haare raufen.
Wieder mal hatte Patrick mir seinen Müll vor die Füße gekippt und ich saß vor dem stinkenden Mist und wusste nicht,
wie ich reagieren sollte. So viele Dialoge konnte ich gar nicht
schreiben, wie er sich spontan wieder etwas Neues einfallen
ließ, schoss es mir durch den Kopf, und ich wünschte, ich
wüsste, was Frau Rosenthal dazu sagen würde. Kurzentschlos-
sen wählte ich ihre Nummer. Nach dem dritten Klingeln
meldete sich ihr Anrufbeantworter. Ich schilderte kurz den
Sachverhalt und hinterließ eine Rückrufbitte. Wenn ich eine
Geheimwaffe in petto hatte, dann sollte ich sie auch benutzen
und schwierige Entscheidungen nicht allein treffen. Frau Rosenthal war neben meinen Freundinnen in den vergangenen
Monaten zu einer wichtigen Stütze für mich geworden. Ich
wollte sie nicht mehr missen, auch wenn die Arbeit mit ihr
echt anstrengend war und mir alles abverlangte. Hoffentlich
rief sie rechtzeitig zurück, aber jetzt musste ich mich erst einmal auf die Arbeit konzentrieren. Ich ergatterte einen Parkplatz direkt vorm Verlag, schnappte mir die Handtasche und
Unterlagen, die ich noch kopieren musste, und eilte ins Gebäude.

»Alles okay, Nicola?«, hörte ich Teresa fragen, während sie
mir von hinten sacht eine Hand auf die Schulter legte.

Schnell fischte ich die längst fertigen Kopien aus dem Drucker und stammelte: »Ja, sorry, ich war nur mit meinen Gedanken gerade woanders.«

»Das war nicht zu übersehen«, meinte meine Kollegin und schenkte mir ein aufmunterndes Lächeln. Obwohl Teresa um einiges jünger war als ich, wirkte sie deutlich älter. Nicht äußerlich – mit ihrer sportlichen Figur, ihrem lässigen Pferdeschwanz, der bei jedem ihrer dynamischen Schritte lustig wippte, und ihrem frischen Teint sah sie durchaus jugendlich aus. Aber sie strahlte die innere Weisheit einer alten Seele aus. Die wenigen Male, die ich mich bisher mit ihr intensiver unterhalten hatte, hatten mich jedes Mal aufs Neue in Staunen versetzt. Obwohl Teresa eine angenehme, und unaufdringliche Zeitgenossin war, hatte sie klare Vorstellungen vom Leben. Sie wusste genau, was sie wollte und was nicht, und scheute sich nicht, für ihre Werte und Vorstellungen einzutreten. Ich mochte ihre unverblümte und direkte Art. Von ihr würde man nie von hinten einen Dolch in den Rücken gerammt bekommen, wenn, dann kam er direkt von vorne, dachte ich und musste schmunzeln.

»Ich frage besser nicht, von wem du geträumt hast«, bemerkte Teresa, die mein Schmunzeln wohl in eine andere Richtung gedeutet hatte.

»Nein, keine Sorge, von Männern habe ich genug. Ich habe auch so genug Stress mit Patrick, und ich mag mir gar nicht vorstellen, was abginge, wenn ich einen neuen Partner hätte.«

Teresa seufzte. »Ich weiß genau, was du meinst. Bei mir hat es vier Jahre gedauert, bis ich bereit war für eine neue Beziehung. Dafür habe ich jetzt den tollsten Mann gefunden, den man sich nur wünschen kann, und deine Zeit kommt auch wieder, Nicola.«

Ich schluckte schwer und blinzelte die Träne weg, die sich zusammenbrauen wollte.

Teresa sah mich voller Wärme an, drückte mich kurz und meinte: »Wir schaffen das.«

Wir? Eine Frau, die mich erst wenige Wochen kannte, sprach von »wir«! Ich musste an die Situation auf dem Parkplatz denken, als die langjährige Bekannte, von der ich dachte, dass sie so was wie eine Freundin wäre, sagte: »*Du* schaffst das schon!« Was ein anderes Pronomen im selben Satz doch ausmachen konnte.

Ich lächelte Teresa zu, räusperte mich und fragte, um in meinem sentimentalen Zustand nicht weiter auf das Thema eingehen zu müssen: »Bist du auch auf dem Weg zum Meeting?«

»Ja, eigentlich wollte ich hin, aber ich habe gleich einen dringenden Call mit einem neuen Autor, der Fragen zu meinem Lektorat hat.« Teresa verdrehte die Augen. Der Autor schien wohl nicht zu ihren Lieblingen zu gehören. »Sag mal, könntest du vielleicht für mich das Protokoll übernehmen? Ich wäre heute eigentlich dran.«

»Ich kann's gern versuchen. Hoffentlich fange ich nicht wieder an, zu träumen«, scherzte ich, auch wenn das tatsächlich meine Sorge war. Patricks Selbstmorddrohung belagerte mein Hirn immer noch.

»Super. Vielen Dank. Du hast was gut bei mir.«

»Quatsch, doch nicht dafür.« Ich winkte ab und wandte mich Richtung Besprechungsraum.

»Warte, ich habe noch was für dich.« Hektisch kramte Teresa in ihrer riesigen Aktentasche, bis sie ein kleines schwarzes Gerät hervorzauberte und mir entgegenstreckte. »Hier, lass das Tonband während der Sitzung einfach mitlaufen, dann brauchst du nicht alles mitzuschreiben und kannst das Wichtigste hinterher in Ruhe abtippen.«

»Das ist meine Rettung. Danke«, sagte ich erleichtert und schritt davon, während Teresa mit wippendem Pferdeschwanz in die entgegengesetzte Richtung verschwand.

KAPITEL 26

Ich lief wie ein aufgescheuchtes Huhn durch die Wohnung und sah gefühlt zum hundertsten Mal in den letzten zwanzig Minuten auf die Uhr. Zehn vor drei. Jeden Moment würde Patrick für das Gespräch über seine Selbstmorddrohung hier auftauchen. Auch wenn ich die Vorgehensweise mit Frau Rosenthal am Vortag besprochen hatte, oder vielleicht auch gerade deshalb, hatte ich eine riesige Angst. In Gedanken ging ich ein letztes Mal die Checkliste durch und kontrollierte die Sicherheitsvorkehrungen. Die Terrassentür war angelehnt, der Autoschlüssel in meiner Hosentasche und das Auto rückwärts eingeparkt, sodass ich zur Not direkt losfahren konnte. Das Fenster im Wohnzimmer war gekippt, damit man mögliche Hilferufe leichter hören konnte, und im Telefon, das auf dem Esstisch bereit lag, hatte ich die Notrufnummer eingespeichert. Laura und Jenny wussten, dass ich mich mit Patrick traf, und mein Handy trug ich unter dem Shirt versteckt im Hosenbund. Obwohl ich so gut vorbereitet war wie nur möglich, zitterten mir die Knie. Mein Blick blieb an der Handtasche hängen, die auf der Tischkante lag. Mit schwitzigen Fingern öffnete ich sie etwas, sah hinein, überlegte kurz, zog die Hand aber wieder zurück und ließ alles, wie ich es vorbereitet hatte. Irgendetwas sagte mir, dass es richtig war, obwohl es eigentlich falsch war, und ich mit meinem schlechten Gewissen zu kämpfen hatte.

Ich setzte mich an den Tisch, um im nächsten Moment wieder aufzuspringen und umherzulaufen. Mein Puls wollte sich einfach nicht beruhigen. Wie sollte ich meinen Standpunkt gleich souverän vertreten, wenn ich das reinste Nervenbündel war und zitterte, ohne dass Patrick anwesend war? Beim Telefonat mit Frau Rosenthal hatte unser Plan so logisch geklungen, aber je näher sich der Minutenzeiger der vollen Stunde näherte, desto nervöser und unsicherer wurde ich. Wieder ging ich die Checkliste gedanklich durch, um mir zumindest ein kleines bisschen Sicherheit zu vermitteln. Die Zunge klebte an meinem Gaumen und ich trank einen Schluck Wasser in der Küche, als es an der Tür klingelte. Einer spontanen Eingebung folgend, versteckte ich schnell den Messerblock unter der Spüle. Man konnte nie wissen. Dann atmete ich tief durch, straffte die Schultern und drückte auf den Türöffner.

Nach einer kurzen, steifen Begrüßung setzte ich mich an den Esstisch, bevor Patrick auf die Idee kam, es sich auf dem Sofa gemütlich zu machen. Für einen Moment stand mein Mann in Stoffhose und Poloshirt unschlüssig im Raum, nahm dann aber schweigend und in mitleiderregender Körperhaltung mir gegenüber Platz.

Bleib fokussiert, ermahnte ich mich selbst und eröffnete das Gespräch: »Wir wollten noch mal über dein Vorhaben sprechen.«

Patrick zuckte mit den Schultern und nickte gleichzeitig.

»Siehst du die Dinge immer noch so wie vorgestern?«, fragte ich nach und blickte Patrick direkt in die Augen. Dieser sah auf seine Hände, die er wie zum Gebet faltete und auf dem Tisch ablegte. Mit dünner Stimme bejahte er.

»Das heißt, du planst nach wie vor, dir in absehbarer Zeit das Leben zu nehmen?«, konkretisierte ich meine Frage.

»Ja«, kam es wieder leise von dem vermeintlichen Häufchen Elend.

Ich nahm meinen Mut zusammen, holte tief Luft und sprach mit fester Stimme aus, was ich mit Frau Rosenthal abgesprochen hatte: »Okay. Dann habe ich drei Möglichkeiten, mit deiner Selbstmordankündigung umzugehen.«

Patrick rutschte auf seinem Stuhl hin und her und schien nicht zu wissen, wohin mit seinen Händen. Meine klare Haltung machte ihn offenbar nervös. Bloß gut, dass er nicht sehen konnte, wie es hinter meiner starken Fassade wirklich aussah.

Schnell sprach ich weiter: »Möglichkeit eins, ich komme zu dir zurück. Dann hast du das Leben, das du willst, und brauchst dich nicht mehr umzubringen.« Ich machte eine kurze Pause und meinte, einen Hoffnungsschimmer in Patricks Mimik erkennen zu können. »Das kommt jedoch nicht infrage, weil ich dann mich aufgeben würde, und dazu bin ich nicht bereit!«

Patricks Schultern sanken ein klein wenig nach unten und er murmelte etwas in seinen Bart, das ich nicht genau verstand, aber vermutlich so etwas hieß wie: »Typisch, dass du nur an dich denkst.«

Ich beachtete seinen Einwurf nicht und fuhr mit aufrechter Körperhaltung fort: »Möglichkeit zwei, ich ignoriere deine Selbstmorddrohung, von der ich glaube, dass sie sowieso nur ein Erpressungsversuch ist, und tue nichts.«

Patricks Faust donnerte unvermittelt auf den Esstisch, sodass ich zusammenzuckte. »Ich habe dir gesagt, dass es keine Drohung ist und schon gar kein Erpressungsversuch! Wenn du das noch einmal sagst, knall ich dir eine!«

Ruhig und nach außen hin souverän, auch wenn mein Herz raste, entgegnete ich: »Ich lasse mir meine Meinung nicht verbieten, und ich glaube, dass es genau das ist. Wenn du dich wirklich umbringen wolltest, würdest du es einfach tun und nicht ankündigen.« Überraschenderweise hatte meine Stimme stark geklungen, auch wenn mir mein Herz bis zum Hals schlug.

Patricks Gesichtszüge verdunkelten sich, seine Hand zuckte, blieb aber auf dem Tisch liegen. »Das war so klar, dass du mit dem Argument kommst«, giftete er. »Dabei denke ich nur an dich und die Kinder. Aber wie sich herausstellt, war das ein Fehler. Denk doch, was du willst! Mit dir kann man eh nicht mehr vernünftig reden. Keine Ahnung, was aus meiner lieben Nicola geworden ist und wer dich derart gegen mich aufgehetzt hat. Vermutlich hast du längst einen neuen Lover, und wegen dem hast du die Familie im Stich gelassen!«

Patrick hatte sich in Rage geredet, aber seine Pfeile prallten an meinem Schutzpanzer ab. Seit ich durch die Arbeit mit Frau Rosenthal erkennen konnte, mit welchen Techniken Patrick systematisch versuchte, mich kleinzukriegen, konnte ich souveräner mit seinen Angriffen umgehen. Seine haltlosen Schuldzuweisungen ließen mich kalt und ich konterte sachlich:

»Die Trennung ist die Konsequenz aus deinem Verhalten und deinem Fremdgehen.« Es fühlte sich richtig gut an, die Oberhand zu behalten und mich nicht wie sonst in sinnlosen Rechtfertigungsversuchen zu verstricken.

»Das stimmt nicht. Es gab keinen einzigen Grund für eine Trennung!«, behauptete Patrick. »Wir hätten das alles regeln können, ich wäre zu allem bereit gewesen, aber klar, dass man als Scheidungskind selbst nur an Scheidung denkt und keine andere Lösung zulässt. Dabei müsstest gerade du es besser wissen.« Patrick deutete mit dem Finger immer wieder auf mich, als würde er mich aufspießen wollen. »Du ruinierst das Leben unserer Kinder. Sie werden nie über diesen abartigen Schmerz hinwegkommen und dich ewig dafür hassen.« Wieder schlug Patrick mit der Hand auf die Tischplatte.

Auch wenn sich mir aufgrund seiner aggressiven Haltung die Nackenhaare aufstellten und die Bemerkung über den Hass der Kinder mich schmerzhaft traf, zwang ich mich, zu schmunzeln, um Patrick zu signalisieren, dass er Schwachsinn von sich gab.

»Was gibt's denn da zu lachen? Hör sofort auf damit! Die Sache ist ernst! Ich lasse mich von dir nicht auslachen.«

»Tut mir leid, aber deine Aussagen sind lächerlich und entbehren jeglicher Grundlage. Aber darum geht es jetzt auch nicht. Wir sind hier, um über deinen Selbstmord zu sprechen.«

Ich sah, wie Patrick empört nach Luft schnappte.

»Wie gesagt, Möglichkeit zwei wäre, deiner Selbstmorddrohung keine Beachtung zu schenken. Allerdings würde ich mir, solltest du dein Vorhaben wider Erwarten doch in die Tat umsetzen, ewig Vorwürfe machen, dass ich den Vater meiner Kinder einfach hätte sterben lassen.«

»Pah, du doch nicht. Dir sind wir doch alle egal. Für dich zählst nur du!«, schmetterte Patrick mir abschätzig entgegen.

Ruhig sprach ich weiter, als hätte ich seinen Einwand nicht gehört. »Da ich eine Verantwortung meinen Kindern gegenüber habe und mich auch nicht einer unterlassenen Hilfeleistung schuldig machen will, bleibt nur Möglichkeit drei.«

»Hör auf, mit mir zu reden, als wäre ich ein Vollidiot!«

Ich ignorierte Patricks Kommentar, krallte meine Hand in das Polster des Stuhles, holte noch einmal tief Luft und sprach weiter: »Möglichkeit drei ist, dass ich dafür sorge, dass du Hilfe bekommst.« Jetzt war es raus. Ich versuchte, meinen Atem zu beruhigen und mir meine Angst nicht anmerken zu lassen. In meinen Blick legte ich so viel Entschlossenheit, wie es mir unter den Umständen möglich war.

Patrick runzelte die Stirn, als versuchte er den Inhalt meiner Worte zu erfassen. »Was heißt, du sorgst dafür, dass ich Hilfe bekomme?«, fragte er sichtlich irritiert.

»Das heißt, entweder rufst du in meiner Anwesenheit deinen Therapeuten an und berichtest ihm von deinen Selbstmordgedanken, oder ich tue es.«

»Ich brauche keine Hilfe! Jetzt spinnst du völlig! Das kommt nicht infrage!«, schrie Patrick und fuchtelte mit den Händen wild durch die Gegend.

Ich schluckte und entgegnete: »Ein erwachsener, erfolgreicher Mann und Vater zweier Kinder, der sich das Leben nehmen will, weil er mit einer Trennung nicht klarkommt, braucht Hilfe. Du kannst dir aussuchen, ob du selbst aktiv wirst …« Ich hielt Patrick das Telefon entgegen. »… oder ob ich dir Hilfe besorge.«

Patrick nahm mir das Telefon ab und warf es unsanft auf den Tisch. »Nicola, ich warne dich. Hör damit auf, mir das Messer auf die Brust zu setzen, sonst …« Patrick stockte mitten im Satz, als wüsste er nicht, womit er mir drohen konnte.

Ich nahm all meinen Mut zusammen, um ihm zu zeigen, dass ich keine Angst vor ihm hatte, auch wenn das schlichtweg gelogen war, und fragte, als könnte er mir gar nichts: »Was sonst?« Mein Herz hämmerte gegen meinen Brustkorb, während ich mein Mantra »*Bleib stark!*« innerlich herunterbetete.

»Sonst … sonst bring ich mich auf der Stelle um!« Damit

sprang Patrick vom Stuhl auf und wandte sich Richtung Küche.

Seelenruhig, auch wenn ich innerlich zitterte wie Espenlaub, bemerkte ich: »Den Weg kannst du dir sparen. Die Messer habe ich entsorgt.«

Patrick blieb der Mund offen stehen und er hielt in seiner Bewegung inne. So vorlaut war ich ihm gegenüber noch nie gewesen. Hoffentlich war das kein Fehler. Ich sah meinen Ex schon auf mich losgehen. Meine Muskeln waren aufs Äußerste gespannt, bereit zur Flucht.

Patrick warf seinen Stuhl voller Wucht um und stürmte zur Haustür. »Dann setze ich mich eben in mein Auto und fahr gegen den nächsten Brückenpfeiler!«, brüllte er.

Bleib stark, bleib stark, hallte es in meinem Inneren. Ich griff zum Telefon und erklärte fest: »Dann rufe ich jetzt sofort die Polizei.«

»Das tust du nicht!« Patricks Stimme überschlug sich, während sein Kopf puterrot anlief und er mir mit geballter Faust drohte.

Ich nahm all meinen Mut zusammen und sagte: »Patrick, sobald du durch diese Tür gehst, wähle ich die Eins-eins-null. Wenn du das nicht willst, setz dich hin und lass uns in Ruhe reden.« Auch wenn ich hoffentlich souverän klang, kostete es mich unendlich viel Kraft, diese starke Haltung an den Tag zu legen.

Patrick ließ die Klinke los und kam ein paar Schritte auf mich zu.

Mein Atem ging viel zu schnell. Hatte ich ihn zu sehr provoziert? Kopfschüttelnd bog er kurz vor mir ab, stellte den Stuhl mit einem lauten Knall wieder hin und setzte sich.

»Hast du Spaß daran, mich zu quälen und zu ruinieren? Wenn du die Polizei rufst oder mich einweisen lässt, dann bin ich meinen Job los. Dann habe ich gar nichts mehr und du kannst sehen, wo du bleibst.«

»Wenn du sterben willst, kann dir dein Job egal sein«, bemerkte ich sachlich.

»Du blöde Kuh!«, schrie er schrill. »Wie bist du nur so kalt geworden?« Patrick verfiel in ein theatralisches Schluchzen. Sogar ein paar Tränen rannen über seine stoppelige Wange, ohne mich berühren zu können. Am liebsten hätte ich gesagt: »Ich hatte dich als Lehrer«, aber den Kommentar schluckte ich besser herunter und besann mich auf mein Ziel.

»Rufst du den Therapeuten an? Wenn nicht, tue ich es.« Als keine Antwort kam, begann ich zu wählen.

Entsetzt sah Patrick mich an. »Was tust du da?«

»Ich rufe Herrn Adams an, bei dem du nach der Trennung Anfang des Jahres warst, in der Hoffnung, mich damit zurückzugewinnen. Du weißt schon, derjenige, der laut deiner Aussage angeblich meinte, dass Sex für mich einer Todsünde gleichkomme und dass ich eine Therapie machen müsse, damit ich dich wieder lieben könne.« Den kleinen Seitenhieb konnte ich mir dann doch nicht verkneifen. Damals hatte Patrick mich mit seiner Aussage geschockt, inzwischen war ich mir fast sicher, dass er diese Behauptung nur erfunden hatte, nachdem ich Herrn Adams in einem Brief geschrieben hatte, was der Trennung alles vorausgegangen war und dass es für mich kein Zurück mehr gab. Ich hatte gehofft, damit zu erreichen, dass der Therapeut Patrick half, die Trennung zu akzeptieren und mit ihr klarzukommen, aber nach der Konfrontation mit meinem Brief hatte Patrick die Therapie abgebrochen beziehungsweise war angeblich als geheilt entlassen worden. Dass ich nicht lachte.

»Stopp! Du rufst niemanden an. So weit sind wir noch

lange nicht.« Patrick schnappte meinen Arm und entriss mir mit der freien Hand das Telefon.

»Aua! Du tust mir weh!«

Erschrocken ließ er mich los.

Ich rieb mir das schmerzende Handgelenk.

»Du bist selbst schuld, wenn du mich so unter Druck setzt«, behauptete Patrick. »Überhaupt, wenn ich dich so sehe, dann hast du mich nie geliebt. Niemals. Du hast dich nur ins gemachte Nest gesetzt, um mich auszunehmen wie eine Weihnachtsgans. Jaja, so eine bist du. Durch und durch berechnend. Dass du mich nicht liebst und nie geliebt hast, damit kann ich leben, aber dass du die Zwillinge so abgrundtief hasst und ihre kleinen Kinderseelen zerstörst, ohne mit der Wimper zu zucken, hätte ich nicht für möglich gehalten.« Patrick hörte sich völlig irre an. Wie ein kleiner, geistesgestörter Gnom. Wo ich noch vor wenigen Wochen empört in Tränen ausgebrochen wäre und mich in sinnlosen Rechtfertigungsversuchen verloren hätte, reagierte ich zu Patricks offensichtlicher Verwunderung überhaupt nicht auf seine Vorwürfe. Ich schickte gedanklich ein Danke an Frau Rosenthal und ihre Dialogarbeit und kehrte zum eigentlichen Thema zurück.

»Patrick, ich verstehe dich richtig, dass du nicht die Chance ergreifen willst, dir selbst Hilfe zu suchen?«, fragte ich mehr rhetorisch und wartete keine Antwort ab. »Dann werde ich dir Hilfe besorgen. Du kannst mir nicht ewig das Telefon wegnehmen.«

Ich rechnete mit dem nächsten Donnerwetter, aber Patrick saß reglos da. Die Stille im Raum war kaum auszuhalten. Plötzlich lehnte er sich selbstgefällig zurück und legte ein fieses Grinsen auf.

»Mach doch, wenn du es nicht lassen kannst. Du wirst

schon sehen, was du davon hast. Dann sage ich, dass ich nie behauptet habe, mich umbringen zu wollen, und dass du hier diejenige bist, die verrückt ist. Ich habe die Selbstmordabsicht in keiner Nachricht erwähnt und nie unter Zeugen geäußert. Es steht Aussage gegen Aussage! Wem werden die Seelenklempner wohl glauben? Dem Mann aus gutem Hause oder der Frau mit der schwierigen Kindheit?« Patricks Augen leuchteten siegessicher auf.

Für den Bruchteil einer Sekunde drohte mich der Hass, den ich in dem Moment für meinen Mann empfand, zu übermannen und aus dem Konzept zu bringen. Noch nie war ich so froh gewesen, mich dazu durchgerungen zu haben, etwas Ungesetzliches zu tun. Eben hatte sich wieder gezeigt, dass man anders gegen Menschen, die ohne jeden Skrupel logen, um sich einen Vorteil zu verschaffen, einfach keine Chance hatte.

Ich atmete noch einmal tief durch, sammelte mich und antwortete: »Das ist mir egal!«

Patrick zog seine Augenbrauen zusammen und fragte verblüfft nach: »Was ist dir egal?«

Ich funkelte ihn mit hasserfülltem Blick an. »Es ist mir egal, wenn du deine Selbstmorddrohung abstreitest. Es ist mir egal, wenn du stattdessen mich als verrückt hinstellst, und es ist mir auch egal, wenn sie dir und nicht mir glauben, denn in dem Moment, in dem ich die Information weitergebe, habe ich meine Schuldigkeit gegenüber meinen Kindern getan! Die Verantwortung liegt dann bei den anderen und ich kann Amy und Fynn mit reinem Gewissen entgegentreten.« Mit jedem Wort, das ich sagte, wurde mein Herz leichter.

Patrick hingegen war sichtlich sprachlos.

Ich stellte erneut meine Frage: »Rufst du an oder ich?«

KAPITEL 27

»Prost!«, sagte ich zu mir selbst und hob das Whiskeyglas an meine Lippen. Der edle Tropfen aus Patricks Spirituosensammlung brannte in meiner Kehle, ehe er sich wohlig warm in meinem Inneren ausbreitete und Zelle für Zelle entspannte. Was für ein Tag! Was für ein Sieg! Ich lehnte mich in die Sofakissen, legte die Füße hoch und hätte augenblicklich einschlafen können. Ich fühlte mich, als hätte ich einen Triathlon hinter mir. Erschöpft, aber glücklich. Noch nie zuvor hatte ich mich derart gegen meinen Mann behaupten können. Egal, welche Geschütze er in der eineinhalbstündigen Diskussion aufgefahren hatte, er hatte es nicht geschafft, mich von meiner Mission abzubringen. Es gab zwar keinen Anruf bei seinem Therapeuten, aber letztlich hatte Patrick mehr oder weniger zugegeben, dass seine Selbstmordankündigung ein Erpressungsversuch gewesen war.

Ich trank noch einen Schluck seines Feuerwassers und schmunzelte bei dem Gedanken, wie er toben würde, wenn er wüsste, dass ich mit seinem teuren Whiskey, der ganz besonderen Momenten vorbehalten war, auf meinen Erfolg anstieß. »Cheers!«, prostete ich in die Luft und strahlte. Ich war vermutlich noch nie zuvor in meinem Leben so stolz auf mich gewesen wie gerade. Stolz, glücklich und dankbar. Ich dachte an Laura und Jenny, die mir unermüdlich zur Seite standen, an Frau Rosenthal, die mir das nötige Werkzeug lieferte und mir von der ersten Sekunde an geglaubt hatte, an meine Eltern, die für mich und die Kinder da waren, und an Teresa, die mir, ohne es zu wissen, in dem Gespräch den Arsch gerettet hatte. Wäre sie nicht gewesen, hätte es Patrick wahrscheinlich doch geschafft, mich aus dem Konzept zu bringen, als er meinte, er würde einfach behaupten, nie von Selbstmord gesprochen zu haben. Aber dank ihrer Eingebung im Büro hatte ich die Spur halten können. Ich stellte mein Glas ab, kramte das kleine schwarze Aufnahmegerät aus der Tasche und drückte es fest an mein Herz. Bei dem Gedanken daran, was ich getan hatte, schlug es gleich wieder schneller. Ich fühlte mich schlecht und selig zugleich. Ich hatte das gesamte Gespräch verbotenerweise auf Band aufgenommen. Patricks Selbstmordankündigung, seine Androhung körperlicher Gewalt und sogar die psychische Gewalt samt seiner perfiden Manipulationsversuche konnte man glasklar heraushören. Auch wenn ich wusste, dass die Aufnahme vor Gericht nicht als Beweis zählte, weil sie ohne Patricks Wissen entstanden war und ich mich damit genaugenommen strafbar gemacht hatte, hatte sie mir nicht nur in dem Gespräch die nötige Souveränität gegeben, sondern gab mir auch Sicherheit für die Zukunft. Ich war definitiv nicht verrückt. Das bezeugte die Aufnahme glasklar, und jedes Mal, wenn ich künftig an meiner Wahrnehmung zweifeln sollte, konnte ich mir sie erneut anhören. Mit dem Tonband in der Hinterhand fühlte ich mich, als hätte ich ein Netz unter dem Trapez meines Lebens gespannt.

KAPITEL 28

Fünf Monate später

Gott, war ich froh, dass Wochenende war. Ich sah mich alle viere von mir streckend auf dem Sofa liegen. Quälend langsam schob sich mein Wagen die letzten Meter durch den Feierabendverkehr Richtung unseres neuen Zuhauses.

Im Verlag war die vergangenen Wochen die Hölle los gewesen, die Schulaufgabenphase vor Weihnachten lief bei den Zwillingen mal wieder turbulent und der Umzug sowie die ständigen Auseinandersetzungen mit Patrick und den Kindern steckten mir auch Monate später, körperlich wie emotional, gewaltig in den Knochen. Meine Akkus liefen gefühlt nur noch im roten Bereich, und ich fragte mich manchmal, wie lang mein Körper diese Dauerbelastung noch mitmachen würde. Ursprünglich hatte ich gehofft, dass mit dem Auszug endlich Ruhe einkehren und die Manipulationen nachlassen würden, aber das Gegenteil schien der Fall zu sein. Patrick wurde nicht müde, sich kleine perfide Gemeinheiten einfallen zu lassen, mit denen er die Kinder, mehr oder weniger subtil, gegen mich aufbrachte. Es reichten Kommentare wie »Hm, riecht das gut, aber ich werde halt allein daheim eine Scheibe Brot essen«, wenn er die Kinder pünktlich zum Abendessen bei mir ablieferte und ich ihn nicht einlud, mitzuessen. Sofort war ich die böse Mama, die den armen Papa verhungern ließ, obwohl ich das Essen von seinem Geld gekauft hatte. Nicht einmal jetzt, wo die Haushalte getrennt waren, war Patrick bereit gewesen, die Finanzen zu regeln. Lieber überwies er mir monatlich die komplette Warmmiete, und für Ausgaben rund um den Lebensunterhalt der Kinder verfügte ich nach wie vor über den vollen Zugriff auf sein Konto. Was er als gönnerhaft darstellte, war in meinen Augen lediglich der Versuch, die Kontrolle zu behalten. Ich war es leid, mich darüber aufzuregen, und zählte die Monate bis zum Ende des Trennungsjahres. Spätestens mit der Scheidung würde alles geregelt werden, und Patrick müsste endgültig einsehen, dass es kein Zurück mehr gab. Noch verging kein Tag, ohne dass er sich wenigstens einmal in Erinnerung brachte, selbst zehnmal täglich war keine Seltenheit, was einer Art Stalking gleichkam. Meist bombardierte er mich mit WhatsApps, nachdem ich dazu übergegangen war, auf seine Anrufe nur noch sporadisch zu reagieren. Als ich mir auch den permanenten WhatsApp-Terror verboten hatte, schrieb er mich zwar weniger direkt an, dafür postete er seinen geistigen Dünnschiss in die Familiengruppe. Als ich daraufhin die Gruppe verließ und eine neue nur mit mir und den Kindern eröffnete, folgte das Echo auf dem Fuß. Fynn fügte mich innerhalb von Minuten wieder zu der Wolfi-Gruppe hinzu und drohte mir, dass, wenn ich es wagen würde, noch einmal aus dem Familienchat auszutreten, ich nicht mehr seine Mutter wäre. Ich hatte keine Kraft mehr für solche Kämpfe und blieb, um nicht auch noch mit meinem Sohn unsinnige Diskussionen zu führen und ihn noch mehr zu verletzen. Dabei war mein Verhalten nicht gegen die Kinder gerichtet, sondern lediglich der Versuch, mich von Patrick abzugrenzen. Aber alle meine Bemühungen, mehr Distanz zu meinem Ex zu schaffen, kamen einem Schwimmen gegen den Strom gleich. Ich ließ Kraft ohne Ende und kam dabei nicht wirklich vorwärts.

Nicht einmal vor meinem neuen Zuhause hatte Patrick Halt gemacht und mir vor den Augen der Kinder gönnerhaft ein Einzugsgeschenk überreicht. Am liebsten hätte ich die hölzerne Skulptur gar nicht angenommen, aber zum einen war ich zu perplex, weil ich nicht mit diesem Schachzug gerechnet hatte, und andererseits konnte ich beim Blick in die erwartungsvollen Augen von Amy und Fynn gar nicht ablehnen, wollte ich nicht wieder die Böse sein. Wobei er dennoch gewonnen hatte. Denn nun stand das mit Patricks Energie behaftete sperrige Stück Holz in meiner Wohnzimmerwand und erinnerte mich permanent daran, dass ich diesen Mann einfach nicht losbekam. Das doofe Geschenk war der einzige Fremdkörper in dem neuen Zuhause, das ich mir ansonsten mit viel Gefühl und Wärme nach meinen Vorstellungen eingerichtet hatte. Es wies nichts mehr von dem steifen, teuren Stil der Wolfs auf.

Amy und Fynn hatten sich ihre Zimmereinrichtung selbst aussuchen dürfen, und wenn sie ehrlich waren, passten die neuen Jugendzimmer viel besser zu Elfjährigen als die Kleinkindzimmer bei Patrick, aber das würden sie niemals zugeben. Sie hassten das Reihenhäuschen nach wie vor aus Prinzip und ließen es mich bei jeder Gelegenheit spüren, dass sie lieber bei ihrem Vater in ihrem »richtigen« Zuhause waren.

Ich bog mit dem Wagen in meinen Parkplatz vor dem Haus ein und stellte den Motor ab. Selbst durch die geschlossene Autotür konnte ich das Dröhnen von Fynns Technomusik hören und sank in mich zusammen.

»Nicht das auch noch!«, dachte ich und stützte den schmerzenden Kopf in die Hände, ehe ich tief durchatmete und ausstieg.

»Fynn!«, rief ich vom Hausflur aus. »Mach die Musik leise!«
Es kam keine Antwort. Wie auch, bei dem Lärm? Ich
hängte Jacke und Handtasche an die Garderobe und ging die
Treppen hoch zu Fynns Zimmer. Dort klopfte ich kurz und
steckte den Kopf hinein. Mich traf fast der Schlag. Neben
dem abartigen Krach, der mir nun ungefiltert entgegen-
schwappte, sah es in dem Raum aus, als hätte eine Bombe
eingeschlagen. Überall auf dem Boden verteilt lagen dreckige Klamotten, dazwischen leere Chipstüten und benutztes
Geschirr. Fynn chillte bäuchlings auf dem Bett, das Handy
in der Hand, und bequemte sich nicht einmal, sich zu mir
umzudrehen, obwohl er mitbekommen haben musste, dass
ich ins Zimmer gekommen war. Kurzerhand zog ich den Stecker der Stereoanlage und genoss für eine Sekunde die Stille.

»Hey«, protestierte Fynn lautstark. »Mach gefälligst meine
Musik wieder an. Und überhaupt, kannst du nicht anklop-
fen? Schon mal was von Privatsphäre gehört?« Er verengte
seine Augen zu Schlitzen und warf mir verächtliche Blicke
zu, ehe er sich wieder seinem Handy widmete.

»Kannst du mir mal sagen, was das hier soll?«, fragte ich
und deutete auf das Chaos im Raum. »Außerdem habe ich
dir gesagt, dass du deine Kopfhörer benutzen sollst, wenn du
laut Musik hören willst. Ich habe keine Lust, dass uns die
Nachbarn gleich die Vermieterin auf den Hals hetzen und
wir hier schneller wieder rausfliegen, als uns lieb ist«, antwortete ich gereizt.

»Ich will hier eh nicht wohnen«, zeterte Fynn, ohne sich
umzudrehen. »Bei Papa kann ich so laut Musik hören, wie
ich will. Da wohnen wir auch nicht in einer beengten Bruch-
bude!« Kurz war ich versucht, auf seine Provokation einzu-
steigen, besann mich dann aber eines Besseren und machte
mir bewusst, wie schwer die Veränderungen für ihn und

Amy waren, insbesondere weil Patrick an dem Bild der heilen Familie festhielt. Wie sollten die Zwillinge mit der Trennung klarkommen, wenn ihr Vater ihnen ständig vorlebte, dass eine Trennung nicht überwunden werden konnte, vor den Kindern regelmäßig in Tränen ausbrach und sich von ihnen trösten ließ? Klar war es traurig, dass der Traum von der glücklichen Familie bis ans Ende unserer Tage geplatzt war. Ich heulte selbst oft genug, weil die Situation für mich auch verdammt hart war. Auch ich hatte mir mein Leben anders vorgestellt. Aber heulen vor den Kindern ging gar nicht. Wir waren die Eltern, wir mussten Amy und Fynn trösten und nicht sie uns.

Ich setzte mich zu Fynn auf die Bettkante und legte ihm sacht die Hand auf den Rücken, während ich liebevoll sagte: »Ich verstehe, dass die Situation für dich nicht einfach ist, aber ...«

»Nichts verstehst du! Absolut gar nichts!«, unterbrach mich Fynn. Ruckartig setzte er sich auf und blickte mich hasserfüllt an. Sein ganzer Körper bebte, als er sagte: »Wir interessieren dich doch einen Scheißdreck. Du bist auf deinem Ego-Trip und dafür gehst du über Leichen. Wie es uns geht, juckt dich nicht die Bohne. Hauptsache, du bist glücklich«, presste er hervor.

Fynns Pfeil bohrte sich tief in mein Herz. Ich grub meine Fingernägel in die Innenfläche meiner Hand, um mich von dem emotionalen Schmerz abzulenken, und blinzelte die Tränen weg, die mir in die Augen geschossen waren. Für einen Moment war ich unfähig, zu sprechen. Patricks Spitzen konnte ich inzwischen weitestgehend an mir abprallen lassen, aber die Anschuldigungen meines Sohnes waren zu viel, zumal sie einfach nicht stimmten. Aber wie sollte ich ihm das begreiflich machen?

»Fynn, ich liebe dich und Amy. Nur Papa nicht mehr«, versuchte ich zu erklären, aber Fynn unterbrach mich sofort.

»Wenn du uns lieben würdest, würdest du uns das nicht antun. Dich hat es ja nicht mal gejuckt, als ich weggelaufen bin, und wenn ich wegen dir nicht mehr leben will, wäre es dir auch egal!«, behauptete Fynn, setzte seinen Kopfhörer auf, stellte die Musik am Handy an und warf sich zurück aufs Bett. Die Unterhaltung war für ihn eindeutig beendet.

Wie gern hätte ich Fynn in meine Arme gezogen und ihm all meine Liebe gegeben. Wie gern hätte ich ihm erklärt, warum ich hatte gehen müssen, was sein Vater mir alles angetan hatte, und dass es die einzige Möglichkeit war, mein Leben zu retten, um die Kraft zu haben, auch weiter gut für meine Kinder sorgen zu können. Aber wie hätte er das verstehen oder glauben sollen? Er kannte, wie die Menschen um uns herum, vor allem Patricks liebevolle, charmante und witzige Seite und musste mich als Lügnerin empfinden. Ich schwankte, unschlüssig mitten im Raum stehend, und fühlte mich, als hätte man mir den Stecker gezogen. Da war es wieder, dieses Gefühl der Ohnmacht, das mich ersticken und in sein dunkles schwarzes Loch ziehen wollte. Leise schloss ich mit einem Stapel Geschirr in der Hand die Tür hinter mir und vergoss trockene Tränen.

Den restlichen Freitagnachmittag hatte ich irgendwie rumbekommen. Fynn sprach, wenn überhaupt, nur das Nötigste mit mir, und ehrlich gesagt war ich froh, als es Zeit war, Amy vom Tanzen abzuholen und die Kinder fürs Wochenende bei Patrick abzuliefern. So sehr ich meine Räuber auch liebte und gern bei mir hatte, brauchte ich die Zeiten ohne sie dringend, um meine Wunden zu lecken und wenigstens etwas Kraft zu tanken. Zumindest dafür war das Wechselmodell gut, auch wenn die Kinder, wenn sie von Patrick zurückkamen, jedes Mal aufs Neue verstört wirkten.

Amy war zwar nicht offensichtlich auf Krawall gebürstet wie ihr Bruder, aber auch sie ließ mich ihr Missfallen regelmäßig spüren und sich genauso von Patrick um den Finger wickeln wie Fynn. Es tat verdammt weh, von den beiden wie eine Aussätzige behandelt zu werden. Natürlich hatte ich meinen Anteil zur Trennung beigetragen, aber als der alleinige Buhmann dazustehen, war einfach nicht fair und brach mir jeden Tag aufs Neue das Herz. Dabei versuchte ich es den Zwillingen so schön und leicht wie irgend möglich zu machen. Ich hatte sogar Kontakt zu Familienberatungsstellen aufgenommen, hatte mich mit einem Kindertherapeuten beraten und mit der Schulpsychologin, aber wenn ich nicht argwöhnische Blicke erntete, als hätte ich sie nicht alle, hieß es nur: »Sie wissen ja schon alles und machen das richtig. Machen Sie weiter und haben Sie Geduld.« Wie lange denn noch?

Wieder zu Hause lag ich zusammengerollt auf dem Sofa, die Tempobox neben mir, und ließ den angestauten Tränen freien Lauf. Laura, mit der ich mich heute Abend eigentlich hatte treffen wollen, hatte ich auf dem Heimweg abgesagt, und nun heulte ich ungehemmt in die Sofakissen. *Lieblingsplatz* stand auf dem einen, das ich umklammert hielt, und hinter mir an der Wand hing ein Bild mit der Aufschrift »Eine Hütte, in der man lacht, ist besser als ein Palast, in dem man weint.« Nur weinte ich in der Hütte genauso wie in dem Palast, wenn auch aus anderen Gründen. Ein lauter Schluchzer entfuhr meiner zugeschnürten Kehle. In die Verzweiflung hinein fragte ich mich, ob es nicht doch besser wäre, mich aufzugeben und für Amy und Fynn zurückzukehren, zumindest, bis die zwei aus dem Haus waren.

KAPITEL 29

Ein Klingeln weckte mich. Ich musste vor Erschöpfung auf dem Sofa eingeschlafen sein und brauchte einige Zeit, um mich im Dunkeln zu orientieren. Mein Kopf fühlte sich an, als säßen zig Zwerge in ihm und würden mit Hammer und Meißel meinen Schädel bearbeiten. Mühsam setzte ich mich auf und rieb mir die spürbar geschwollenen Augen, ehe ich nach dem Lichtschalter tastete. Die Wanduhr verriet, dass es gerade mal kurz vor acht war. Es läutete erneut und ich schleppte mich blinzelnd zur Gegensprechanlage.

»Hallo?« Meine Stimme kratzte verschlafen in den Hörer.

»Ich bin's, jetzt mach endlich auf, es ist arschkalt hier draußen.« Der Türöffner summte und Laura kam mit einer Tüte vom Chinesen und einer Flasche Wein hereingeschneit.

»Ach du Scheiße!«, rutschte es ihr bei meinem Anblick noch vor der Begrüßung heraus. »Was ist passiert?« Ohne eine Antwort abzuwarten, bugsierte sie mich ins Wohnzimmer und stellte die mitgebrachten Sachen auf den niedrigen Tisch.

»Was machst du denn hier? Ich habe dir doch abgesagt.« Immer noch war ich völlig verwirrt, dass meine Freundin plötzlich vor mir stand. Ich ließ mich mit ihr zusammen auf dem Sofa nieder, das ich schnell von dem Berg Taschentücher befreite.

»Meine Liebe, du bist die pünktlichste und zuverlässigste Person, die ich kenne. Du sagst normal nie irgendetwas ab. Das letzte und einzige Mal, als du mich versetzt hast, hattest du von Patricks Doppelleben erfahren. Da wunderst du dich, dass ich heute hier auftauche? Dein Ernst?«, fragte Laura belustigt.

Ich zuckte nur mit den Schultern.

Laura rückte zu mir herüber und nahm mich in den Arm, um mich gleich erschrocken wieder loszulassen. »Mensch, Nicola, an dir ist ja gar nichts mehr dran«, bemerkte sie besorgt. »Wann hast du zuletzt etwas gegessen?«

Schuldbewusst blickte ich auf meine Hände. »Ich glaube, heute Morgen.«

Aus dem Augenwinkel konnte ich sehen, wie Laura den Kopf schüttelte.

»Ich hatte keine Zeit auf der Arbeit und dann habe ich es vergessen«, schob ich entschuldigend hinterher.

»Na, da ist es ja gut, dass ich dir dein Lieblingsessen mitgebracht habe: Ente in Hot-Mango-Soße.« Tatsächlich duftete es köstlich aus der Tüte vor uns. Der süß-scharfe Geruch ließ mir das Wasser im Mund zusammenlaufen und plötzlich verspürte ich das erste Mal seit Langem wieder Appetit.

Laura übernahm kurzerhand das Regiment. Sie holte Besteck und Gläser aus der Küche und schob mir meine Portion entgegen. »Hier. Jetzt essen wir, und du erzählst mir, was los ist.«

Gierig machten wir uns, in Decken gehüllt, die Verpackung auf dem Schoß, über das köstliche Essen her, während ich Laura nebenbei von dem Streit mit Fynn berichtete und der Verzweiflung, die mich daraufhin umfangen hatte. Schon während ich aß und erzählte, spürte ich eine Veränderung in mir. Es waren nicht nur die warme Mahlzeit und die kuschelige Decke, die mich wärmten und das Gefühl der

Ohnmacht vertrieben, sondern vor allem das Wissen, dass ich mit meinen Sorgen nicht allein war. Auf Laura und die anderen Verbündeten konnte ich bauen. Sie waren für mich da, wenn ich es zuließ. Und wenn nicht, dann auch. Dann standen sie einfach vor meiner Tür, dachte ich und musste schmunzeln.

»Hey, du kannst ja wieder lächeln«, bemerkte Laura und stieß mir kumpelhaft in die Seite.

»Ja, wegen dir!«, sagte ich und fiel Laura dankbar um den Hals. Der Duft ihres Shampoos löste unvermittelt eine Woge der Geborgenheit in mir aus. »Ich wüsste echt nicht, was ich ohne dich getan hätte«, gestand ich Laura. »Vorhin war ich kurz davor, das Handtuch zu werfen und den Kindern zuliebe zu Patrick zurückzukehren. Ich halte ihre Ablehnung nicht mehr aus«, sagte ich kleinlaut in ihre Lockenmähne und war froh, mich jetzt nicht ihrem Blick aussetzen zu müssen. Ich konnte ihr Entsetzen an ihrem ganzen Körper spüren und fügte schnell hinzu: »Jetzt weiß ich wieder, dass ich mich nicht aufgeben darf.«

Laura streichelte mir wortlos über den Rücken und hielt mich einfach nur fest. Ich konnte spüren, wie sie schluckte, sich vermutlich einen Anschiss verkniff und still einen Teil der Last mit mir trug. Ihren Schmerz über die Sorge um mich hautnah zu fühlen, trieb mir erneut die Tränen in die Augen. Ich durfte nicht aufgeben. Auch nicht für die Kinder. Zumal den Kindern nicht geholfen war, wenn sie eine Mutter hatten, die nur noch eine Hülle ihrer selbst war, die eine Lüge lebte. Ja, die Situation war verdammt hart. Um vieles heftiger, als ich es mir vorgestellt hatte, aber ich musste durchhalten. Für mich und meine Kinder. Ich erinnerte mich an einen Spruch von Ralph Waldo Emmerson, der mich schon durch meine Jugend getragen hatte:

»Was hinter uns liegt und was vor uns liegt,
sind winzige Dinge im Vergleich zu dem,
was in uns liegt.«

So war es! Und ich kämpfte den Kampf nicht allein, wie sich eben wieder gezeigt hatte.

KAPITEL 30

»Amy, bist du fertig? Wenn du pünktlich bei Papa sein willst, müssen wir jetzt los!«, rief ich durchs Treppenhaus. Stille. Ich seufzte. »Fängt jetzt das nächste Kind an, mich zu ignorieren?«, fragte ich mich laut und stampfte genervt die Stufen hoch. Amy war die letzten Tage extrem bockig und anstrengend gewesen, und langsam riss mir der Geduldsfaden. Ungehalten platzte ich in ihr Zimmer.

Erschrocken klappte Amy ihr Tagebuch zu und nahm die Stöpsel aus den Ohren. »Mensch, Mama, musst du mich so erschrecken?«

Entschuldigend zuckte ich mit den Schultern, deutete auf die Air Pods in ihrer Hand und sagte erneut: »Wir müssen los, wenn du zu Papa willst. Fynn geht direkt vom Training aus hin.«

Damit drehte ich mich um und wollte ihr Zimmer verlassen, als Amy meinte: »Mama? Kann ich dieses Wochenende bei dir bleiben?«

»Wie bitte?« Ich musste mich verhört haben. Meinen Kindern ging es normalerweise nie schnell genug, wenn sie zu ihrem Vater konnten.

»Ist es okay, wenn ich bei dir bleibe?«, wiederholte Amy ihre Frage.

Mein Herz machte einen kleinen Hüpfer vor Freude.

»Ich will mit Fiona noch an dem Referat arbeiten und dann könnte sie gleich hier übernachten. Bei Papa geht das nicht«, schob Amy als Erklärung hinterher.

Schade, es wäre ja auch zu schön gewesen, wenn sie einfach so bei mir hätte bleiben wollen. Ich versuchte, mir meine Enttäuschung nicht anmerken zu lassen.

»Klar, ihr könnt gern zusammen hier schlafen, aber was sagt denn Papa dazu?« Ich malte mir den nächsten Streit mit Patrick aus, der mir sicher unterstellen würde, Amy zu manipulieren und dass alles nur auf meinem Mist gewachsen sei, um sie auf meine Seite zu ziehen.

»Kannst du ihn fragen?« Amy legte ihren herzallerliebsten Dackelblick auf und klimperte mir mit ihren langen Wimpern zu. »Bitte, Mama!«

Auch das noch, damit war ich endgültig der Sündenbock, aber bei diesem Blick konnte ich nicht Nein sagen. »Ich versteh zwar nicht, warum du nicht selbst fragst, aber von mir aus«, antwortete ich und wählte Patricks Nummer.

»Hi, Amy würde mit Fiona gern an einem Referat arbeiten und dann mit ihr hier übernachten. Ist es okay für dich, wenn sie dieses Wochenende bei mir bleibt?«

Ich wappnete mich für Patricks Donnerwetter und sah aus dem Augenwinkel, dass sogar Amy nervös an ihren Nägeln kaute, was sie sonst nie tat.

»Ja, geht klar, dann mach ich mit Fynn einen Männerabend«, war alles, was von ihm kam, sogar ohne beleidigten Unterton.

Amy und ich sahen uns überrascht an. Als ich aufgelegt hatte, fiel sie mir um den Hals. »Danke, Mami.« Es war die herzlichste Umarmung, die ich von meinem Pubertier seit einer halben Ewigkeit bekommen hatte. Amy schmiegte sich an mich, während ich ihr über ihr seidiges Haar streichelte, wie ich es, als sie klein war, oft getan hatte. Am liebsten hätte ich den Moment in ein Einmachglas gesteckt und konserviert.

»Mama?«, sagte Amy leise.

»Ja, mein Schatz?«

»Ich …« Amy druckste herum, als müsste sie mir etwas beichten. Ihre Körpersprache erinnerte mich daran, wie sie mit acht Jahren Omas Teekanne des Meissner Porzellans zerbrochen hatte, mit der sie unerlaubt ein Kaffeekränzchen für ihre Puppen veranstaltet hatte.

»Was ist, Amy?« Ich ließ sie los und sah ihr liebevoll in die Augen. »Du kannst mir alles sagen«, meinte ich ermutigend.

Amy kaute auf ihrer Unterlippe, und ich konnte sehen, wie sehr sie mit sich rang. »Ich hab dich lieb, Mama.« Damit schlang sie ihre Arme wieder um mich und drückte mich ganz fest.

Mir stiegen spontan die Tränen in die Augen. Eigentlich hatte ich das Gefühl, dass es nicht das war, was Amy mir hatte sagen wollen, aber ich war völlig überwältigt von ihrer Zuneigungsbekundung, die ich seit der Trennung so nicht mehr erlebt hatte. Vielleicht war es ihr schwergefallen, ihren selbst auferlegten Mama-Hass-Panzer sinken zu lassen, und sie hatte deshalb so sonderbar gewirkt.

»Ich habe dich auch ganz arg lieb, meine Große. Das war noch nie anders und wird nie anders sein.« Amy sollte wissen, dass ich ihr für ihre Ablehnung nicht böse war und dass ich sie liebhatte, egal, was sie tat.

Amy nickte und wischte sich verstohlen mit dem Ärmel die Tränchen aus dem Gesicht, die auch ihr anscheinend über die Wange gekullert waren.

Sie räusperte sich und meinte: »Ich ruf dann mal Fiona an, dass sie kommen kann.«

»Mach das. Und ich geh einkaufen, damit ihr genug Proviant für euren Mädelsabend habt. Lust auf selbstgemachte Pizza?«

Amy nickte und schloss die Tür hinter sich.

Als ich kurz vor sechs vom Einkaufen zurückkam, lag das Haus im Dunkeln. Verwundert ging ich zum Zimmer meiner Tochter und klopfte an die Tür.

»Was?«, schallte es in gewohnt zickiger Manier zurück. Da war wieder mein Pubertier, dachte ich und steckte vorsichtig meinen Kopf in ihr Reich. Amy saß zusammengekauert im Dunkeln auf dem Bett und kaute auf dem Ende ihres Füllers. Die einzigen Lichtquellen waren das Flimmern des stumm geschalteten Fernsehers und das Licht, das vom Flur aus in den Raum fiel.

»Wo ist denn Fiona?«, fragte ich.

Amy schnaubte. »Sie kommt nicht.«

»Oh, wieso denn nicht?«, fragte ich verwundert.

»Scheißegal! Es klappt eben nicht. Nerv mich nicht!«

Unschlüssig stand ich auf der Schwelle. Amy schien am Boden zerstört zu sein. Wahrscheinlich kam zur Enttäuschung, dass ihre Freundin doch nicht kam, auch noch die Tatsache hinzu, dass sie ihre heilige Papazeit nun umsonst geopfert hatte.

»Soll ich dich noch zu Papa fahren?«, fragte ich sie schweren Herzens.

»Nein! Lass mich einfach in Ruhe!«, sagte sie lauter als nötig und verschränkte die Arme vor der Brust.

»Wenn du reden willst, ich bin unten«, erwiderte ich sanft und tat schweren Herzens, wie mir befohlen war. Amy hatte sich wie ein Igel zu einer stacheligen Kugel zusammengerollt. Es war zwecklos, jetzt das Gespräch zu suchen.

Amy wollte weder am selben Abend noch im Laufe der

nächsten Woche reden. Sie war patzig und frech, wenn sie sich nicht gerade in ihrem Zimmer verbarrikadierte. Auch die zwei Tage von Dienstag auf Mittwoch bei ihrem heiß-geliebten Daddy hatten keine Besserung gebracht. Eher im Gegenteil. Ihre Fingernägel waren mittlerweile bis aufs Fleisch heruntergekaut. Fast täglich suchte ich das Gespräch mit ihr und fragte sie, ob es Probleme in der Schule gab, Liebeskummer, Mobbing, ob es wegen der Trennung war, oder was auch immer, aber wenn mir nicht schnaubend die Tür vor der Nase zugeknallt wurde, hieß es nur, ich solle sie einfach in Ruhe lassen, ich würde sowieso nichts verstehen. Ich kam an Amy nicht mehr heran und langsam war ich mit meinem Latein am Ende.

Als ich am Donnerstagabend Amy vom Tanzen abholen wollte, traf ich Jenny vor der Turnhalle, die dort auf Fiona wartete. »Hi, Jenny, gut, dass ich dich treffe. Sag mal, weißt du zufällig, was mit Amy los ist? Sie ist in letzter Zeit total seltsam und egal, was ich tue, ich komme nicht an sie heran.«

Jenny strich sich eine Strähne hinters Ohr. »Hm, wenn ich recht überlege, habe ich Amy länger nicht gesehen. Ich habe nichts mitbekommen.«

Enttäuscht ließ ich die Schultern sinken. Aber so schnell wollte ich nicht aufgeben. »Kann es vielleicht sein, dass Fiona und Amy Streit haben wegen dem geplatzten Wochenende und dem Referat?«

»Welches Referat und welches Wochenende?«, fragte Jenny sichtlich irritiert.

»Na, Fiona wollte doch letztes Wochenende zu Amy kommen, um an einem Referat zu arbeiten. Dafür hat Amy sogar ihr Papa-Wochenende sausen lassen.«

»Das kann nicht sein, Nicola. Fiona war bei ihrer Patentante. Das war seit langem geplant und das wusste Amy ganz sicher.«

»Aber das hieße ja, dass Amy bewusst gelogen hätte«, stellte ich ungläubig fest. Warum? Sie hätte doch auch ohne Vorwand bei mir bleiben können.

In dem Moment kamen die Freundinnen aus der Turnhalle und beendeten unsere Unterhaltung.

Am liebsten hätte ich Amy direkt darauf angesprochen, aber wir mussten ihren Bruder abholen und irgendetwas sagte mir, dass ein Gespräch unter vier Augen besser war. Morgen fuhr Fynn für eine Woche mit seiner Klasse in den Skikurs, da würde ich nach dem Papa-Wochenende genug Zeit mit Amy finden.

Amy und ich brachten Fynn am Freitagnachmittag gemeinsam zum Bus und verabschiedeten ihn. Wieder im Auto meinte Amy: »Mama, ich habe Bauchweh und mir geht es gar nicht gut, können wir heimfahren?« Amy schlang die Arme um ihren Bauch und sah tatsächlich aus wie ein Häufchen Elend. Hoffentlich bekam sie nur ihre Periode und keinen Magen-Darm-Infekt.

»Eigentlich wollte ich noch schnell was besorgen, aber ich kann dich auch erst bei Papa abliefern und dann einkaufen«, sagte ich und startete den Wagen.

»Ich meine, zu dir heim.«

Statt anzufahren, würgte ich den Motor ab. O mein Gott. So hart meine Schale gegen die Gemeinheiten der Kinder inzwischen geworden war, so weich war sie für etwas Liebes, das sich direkt seinen Weg in mein Herz bahnte und sofort meine Augen feucht werden ließ. »Zu dir heim«, wiederholte ich Amys Worte in Gedanken und nahm mein Kind in den Arm. Es war das erste Mal, dass sie unser neues Zuhause als Heim bezeichnet hatte.

Amy schob mich weg. »Mama, du bist peinlich! Kannst du

einfach fahren?«, fragte sie und schaute stur geradeaus, nicht ohne wieder an ihren nicht mehr vorhandenen Nägeln zu kauen. Sicher machte auch sie sich Gedanken darüber, wie ihr Vater die erneute Absage aufnehmen würde, jetzt wo nicht mal Fynn bei ihm war.

Patrick reagierte auf die Nachricht, dass es Amy nicht gut ging und sie lieber von mir gepflegt werden wollte, nicht sonderlich erfreut, aber vergleichsweise durchaus noch entspannt. »Lass nicht zu, dass uns jemand auseinanderbringt«, war alles, was er sagte, wobei unschwer zu erraten war, dass mit »jemand« ich gemeint war.

Zu Hause ließ ich meinem Kind Badewasser ein und nutzte die Gelegenheit, während sie in der Wanne war, die saubere Wäsche in ihren Schrank zu räumen.

Als ich die Schranktür öffnete, kippte mir ein Teil der lieblos hineingestopften Klamotten entgegen. Mein elfjähriges Pubertier hielt offensichtlich nichts von Ordnung. Ich holte auch die letzten zerknüllten Teile heraus, um sie wieder zusammenzufalten. Dabei fiel mir Amys Tagebuch entgegen und landete aufgeschlagen auf dem Boden. Ich hob es auf und wollte es gerade wieder zurücklegen, als mir das düstere Gekritzel auf der linken Seite ins Auge stach. Ohne dass, von dem Rahmen aus Tränen abgesehen, etwas Konkretes erkennbar gewesen wäre, strahlte die Zeichnung eine Schwere und Traurigkeit aus, die mich frösteln ließ. Unweigerlich flog mein Blick zum Text auf der rechten Seite. Ich wollte es nicht lesen, aber ich konnte nicht anders.

Hallo liebes Tagebuch,
wenigstens mit dir kann ich reden. Ich drehe hier sonst echt
noch durch. Das darf einfach niemand erfahren.
Nicht einmal Fiona und schon gar nicht Mama.

Ich hätte das nie von ihm gedacht und habe keine Ahnung, was ich jetzt machen soll.

Von wem schrieb Amy da? War sie verliebt? Hatte sie einen Freund? Ich setzte mich auf Amys Bett und las mit heftig klopfendem Herzen weiter. Auch wenn es mies war, ich konnte einfach nicht anders. Ich wollte verstehen, was mit meinem Kind los war und wie ich ihm helfen konnte.

Warum bin ich in der Nacht auch nur aufgewacht und ins Wohnzimmer gegangen? Papa ist echt ein Arsch! Er hat alles, absolut alles, kaputt gemacht!

Plötzlich kam mir der Gedanke, dass Amy ihren Vater mit einer anderen Frau erwischt haben könnte. Das war sogar recht naheliegend, wenn man an Patricks Lebenswandel dachte. Sofort sah ich bildlich vor mir, wie mein Ex sich mit irgendeiner Tussi auf dem Sofa geräkelt hatte, als Amy hereingeplatzt war. Das hatte ihr Weltbild natürlich zerstört und ihren perfekten Daddy vom Thron gestoßen, überlegte ich. Deswegen wollte Amy bei mir bleiben und deswegen hatte Patrick auch gechillt darauf reagiert. Er hatte Angst, dass sie mir von seiner Frauengeschichte erzählte. So langsam ergab alles einen Sinn.

Gebannt blätterte ich um und las weiter.

Hätte ich nicht versucht, Papa zu trösten, wäre das bestimmt alles nicht passiert. Ich war so dumm! Vielleicht war ich wirklich selbst schuld, wie Papa behauptet.

Das Buch in meiner Hand zitterte, während ich die andere vor den Mund schlug.

»Bitte, lieber Gott, lass es nicht das sein, was ich denke!«, flehte ich gen Himmel, ohne meinen Blick von den Buchstaben vor mir lösen zu können. Ein Tropfen aus meinen weit aufgerissenen Augen landete auf der Schrift und ließ die Tinte an der Stelle verschwimmen. Sie löste sich auf, so wie ich gerade das Gefühl hatte, mich aufzulösen, während Wort für Wort sich in mein Gedächtnis brannte:

Aber ich wollte definitiv nicht, dass er mich da anfasst.
Es war so eklig! Und jetzt erpresst er mich auch noch damit,
sich umzubringen, wenn ich verrate, was er getan hat.

Ein Strudel an Emotionen stürzte auf mich ein. Er zerrte an mir, zog mich in seine Tiefe und drohte, mich zu ersticken. Ich versuchte nach Luft zu schnappen, aber meine Lunge wollte mir nicht gehorchen. Ein altbekannter und gleichzeitig um ein Vielfaches schlimmerer Schmerz legte sich auf meinen Brustkorb und drückte mir die Kehle zu. Nicht mein Kind!

Ein Teil von mir weigerte sich, die Information zu glauben, wollte das Unfassbare nicht wahrhaben, aber der andere, größere Teil formte vier Worte, die unkontrolliert aus mir herausschwappten: »ICH BRING IHN UM! Dieses gottverdammte perverse Arschloch! Erst zeig ich ihn an und dann bring ich ihn um, und wenn es das Letzte ist, was ich tue!« Noch nie hatte ich einen derart abgrundtiefen Hass für einen Menschen empfunden wie im Moment. In Gedanken malte ich mir bereits aus, wie ich mir eine Knarre besorgte, Patrick damit mitten in die Eier schoss und anschließend jämmerlich verbluten ließ.

Doch zuerst galt es, Amy zu helfen. Amy! Vor lauter Wut hatte ich fast meine Tochter aus den Augen verloren. Schnell überflog ich die letzten Zeilen des Eintrages.

Ich will nicht mehr zu ihm, ich kann ihn nicht mehr ansehen,
ertrage seine Nähe nicht. Ich halte das alles nicht mehr aus.
Warum hilft mir denn keiner? Wo ist ein scheiß Gott, wenn
ich ihn brauche? Wieso lässt er so was zu? Am liebsten würde
ich einfach weglaufen und nie mehr zurückkommen.

Langsam schloss ich erst das Tagebuch und dann meine
Lider. Ich musste nachdenken, aber der Schock lähmte jede
Zelle. Meine Gedanken steckten wie in einem Stau fest. Es
ging nichts vor und nichts zurück. Nur die Wut breitete sich
immer weiter in mir aus, wie ein übervoller Luftballon kurz
vorm Platzen. Ich hörte, wie Amy im Bad die Handbrause
einschaltete. Noch hatte ich etwas Schonfrist, bevor ich ihr
gegenübertreten musste. Reflexartig legte ich das Buch aufs
Bett und eilte ins Wohnzimmer. Dort schnappte ich mir die
hölzerne Figur, die Patrick mir zum Einzug geschenkt hatte
und die mir stets ein Dorn im Auge gewesen war, und ging
mit ihr vors Haus. Nach einem letzten hasserfüllten Blick
auf die Skulptur, als wäre sie Patrick selbst, knallte ich das
Teil mit voller Wucht gegen die Hauswand, wo sie in zwei
Teile zerbrach. Danach stopfte ich die Bruchstücke in die
Restmülltonne und kehrte, ohne mich noch einmal umzusehen, in Amys Zimmer zurück.

»Konzentrier dich, Nicola! Deine Tochter braucht dich
jetzt!«, ermahnte ich mich selbst und stopfte meinen eigenen
Schmerz, die Wut auf Patrick und alles, was gerade nicht
dienlich war, gedanklich in einen Tresor und sperrte es fürs
Erste in mir weg. Ein wenig lichtete sich das Chaos in meinem Kopf, was mir wieder Spielraum verschaffte, um nach-
zudenken, wie ich Amy am besten helfen und ihr vor allem
erst einmal beibringen konnte, dass ich in ihrem Tagebuch
gelesen hatte. Ich schämte mich wegen dieses Vertrauens-

bruchs. Wäre da nicht die tieftraurige Kritzelei gewesen, die mir ins Auge gestochen war, hätte ich ihr Heiligtum sicher direkt wieder zurückgelegt, aber die Zeichnung hatte mich magisch angezogen wie damals der kleine Schnipsel Papier aus Patricks Geldbeutel, der mir sein Doppelleben offenbart hatte. Vielleicht war es kein Zufall, dass das Buch herausgefallen und genau auf dieser Seite aufgeschlagen war. Vielleicht wurde Amys Ruf nach Hilfe erhört, versuchte ich mein Fehlverhalten zu rechtfertigen. Auf jeden Fall wusste ich, wie unglaublich schwer es war, das Unaussprechliche auszusprechen, und auf diese Weise konnte ich Amy helfen, ihrem inneren Gefängnis zu entkommen.

»Du hast was gemacht?«, fragte Amy. Das blanke Entsetzen lag in ihrem Blick, der wild hin und her zuckte und vermutlich ein Spiegelbild ihrer rasenden Gedanken war, die sich bemühten, die Konsequenz des Gehörten zu verarbeiten.

Auch wenn mir klar war, dass sie sehr wohl gehört hatte, was ich ihr gesagt hatte, da sie in ihrem Zimmer direkt vor mir stand, wiederholte ich meine Worte: »Dein Tagebuch ist beim Sortieren der Wäsche herausgefallen, auf der Seite mit der Zeichnung aufgeschlagen und ich habe den letzten Eintrag gelesen.«

Amys Mienen wechselten sich im Sekundentakt ab und ließen die unterschiedlichsten Emotionen erkennen. Am meisten aber sah ich eine tiefe Verzweiflung und blanke Panik in ihren Augen.

Ich ging auf sie zu, streckte meine Hand nach ihr aus und sagte: »Amy, was auch genau passiert ist, du bist nicht schuld!«

Amy schlug meine Hand weg und hämmerte mit schwachen Fäusten auf mich ein, ehe ich sie festhalten und in meine Umarmung ziehen konnte, in der sie nach kurzer Gegenwehr ihren Widerstand aufgab. Viel zu lang angestaute Tränen schossen aus ihr heraus und fanden in meinen Armen den See, der sie auffing. Amys Beine gaben nach. Sie stützend, sank ich mit ihr auf den Teppich. Dort hielt ich meine zitternde Tochter in den Armen, wiegte sie wie ein kleines Kind und strich ihr zärtlich übers Haar. Es kam mir vor, als hätte ich einen zarten Schmetterling mit gebrochenen Flügeln in meinem Schoß liegen. Beruhigend redete ich auf sie ein.

»Amy, dich trifft keine Schuld. Die Verantwortung trägt einzig und allein Papa, völlig egal, was du getan oder gesagt hast!«

Bei der Erwähnung ihres Vaters zuckte Amy zusammen. »Ich kann ... da nicht mehr hin, Mama. Ich ... ich will ihn ... nicht mehr sehen«, stotterte sie, von Heulkrämpfen gebeutelt.

»Das musst du nicht, mein Schatz. Das musst du nicht. Ich kümmere mich darum. Versprochen. Hab keine Angst.« Ich hielt Amy fest umschlungen, in der Hoffnung, ihr wenigstens etwas Sicherheit zu vermitteln, während unsere Körper vor und zurück schaukelten. Vor und zurück. Unaufhörlich redete ich wild durcheinander weiter, was mir gerade in den Sinn kam: »Du hast nichts falsch gemacht, Amy. Ich liebe dich und daran wird nichts etwas ändern. Du darfst mir alles sagen.«

Amy blieb stumm.

»Erinnerst du dich, was ich dir, als du noch ganz klein warst, über gute und schlechte Geheimnisse erzählt habe? Schlechte Geheimnisse darf man verraten. Man muss es sogar, wenn man nicht daran ersticken will.«

Die einzige Antwort war ein weiterer Strom aus Tränen.

»Ich bin für dich da, Amy. Hörst du? Gemeinsam schaffen

wir das. Du brauchst keine Angst mehr zu haben!« Ich redete und redete, während Amy schluchzte und schluchzte. Wie gern hätte ich ihr ihren Schmerz abgenommen, aber mehr, als jetzt für sie da zu sein und ihr all meine Liebe zu geben, konnte ich in diesem Moment nicht tun.

KAPITEL 31

»Alles okay?«, fragte ich Amy, die auf dem Metallstuhl neben mir im langen Gang des Jugendamtes saß und unablässig mit dem Bein wippte. Die kalten, an der Wand festgeschraubten Sitzgelegenheiten passten nicht zu den gerahmten Kinderzeichnungen, die den Flur zierten, und verstärkten das ambivalente Gefühl, das der Termin bei mir auslöste.

»Ich habe Angst, Mama. Muss ich unbedingt selbst mit der Frau reden? Ich kenn die gar nicht und du hast ihr am Telefon doch alles gesagt. Was soll ich denn noch da?« Amy sah mich mit bettelndem Blick an, während sie nervös ihre Hände knetete. Alles an ihr war in Bewegung und sie saß auf der Stuhlkante, als würde sie jeden Augenblick aufspringen und davonlaufen wollen.

»Es tut mir leid, mein Liebling, aber Frau Pfefferkorn will dich persönlich sprechen und von dir hören, wo du leben möchtest.« Ich nahm Amys Hand in meine und drückte sie. In dem Moment öffnete sich die Tür des Zimmers, vor dem wir gewartet hatten, und eine sportlich aussehende Frau um die dreißig mit blonder Kurzhaarfrisur begrüßte uns freundlich.

»Hallo, Frau Wolf, nehme ich an?«

Ich nickte und grüßte zurück.

»Schön, dass Sie da sind. Und du musst Amy sein. Hi.«

Amy sah betreten zu Boden und murmelte kaum hörbar: »Hallo.«

»Mein Name ist Nathalie Pfefferkorn und ich würde mich gern mit dir unterhalten. Kommst du mit in mein Zimmer? Deine Mama wartet in der Zwischenzeit hier auf dich.«

Meine Tochter sah mich mit verstörtem Blick an und zerquetschte mir fast die Hand. »Kann Mama nicht mitkommen?«, fragte sie mit einem herzergreifenden Bitten in der Stimme.

»Ich würde lieber unter vier Augen mit dir reden«, antwortete Frau Pfefferkorn, »aber ich verspreche dir, es geht ganz schnell und deine Mama ist direkt vor der Tür, okay? Du bist gleich wieder bei ihr.« Sie deutete in Richtung ihres Büros.

Widerwillig erhob sich Amy, seufzte schwer und schlurfte mit hängenden Schultern in ihrem übergroßen Kapuzenpulli über den Flur, als würde sie zum Schafott schreiten.

Ich nickte Amy zu und versicherte ihr, mich nicht von der Stelle zu rühren. Dann schloss sich die Tür hinter ihr. Jetzt war ich es, die an Händen und Füßen zitterte und versuchte, gegen die Tränen anzukämpfen. Wie gern hätte ich Amy diesen Schritt erspart, aber die Frau vom Jugendamt hatte mir erklärt, dass sie sichergehen musste, dass es wirklich Amys Wunsch war, nicht mehr zum Vater zu wollen, und das Ganze nicht meine Idee war.

Unendlich viel war in der letzten Woche passiert, seit ich von Amys Geheimnis erfahren hatte. Wie ein Duracell-Hase, der lief und lief, hatte ich funktioniert, ohne mir eine Pause zu gönnen. Jetzt, wo ich nur abwarten konnte, wippten meine Beine unaufhörlich, als hätten sie Angst, innezuhalten, weil sie dann von den Emotionen eingeholt werden könnten, vor denen ich die ganze Zeit davongelaufen war. Wäre ich die letzten Tage auch nur eine Sekunde stehen geblieben und hätte die Gefühle und Gedanken, die in mir tobten, zugelassen, wäre das fragile Gerüst, auf dem ich über dem Abgrund balancierte, vermutlich in sich zusammengebrochen und hätte mich mit sich in die Tiefe gerissen. So hatte ich den Autopiloten aktiviert und meine To-do-Liste Punkt für Punkt abgearbeitet.

Zuerst hatten wir uns Unterstützer gesucht. Nachdem Amy gespürt hatte, wie gut es ihr tat, mit dem Erlebten nicht mehr allein zu sein, war sie bereit, den Kreis des Vertrauens zu erweitern, sodass wir meine Eltern sowie Fiona und Jenny mit ins Boot holten. Sie waren für uns nicht nur eine große praktische Hilfe, sondern es ging auch darum, Amy spüren zu lassen, dass nicht sie sich schämen musste, sondern Patrick.

Den hatte ich gleich am Tag drauf per Telefon mit seiner Tat konfrontiert.

Patrick stritt, wie hätte es anders sein können, alles ab. Weder hätte er geweint noch wäre Amy wach geworden, und getan hätte er schon gleich gar nichts. Angeblich hätte Amy nur schlecht geträumt und sich den Übergriff eingebildet, wenn nicht sogar alles nur eine Unterstellung von mir sei, um ihm die Tochter wegzunehmen. Genau genommen hörte ich ihm nicht einmal richtig zu, weil mir bewusst war, dass aus seinem Mund sowieso nur Lügen zu erwarten waren. Ich blieb während des ganzen Telefonates sachlich und glatt wie ein Aal und ließ mich auf keinerlei Diskussion ein. Ich teilte ihm mit, dass Amy bei mir blieb und er sich von unserem Zuhause fernzuhalten hätte, andernfalls würde ich die Polizei einschalten, dann legte ich auf. Damit war fürs Erste alles gesagt und ich reagierte nicht auf weitere Nachrichten.

Die Angst, ob Patrick sich an die Ansage halten würde,

blieb, und wir verhielten uns übervorsichtig, wenn wir uns außerhalb unseres sicheren Zuhauses bewegten.

Amy hatte Patrick in ihrem Handy blockiert, sodass er sie nicht direkt erreichen konnte, und mit meinen Eltern erarbeitete ich einen Plan, wer Amy wann zu Schule und Freizeitaktivitäten brachte und holte, damit ihr Vater sie nicht auf dem Weg abfangen konnte.

Nachdem ich am Wochenende relativ offen mit meiner Chefin gesprochen hatte, durfte ich mir kurzfristig Montag und Dienstag freinehmen, um Amy zu unterstützen und die nächsten Schritte zu organisieren. Wie ein Roboter telefonierte ich meine Liste ab.

Zunächst informierte ich das Jugendamt darüber, was geschehen war und dass Amy nicht mehr zum Vater wollte. Ich sicherte mich ab, dass Patrick nicht den Spieß umdrehen und am Ende mich wegen Kindesentziehung anzeigen konnte. Wenigstens diese Sorge konnte mir Frau Pfefferkorn direkt am Telefon nehmen. Sie versicherte mir, dass meine elfjährige Tochter, wenn derartige Anschuldigungen im Raum stünden, nicht zum Vater gehen müsse, wenn sie nicht wolle. Im Gegenteil, es sei sogar meine Pflicht, sie zu schützen. Sollte mein Ex auf einen Umgang bestehen, müsse er diesen über das Familiengericht einklagen. Frau Pfefferkorn gab uns den Gesprächstermin für heute, bei dem sie erst mit Amy allein und im Anschluss mit Patrick und mir gemeinsam sprechen wollte.

Ich sah auf die Uhr an der Wand, deren Minutenzeiger im Schneckentempo vorwärtskroch. Ich dachte an Amy und daran, was sie gerade durchmachen musste. Wenn ich sah, wie schwer es ihr gefallen war, allein mit der Frau vom Jugendamt mitzugehen, war ich froh, dass meine Anwältin mir von einer Anzeige abgeraten hatte. Sie hatte gemeint, dass in unserem Fall Aussage gegen Aussage stünde und die

Chancen, einen Prozess zu gewinnen, gegen null gehen würden. Um Amy nicht noch mehr zu traumatisieren, schlug sie vor, lieber im Rahmen der Scheidung Sorgerechtselemente auf mich allein zu erwirken, davon hätte Amy mehr als von einem aussichtslosen Prozess.

Die Scheidung war für mich durch das, was Patrick Amy angetan hatte, endgültig nicht mehr verhandelbar. Bisher hatte ich, zumindest Patrick und den Kindern gegenüber, eine Scheidung nicht laut thematisiert, weil das Trennungsjahr noch nicht vorbei war, aber jetzt war sie ein offenes Ziel. Auch die Gefahr, doch noch einzuknicken und den Kindern zuliebe zu meinem Mann zurückzukehren, war durch den sexuellen Übergriff an Amy ein für alle Mal vom Tisch. So gesehen, gab mir das schreckliche Ereignis den nötigen Mut, mich noch souveräner gegen Patrick zu positionieren. Mir selbst konnte er viel antun, aber meine Kinder verteidigte ich wie eine Löwenmama.

Amy hatte auf dem Hof meiner Eltern, entgegen Patricks altem Verbot, wieder angefangen zu reiten. Der Umgang mit den Pferden tat Amy sichtlich gut. Ich hatte den Eindruck, dass es ihr ein bisschen Selbstsicherheit zurückgab, so ein großes Tier beherrschen zu können. Vielleicht war es aber auch nur das offene Auflehnen gegen das Reitverbot ihres Vaters, das ein Stück ihrer Ohnmacht verscheuchte.

Fynn erfuhr nach der Rückkehr von seiner Klassenfahrt von den Vorwürfen, die Amy gegenüber Patrick erhoben hatte. Für ihn stand fest, dass Amy und ich logen und sein Vater etwas Derartiges nie tun würde. Seine Loyalität gegenüber Patrick ging sogar so weit, dass er behauptete, er habe die ganze besagte Nacht wachgelegen und könne bezeugen, dass es keinen Übergriff gegeben hatte. Vor allem für Amy war Fynns Aussage wie ein Schlag ins Gesicht. Sie verlor mit einem Mal nicht nur ihren Vater, sondern auch ihren geliebten Zwillingsbruder, der versuchte, sie emotional zu erpressen. Solange Amy sich weigerte, zum Papa zu gehen, wollte Fynn mit uns nichts mehr zu tun haben und erst recht nicht mehr bei uns wohnen, was sich natürlich nicht realisieren ließ, zumindest auf keinen Fall, wenn Patrick tagelang auf Geschäftsreise war.

Kurz gesagt war unser Leben völlig aus den Fugen geraten und es war noch nicht klar, wie alles weitergehen sollte. Fürs Erste war es wichtig, dass Frau Pfefferkorn Amy glaubte und sie nicht wieder zu Patrick musste. Ich erinnerte mich an die Aufzeichnungen in meiner Handtasche und kramte den großen braunen Umschlag hervor. Darin hatte ich alle Fakten in Zusammenhang mit dem sexuellen Übergriff zusammengetragen. Die Wesensveränderungen von Amy, das einsetzende Nägelkauen, die Lügen bezüglich des Referates, um nicht übers Wochenende zu ihrem Vater zu müssen, schließlich die Entdeckung des Tagebucheintrages und alles, was mir sonst ein- und aufgefallen war. Zuletzt hatte ich Amys Wunsch nach einem neuen Kuscheltier niedergeschrieben. Ich erinnerte mich noch genau an den Dialog mit ihr vor zwei Tagen, als sie mich fragte: »Mama, können wir zusammen shoppen gehen?«

»Was brauchst du denn, mein Schatz? Wir haben doch erst einen Großeinkauf gemacht«, hatte ich sie verwundert gefragt.

»Ich möchte mir nur ein neues Kuscheltier aussuchen. Den Elefanten hat Papa mir geschenkt, den ertrage ich nicht mehr in meinem Bett.«

Allein der Gedanke daran jagte mir eine Gänsehaut über den Rücken. Wenn ich auch nur den leisesten Zweifel an den Anschuldigungen meiner Tochter gehabt hätte, wäre er in dem Moment im Keim erstickt worden. Die Verzweiflung in ihrer Stimme hatte mindestens so viel ausgesagt wie die Worte selbst.

Endlich öffnete sich die Tür und Amy kam gefolgt von Frau Pfefferkorn heraus. Ich war noch nicht richtig aufgestanden, da warf sich meine Tochter bereits in meine Arme und vergrub ihr Gesicht in meinem Schal. Sie wirkte wie versteinert. Behutsam strich ich ihr über den Rücken, während ich Frau Pfefferkorn fragend ansah.

»Amy hat nicht viel gesagt«, meinte sie. »Das Einzige, was sie klar formuliert hat, ist, dass sie Angst vor dem Papa hat und dass sie bei Ihnen leben möchte. Damit ist das fürs Erste in Ordnung«, sagte sie zu mir gewandt und dann zu Amy: »Wenn etwas ist, darfst du dich jederzeit bei mir melden.«

Amy reagierte nicht.

Frau Pfefferkorn sah auf ihre Armbanduhr. »Wir haben noch eine Viertelstunde Zeit, ich mache mir ein paar Notizen, bis auch Ihr Mann da ist, und dann können wir Erwachsenen starten, in Ordnung?«

»Ja, natürlich. Dann begleite ich Amy hinaus, draußen wartet eine Freundin auf sie, und bin gleich wieder zurück.«

Die Jugendamtsmitarbeiterin wollte bereits wieder in ihrem Büro verschwinden, als mir meine Aufzeichnungen einfielen, die ich noch in der Hand hielt.

»Frau Pfefferkorn, ich habe noch ein paar Punkte für Sie aufgeschrieben, damit ich nichts vergesse.«

Überrascht nahm sie das Kuvert, das ich ihr reichte, und ich machte mich mit Amy auf den Weg Richtung Ausgang.

Der Gang kam mir doppelt so lang vor wie auf dem Hinweg, obwohl Amy deutlich schneller lief und es offensichtlich kaum abwarten konnte, das Gebäude zu verlassen. Von ihren Schritten auf dem dumpfen Linoleumboden abgesehen, wirkte sie so leblos wie zuvor und ihre Gesichtsfarbe hatte den gleichen Weißton wie die Wände. Endlich war die Ausgangstüre in Sicht, die aufgestoßen wurde, als wir unmittelbar davorstanden. Das Sonnenlicht strahlte so hell herein, dass ich für einen Moment fast blind war. Beinahe wäre ich mit Patrick zusammengestoßen, hätte Amy sich nicht meine Hand gekrallt und mich zur Seite gezogen. Meine Ohren rauschten und ich hatte das Gefühl, dass der Boden unter meinen Füßen nachgab. In dem Moment, wo ich ihn sah, übermannten mich meine Emotionen, und das Bedürfnis, Patrick an die Gurgel gehen und ihm die Augen auskratzen zu wollen, mischte sich mit Ohnmachtsgefühlen. Anstatt irgendetwas zu sagen oder zu tun, stand ich wie angewurzelt, einem Schutzschild gleich, zwischen Amy und Patrick. In einem der angrenzenden Büros klingelte ein Telefon und von draußen drang das Geräusch des Verkehrs zu uns herein, ansonsten war es unheimlich still.

Patricks plötzlich einsetzende Stimme ließ uns beide zusammenzucken. »Hallo, Amy, schön, dich zu sehen.« Sein säuselnder Tonfall ließ Übelkeit in mir aufsteigen, und ich spürte, wie Amys Körper sich noch mehr versteifte als sowieso schon. Trotzdem lugte sie an mir vorbei und sah ihren Papa an, als erwartete sie etwas Spezielles von ihm.

Ungerührt fuhr Patrick fort: »Ich habe zwar keine Ahnung, warum du nicht mehr zu mir willst, Amy, aber wenn du, warum auch immer, Angst vor mir hast, musst du natürlich nicht.« Patrick machte eine theatralische Pause, als würde er auf unser Mitleid warten, ehe er bestimmend hinterherschob: »Aber du weißt genau, dass ich nichts getan habe!« Patrick fixierte Amy, die sich hinter mich zurückzog. Sie schaffte es nicht, ihm zu sagen, dass er sehr wohl etwas ganz Fürchterliches getan hatte, aber sie ließ sich auch nicht zu einer gegenteiligen Aussage verleiten, wie Patrick es scheinbar mit seiner Masche erhofft hatte. Sein Blick blieb an mir hängen, und alles an seiner Mimik sagte mir, dass seiner Meinung nach ich an der Situation schuld war und er in dem miesen Spiel nur das Opfer. Wie gern hätte ich ihm hier und jetzt alles entgegengebrüllt, aber mit einer Szene mitten im Jugendamt hätte ich ihm nur in die Hände gespielt. Er als das arme Opfer seiner schizophrenen Frau, die ihm die Tochter entfremden wollte. So presste ich die Kiefer fest aufeinander und ging, Amy hinter mir herziehend, an ihm vorbei ins Freie. Erst als die Tür zugeknallt war, löste sich meine Anspannung und ich nahm meine Tochter in den Arm, die ihre Tränen nicht länger zurückhalten konnte.

»Mama«, sagte sie und schluchzte, »wie kann Papa so etwas sagen? Er war doch dabei und weiß ganz genau, was er gemacht hat. Er hat mir sogar noch gedroht, sich umzubringen, wenn ich was verrate. Das habe ich mir doch nicht eingebildet.« Die Fassungslosigkeit, mit der sie diese Sätze vorbrachte, zeigte mir, dass Patricks Worte ihr fast noch mehr Schmerz zugefügt hatten als das, was er ihr körperlich angetan hatte.

Ich überlegte noch, was ich Amy am besten auf ihre Frage antworten sollte, als sie meinte: »Weißt du, Mama, ich hatte gehofft, Papa würde sich bei mir entschuldigen.« Eine dicke Träne tropfte auf ihren Pulli, als sie den Kopf sinken ließ und die Rotze hochzog. »Ihr habt uns Kindern erklärt, dass man sich entschuldigen muss, wenn man etwas falsch gemacht oder jemanden verletzt hat.«

Wieder zog sie ihre Nase hoch und ich reichte ihr ein Taschentuch. Nachdem sie geschnäuzt hatte, sagte sie: »Und wenn man sich entschuldigt hat, kann man sich auch wieder vertragen.« Sie sah mich mit ihren verweinten, sehnsuchtsvollen Kinderaugen an, ehe sie weitersprach: »Warum hält Papa sich nicht an seine eigenen Regeln?«

Ich musste schlucken und mir stiegen selbst die Tränen in die Augen. Ich konnte Amys Schmerz am eigenen Leib spüren. Ihre Zerrissenheit. Ihren Wunsch, dass alles wieder gut hätte sein können. Die Liebe, die sie trotz allem für ihren Vater empfand, ihre Bereitschaft, ihm zu verzeihen, wäre von ihm ein aufrichtiges »Es tut mir leid« gekommen. Wie gern hätte ich ihr eine logische Antwort auf ihre Frage gegeben.

Stattdessen konnte ich nur sagen: »Ich weiß es nicht.«

KAPITEL 32

Jenny riss die Tür auf, noch bevor ich klingeln konnte.

»Wie ist es im ...«, überfiel sie mich, ehe sie mitten im Satz innehielt. »Ach du Scheiße!«, schob sie hinterher. Sofort bugsierte sie mich zum Esstisch, wo ich auf dem nächstbesten Stuhl niedersank, während Jenny mir einen doppelten Schnaps einschenkte.

»Hier, trink!«, forderte sie mich auf. »Du siehst aus wie der Tod.«

So fühlte ich mich auch. Die Vorstellung, das Schnapsglas anzuheben, überstieg meine Kräfte. »Wo ist Amy? Ist sie nicht bei dir?«, erkundigte ich mich besorgt und sah mich suchend um.

»Alles gut! Die Mädels sind im Kino. Ich dachte, etwas Ablenkung kann jetzt nicht schaden.«

Erleichtert lehnte ich mich zurück und starrte apathisch ins Nichts, ohne den Schnaps anzurühren.

»Was um alles in der Welt ist passiert, Nicky? Rede mit mir. Du machst mir Angst!«

Tatsächlich machte ich mir selbst Angst. Alles in mir fühlte sich leer, taub und unwirklich an. Ich wusste nicht einmal mehr, wie ich mit meinem Auto zu Jenny gekommen war. Obwohl ...

»Mein Auto!« Ich hob meinen Kopf und sah Jenny an, die neben mir saß und meine Hand in die ihre genommen hatte.

»Wieso Auto? Nicola, wovon redest du?«, fragte Jenny besorgt.

»Kaputt. Die ganze Beifahrerseite ist kaputt! Ich bin schuld, ich habe den Pfosten nicht gesehen. An allem bin ich schuld. Amy, Fynn, an einfach allem.« Ich hielt meinen Blick auf meine Freundin gerichtet, aber es war, als würde ich durch sie hindurchsehen. Stattdessen sah ich den rosa Duracell-Hasen, der sich wie in Zeitlupe bewegte. Der Takt, den seine Trommelstäbe vorgaben, erinnerte nicht mehr an Marschmusik, sondern an die langsamen, schweren Schläge auf einer Galeere, mit der die Sklaven angetrieben wurden. Bum … Pause … Bum … Pause … Bum … Oder war das mein eigener Herzschlag, der in meinen Ohren stolperte? Ich konnte sehen, dass Jenny den Mund bewegte, aber ich konnte sie nicht hören. Warum sah sie so panisch aus? Wieso schüttelte sie mich jetzt auch noch? Ich blinzelte, und so langsam fühlte ich den Griff um meine Schultern, spürte die Bewegung, die auf meinen Körper einwirkte, und merkte, wie das äußere Schütteln durch ein inneres Zittern abgelöst wurde. Je mehr sich der Schockzustand löste, von dem ich nicht wusste, ob er vom Unfall oder dem Gespräch mit Patrick und Frau Pfefferkorn herrührte, desto mehr fing mein Körper an, unkontrolliert zu beben. Tränen strömten mit einem Mal aus meinen Augen und unmenschliche Schluchzer brachen aus mir heraus, die die Trommel des Hasen endgültig verstummen ließen. Ich konnte mich nicht länger auf dem Stuhl halten und rutschte zu Boden, wo ich weinte und weinte und vor lauter Weinen überhaupt keine Luft mehr bekam. Jenny kauerte neben mir, hielt mich im Arm und redete auf mich ein, auch wenn ich nichts verstand. Zu sehr weinte ich und japste nach Luft. Am Rande nahm ich wahr, dass meine Freundin kurz verschwand, um mit einer Tüte zurückzukommen, die sie mir über Mund und Nase hielt. Nur langsam beruhigte sich meine Atmung mit dieser Hilfe und mein Heulkrampf ging in stille Tränen über. Jetzt, wo der Staudamm gebrochen war, gab es kein Halten mehr. Jenny, in deren Schoß mein Kopf inzwischen lag, strich mir die schweißnassen Strähnen, die sich aus meinem Zopf gelöst hatten, aus dem Gesicht. Sie versorgte mich mit Taschentüchern und wiegte mich in ihren Armen, bis ich anscheinend vor Erschöpfung wegdämmerte.

Ein Klingeln ließ mich aufschrecken. Ich brauchte einen Moment, um die Situation zu begreifen und wieder in der Realität anzukommen. Mein erster Gedanke galt Amy, die mich so nicht sehen sollte.

Jenny, die sich auf den Weg zur Tür machte, beruhigte mich. »Keine Angst, für die Kinder ist es zu früh. Das ist bestimmt meine Hausärztin.« Nach einer Pause, in der ich die Stirn krauszog, als könnte es mir helfen, die Bedeutung von Jennys Worten zu erfassen, erklärte sie: »Sie ist eine Freundin von mir. Ich habe sie angerufen, als ich die Tüte geholt habe.«

»Aber …«, protestierte ich.

»Nichts, aber! Ich habe gedacht, du kratzt mir ab! Du sprichst jetzt mir ihr und lässt dir helfen! Basta!«

Zwei Stunden später räumten wir zusammen mit Amy und Fiona die Reste der Pizza und Pasta, die uns der Lieferservice gebracht hatte, in die Küche.

»Dürfen wir noch zusammen die neue Folge unserer Lieblingsserie schauen?«, fragten Fiona und Amy wie aus einem Mund.

Jenny sah fragend zu mir rüber. Als ich nickte, sagte sie: »Okay, aber in Fionas Zimmer, damit wir hier unsere Ruhe haben.« Freudig quietschend fielen uns unsere Töchter um den Hals und rannten die Treppe hoch. Ich fand es beeindruckend, wie gelöst Amy wirkte, jetzt, wo sie wusste, dass sie nicht mehr zu Patrick musste. Und das, wo sie vorhin wegen seiner Reaktion noch so traurig gewesen war.

Jenny und ich machten es uns mit einer Tasse Tee in der Hand auf dem Zweisitzer bequem. Ich blies in das heiße Getränk, sodass der Dampf sich in alle Richtungen verteilte. So ähnlich sah es gerade auch in mir aus. Der zähe Nebel hatte sich gelichtet und es stoben nur noch vereinzelte zarte Fahnen durch mein Oberstübchen.

»Danke!«, sagte ich kleinlaut.

»Nicht dafür. Du hast mir echt einen gehörigen Schrecken eingejagt.« Ich konnte Jenny ansehen, dass ihr der Schock nach wie vor in den Knochen steckte. Offensichtlich traute sie dem momentanen Frieden nicht.

»Konnte Frau Sommer dir helfen? Also, ich meine, geht es dir besser?«, fragte Jenny vorsichtig nach.

Schlechter wäre kaum möglich gewesen, dachte ich und schenkte Jenny ein Lächeln, auch wenn es mich enorm Kraft kostete, die Mundwinkel nach oben zu ziehen.

»Ja. Sie hat mir eine Spritze zur Beruhigung gegeben und ich habe noch zwei Tabletten für den Notfall bekommen, falls am Wochenende etwas sein sollte. Wir haben ausgemacht, dass ich nächste Woche zu ihr in die Praxis gehe.« Jenny schien erleichtert zu sein, dass ich auch über die akute Situation hinaus Hilfe annahm.

»Am liebsten hätte deine Ärztin mich erst mal zwei Wochen krankgeschrieben oder besser noch in die Reha geschickt, aber das geht nicht. Du brauchst gar nicht die Augen zu verdrehen. Ich kann Amy und auch Fynn jetzt nicht allein lassen.«

»Das weiß ich, Nicola. Aber sieh dich doch mal an. Deine Augenringe sind keine Ringe mehr, sondern tiefe Furchen. Du bist nur noch Haut und Knochen, und dein Körper hat dir heute deutlich gezeigt, dass er das so nicht mehr schafft.«

Auch wenn meine Aufmerksamkeit dem Inhalt meiner Teetasse galt, spürte ich, dass Jennys Blick auf mir ruhte. Meine Freundin hatte recht, aber ich konnte mir jetzt keine Auszeit erlauben. Noch nicht!

»Wenn die Scheidung durch ist, kümmere ich mich um mich, okay?«

Jenny strafte mich mit Schweigen.

»Bitte, Jenny, wenn ich jetzt Schwäche zeige, spiele ich Patrick nur in die Hände. Dann stellt er mich erst recht beim Jugendamt als die Verrückte hin und nimmt mir am Ende noch die Kinder weg.«

»Wie meinst du das?«, fragte sie verwundert. »Was war denn auf dem Amt eigentlich los?«

Ich seufzte tief. »Das willst du gar nicht wissen.«

»Natürlich will ich das wissen. Das wollte ich schon, als du wie ein Zombie vor meiner Tür standest.«

Im Schnelldurchlauf erzählte ich Jenny von dem Termin bei Frau Pfefferkorn. Davon, dass Patrick sich als Unschuldslamm inszeniert und mich als schlagende Mutter dargestellt hatte, die mit Gegenständen nach ihren Kindern warf. Ich berichtete ihr, dass er mich als psychisch labile Frau bezeichnet hatte, deren Leben sich nur um Missbrauch drehe, weil ich selbst als Kind missbraucht worden sei. Das sei auch der Grund, weshalb ich unserer Tochter einen Übergriff einreden würde.

Jenny hörte sprachlos zu, ohne mich zu unterbrechen. Nur ihr Mund klappte hin und wieder auf und zu. Erst als ich geendet hatte, fragte sie nach: »Was ein Arsch! Aber hast du wirklich mit Gegenständen nach deinen Kindern geworfen und sie geschlagen?«

Da war es wieder, das »Ja, aber!«, das so typisch in Diskussionen mit einem Narzissten war. Dieser winzig wahre Kern, den ich bejahen musste, aber der so falsch in den gesamten Zusammenhang gestellt war, dass die Aussage einfach nicht stimmte. Ich erklärte Jenny das, was ich auch Frau Pfefferkorn versucht hatte, verständlich zu machen. Mir war tatsächlich mal die Hand ausgerutscht in einer Situation, in der ich wegen Patrick völlig am Limit gewesen war. Zu sehen, wie weit Patrick mich mit seinen Psychospielen gebracht hatte, war mit ein Grund gewesen, der mir bewusst gemacht hatte, dass ich ihn verlassen musste, um den Kindern wieder eine gute Mutter sein zu können. Und der Gegenstand, den ich geworfen hatte, war Fynns Handy gewesen, das er von mir hatte haben wollen, als wir in unterschiedlichen Ecken des Sofas gesessen hatten. Ich hatte es ihm, zugegeben genervt, weil er zu faul gewesen war, seinen Hintern zu bewegen, und mich wie sein Dienstmädchen behandelt hatte, auf das Polster neben ihn geworfen. Von dort war das Handy sanft abgefedert und hatte ihn leicht am Oberschenkel getroffen. So viel zum Thema mit Gegenständen werfen.

»Und was hat Frau Pfefferkorn dazu gesagt?«

»Sie hat mir eine Standpauke gehalten, dass Schlagen ein absolutes No-Go ist, dass es die Würde des Kindes verletzt und so weiter. Ich kam mir vor wie eine Schwerverbrecherin, die ihre Kinder tagtäglich grün und blau schlägt. Plötzlich saß ich auf der Anklagebank und nicht Patrick. Die psychische Gewalt, die er auch den Kindern gegenüber ausübt, von dem sexuellen Übergriff an Amy ganz zu schweigen, ist tausendmal schlimmer als das eine Mal, wo mir die Hand ausgerutscht ist. Noch dazu habe ich mich ehrlich dafür entschuldigt. Aber Psychoscheiße ist halt nicht messbar.«

Jenny stellte ihre Tasse so heftig auf dem Wohnzimmertisch ab, dass etwas Tee herausschwappte. Aufrecht und mit geballten Fäusten saß sie im Schneidersitz vor mir.

»Das, das, das ist ... unfassbar«, stammelte sie. »Damit kann Patrick doch nicht durchkommen!«

Resigniert zuckte ich mit den Schultern. Scheinbar doch. »Ich komme mir im Kontakt mit ihm vor wie eine Sprudelflasche, die er nach Belieben durchschüttelt und nur darauf wartet, dass ich überschäume, sobald der Deckel aufgeht. Ich bin dann die Böse, die sich nicht unter Kontrolle hat, und alle Ungerechtigkeiten und Psychospiele, die mich zum Überschäumen gebracht haben, sieht keiner.«

Jenny strich mir tröstend über mein Bein und stellte die nächste Frage, die ihr auf der Seele brannte: »Und was hat Frau Pfefferkorn dazu gesagt, dass du Amy den Missbrauch aufgrund deiner Geschichte einreden würdest?«

»Nicht viel. Ich hatte den Eindruck, dass sie von dieser Behauptung einerseits völlig überrumpelt war und andererseits tatsächlich meinen Geisteszustand angezweifelt hat. Gefragt hat sie nur, ob es stimmt, dass ich selbst Missbrauch erfahren habe.«

»Und was hast du geantwortet?«

»Was wohl? Ja, aber! Ja, ich wurde im Alter von sechs Jahren von einem Bekannten missbraucht. Aber das ist ewig her. Ich habe es längst verarbeitet, sonst wäre ich zusammengebrochen, als ich das von Amy erfahren habe. Niemals würde ich meiner Tochter einreden, dass ihr so etwas passiert ist, und ihr diesen Schmerz antun!« Während ich sprach, war ich immer lauter geworden. Wären noch Tränen in mir gewesen, hätten sie sich jetzt sicher ihren Weg nach draußen gesucht.

Aber stattdessen fraß sich das Gefühl der Ohnmacht durch mein Herz, ohne Erleichterung zu finden.

Als ich zu Jenny aufblickte, sah ich, dass ihre Wangen feucht waren. Kopfschüttelnd, mit weiß hervortretenden Handknöcheln, saß sie da und fragte: »Hat diese Frau dir wenigstens geglaubt?«

»Ich weiß es nicht. Ich habe das Gefühl, überhaupt nichts mehr zu wissen. Sie hat das Gespräch souverän geleitet und dafür gesorgt, dass wir beide gleiche Redeanteile hatten. Es gab Momente, in denen ich mir einbilden konnte, dass sie Patrick nicht alles abnahm, was er behauptete, und meinen Worten glaubte, aber das kann auch Wunschdenken gewesen sein. Wenigstens ist geklärt, dass Amy nur noch bei mir wohnt, solange das ihr Wunsch ist.«

»Und das hat Patrick akzeptiert?«, fragte Jenny ungläubig.

Ich lachte bitter und erklärte: »Er hat gönnerhaft zugestimmt. Er meinte, er hätte zwar nichts getan, aber wenn Amy sich vor ihm fürchte, akzeptiere er ihre Entscheidung, da er an ihrem Wohlergehen interessiert sei.« Allein bei dem Gedanken an sein Gesülze stieg mir die Galle hoch, während Jenny fassungslos den Kopf schüttelte.

»Ach, im Gegenzug muss Fynn aber auch nicht mehr zu mir, wenn das für ihn zu viel emotionalen Stress bedeutet, wie Patrick erklärt hat.«

»Was?«, schrie Jenny fast.

»Du hast richtig gehört! Wenn Fynn nicht zu mir will, muss er nicht. Er darf natürlich nicht allein zu Hause sein, wenn Patrick auf Geschäftsreise ist, aber statt zu mir könnte er in der Zeit zu den Großeltern, Tante, Freunden oder dergleichen. Frau Pfefferkorn war entsetzt, dass wir ihm überhaupt von den Anschuldigungen gegen seinen Vater erzählt haben, weil ihn das in Gewissenskonflikte bringt.«

»Wie, bitte, hättet ihr denn sonst erklären sollen, dass Amy nicht mehr zum Vater geht?«

Ich zuckte mal wieder ratlos mit den Schultern. »Das hat Frau Pfefferkorn nicht gesagt. Aber dafür hat sie uns empfohlen, zum Wohl der Kinder eine Familientherapie zu machen, weil ja doch alles sehr zerrüttet sei.«

Jenny verschluckte sich fast an ihrem Tee. »Was soll das denn bringen? Mit welchem Teil von ihm soll man denn eine Therapie machen? Mit seinem boshaften Kern, seiner falschen Identität oder dem dreijährigen Kind in ihm? Ein Narzisst ist nicht therapierbar, zumindest nicht, wenn er nicht will. Das ist doch alles eine Farce!«

»Jepp, das sehe ich genauso, aber was bleibt mir anderes übrig? Patrick hat direkt zugestimmt. Wenn ich die Familientherapie ablehne, dann bin ich wieder die Sprudelflasche, sprich, das Problem. Dann bin ich diejenige, die eine Zusammenarbeit verweigert und angeblich nicht am Wohl der Kinder interessiert ist.«

»Ach, Nicky, das ist alles nicht fair.«

»Wem sagst du das? Mit Fairness hat das schon lange nichts mehr zu tun!«

Das Klingeln meines Handys unterbrach unser Gespräch. Bis ich es in einer Sofaritze gefunden hatte, war der Ton bereits verstummt, dafür blinkte die Anzeige der Mailbox. Irritiert sah ich auf die Nummer und verharrte in meiner Bewegung.

»Was ist los?«, fragte Jenny mit Sorgenfalten auf der Stirn.

»Das ist die Nummer von Frau Pfefferkorn.« Angst kroch in mir hoch. Was wollte sie am Freitagabend nach neunzehn Uhr von mir? Unschlüssig schwebte mein Finger über der Wiedergabetaste.

»Jetzt spiel endlich ab!«, forderte Jenny mich auf.

Mit zitternden Fingern drückte ich auf Play.

»Hallo, Frau Wolf, ich wollte Ihnen nur sagen, dass ich Ihnen Adressen von Familientherapeuten zugemailt habe. Bitte geben Sie mir eine kurze Rückmeldung, ob die Mail angekommen ist.«

Es folgte eine Pause, in der es schien, als würde Frau Pfefferkorn überlegen, wie sie das, was sie noch zu sagen hatte, formulieren sollte. Dann hallte ihre Stimme erneut aus dem Lautsprecher.

»Ich habe Ihre Aufzeichnungen inzwischen gelesen und ich fürchte, Sie haben noch einen langen Weg vor sich. Ich wünsche Ihnen viel Kraft.«

KAPITEL 33

Kraft war genau das, was ich nicht mehr hatte. Schon wieder waren drei Monate vergangen und die Psychospiele nahmen einfach kein Ende. Obwohl ich getrennt war, fühlte ich mich unfreier denn je. Ich erlebte mich an allen Ecken und Enden als machtlos.

Die Familientherapeutin hatte nach dem zweiten Termin die Segel gestrichen und uns mitgeteilt, dass unser Fall zu komplex sei, als dass sie uns helfen könne. Es bräuchte ein Therapiezentrum mit mehreren Therapeuten, um uns gerecht werden zu können. Danke auch. Ich hatte gleich gewusst, dass eine Familientherapie nichts bringt. Dafür hatte Patrick die Gelegenheit mit mir allein im Wartezimmer dieser Psychotante genutzt, um mir im Vertrauen mitzuteilen, dass bei meiner Arbeit über mich gelästert würde. Er hätte über drei Ecken gehört, dass ich eine komplette Fehlbesetzung im Verlag sei und keine Ahnung von meinem Job hätte. Diese Behauptung hatte mich völlig aus der Bahn geworfen und das letzte bisschen heile Welt gewaltig ins Wanken gebracht. Meine Arbeit war mein Halt in dieser schwierigen Zeit, mein Stück normale Welt, in die Patrick nicht eindringen konnte, und nun schien auch dieser Ort nicht mehr sicher. Zwar glaubte ich nicht, dass jemand im Verlag wirklich schlecht über mich dachte, aber trotzdem verunsicherte mich Patricks Behauptung zutiefst. Daran änderte auch das positive Feedback nichts, das ich in den Monaten zuvor von allen Seiten bekommen hatte. Wahrscheinlich war alles nur wieder einer von Patricks perfiden Versuchen, mich in den Wahnsinn zu treiben. Obwohl mir das bewusst war, nagten die Selbstzweifel an den Grundmauern meiner Festung und ließen mich weiter von der Außenwelt zurückziehen.

Das Hupen des Wagens hinter mir holte mich aus meinen Gedanken. Die Ampel war grün und ich legte schnell den Gang ein und trat aufs Gas. Mit quietschenden Reifen setzte sich mein VW in Bewegung. An der nächsten Ecke bog ich in die Straße von Amys Gymnasium ein. Sie wollte bereits das dritte Mal hintereinander vor ihrem dienstäglichen Nachmittagsunterricht abgeholt werden, weil ihr angeblich nicht gut war. Als sie mich kommen sah, schaute sie verstohlen nach links und rechts, ehe sie das Schulgebäude verließ und auf meinen Wagen zusteuerte. Wie immer war sie ganz in Schwarz gekleidet. Trotz ihrer Therapie, dem Reiten und den Gesprächen, die ich mit ihr führte, spürte ich, dass ihr das traumatische Erlebnis noch tief in den Knochen steckte. Außerdem hatte sie nach wie vor Angst davor, Patrick über den Weg zu laufen. Amy stieg ein, schnallte sich an und murmelte ein kaum verständliches »Danke«, ohne mich anzusehen.

Ich atmete tief durch und sah sie an.

»Was?«, sagte Amy und schnaubte genervt, als sie meinen Blick auf sich bemerkte.

»Ich würde gern wissen, weshalb du wiederholt den Nachmittagsunterricht schwänzt«, entgegnete ich und bemühte mich, offenes Interesse und keinen Vorwurf in meinen Tonfall zu legen.

»Ich schwänze nicht. Ich habe Kopfschmerzen. Außerdem sind es nur Reli und Sport. Ich verpasse also nichts«, meinte meine Tochter lässig.

»Trotzdem finde ich es seltsam, dass du ausgerechnet dienstagnachmittags Kopfschmerzen bekommst. Gerade die zwei Fächer hast du doch besonders gemocht und nur Einser mit nach Hause gebracht.« Ich sah Amy fragend an, aber sie zuckte nur mit den Schultern.

Schließlich bemerkte sie trocken: »Da war ich auch noch blöd genug, den Mist zu glauben, den der Pfarrer erzählt.«

Ich schluckte. Daher wehte also der Wind. Auch wenn ich selbst ein zwiegespaltenes Verhältnis zum Glauben hatte, war mir wichtig gewesen, meinen Kindern von Gott zu erzählen und sie mit einem Glauben, der ihnen Kraft geben sollte, aufwachsen zu lassen. Aber auch das hatte Patrick jetzt anscheinend zunichtegemacht.

Mein Handy klingelte und unterbrach unser Gespräch, worüber ich für den Moment erleichtert war. Zu viele Gedanken wirbelten wild durch mein Oberstübchen, als dass ich Amy direkt hätte antworten können. »Wir reden später darüber«, sagte ich und nahm das Gespräch entgegen.

Schroff drang Fynns Stimme aus der Freisprechanlage. »Wo bist du? Ich dachte, du holst mich von der Schule ab. Ich stehe mir seit zehn Minuten die Füße in den Bauch.« Mist, Fynn hatte ich glatt vergessen, obwohl ich mich darauf gefreut hatte, dass er während Patricks Geschäftsreise auch mal wieder bei uns war. Ich Idiotin! Meine Hand klatschte gegen meine Stirn. Dieser Scheißkopf funktionierte einfach nicht mehr richtig. Ohne mir jede Kleinigkeit in die Erinnerungsfunktion meines Handys einzuspeichern, vergaß ich gefühlt alles.

»Ich musste kurz Amy abholen, ihr ging es nicht gut. Wir

sind gleich bei dir an der Schule«, sagte ich entschuldigend und startete den Motor.

»Schon klar, dass dir die verlogene Bitch mal wieder wichtiger ist als ich«, grummelte Fynn ins Telefon und legte auf. Amy war bei Fynns Worten zusammengezuckt und saß nun wie versteinert neben mir. Nur ihre Hand fuhr verstohlen zum Mund und sie kaute an ihren Fingernägeln.

Ich umklammerte das Lenkrad so sehr, dass meine Fingerknöchel weiß hervortraten, und biss mir auf die Lippe, bis ich Blut schmeckte. Arme Amy. Ihr Bruder war nur noch eklig zu ihr. »Er meint das nicht so«, sagte ich, die Augen stur auf die Straße gerichtet. Hätte ich Amy angesehen, wäre es um meine Fassung geschehen gewesen. Schweigend legten wir die fünfhundert Meter zu Fynns neuer Schule zurück. Fynn hatte sich beim Lernen stets schwerer getan als Amy und hatte inzwischen auf die Realschule gewechselt, was natürlich in den Augen von Patrick und vermutlich auch von Fynn allein meine Schuld war, weil ich mich getrennt hatte. Von mir aus, ich war sowieso bei allem der Buhmann, dann kam es darauf auch nicht mehr an.

Zu Hause verschwand Amy sofort in ihr Zimmer, während Fynn seinen Ranzen in den Flur warf und in die Küche ging. Ich folgte ihm.

Ehe ich ihn auf seinen unqualifizierten Kommentar am Telefon ansprechen konnte, meinte er vorwurfsvoll: »Hast du nichts gekocht?«

»Wann denn? Wie du siehst, bin ich gerade mit euch nach Hause gekommen und vorher habe ich gearbeitet«, rechtfertigte ich mich und ärgerte mich im selben Moment über mich. Fynn sah mich missbilligend an, schnappte sich einen Apfel aus der Obstschale und wandte sich Richtung Wohnzimmer.

»Moment, Fynn. Ich würde gern mit dir reden.«

»Ich aber nicht mir dir!«, sagte er, ging weiter, flackte sich aufs Sofa und schaltete die Playstation ein, während er in seinen Apfel biss.

Ich folgte ihm und versperrte ihm die Sicht auf den Fernseher, die Hände in die Hüften gestemmt.

»Was?«, fragte er mit vollem Mund.

Nach einem tiefen Atemzug setzte ich an: »Ich verstehe, dass die Situation für dich auch nicht einfach ist. Es ist in Ordnung, dass du zu Papa hältst, aber ich verbitte mir solche Ausdrücke gegenüber deiner Schwester.«

Fynns Augen verengten sich zu Schlitzen und er sah mich abschätzig an. »Von dir widerlichem Stück Scheiße lasse ich mir gar nichts sagen. Du hast mein Leben ruiniert und das von Papa auch.«

Ich schnappte mit weit aufgerissenen Augen nach Luft, während Fynns Anschuldigungen weiter aus ihm herausbrachen.

»Deine Worte sind keinen Pfifferling wert. Du hältst dich ja nicht mal an die zehn Gebote. Vielleicht mal was von ›Du sollst nicht ehebrechen‹ gehört? Das hatten wir gerade erst im Reli-Unterricht. Du bist echt das Letzte und mit deinem kack Egotrip an allem schuld«, schrie Fynn. Ehe ich etwas erwidern konnte, sprang er auf und rannte in sein Zimmer. Schon wieder Religion, das hatten wir doch bei Amy gerade erst, schoss es mir durch den Kopf, ehe Fynns Aussagen tiefer sackten und der Schmerz einsetzte.

Ich weiß nicht, was mich mehr traf. Seine Worte oder die Verzweiflung, die ich in ihm spüren konnte. Ich wusste, dass mein kleiner Junge nichts dafürkonnte, dass er völlig von seinem Vater manipuliert wurde, und seine Worte nur ein Ausdruck seiner eigenen Verletztheit waren. Ihn emotional verloren zu haben, war für mein Mutterherz kaum zu ertragen, aber ständig mit seinem offenen Hass konfrontiert zu werden, gab mir den Rest. Egal, welchen Eiertanz ich vollführte, egal, wie rücksichtsvoll ich war und auf welche Weise ich versuchte, mit Fynn wieder eine normale Beziehung aufzubauen, der Samen ging entweder nicht auf oder der Spross wurde bei der nächsten Gelegenheit von Patrick wieder ausgerissen. Hinzu kamen die Schuldgefühle, die ich empfand, weil ich Amy nicht hatte beschützen können. Ich wusste theoretisch, dass man sein Kind nie vor solchen Übergriffen gänzlich beschützen konnte. Ich wusste auch, dass es viel entscheidender war, danach für sein Kind da zu sein. Dennoch drängte sich mir die Frage auf, ob ich den Übergriff hätte verhindern können, wenn ich bei meinem Mann geblieben wäre. Vielleicht wäre Amy dieses Erlebnis dann erspart geblieben.

Ich lag mit meinem Glas Jacky-Cola im Bett, während all die dunklen Gedanken an mir vorbeizogen. Meine Ehe war gescheitert, der Brautladen aufgegeben, mein Ex stalkte mich so subtil, dass ich keine Handhabe gegen ihn hatte, mein Sohn hasste mich und glaubte einzig seinem Vater, meine Tochter litt unter dem Missbrauch, Kindertherapeuten und Beratungsstellen wussten auch keinen wirklichen Rat, und ich war am Ende meiner Kräfte. Zu lang und zu dunkel war der Tunnel und es war nach wie vor kein Ausweg in Sicht. Wo war ein Gott, wenn man ihn dringend brauchte? Kein Wunder wollte Amy nach dem, was sie erlebt hatte, von Religion nichts mehr wissen.

Ich musste an das Ostern denken, als ich selbst noch ein Kind gewesen war. An jenes Auferstehungsfest, an dem ein Teil von mir gestorben war. Otto, der nette Freund der Familie, der liebe »Onkel«, der mich hundert Mal auf der Schaukel angeschubst hatte, der mich auf seinen Schultern getragen hatte, wenn ich bei Wanderungen nicht mehr laufen konnte, und der mit mir gespielt hatte, während alle anderen Erwachsenen froh waren, wenn sie sich nicht mit mir hatten abgeben müssen. So auch an jenem verregneten Tag, an dem ich ihn in mein Kinderzimmer gebeten hatte, um dort Ostereiersuche zu spielen. Es war die dümmste Entscheidung meines Lebens gewesen. Otto hatte mir einfach nicht glauben wollen, dass ich keine Ostereier an mir versteckt hatte.

Ich hätte schreien müssen, die anderen waren nur ein Zimmer weiter gewesen, aber ich hatte kein Wort herausbekommen. Ich hätte weglaufen müssen, aber meine Beine waren wie Blei und meine Ärmchen waren nicht stark genug gewesen, um ihn abzuwehren. Nicht stark genug.

Ein Schauer überzog meinen Körper und ich verjagte die Gänsehaut zusammen mit den Bildern jenes Abends. Das Schweigen und Alleinsein mit all der Scham und Schuld danach, war noch mal viel schlimmer gewesen als die Tat selbst. Aber ich hatte mich meinen Eltern damals unmöglich anvertrauen können. Mein Vater hätte mir bestimmt nicht geglaubt. Von ihm hatte ich Gehorsam um jeden Preis gelernt und dass Kinder zu schweigen hatten, wenn sich Erwachsene unterhielten. Und was meine Mutter anging, war meine kindliche Angst viel zu groß gewesen, dass sie mich für meinen dummen Fehler hassen und ins Heim abschieben könnte, wie sie es zuvor wegen Kleinigkeiten oft angedroht hatte. Ich hatte mich schrecklich verlassen und allein gefühlt. Genau genommen habe ich damals mit sechs Jahren mein Vertrauen in Gott verloren. Trotzdem war da etwas, das mich später hatte kirchlich heiraten lassen. Etwas, das mich hatte hoffen lassen, dass es doch eine höhere Macht gab, auch wenn ich bisher nur enttäuscht worden war.

Ich nahm einen großen Schluck aus meinem Glas. Der Alkohol brannte leicht in meiner Kehle. Aber weder der Mann mit langem Bart auf seiner Wolke, wie ich mir den Allmächtigen früher vorgestellt hatte, noch mein guter Freund Jack Daniels, den ich seit einiger Zeit regelmäßig trank, um schlafen zu können, brachten mehr die erhoffte Erleichterung. Wo die ein, zwei Gläser Jacky am Abend sich sonst angefühlt hatten wie eine tröstliche Umarmung, die mir half, die angespannten Muskeln zu lockern und ins Reich der Träume zu gleiten, verstärkten sie nur noch die Leere und Hoffnungslosigkeit in mir. Warum konnte ich nicht einfach einschlafen? Einschlafen und nie mehr wieder aufwachen. Vielleicht sogar zusammen mit Amy, dachte ich. Dann wären wir unsere Probleme los und die Männer konnten machen, was sie wollten. Schwermut lag auf meiner Seele, riss mich mit sich in die Tiefe, hinein in einen Ozean aus Tränen. Ozeanblau, das war die Farbe von Patricks Augen gewesen, als wir uns verliebt hatten, jetzt war es die Farbe, in der ich zu ertrinken drohte. Meine Arme waren müde vom ständigen Schwimmen gegen den Strom. Ich hatte keine Reserven mehr, um weiter zu paddeln. Es wäre leicht, sich einfach treiben zu lassen und nicht mehr gegen den Sog anzukämpfen. Vielleicht war es an der Zeit, sich einzugestehen, dass ich gegen die Perfidität eines Narzissten einfach keine Chance hatte.

»Bitte, lieber Gott, wenn es dich gibt, dann hilf mir«, rief ich in meiner Verzweiflung gegen die Zimmerdecke, an die die Nacht ihre Schatten warf, bevor ich in einen unruhigen Schlaf fiel.

KAPITEL 34

Mit einem schalen Geschmack im Mund wachte ich am nächsten Morgen auf. Wie mein müffelnder Atem umgab mich der Dunst der trüben Gedankensuppe des Vorabends und überzog mich mit einem Gefühl der Scham. Ich hätte nicht gedacht, dass mich ein Mensch, noch dazu einer, den ich sehr geliebt hatte, so in die Ohnmacht treiben konnte, dass ich keinen Ausweg mehr sah. Bisher hatte mich nichts in meinem Leben kleingekriegt und das würde auch Patrick nicht schaffen. Den Sieg über mich gönnte ich ihm nicht. Ich schwang die Beine aus dem Bett und putzte mir gleich zweimal die Zähne, ehe ich mir unter der Dusche die Schwere der Nacht abschrubbte und meinen Körper mit frischem Leben füllte. Eine Nacht wie diese, die sich angefühlt hatte wie der Kuss eines Dementors, der einem jegliche Lebensfreude entzog, wollte ich nie mehr erleben. Ich wusste nicht, wie oder woher, aber mein Kampfgeist war zumindest etwas geweckt. Trotzdem musste ich mir eingestehen, dass ich mehr Unterstützung brauchte als bisher, wenn ich nicht ins nächste abgrundtiefe Loch rutschen wollte. Noch in mein Handtuch gewickelt, vereinbarte ich einen Termin bei Frau Sommer, die inzwischen meine neue Hausärztin war, und bei Frau Rosenthal.

Frau Sommer verabreichte mir, wie neulich bei Jenny, eine Depotspritze, und ich ließ mich überzeugen, es mit einer niedrigen Dosis Antidepressivum zu versuchen. Eine Krankschreibung lehnte ich ab, nachdem ich der Ärztin glaubhaft versichern konnte, dass meine Arbeit mich davon abhielt, völlig durchzudrehen oder in der Depression zu versinken. Auch wenn es viele Tage gab, an denen es mir dermaßen schlecht ging, dass ich kaum aus dem Bett kam, heulend zur Arbeit fuhr, mich dort zusammenriss, um anschließend heulend heimzufahren und erschöpft auf mein Sofa zu fallen, wenn die Kinder nicht da waren, klammerte ich mich an sie wie eine Ertrinkende an einen Rettungsring. Aber es tat gut, zu wissen, dass ein Anruf bei meiner Ärztin genügte, sollte ich meine Arbeit nicht mehr bewältigen können.

Schwerer fiel mir der Gang zu Frau Rosenthal ein paar Tage später. Eigentlich wusste ich gar nicht so recht, was ich ihr noch sagen sollte. Seit der Spritze fühlte sich alles leichter an und mir ging es besser. Am liebsten wollte ich gar nicht mehr an den Kuss des Dementors denken, geschweige denn darüber sprechen. Dennoch hatte ich Frau Rosenthal pflichtbewusst meine Gedanken der besagten Nacht gebeichtet und sie gefragt, wie sich ein erneuter Absturz verhindern ließe. Nun zählte ich seit einiger Zeit die Bambusstäbe auf der Fototapete hinter ihr.

Frau Rosenthal saß ruhig da, die Beine parallel nebeneinander, ihr Klemmbrett auf dem Schoß, und wartete. Meine Füße fingen wie von selbst an zu wippen und ich biss auf meinem Daumennagel herum, während sie mich mit einer Engelsgeduld in meinem eigenen Saft schmoren ließ, bis ich es nicht mehr aushielt.

»Warum sagen Sie nichts?«, fragte ich schließlich.

»Ich habe nicht den Eindruck, dass Sie hören wollen, was

ich zu sagen habe«, gab Frau Rosenthal zurück, ohne mich aus den Augen zu lassen.

Ich fürchtete, dass sie mit dieser Aussage sogar recht hatte, aber das wollte ich nicht zugeben.

»Das ist nicht wahr!«, protestierte ich. Ich meinte, ein leichtes Lächeln über Frau Rosenthals Gesicht huschen zu sehen, das sofort wieder hinter ihrer professionellen Haltung verschwand.

»Sind Sie sich da sicher?«, fragte sie, während sie ihre Brille zurechtrückte.

Ich nickte, auch wenn von sicher nicht die Rede sein konnte.

»Sie haben, was Ihren Exmann angeht, hart an sich gearbeitet und manche blutige Schlacht gewonnen. Aber solange Sie sich nicht Ihrer Kindheit und den traumatischen Erfahrungen stellen, oder treffender gesagt, sich mit dem traumatischen Mindmapping auseinandersetzen, werden Sie nicht frei.«

»Ich habe mich meiner Kindheit gestellt. Mein Missbrauch ist längst kein Thema mehr, oder meinen Sie, ich könnte Amy zur Seite stehen, wenn ich mit meiner Geschichte nicht im Reinen wäre?«, gab ich lauter zurück, als ich beabsichtigt hatte.

Frau Rosenthal verzog keine Miene. »Ich rede nicht von dem Missbrauch.«

Erleichtert ließ ich die hochgezogenen Schultern sinken.

»Ich rede von Ihrer Kindheit und von Ihren Eltern.«

Die Worte hallten im Raum nach. Was wollte sie nur ständig mit Mama und Papa? Es ging hier um meinen Ex und meine Kinder. Scheinbar stand mir meine Frage ins Gesicht geschrieben, denn Frau Rosenthal sprach weiter, als sie meiner Aufmerksamkeit gewiss war.

»Vielleicht erinnern Sie sich daran, dass ich Ihnen schon bei unserem ersten Termin gesagt habe, dass ich mit Ihnen das Bild, das Sie von Ihren Eltern haben, gern überprüfen würde, weil ich den Eindruck habe, dass es nicht der Realität entspricht. Bisher haben Sie sich gekonnt davor gedrückt.«

Ich erinnerte mich dunkel. »Ja, das haben Sie gesagt, aber was hat denn meine Kindheit mit dem Psychokrieg meines Ex zu tun?«, fragte ich wenig begeistert.

»Ihre alten Verhaltensmuster, die Sie in Ihrer Kindheit erwerben mussten, um halbwegs heil durchzukommen, sind noch nicht gelöst. Das heißt, Sie hängen in einer chronischen Regression fest, die die Folge von früher unaushaltbaren und daher verdrängten Emotionen ist. Und solange Sie die chronische Regression nicht mildern, sprich die Gefühle nicht verarbeiten, wird es weiterhin zu Zusammenbrüchen, auch akute Regressionen genannt, kommen.«

Meine Stirn musste mehr Falten haben als die einer alten Oma und mein Kopf qualmte. Sobald Frau Rosenthal mit dem Thema anfing, schien sich mein Gehirn zu verkrampfen und nicht mehr klar denken zu können.

»Es tut mir leid, aber ich komme da nicht mit«, sagte ich ehrlich.

»In Ihrem jetzigen Zustand sind Sie wie eine Person, die meilenweit unter der Wasseroberfläche schwimmt.« Frau Rosenthal malte eine wellige Horizontlinie auf ein neues Blatt Papier, die Himmel und Wasser teilte, und ein Männchen in die Mitte zwischen Wasseroberfläche und Meeresgrund.

»Das ist der Bereich der chronischen Regression, in dem Sie früh erworbene und daher kindliche, teilweise unbewusste Verhaltensmuster leben und wo es vergleichsweise kalt und dunkel ist. Können Sie mir bis hierhin folgen?«

Ich legte den Kopf schief. »Theoretisch ja, aber ich finde, dass ich, was Patrick angeht, doch viel bewusster geworden bin und eigentlich auch viel erreicht habe.«

»Stimmt.« Frau Rosenthal malte einen Pfeil und zog etwas weiter oben eine gestrichelte Linie ins Wasser. »Ihr Niveau in Bezug auf Ihren Ex hat sich angehoben. Sie sind der Oberfläche näher gekommen. Einzelne Schlachten haben Sie gewonnen und Sie haben vielleicht sogar mal für einen Moment an der frischen Luft geschnuppert und sich die Sonne ins Gesicht scheinen lassen.« Nach einer kurzen Pause fügte sie hinzu: »Aber Sie schaffen es nicht, an der Oberfläche zu bleiben, weil die Schlingpflanzen um Ihren Fuß Sie wieder nach unten ziehen. Meist nur in die Mitte des Meeres, zurück in die chronische Regression, die nicht weiter wehtut, weil Sie den Zustand gewöhnt sind. Und manchmal zu den hässlichen Tiefseeungeheuern auf dem Meeresgrund, in Form einer akuten Regression, sprich eines Zusammenbruchs, wie Sie ihn die Tage erlebt haben. Solange Sie Ihre Scheuklappen nicht ablegen und sich den schwierigen Gefühlen in Ihnen stellen, werden Sie die Schlingen nicht los und können die warme, helle Oberfläche nicht dauerhaft erreichen.«

»Was um alles in der Welt soll ich denn noch tun? Ich habe Ihnen doch alles erzählt, auch von meiner Kindheit!«, beschwerte ich mich.

»Schauen Sie mit mir genauer hin«, forderte Frau Rosenthal mich auf. »Es braucht mehr als sachliche Erlebnisberichte. Sie können nicht heilen, ohne den Schmerz Ihrer Kindheit zuzulassen und sich einzugestehen, dass Sie sich vieles schöngeredet haben.«

Okay, meine Kindheit war vielleicht nicht einfach gewesen, aber welche war das schon? Es war nun mal eine andere Zeit gewesen und Kinder hatten die Klappe zu halten und zu funktionieren gehabt. Ich wusste nicht, was die Therapeutin von mir wollte, und glotzte sie nur dümmlich an.

»Frau Wolf, Sie haben mir mal erzählt, dass Ihre Mutter Ihnen im Kindergartenalter damit gedroht hat, Sie ins Heim zu stecken, wenn Sie nicht brav sind.«

Ich nickte und zuckte gleichzeitig mit den Schultern.

»Was denken Sie über dieses Verhalten Ihrer Mutter?«

Was war das denn für eine Frage? Ich zog die Stirn kraus und versuchte mich zu konzentrieren. »Ich denke, dass sie gestresst und überfordert war, vermutlich unglücklich, weil ihre Ehe nicht mehr gut lief, und dass sie das nicht böse gemeint hat.«

»Denken Sie das heute oder dachte das das fünf Jahre alte Kind?«

»Beides!«, entgegnete ich trotzig.

Frau Rosenthal schlug die Augen nieder, ehe sie mich wieder fragend ansah.

Ich fühlte mich unwohl in meiner Haut und hätte am liebsten wieder Bambusstäbe gezählt.

»Was hat das fünfjährige Kind gefühlt, als seine Mutter ihm mit dem Heim gedroht hat?«

Meine Ohren fühlten sich an, als würde Watte darin stecken, und ein dumpfes Rauschen machte sich breit. Warum war es plötzlich so heiß hier drin? Hektisch fuhr mein Blick durch den Raum, suchte Halt im Bambushain, ehe er von Frau Rosenthal wieder angezogen wurde und an ihren braunen, Mitgefühl aussendenden Augen hängen blieb.

»Was haben Sie gefragt?« Mein Kopf war leer wie ein PC, der gerade abgestürzt war.

Geduldig wiederholte Frau Rosenthal ihre Frage: »Was hat das Kind gefühlt, als seine Mutter ihm gesagt hat, dass es ins Kinderheim kommt, wenn es nicht brav ist?«

Es kostete mich die größte Konzentration, die Antwort aus meinen verkrampften Gehirnwindungen hervorzukramen. Was hatte es gefühlt? »Es hatte Angst«, sagte ich mit dünner Stimme.

Frau Rosenthal nickte und fragte vorsichtig weiter: »Was hat es noch gefühlt oder gedacht?«

Mir wurde der Hals eng und ich schluckte, ehe ich antworten konnte: »Es hat gedacht, dass es nur geliebt wird, wenn es brav ist, und hat stets versucht, alles richtig zu machen.« Ich starrte auf den Ritz zwischen zwei Dielen, und als würde mein Blick hindurchfallen, ging er tiefer, und die weiteren Worte kamen, ohne dass ich sie hätte steuern können. »Ich konnte meiner Mama nicht von dem Missbrauch erzählen, weil ich dachte, dass sie mich dann sicher nicht mehr liebhat und ins Heim steckt.« Ich räusperte mich und schüttelte das beklemmende Gefühl ab, das aus meinem Herzen emporkriechen wollte.

»Ich finde das Verhalten Ihrer Mutter ganz schön grausam«, hörte ich Frau Rosenthal sagen.

Ich schluckte. »Es ist halt dumm gelaufen. Sie konnte ja nicht wissen, dass mir ihre Drohung mit dem Heim solche Angst macht, und dass mir das mit dem Missbrauch passiert ist, gleich gar nicht.«

»Ist das so?«, fragte Frau Rosenthal nach und zog dabei eine Braue nach oben.

Ich nickte.

»Ist Ihre Mutter dumm?«

»Was? Natürlich nicht!«, verteidigte ich sie.

»Das glaube ich auch nicht. Wenn sie also nicht dumm ist, dann weiß sie, dass ihre Drohung mit dem Heim Ihnen Angst gemacht hat, denn sie hat gesehen, dass Sie daraufhin gespurt haben. Und ich wette, es gab nach dem Missbrauch

Anzeichen, die Ihre Mutter sehen hätte können, wenn sie gewollt hätte, der Übergriff ging schließlich nicht spurlos an Ihnen vorüber, richtig?«

»Ja, sicher gab es Anzeichen und Mama hat auch nachgefragt. Aber ich habe gelogen, dass sich die Balken bogen, und mir Erklärungen einfallen lassen, warum ich zum Beispiel nicht mehr zu den Großeltern wollte. Ich verstehe nicht, worauf Sie hinauswollen.« Mein Kopf konnte Frau Rosenthals Ausführungen kaum mehr folgen und war kurz davor, wieder abzustürzen.

»Bleiben wir bei dem Thema mit dem Heim. Ich möchte, dass Sie erkennen, dass Ihre Mutter spätestens als sie die Drohung, Sie wegzugeben, wiederholt eingesetzt hat, bewusst gehandelt und in Kauf genommen hat, dass Sie sich fürchten, damit Sie brav sind und sie ihre Ruhe hat. Und vielleicht hat sie es sogar genossen, dass Sie Angst hatten.«

»Das ist nicht wahr!«, japste ich und sprang von meinem Stuhl auf.

Ohne sich von meiner Reaktion beeindrucken zu lassen, sprach Frau Rosenthal weiter. »Sowohl Ihre Mutter als auch Ihr Vater haben Ihnen gegenüber mehrfach grauenhaftes Verhalten an den Tag gelegt. Trotzdem verteidigen Sie Ihre Eltern, rechtfertigen ihr Verhalten und bagatellisieren es. Sie halten es nicht aus, auch nur in Erwägung zu ziehen, dass Ihnen Menschen, die Sie lieben, nicht immer wohlgesonnen waren. Daher hatte auch Ihr Ex leichtes Spiel mit Ihnen und konnte Ihren Geist ganz einfach verwirren. Sie haben früh gelernt, sich anzupassen und schlechtes Verhalten anderer zu entschuldigen oder die Schuld sogar bei sich zu suchen, um sich geliebt fühlen zu können. Das ist die Regression, von der ich rede. Ihren Exmann können Sie inzwischen weitgehend durchschauen, aber in Bezug auf Ihre Ursprungsfamilie hängen Sie noch mittendrin. Und solange dieses Muster aktiv ist, werden Sie nie wirklich frei sein. Weder von Ihrem Mann noch von den Verstrickungen Ihrer Kindheit.«

Wie ein Tier im Käfig tigerte ich in dem Beratungszimmer hin und her, nicht mehr imstande, ruhig sitzen zu bleiben. Es stimmte einfach nicht, was Frau Rosenthal sagte.

»Meine Eltern haben mich immer geliebt und lieben mich noch!«, rief ich.

Ich wartete auf das nächste Gegenargument, aber Frau Rosenthal schwieg. Sie sah mich mit glasigen Augen an, so-dass ich bei ihrem Anblick schlucken musste, selbst ruhiger wurde und mich wieder setzte.

»Warum schauen Sie mich so traurig an?«, fragte ich irritiert.

»Weil es mir wehtut, zu sehen, wie sehr Sie versuchen, an einem harmonischen Bild Ihrer Kindheit festzuhalten, und nicht einräumen können, dass Ihre Eltern – vielleicht be-wusst – Entscheidungen getroffen haben, die schlecht für Sie waren. Es fällt Ihnen offensichtlich leichter, an Selbstmord zu denken oder sich als die Verrückte oder Schwache zu sehen, statt sich einzugestehen, dass Sie traumatisches Mind-mapping erlebt haben.«

Ihre Worte machten mich betroffen, auch wenn mein Hirn schon wieder nicht mitkam. Obwohl ich eigentlich clever war, konnte ich mir vor allem in den Therapiestunden Dinge oft nicht merken und musste zigmal nachfragen.

»Was ist noch mal das Mindmapping, von dem Sie reden? Ich sehe nur die visuelle Methode vor mir, wenn ich eine Ideensammlung zu einem komplexen Thema mache.«

»Neurobiologisches Mindmapping bedeutet, im Geist einer anderen Person zu lesen und davon eine mentale Landkarte zu entwerfen. Traumatisches Mindmapping ist das, was pas-siert, wenn Sie sich ein Bild vom Geist einer für Sie wichtigen

Person machen und das, was Sie sehen, schrecklich ist, Sie aber nicht einfach weglaufen können, was die natürliche Reaktion wäre. Stattdessen stürzt Ihr Verstand ab, sodass das negative Gefühl erst mal nicht mehr zugänglich ist. Gleichzeitig versucht Ihr Hirn eine andere Erklärung zu finden, um in der Nähe dieses Menschen weiterleben zu können.« Als Frau Rosenthal meinen fragenden Blick sah, fügte sie hinzu: »Erinnern Sie sich an den Ausraster Ihres Exmanns, weil Sie seinem Vater und seiner Schwester bezüglich der Anzahl Rebounds im Basketballspiel recht gegeben haben?«

»Ja, warum?«

»Da haben Sie das gemacht, was ich gerade versucht habe, Ihnen zu erklären. Sie waren verliebt, frisch verheiratet, mit Zwillingen schwanger und konnten die Ehe nicht einfach hinwerfen. Deswegen haben Sie sein ekelhaftes Verhalten in dieser Situation für sich irgendwie erklärt und entschuldigt, Ihrer Irritation über sein Verhalten keine Bedeutung gegeben und kurz darauf freudig die Nachricht der Schwangerschaft verkündet, als wäre nichts geschehen. Erst im Rahmen der Trennung konnten Sie die Erinnerungen erneut hervorkramen und die eigentlichen Empfindungen in der Situation wie Ärger, Entsetzen, Enttäuschung wieder mit Patricks Handlung verknüpfen.«

Nachdenklich kratzte ich mich am Kinn. »Okay, ich glaube, ich verstehe, was Sie meinen.«

Behutsam setzte Frau Rosenthal nach: »Und solche Situationen gab es auch mit Ihren Eltern. Sie können sich zwar an die Situation erinnern, aber nicht an die Gefühle. Sie haben sich eine andere Erklärung für deren Verhalten zurechtgelegt, damit es Ihnen weniger wehtat.«

Ein kalter Schauer lief mir über den Rücken, als das Bewusstsein in mir aufstieg.

Mit weicher Stimme fuhr Frau Rosenthal fort: »Es geht nicht darum, dass Sie Ihre Mutter und Ihren Vater verteufeln. Mir ist es nur wichtig, dass Sie sich realistisch mit Erlebnissen Ihrer Kindheit auseinandersetzen und bereit sind, den Schmerz zu fühlen, den es in Ihnen auslöst, wenn Sie sich zum Beispiel bewusst machen, dass Ihr Vater Sie absichtlich belogen hat, weil ihm die Sportschau wichtiger war, als Ihr Wunsch nach fünf Minuten Zuwendung, während Sie mit vierzig Fieber krank darniederlagen.«[1]

Ich wich Frau Rosenthals Blick aus und versuchte, die Tränen wegzublinzeln, die mir in die Augen stiegen. Ich dachte an meinen Kuschellöwen Leo, der alles miterlebt hatte, und ich fragte mich, wie er die Geschichten erzählen würde, wenn er sprechen könnte.

»Frau Wolf, damals brauchten Sie diese Strategie, um sich geliebt fühlen zu können. Sie hätten ohne Ihre alten Muster als Kind nicht überlebt. Es war gut und wichtig. Aber jetzt dürfen Sie den Schmerz zulassen, damit Sie frei werden und Ihr volles Potential entfalten können. Ich begleite Sie.«

KAPITEL 35

Die nächsten Wochen und Monate weinte ich so viel wie vermutlich nie zuvor in meinem Leben. Frau Rosenthal führte mich durch Szenen meiner Kindheit, kramte mit mir verdrängte Emotionen hervor und ließ mich den Schmerz spüren, den ich seinerzeit abgespalten hatte. Obwohl es unsäglich wehtat, war es ein anderer Schmerz als der, den ich in der Nacht empfunden hatte, in der ich kurz davor gewesen war, aufzugeben. Das hier war ein klarer Schmerz. Er war spitz und intensiv, aber er verging, sobald man ihn durchlebt hatte, und war heilsam. Der andere Schmerz war dumpf und andauernd gewesen. Er hatte mich gelähmt und mir sinnlos die Kraft geraubt, ohne eine Veränderung zu bewirken. Zumindest keine Positive. Trotzdem wusste ich nicht, wie oft ich in Frau Rosenthals Praxis die Bambusstäbe auf der Tapete gezählt hatte, um das Unausweichliche hinauszuzögern, oder wie oft ich versucht gewesen war, Termine abzusagen. Wer ging gern zu einer Wurzelbehandlung ohne Betäubung, wenn er wusste, was auf ihn zukam? Es war ein unendlich harter Kampf, der nackten Wahrheit ins Gesicht zu blicken und die heile Welt, die ich mir in meinen Gedanken errichtet hatte, aufzugeben. Kein Wunder hatte ich es eine halbe Ewigkeit in einer grausamen Ehe ausgehalten, indem ich meinen

Fokus auf die schönen Momente gerichtet hatte, um meine vermeintlich heile Familie zu erhalten. Was nicht heißen sollte, dass nicht auch Menschen ohne negative Erfahrungen in der Kindheit Opfer eines Narzissten werden konnten. Davor war niemand gefeit. Genauso wie ich nicht davor gefeit war, Fehler bei meinen eigenen Kindern zu machen. Immer wieder sprach ich meine eigenen Verfehlungen als Mutter an, um die Fehler meiner Eltern zu relativieren und diese in Schutz zu nehmen. Schließlich waren wir alle nur Menschen, hatten auch eigene Bedürfnisse und Prägungen und waren nun mal nicht perfekt.

»Es ist für Kinder nicht an sich schlimm, wenn Eltern Fehler machen«, erklärte mir Frau Rosenthal. »Schädliche Auswirkungen für ein Kind hat es erst dann, wenn dieselben verstörenden Verhaltensmuster wiederholt begangen werden.« Ich bemühte mich, zum Wohl meiner Kinder danach zu leben.

Ich hatte Leo wieder aus der Schatzkiste befreit und ihm einen Platz in meinem Bett eingeräumt. Der Griff in seine Mähne, der mir bereits als Dreikäsehoch viel Halt gegeben hatte, war auch jetzt hilfreich. Nicht nur, weil ich mich an ihm festhalten konnte, sondern weil er eine Brücke zu meiner Kindheit darstellte. Mit ihm im Arm schrieb ich einen Dialog nach dem anderen mit meinen Eltern und erreichte zunehmend einen klaren Blick auf meine Vergangenheit. Nach und nach machten Frau Rosenthal und ich riesige Fortschritte, was die Auflösung der alten Muster anging. Ich spürte die Veränderung in mir. Auch wenn mir die therapeutische Arbeit sehr viel abverlangte, konnte ich wahrnehmen, dass sie auch neue Potentiale in mir freilegte.

Jenny und Laura, die mich in den letzten Monaten getröstet hatten und den Aufarbeitungsprozess hautnah miterlebten, litten mit mir mit und konnten wahrscheinlich nicht immer nachvollziehen, dass ich neben all dem Trubel, der mit Patrick, Amy und Fynn parallel weiterlief, auch noch die Wunden der Vergangenheit aufriss. Nur meine Kollegin Teresa, die inzwischen eine genauso gute Freundin geworden war, verstand aus tiefstem Herzen, dass ich diesen Weg genau jetzt gehen musste. Auch sie hätte mir die Tränen gern erspart, aber durch ihre eigenen Erfahrungen war ihr bewusst, dass kein Weg daran vorbeiführte, wenn ich nicht mehr zu den Tiefseefischen abrutschen wollte.

Auch wenn ich den letzten Schritt, ein Echtzeitgespräch mit meinen Eltern über meine Kindheit, noch aussparte, hatte ich das Gefühl, viel freier zu sein und mich Meter für Meter weiter an die Wasseroberfläche zu kämpfen und da auch zu bleiben. Und das nicht zuletzt, weil meine Eltern mir eine große praktische Hilfe waren. Wir taten uns zwar alle vier schwer, tiefere Gespräche zu führen, vielleicht, weil wir es miteinander nie gelernt hatten, aber trotzdem waren meine Mutter, mein Vater und mein Stiefvater mehr für mich da als je zuvor in meinem Leben.

Ich musste an die Nacht mit dem Kuss des Dementors denken und an mein verzweifeltes Stoßgebet mit der Bitte um Hilfe. Wenn ich recht überlegte, ging es seit dieser dunkelsten aller Nächte aufwärts. Natürlich war nicht von heute auf morgen alles gut, aber es fühlte sich ein bisschen leichter an. Jetzt hingen zumindest ab und an kleine Lichter in dem finsteren Tunnel, den ich zu durchschreiten hatte, die mir die Angst vor der Dunkelheit nahmen.

Eine große Sache stand noch aus: die Scheidung. Ich hatte nach Patricks Übergriff an Amy mit Frau Engelhardt, meiner superengagierten Anwältin, gesprochen und das meiste vor-

bereitet. Am liebsten hätte sie Patrick das letzte Hemd ausgezogen, nachdem sie meine Geschichte gehört hatte. Ich
musste sie regelrecht bremsen, wollte ich doch einfach nur
eine friedliche Scheidung. Mir klangen Patricks Worte noch
in den Ohren, dass eine Scheidung ein erneutes Drama für
die Kinder sei, sprich, dass er es zu einem Drama für die Kinder machen würde. Auch wenn er nur noch Fynn auf seiner
Seite stehen hatte. Ich hörte meinen Sohn mir entgegen-
schreien, dass ich mit der Scheidung sein Leben endgültig
ruinierte, und auch meine innere Stimme meldete sich zu
Wort, die anmerkte, dass ich nicht zu meinem Versprechen
stand, das ich Patrick in der Kirche gegeben hatte. Ich war
vielleicht nicht sonderlich gläubig, aber normalerweise hielt
ich mein Wort. Doch es half nichts. Ich brauchte die offizielle
Scheidung. Ich wollte endlich das Kapitel Ehe abschließen
und klare finanzielle Verhältnisse schaffen, auch wenn ich
damit vielleicht schlechter fuhr als bisher. Ich wählte die
Nummer von Frau Engelhardts Kanzlei und teilte ihr mit,
dass sie den Scheidungsantrag beim Familiengericht einreichen konnte. Patrick informierte ich nicht. Der würde in ein,
zwei Wochen den Scheidungsantrag über das Gericht zugestellt bekommen. Meine Galgenfrist, bis der Sturm los-
brechen würde, begann.

KAPITEL 36

»Bist du noch ganz bei Trost?« Fassungslos starrte ich Amy an, die kaugummikauend in der Küchentür lehnte und sichtlich gelangweilt mit dem Kugelschreiber klickte.

»Jetzt chill mal! Das ist nur ein Verweis und kein Weltuntergang«, gab sie frech zurück.

»Junge Dame, so redest du nicht mit mir! Haben wir uns verstanden?«

Amy verdrehte die Augen.

»Hier steht, du hast dein Religionsbuch vor den Augen des Pfarrers zerrissen. Wie kommst du denn auf die Idee?«

Amy machte eine Kaugummiblase und zuckte mit den Schultern. »Unterschreibst du ihn jetzt oder nicht?«, fragte sie, nachdem die Blase geplatzt war.

Ich konnte nur mit dem Kopf schütteln. Das war doch nicht mein vernünftiges Kind. Ich würde später in Ruhe mit ihr reden, wenn ich selbst nicht mehr aufgebracht und sie hoffentlich nicht mehr so bockig war.

»Mir bleibt ja kaum was anderes übrig.« Ich schnaubte verärgert, nahm den Kuli, den sie mir reichte, und setzte meine Unterschrift auf den Wisch. »O Gott, da steht auch noch *um Rücksprache wird gebeten*!« Allein bei der Vorstellung, beim Pfarrer, der den Religionsunterricht erteilte, antanzen zu müssen, wäre ich am liebsten im Erdboden versunken. »Hättest du dir nicht wenigstens ein anderes Schulbuch aussuchen können?«, fragte ich genervt.

»Nö!«, war alles, was Amy dazu zu sagen hatte, ehe sie mit ihrem Verweis in der Hand in ihr Zimmer zurückschlurfte.

Gleich am nächsten Morgen erreichte ich Pfarrer Michel und vereinbarte einen Termin für nachmittags in seinem Pfarrbüro, da er nur zwei Tage die Woche an der Schule unterrichtete. Ich kam schneller durch Würzburgs Innenstadt als geplant und stand nun seit zehn Minuten vor seinem verschlossenen Büro. Die Julisonne brannte und ich merkte, wie sich feuchte Ränder unter meinen Achseln bildeten. Ich hatte keine Lust, länger in der Hitze zu stehen, und versuchte mein Glück in der Kirche. Mit einem leichten Quietschen ließ sich die schwere Holztür öffnen. Der typische Geruch nach altem Gemäuer strömte mir entgegen, gemischt mit einer feinen blumigen Note. Ich roch die Rosen, noch ehe meine Augen sich an die dunklen Sichtverhältnisse gewöhnt und die Gebinde an den Holzbänken entdeckt hatten. Scheinbar das Überbleibsel einer Hochzeit vom Wochenende, dachte ich und sah mich plötzlich selbst, wie ich vor dreizehn Jahren überglücklich in meinem Brautkleid zu Wagners Hochzeitsmarsch einen ähnlichen Gang entlanggeschritten war. Wie naiv und voller Träume ich seinerzeit doch gewesen war. Wehmütig tauchte ich in die alte Erinnerung ein, sah mein verliebtes jüngeres Selbst zusammen mit Patrick vor dem Altar stehen und ihm vor Gottes Angesicht die Liebe und Treue versprechen, bis der Tod uns scheidet. Gänsehaut kroch mir über den Rücken und ich schlang die Arme enger um mich. Es war nicht die angenehme Kühle der Kirche, die mich frösteln ließ, sondern mehr der Verrat an meinem eigenen

Versprechen, der unter den Blicken der gekreuzigten Jesus-figur doppelt schwer wog. Es war ein Gefühl in mir, das ich nicht greifen, geschweige denn begreifen konnte. Mein Verstand war mit der geplanten Scheidung völlig d'accord und hatte Patricks Toben sachlich die Stirn geboten, als dieser erbost angerufen hatte, nachdem ihm der Scheidungsantrag zugestellt worden war. Patricks Beschimpfungen, dass ich eine hinterhältige, geldgeile Kuh sei, der ihre Kinder egal waren, konnten mich nicht mehr treffen. Mein Verstand wusste, dass es keine Alternative außer der Selbstaufgabe mehr gegeben hätte. Ich fieberte darauf hin, endlich einen Scheidungstermin zu erfahren. Und trotzdem kratzte dieser Ort an etwas Tieferem. Die Unterschrift auf der Heiratsurkunde ließ sich mit der Unterschrift auf dem Scheidungspapier aufheben. Papier gegen Papier. Aber was war mit dem Versprechen, das ich in der Kirche gegeben hatte? Ich brach, wie Fynn mir vorwarf, nicht nur offiziell das sechste Gebot, was mir relativ egal war und das meines Erachtens Patrick lange vor mir durch seine ganzen Frauengeschichten gebrochen hatte, sondern ich brach mein Wort. Die Last der Schuld und des Versagens setzte sich auf meine Brust und erschwerte mir das Atmen. Ich musste hier raus, egal, wie warm es im Freien war, und machte mich im Laufschritt auf Richtung Ausgang. Vor der Tür wäre ich fast in Pfarrer Michel hineingerannt.

»Hoppla, Sie haben es aber eilig. Man könnte fast meinen, der Teufel wäre hinter Ihnen her«, scherzte der Pfarrer.

»Eher Gott«, entfuhr es mir leise.

»Wie bitte?«

»Ach nichts, ich habe nur laut gedacht.« Ich wischte die Worte mit einer Handbewegung beiseite und konzentrierte mich auf das, weshalb ich hier war. »Ich bin Amys Mama, Sie wollten mich sprechen.«

»Ach ja, schön, dass Sie sich die Zeit nehmen konnten, Frau Wolf, kommen Sie doch bitte mit in mein Büro. Oder ist Ihnen die kühle Kirche lieber?«

Alles, bloß das nicht, dachte ich und wählte das Büro, in dem ein Ventilator brummend gegen die stehende Hitze ankämpfte. Entschuldigend hob Pfarrer Michel die Hände, bot mir den Platz gegenüber seinem Schreibtisch an und schenkte uns Wasser ein. Von dem kleinen Kreuz an der Wand abgesehen, hätte es ein x-beliebiges Arbeitszimmer sein können. Auch er selbst sah ohne seine Robe, oder wie diese Kirchengewänder hießen, ganz locker aus. In Shorts, T-Shirt und Sneakers sah er bei seiner Größe und dem muskulösen Körper eher aus wie ein Trainer als ein Geistlicher. Durften die überhaupt kurze Hosen tragen, schoss es mir durch den Kopf. Das sahen die hohen Würdenträger sicher nicht gerne, altmodisch, wie die Kirchenoberen waren.

Herrn Michels sonore Stimme holte mich aus meinen Gedanken und ich machte mich auf seine Standpauke gefasst.

»Frau Wolf, ich habe Sie hergebeten, weil ich mir Sorgen um Amy mache«, erklärte er.

»Wie? Warum? Ich dachte, ich bin wegen des Verweises hier, Sie wissen doch, das ruinierte Religionsbuch«, entgegnete ich verwirrt.

»Das war letztlich der Aufhänger, aber mir geht es eher um die Frage, warum Amy das getan hat. Sie war eine meiner besten und aufgeschlossensten Schülerinnen, und seit einigen Wochen, wenn nicht Monaten, erkenne ich sie nicht wieder. Sie ist nur noch auf Krawall gebürstet, wenn es um Diskussionen über den Glauben geht, oder bekundet offen ihr Desinteresse an meinem Unterricht, indem sie ihren Kopf auf den Tisch legt und vorgibt, zu schlafen.«

Die Fliege, die gegen den Windstoß des Ventilators ankämpfte und mir seltsam vertraut vorkam, erinnerte mich daran, dass es besser war, meinen Mund wieder zu schließen, wollte ich sie nicht verschlucken.

»Haben Sie eine Idee, woran das liegen könnte?«, hörte ich Herrn Michel von weit weg fragen. Ich räusperte mich, um Fassung bemüht. Wie viel durfte ich sagen, ohne Amy in eine blöde Situation zu bringen oder von Patrick eine Verleumdungsklage angehängt zu bekommen, womit er mir mehrfach gedroht hatte, sollte ich meine angeblich haltlosen Anschuldigungen öffentlich machen?

Ich beschloss, es allgemein zu formulieren. »Amy macht gerade eine schwierige Zeit durch. Ich habe mich vor einer Weile von ihrem Vater getrennt. Es ist viel Schlechtes passiert und die ganze Situation setzt Amy sehr zu. Ich denke, sie hadert daher mit Gott.«

Der Pfarrer nickte verständnisvoll. »Etwas in die Richtung habe ich mir fast gedacht. Spricht Amy mit Ihnen über ihre Sorgen?«

»Na ja, über die weltlichen Probleme schon, aber in Glaubensfragen bin ich eher nicht die beste Ratgeberin«, gestand ich.

»Vielleicht könnte ich in meiner Funktion als Seelsorger außerhalb der Schule das Gespräch mit ihr suchen«, schlug der Pfarrer vor.

Ich fand die Idee an sich gut, aber vermutlich war es das Letzte, was Amy wollte. Während ich noch überlegte, fügte Herr Michel hinzu: »Mit Zweifeln an Gott kenne ich mich aus.«

»Sie? Sie sind doch Pfarrer!«, entfuhr es mir lauter als beabsichtigt.

Herr Michel lachte ein offenes und herzliches Lachen. »Wenn Sie wüssten, welche Umwege ich genommen habe, bevor ich Pfarrer geworden bin. Und selbst heute gibt es Situationen, die auch für mich nicht einfach nachzuvollziehen sind und meinen Glauben auf die Probe stellen.«

Pfarrer Michel erzählte mir von sich und seinem Werdegang, während ich erstaunt an seinen Lippen hing. Er entsprach gar nicht dem verstaubten Bild, das ich von Männern der Kirche hatte. Es lag eine weltoffene Wärme in seinen Worten, die mich zu meiner eigenen Überraschung berührte.

Plötzlich hörte ich ihn fragen: »Wie stehen Sie zu Gott?«

Ach du Scheiße. Ich versuchte, die Sitzposition auf meinem Stuhl zu ändern, aber meine Oberschenkel klebten da, wo der Rock sie nicht bedeckte, an der Sitzfläche fest.

»Wie meinen Sie das?«, fragte ich nach, um Zeit zu gewinnen.

»Nun, die Situation ist für Sie sicher auch nicht einfach. Außerdem meinten Sie, Sie seien in Glaubensfragen eine schlechte Ratgeberin, aber vorhin habe ich Sie aus der Kirche kommen sehen. Wie passt das zusammen?«

Ich überlegte kurz, abzuwiegeln und die Hitze vorzuschieben, aber inspiriert von der Offenheit des Pfarrers antwortete ich ehrlich: »Es gab durchaus weniger herausfordernde Zeiten in meinem Leben, und meine Beziehung zu Gott, wenn man das überhaupt so nennen kann, ist kompliziert.«

»So kompliziert wie bei Amy?«, fragte Herr Michel und zog dabei mit einem Schmunzeln eine Augenbraue nach oben.

»Ich fürchte, sogar noch komplizierter«, gab ich zurück, woraufhin wir beide grinsen mussten.

»Was halten Sie von einem Spaziergang im Park und Sie erzählen mir ein bisschen, was Ihnen auf dem Herzen liegt? Vielleicht fällt uns dabei auch ein, wie wir Amy helfen können.«

»Wie? Jetzt?« Herr Michel überraschte mich immer wieder.

Mit einem Blick auf die Uhr sagte der Pfarrer: »Ich habe Zeit, und selbstverständlich unterliegt das Gespräch der seelsorgerlichen Schweigepflicht.«

Ich konnte doch nicht mit einem wildfremden Pfarrer spazieren gehen und mit ihm über meinen verkrüppelten Glauben reden. Ich wusste ja selbst nicht einmal, ob ich an Gott glaubte oder nicht. Eigentlich war ich seit meiner Kindheit sauer auf ihn. Ich bewunderte die Menschen, die Kraft in ihrem Glauben fanden, und wünschte mir diese Kraftquelle auch für meine Kinder. Aber ich verließ mich besser nur auf mich selbst, dann wurde ich weniger enttäuscht. Wenn ich eines jetzt nicht gebrauchen konnte, war das jemand, der versuchte, mich zu bekehren.

Als hätte er meine Gedanken gelesen, fügte er hinzu: »Keine Sorge, ich habe nicht vor, Sie zu missionieren, ich höre einfach nur zu.«

Die dichten Kastanien des angrenzenden Parks spendeten angenehmen Schutz vor den Sonnenstrahlen und eine leichte Brise ließ die Blätter unaufhörlich Geschichten erzählen. Auch ich erzählte meine Geschichte. Einmal begonnen, brachte die gleichmäßige Bewegung des Laufens etwas in mir in Gang, das die Worte nur so aus mir heraussprudeln ließ. Ich erzählte dem Pfarrer von dem Missbrauch als Kind, der mich mit Gott brechen hatte lassen, von meinen Versuchen, die Beziehung zu ihm wieder aufzubauen, was jedes Mal durch erneute Schicksalsschläge und die Angst, zu vertrauen, gescheitert war. Ich erzählte ihm von meiner Ehe, was in ihr alles vorgefallen war, von der Sache mit dem Heilpraktiker und davon, dass ich letztlich mein Eheversprechen endgültig brechen musste, weil ich den Betrug, die Lügen und den Narzissmus meines Mannes nicht mehr ertragen konnte. Nicht einmal meinen absoluten Tiefpunkt, an dem ich am Ende meiner Kräfte gewesen war, ließ ich aus und gestand ihm, dass ich in meiner allergrößten Not zum ersten Mal seit Jahren wieder gebetet hatte, wenn auch nur in Form eines Hilfeschreis.

Beschämt blickte ich am Ende meines Seelen-Striptease zu Boden. Noch nie zuvor hatte ich einem fremden Menschen in kürzester Zeit mein Leben offenbart und gleichzeitig meine Angst vor dem Glauben zugegeben.

Herr Michel, der während meines Redeflusses höchstens mal eine Nachfrage gestellt oder seine Anteilnahme bekundet hatte, blieb stehen und sah mich an. »Frau Wolf, es tut mir sehr leid, was Sie alles erleben mussten. Ich kann Ihnen gar nicht sagen, wie froh ich bin, dass Sie den Absprung aus dieser Ehe geschafft haben.«

»Wirklich?«, fragte ich ungläubig, auch wenn die Betroffenheit in seinem Blick eigentlich Antwort genug war.

»Natürlich, wieso denn nicht?«

»Na ja«, druckste ich herum, »ich habe kirchlich geheiratet und immerhin mein Eheversprechen gebrochen und genaugenommen sogar ein Gebot.«

Es dauerte eine Weile, bis der Pfarrer die Bedeutung meiner Worte in seinem Kopf sortiert zu haben schien und antwortete: »Sie meinen das ernst, oder?«

Ich nickte, während meine Augen feucht wurden.

»Heutzutage werden viele Ehen wegen Kleinigkeiten geschieden. Sie haben doch alles Menschenmögliche versucht, haben Ihrem Mann Chancen um Chancen gegeben und wären dabei fast vor die Hunde gegangen. Das hätte Gott definitiv nicht gewollt. Selbstverständlich ist es auch für die Kirche völlig legitim, aus einer Ehe voller psychischem Missbrauch auszubrechen. Es gibt sogar eine Stelle in der Bibel,

die in Bezug auf die Selbstfürsorge die Möglichkeit einer Trennung einräumt. Wenn Sie wollen, suche ich sie gerne raus.«

»Danke. Das wäre nett.« Auch wenn ich sehr interessiert
daran war, die betreffende Stelle nachzulesen, fühlte ich, wie
mir allein durch die Erlaubnis des Pfarrers eine zentner-
schwere Last von den Schultern fiel und ich wieder besser
Luft bekam. Seine Worte fühlten sich an, als hätte er mir
einen Passierschein für den Weg in mein neues Leben in die
Hand gedrückt.

»Wehe, Sie behaupten noch einmal, Sie seien nicht gläubig«, sagte mein Begleiter und schmunzelte kopfschüttelnd.

»Das bin ich wirklich nicht«, protestierte ich. »Ich bin voller Zweifel!«

Der Pfarrer deutete auf mein Herz und sagte: »Es mag
sein, dass Sie Ihr Herz bei all dem Schmerz noch nicht ganz
öffnen können, aber ich sehe, dass Ihnen Gott nicht egal ist
und auch nie egal war, denke ich. In meiner Wahrnehmung
sind Sie gläubiger, als Sie denken.«

KAPITEL 37

Nieselregen setzte ein, als der Sarg ins Grab hinabgelassen wurde. So wie die Bäume auf dem Friedhof langsam ihre ersten bunten Blätter fallen ließen, so war auch Wilhelms Zeit gekommen und er hatte nach langem Kampf gegen eine seltene Autoimmunkrankheit dieses Leben losgelassen. Sein Tod hatte uns das erste Mal seit Patricks Übergriff an Amy, von dem seine Familie sicher nichts wusste, auf dem Friedhof zusammengeführt. Dort standen wir, Viktoria, Maria, Patrick, Fynn, Amy und ich, in Reih und Glied neben der ausgehobenen Grube und sahen zu, wie die Trauergäste ihre Schäufelchen Erde als letzten Gruß auf den Sarg rieseln ließen. Ich war mir sicher, dass die meisten von ihnen nicht einmal etwas von unserer Trennung wussten, und selbst wenn, musste es für die Anwesenden nach der perfekten trauernden Familie aussehen. Natürlich waren wir alle sechs traurig über Wilhelms Tod, aber in jedem von uns ging vermutlich viel mehr vor als nur der Schmerz über sein Ableben. Zumindest Amy merkte ich deutlich an, dass sie sehr mit ihren Emotionen zu kämpfen hatte. Alles an ihr zeigte mir, dass die Konfrontation mit ihrem Vater die Wunde neu aufriss. Wahrscheinlich galt der Schmerz in ihren Augen mehr dem Fehlen der Entschuldigung als den Ereignissen der Nacht selbst. Ich konnte ihre Sehnsucht danach spüren, ihre zerbrochene Kinderwelt wenigstens halbwegs durch ein »Es tut mir leid« von Patrick kitten zu wollen. Sie krallte sich an mir fest, als würde ihr dies helfen, nicht gänzlich auseinanderzufallen.

Fynn war wie versteinert und verzog keine Miene. Er wirkte, als hätte er jede Emotion abgespalten. Auch wenn er und Patrick wie ein eingeschworenes Team dastanden, sah es für mich aus, als würde der kleine Fynn seinen Vater stützen und nicht umgekehrt der Vater dem Sohn Halt geben. Für einen Moment war ich versucht, Fynn diese Last abzunehmen, aber auch wenn ich tatsächlich Mitgefühl mit Patrick hatte, der kurz nach der Zustellung des Scheidungsantrages auch noch mit seinem Vater sein großes Vorbild verloren hatte, war es nicht meine Aufgabe, ihn aufzufangen. Allein, dass ich zur Beerdigung kam und mich auf seinen Wunsch hin mit Amy in die erste Reihe stellte, fand ich Anteilnahme und Entgegenkommen genug, wenn man berücksichtigte, was er sich alles geleistet hatte. Wären die Kinder beziehungsweise Fynn nicht, hätte ich den Kontakt am liebsten komplett gekappt. Patricks Nähe war mit dem Bewusstsein, was er unserer Tochter angetan hatte, kaum mehr zu ertragen.

Was in Maria und Vicky neben ihrer Trauer vorging, konnte ich nicht einschätzen. Ich wusste nicht einmal, auf welchem Wissensstand sie waren. Patrick schien seiner Familie gar nichts mitzuteilen, was uns anging, denn sogar, dass ich ausgezogen war, hatten sie erst durch mich erfahren. Das hatte sich herausgestellt, als ich den beiden meine neue Adresse per Textnachricht geschickt hatte, mit dem Hinweis, dass sie jederzeit bei uns willkommen waren. Davon abgesehen hatte ich seit der Trennung kaum Kontakt zu seiner Familie gehabt, und ich vermutete, dass die zwei nicht gut auf mich zu sprechen waren. Schließlich hatte ich ihren Sohn beziehungsweise Bruder verlassen, und Patrick hatte ihnen sicher nicht die wahren Gründe für die Trennung genannt.

Als auch der letzte Beerdigungsbesucher sein Schäufelchen auf das Grab gekippt hatte, machten wir uns zu Fuß auf in Richtung Restaurant, in dem der Leichenschmaus stattfand. Amy und Fynn liefen mit den anderen jugendlichen Trauergästen voraus. Patrick und Viktoria waren in Gespräche mit Angehörigen verwickelt und bekamen nicht mit, dass Maria noch mal ans Grab zurückging. Ich wartete auf sie, damit sie in dem schweren Moment nicht allein war. Aus einiger Entfernung konnte ich sehen, dass sie die Lippen bewegte und Wilhelm vermutlich ein paar letzte Worte mit auf den Weg gab. Kurz darauf warf sie etwas Kleines, Goldenes ins Grab und schaufelte Sand hinterher. Irritiert nahm ich die Szene in mich auf und fragte mich, was das gerade gewesen war.

Als Maria sich umdrehte und sah, dass sie nicht allein war, zuckte sie für einen Moment erschrocken zusammen, entspannte sich dann aber, als sie mich erkannte. Sie schenkte mir ein zaghaftes Lächeln und zwinkerte mir zu, als wäre ich ihre Verbündete. Ich verstand rein gar nichts. Ich hätte eher gedacht, dass Maria mir kritisch und mit Argwohn begegnen würde. Stattdessen hakte sie sich, als sie zu mir aufgeschlossen hatte, bei mir unter und sagte: »Jetzt können wir gehen, Liebes.«

Maria wirkte plötzlich viel größer und stärker auf mich, als ich sie in Erinnerung hatte, und ich wusste nicht recht, was ich sagen sollte. Auch wenn sie mir nicht böse zu sein schien, hatte ich das Bedürfnis, ihr mein Bedauern auszudrücken.

Schließlich nahm ich meinen Mut zusammen und meinte, während wir unseren Weg aufnahmen: »Es tut mir leid!«

»Ach Kindchen, das braucht es nicht. Der Tod gehört zum Leben dazu.« Maria tätschelte meinen Arm, als würde sie mich trösten, wo ich doch für sie da sein wollte.

»Ja, das stimmt.« Etwas leiser fügte ich hinzu: »Ich meine, es tut mir auch leid, dass es mit unserer Familie so gekommen ist. Ich habe alles versucht, um die Ehe zu retten, aber irgendwann konnte ich nicht mehr«, gestand ich. Es war das erste Mal, dass ich mein Scheitern vor meiner Schwiegermutter ansprach, und ich fühlte mich unwohl in meiner Haut. Instinktiv hielt ich die Luft an und machte mich auf einen Hagel an Vorwürfen gefasst.

Maria blieb abrupt stehen und sah mich streng an. Mein Herz rutschte mir fast in die Hose und ich bereute es, das Thema überhaupt angesprochen zu haben. Was war mir nur eingefallen, ausgerechnet auch noch an der Beerdigung, wo sie sicher andere Sorgen hatte?

»Dir tut es leid?«, hörte ich Maria in ungläubigem Ton fragen.

Ich nickte zur Bestätigung.

»Dem Einzigen, dem etwas leidtun müsste, ist Patrick«, platzte es aus ihr heraus.

»Was?« Ich glaubte, mich verhört zu haben, aber Maria sprach schon weiter.

»Ich weiß vermutlich nur die Spitze des Eisberges, aber ich habe Augen im Kopf, Kind. Patrick kommt ganz nach seinem Vater.« Maria setzte an, um weiterzusprechen, hielt dann aber inne und schwieg. Es fühlte sich für mich an, als verbiete ihr der Anstand, schlecht über einen Verstorbenen zu sprechen. Sie holte tief Luft und sah mir direkt in die Augen. »Nicola, ich verstehe dich besser, als du denkst. Ich bewundere dich für deinen Mut und deine Stärke. Beides hat mir leider gefehlt.« Maria blickte zurück in Richtung Grab und sagte leise: »Mein Mann musste erst sterben, damit ich frei bin.«

Mit einem Mal ergab die Szene am Grab für mich Sinn und ich strich Maria tröstend über den Arm. Es musste ihr Ehering gewesen sein, den sie Wilhelm zurückgegeben hatte. Und das, was sich in ihrem Gesicht neben der Trauer spiegelte, war Erleichterung. Mein Kopf kam mit der Verarbeitung all der neuen Informationen kaum hinterher. Ich hatte mit allem gerechnet, aber nicht damit, dass Maria mich bewunderte, weil ich ihren Sohn verlassen hatte. Wie bizarr war das denn? Ich lief schweigend neben ihr her und konnte plötzlich eine tiefe Verbundenheit zwischen uns spüren. Als wären ihre Gedanken meine, hatte ich das Gefühl, hinter die Fassade blicken zu können, und auf einmal sah ich viele Situationen aus dem Hause Wolf, die ich miterlebt hatte, mit anderen Augen. Ich verstand plötzlich Marias Traurigkeit und ihren inneren Rückzug. Sie hatte nie aufbegehrt, ich hatte nie einen Streit mitbekommen, aber vermutlich hatte sie zu dem Zeitpunkt, als ich sie kennengelernt hatte, bereits resigniert.

»Erinnerst du dich noch daran, als du bei einem deiner ersten Besuche bei uns für mich in die Bresche gesprungen bist?«, fragte Maria in mein Gefühlschaos hinein.

»Ich fürchte, ich weiß gerade nicht, was du meinst«, sagte ich wahrheitsgemäß.

»Wir saßen zu viert im Wohnzimmer und Wilhelm sagte im Befehlston zu mir: »Hey *Es*, kann man in diesem Haus mal was zu trinken haben?« Ich bin aufgesprungen und in die Küche geeilt, um ihn zu bedienen. Du aber hast ihm Contra gegeben.«

»Stimmt, jetzt fällt es mir wieder ein. Kaum zu glauben, dass ich das vergessen habe. Ich war völlig geschockt, dass er dich *Es* genannt hat, und habe ihm gesagt, dass ich das in diesem

Haus nie wieder hören will und dass er sich nicht zu wundern braucht, wenn es dir nicht gut geht.« Ich musste schmunzeln und konnte selbst kaum fassen, dass ich den heiligen Herrn Professor zur Bestürzung von Patrick in seinem eigenen Haus in die Schranken gewiesen hatte. Aber mein Gerechtigkeitsempfinden war dermaßen hart getriggert worden, dass mein Mund schneller gewesen war als mein Anstand.

»Ich fand es schlimm, wie respektlos er mit dir umgegangen ist«, sagte ich.

Marias Gesichtszüge wurden weich, als sie antwortete: »In dem Moment wusste ich, dass du viel stärker bist als ich. Ich hatte gehofft, dass Patrick mit dir an seiner Seite einen anderen Weg einschlagen könnte als den, den sein Vater ihm vorgelebt hat, aber die Prägungen in seiner Kindheit waren wohl doch zu stark. Gegen die kamen weder ich als Mutter noch du als Ehefrau an.« Entschuldigend blickte Maria zu Boden, ehe sie weitersprach: »Versteh mich nicht falsch, Nicola. Ich liebe mein Kind, aber ich verstehe, dass du gehen musstest.«

Tief bewegt von Marias Worten nahm ich sie fest in den Arm und wir standen eine gefühlte Ewigkeit einfach nur da. Hätte uns jemand gesehen, wären wir eine Schwiegertochter gewesen, die der Schwiegermutter in der Trauer Trost spendet. Aber in Wirklichkeit waren wir Leidensgenossinnen, die einander Halt gaben und ihrer Freiheit entgegensahen.

Den Rest des Weges redeten Maria und ich so vertrauensvoll miteinander wie nie zuvor. Ihre ehrliche Lebensbeichte spülte auch mir die restlichen Krümel Sand aus den Augen, die vielleicht noch meine Sicht getrübt hatten. Mir wurde bewusst, wie ähnlich unsere Geschichten waren und wie sehr wir all die Jahre das Ruder aus der Hand gegeben hatten, mit dem einzigen Unterschied, dass ich es doch noch geschafft hatte, die Reißleine zu ziehen. Ich konnte stolz darauf sein, das Steuer endlich wieder an mich genommen zu haben und nun selbst die Richtung vorzugeben. Nur mir oblag die Verantwortung für mein Leben und keinem sonst. Natürlich hatte Patrick mich mies behandelt und seine Psychospiele mit mir gespielt, aber er hatte das nur tun können, weil ich es zugelassen hatte, weil ich mir sein Verhalten schöngeredet hatte und mein Bild von der heilen Familie nicht hatte loslassen wollen. Freiheit hatte ihren Preis, und den war ich erst jetzt bereit, zu bezahlen.

KAPITEL 38

Nachdem ich den Scheidungsantrag gestellt hatte, führte kein Weg mehr daran vorbei, sich auch mit den Finanzen auseinanderzusetzen und Zugewinn und Unterhaltsregelungen zu klären, ob Patrick wollte oder nicht. Die nächsten Monate flogen die Anwaltsschreiben nur so hin und her. Zudem verging kaum ein Tag, den Patrick nicht nutzte, um mir mitzuteilen, dass ich ihn ruinieren würde, ich es von Anfang an nur auf sein Geld abgesehen hätte oder den Kindern den emotionalen Todesstoß versetzen würde. Auch wenn seine Anschuldigungen inzwischen zum einen Ohr rein und zum anderen rausgingen, kostete es mich weiterhin viel Kraft, meine neue Souveränität zu behaupten und nicht in alte Muster zurückzufallen. Jahrelange Praxis ließ sich nicht einfach mit ein paar Erkenntnissen wegwischen.

Vor allem, dass Amy sich ihrem Vater seit Weihnachten langsam wieder annäherte, machte die Sache für mich nicht einfacher. Sie wohnte zwar weiterhin nur bei mir, aber wo sie gewöhnlich in ihrem Zimmer verschwunden war, wenn Patrick Fynn brachte oder holte, suchte sie wieder die Begegnung mit ihm. Das führte unweigerlich dazu, dass er sich länger in unserem Zuhause aufhielt, da Amy ihn zwar sehen wollte, aber nicht ohne mich. Es fühlte sich nicht richtig an, wenn Patrick seinen Hintern auf meinem Stuhl platt saß oder aus einem meiner Gläser trank. Ich hasste es, wenn er mein Bad benutzte oder Spielfiguren berührte, und ich widerstand nur mit Mühe dem Impuls, alles, was er angefasst hatte, mit Desinfektionsmittel zu säubern. Am schlimmsten jedoch fand ich es, wenn er mit den Kindern in den Fotoalben blätterte, die ich liebevoll für Amy und Fynn gestaltet hatte.

»Schaut mal!«, hieß es dann oft. »Wisst ihr noch, wie ich euch den Schneemann gebaut habe?« Oder: »Erinnert ihr euch, wie glücklich wir hier waren?« Oder: »Da habe ich euch beigebracht, einen Drachen steigen zu lassen.« Er, er, er. Sein Lachen und sein Getue, wenn er über die alten Erlebnisse plauderte, als wäre er der Superdaddy, der nie einer Seele etwas zuleide getan hatte, ließen mich wieder und wieder die Fingernägel in mein Fleisch graben, um ihm nicht für alle sichtbare Furchen in sein aalglattes, scheinheiliges Gesicht zu kratzen. Selbst jetzt im bitterkalten Januar musste ich erst einmal stoßlüften und räuchern, wenn er mein Haus verlassen hatte, um die Reste seines Parfüms zu vertreiben, damit ich in meinem Heim wieder befreit atmen konnte.

Allein die Erinnerung an Patricks Geruch löste Unwohlsein in mir aus. Um ihn aus meinem Kopf zu vertreiben, öffnete ich das Autofenster. Der Fahrtwind wirbelte mir frische, kalte Winterluft um die Nase und ich nahm den Duft nach Schnee tief in mir auf. Eine Schneeflocke landete auf meiner Hand und ich sah ihr beim Schmelzen zu. Das letzte Mal, dass ich bei Schnee Auto gefahren war, war vor über zwei Jahren gewesen, als ich Patrick in Nürnberg in flagranti erwischt hatte. Das war der Anfang vom Ende gewesen. Jetzt hoffte ich, dass ich bei dem bevorstehenden Termin das Ende vom Ende klarmachen konnte und wir die Ehefolgenvereinbarung unter Dach und Fach bekamen, damit endlich der

Scheidungstermin beantragt werden konnte. Entgegen allen Ratschlägen meiner Anwältin hatte ich meine Bedingungen für die Vereinbarung neu definiert. Meine Auflistung, die ich gleich bei dem Treffen mit Patrick und unseren Anwältinnen vorstellen würde, beinhaltete einige finanzielle Zugeständnisse unter der Bedingung, dass Patrick mir die Gesundheitssorge und das Aufenthaltsbestimmungsrecht für Amy übertrug. Bisher hatten wir nur über die Finanzen geredet, und ich hatte noch nicht gewagt, meine Forderungen zu Amy klar auf den Tisch zu bringen. Heute war es an der Zeit, Nägel mit Köpfen zu machen.

»Sind Sie sich sicher, dass Sie diesen Vorschlag unterbreiten wollen?«, fragte mich Frau Engelhardt, der offensichtlich das Anwaltsherz bei meinen Zugeständnissen blutete, auf dem Weg ins Besprechungszimmer.

Ich musste nicht mehr über ihre Frage nachdenken. »Ja, absolut!«

Erst gestern hatte ich mit Laura und Jenny darüber gesprochen und heute Morgen auf der Arbeit mit Teresa. Sie alle hatten mir meinen Plan ausreden wollen und gaben zu bedenken, dass egal, wie viele Zugeständnisse ich auch machte, Patrick mich trotzdem als Geldgeier hinstellen würde. Da hatten meine Freundinnen sicher recht, aber inzwischen war mir egal, was andere von mir dachten. Wer meinte, er müsste Patrick seine Lügen ungefiltert glauben, sollte das tun. Den brauchte ich nicht in meinem Umfeld. Mir kam es darauf an, endlich eine schnelle, außergerichtliche Einigung zu erzielen, die mir die Sorgerechtselemente für Amy garantierte. Wenn Patrick sich darauf nicht einließ, würde ich ihn doch noch anzeigen. Der Missbrauch an seiner Tochter würde nicht ungesühnt bleiben. Sorgerecht für mich und finanzielle Zugeständnisse für ihn oder Anzeige und meine Anwältin würde das Go bekommen, die harte Linie zu fahren. Eine andere Option gab es für mich nicht mehr. Selten war ich mir sicherer gewesen. Alles an mir strahlte Entschlossenheit aus, als ich hinter Frau Engelhardt den Versammlungsraum betrat, in dem Patrick und seine Anwältin bereits warteten.

Ich musste an die Stehaufmännchen-Figuren denken, die man anschubste, sodass sie kippten, um sich dann wieder aufzurichten. Vor Kurzem noch hatte ich versucht, mein Männchen aufrecht zu halten, egal, wie fest es gestoßen wurde, was mir trotz größter Kraftanstrengung selten gelungen war. Jetzt hatte ich begriffen, dass es besser war, flexibel auf Angriffe zu reagieren. Ich wich den Schlägen aus oder gab den Treffern etwas nach, um mit doppelt so viel Schwung in die Gegenrichtung zurückzukehren. Und war mein Gegenüber nicht schnell genug, war er derjenige, den der Rückstoß mit voller Wucht traf. Ich stellte mir Patrick mit blutiger Nase vor und spürte ein Gefühl des Triumphes in mir aufsteigen.

»Okay, wir stimmen der Vereinbarung zu.« Das war alles gewesen, was mein Noch-Gatte gesagt hatte, nachdem er sich kurz mit seiner aufgetakelten Anwältin beraten hatte. Mein Angebot war zwar gut gewesen, aber ich hätte nie im Leben damit gerechnet, dass er mir Amy kampflos überlässt. Strike! Es fühlte sich für mich an, als hätte allein meine kompromisslose Ausstrahlung ihn wissen lassen, dass ich ihn anderenfalls wie eine Schabe zerquetscht hätte. Ich hatte schon das Geräusch des knackenden Panzers hören können. Aber so war es auch gut. Wir setzten unsere Unterschriften auf den Entwurf für die Ehefolgenvereinbarung und machten für Ende Februar einen Termin beim Notar zur Beurkundung aus. Meine Anwältin informierte das Gericht, dass wir uns jetzt einig waren und der Scheidungstermin ab März festgesetzt werden konnte, dann gingen wir alle unserer Wege.

Mein Herz hüpfte vor Freude, als ich auf dem Parkplatz stand und mir die Schneeflocken ins Gesicht schneien ließ. Endlich war ich meiner Freiheit einen riesigen Schritt nähergekommen. Auch wenn mir klar war, dass Freiheit eine innere Haltung war, war es mir trotzdem wichtig, auch die äußeren Ketten zu sprengen und ein sichtbares Zeichen zu setzen. Plötzlich hatte ich eine Idee. Ich blickte auf meine Uhr, mit der ich kurz nach der Trennung die neue Zeitrechnung eingeläutet hatte. Wenn ich mich beeilte, konnte ich es noch rechtzeitig schaffen. Ich düste wie eine Irre durch Würzburgs Innenstadt, parkte mein Auto vor dem Landratsamt und stürmte hinein.

Eine halbe Stunde später verließ ich das Gebäude freudestrahlend wieder und betrachtete mein Werk. Ich fuhr mit den Fingerspitzen die Erhebungen auf dem Blech nach und spürte, wie sich das Glücksgefühl bis in die Haarspitzen in mir ausbreitete. WÜ-N-123, las ich laut vor. Das klang viel besser als WÜ-PN und das Jahr unserer Heirat, das mir die letzten zwei Jahre stets ein Dorn im Auge gewesen war. Sah mein Auto nicht wunderschön aus mit dem neuen Nummernschild?

Die Dame in der Zulassungsstelle hatte mich zwar vermutlich für verrückt gehalten, weil ich ein neues Kennzeichen für dasselbe Auto haben wollte, ohne dass sich der Halter änderte, aber das war mir egal. Ich war glücklich und das zählte. Unweigerlich musste ich an die ersten Worte von

Neil Armstrong auf dem Mond denken. Das neue Schild war theoretisch nur ein winziger Schritt und dennoch bedeutete es in dem Moment die Welt für mich.

KAPITEL 39

Es klingelte an der Tür. Ich warf schnell einen Blick aus dem Küchenfenster, ehe ich das Schnitzel in der Pfanne wendete und nach den Kindern rief. »Amy? Fynn? Die Post. Kann einer mal aufmachen? Ich bin gerade am Kochen.« Die einzige Reaktion war ein erneutes Klingeln. Na toll. Genervt schob ich die Pfanne mit dem Fleisch beiseite und verbrannte mich dabei auch noch am heißen Fett, das mir auf den Unterarm spritzte. Mit dem Küchentuch in der Hand öffnete ich abgehetzt die Tür.

»Hallo, Frau Wolf, ich habe mal wieder ein Paket für Sie und hier noch die Post. Sie haben heute einen hochoffiziellen Brief dabei«, bemerkte der Postbote neugierig.

Ich nahm ihm die Sachen ab, bedankte mich und schlug ihm die Tür vor der Nase zu, ehe ich mit den Briefen ins Esszimmer lief und das amtlichen Schreiben herausfischte. Das konnte nur der Scheidungstermin sein. Ich beachtete die Brandwunde auf meinem Arm nicht weiter und riss den Umschlag auf. Mit zitternden Fingern zog ich das Papier heraus und faltete es auseinander. In Windeseile überflog ich die Zeilen.

»*Ladung ... in der Familiensache Wolf, Nicola ./. Wolf, Patrick ... wegen Scheidung ... im oben bezeichneten Verfahren*

wurde der Haupttermin der Scheidungs- und Folgesachen be-
stimmt auf ... Donnerstag, den 11.03.«

O Gott, das war in drei Wochen. Freudestrahlend presste ich das Schreiben an meine Brust, in der mein Herz wie wild pochte. Endlich, nach über zwei Jahren Psychokrieg, gab es ein Datum, das die Trennung offiziell besiegeln würde. Mit einem Mal sah ich das helle Licht am Ende des Tunnels. Der elfte März. Das war auch noch ein Tag vor meinem vierzigsten Geburtstag. Wenn das kein gutes Zeichen war. Mein neues Jahrzehnt würde ich in Freiheit beginnen, dachte ich und drehte mich mit dem Brief glücklich im Kreis.

Abrupt hielt ich in der Bewegung inne, als ich Fynn im Türrahmen stehen sah, der mich finster anblickte. Mein Strahlen erstarb augenblicklich. Ich fühlte mich ertappt und rechnete mit einem von Fynns Wutausbrüchen, aber er schwieg und starrte mich nur still an, was fast schlimmer zu ertragen war als das Toben, das ich von ihm gewohnt war.

»Wann?«, fragte Fynn und deutet mit dem Kopf auf den Brief in meiner Hand.

Gut, dass Blicke nicht töten konnten. Ich kaute auf meiner Lippe und sagte: »Am elften März. Das ist ein Donnerstag.« Als ob ihn der Wochentag interessieren würde, dachte ich, und versuchte meine Selbstsicherheit wiederzufinden, die von dem schlechten Gewissen erstickt wurde, das ich Fynn gegenüber empfand, wenn ich sah, wie sehr er litt.

»Du ziehst deinen Egotrip also echt durch?«, sagte Fynn abschätzig, sodass ich mir nicht sicher war, ob es eine Frage oder eine Feststellung sein sollte.

»Ich ziehe die gerechtfertigte Trennung von deinem Vater durch, deren logische Konsequenz die Scheidung ist, ja«, antwortete ich wieder gefasster. »Aber das ändert nichts daran, dass du mein Sohn bist und bleibst und ich dich liebe.«

Fynn lachte verächtlich. »Du weißt doch gar nicht, was Liebe ist. Du hattest es immer nur auf Papas Geld abgesehen. Andere Frauen werden von ihren Männern geschlagen und bleiben trotzdem. Du hattest das tollste Leben und wirfst wegen nichts und wieder nichts alles hin. Und ich, ich bin dir doch völlig egal. Für dich zählt sowieso nur noch Amy, seit du auf ihre Lügen hereingefallen bist.«

»Das ist nicht wahr!«, platzte es aus mir heraus. »Ich liebe dich genauso wie Amy, aber du machst es mir verdammt noch mal nicht leicht, dir das zu zeigen.«

»Warum glaubst du dann ihr und nicht mir? Außerdem, wenn Papa wirklich was gemacht hätte, würde Amy sicher jetzt nicht wieder den Kontakt zu ihm suchen«, spuckte Fynn sein Argument vor mir aus.

Mein armer Junge. Ich konnte seine Zweifel, seine Zerrissenheit und sein Klammern an die heile Welt zu gut verstehen. Bisher hatte ich versucht, den Übergriff mit ihm nicht näher zu thematisieren und ihm seine Sichtweise von der Unschuld seines Vaters zu lassen, aber jetzt musste ich etwas dazu sagen.

Ich atmete tief ein und erklärte: »Amy hat ihren Papa genauso geliebt wie du und sie liebt den liebevollen Teil an ihm nach wie vor. Die gute Seite eures Vaters vermisst sie. Aber glaubst du, Amy hatte aus Spaß Panikattacken, wenn sie ein Auto sah, wie Papa es fährt? Glaubst du, sie wacht grundlos nachts schreiend aus ihren Albträumen auf? Und selbst wenn du Amy für eine Lügnerin hältst, glaubst du wirklich, dass mein Leben mit Papa nur rosarot war und ich mal eben aus einer Laune heraus meine Familie zerbrochen habe?« Ich sah Fynn mit Tränen in den Augen an und konnte sehen, dass auch er mit seiner Fassung rang. Einmal in Fahrt sprach ich weiter: »Glaubst du wirklich, dass die Trennung an mir spurlos vorbeiging, nur weil ich versucht habe, für euch stark zu sein und euch meinen Schmerz nicht aufzubürden, wie Papa, der euch die Ohren vollgeheult hat?«

Fynns Mundwinkel zuckten, aber er blieb stumm.

»Fynn, du siehst nur das, was du sehen willst. Deinem Vater glaubst du ungefiltert jedes Wort, legst im Gegenzug mir alles negativ aus und machst mich zum alleinigen Sündenbock. Die Wahrheit willst du doch gar nicht mehr wissen!« Ich sah meinen Sohn durch einen Schleier aus Tränen hindurch an, die ich nicht länger zurückhalten hatte können. Ich hoffte insgeheim, er würde mir widersprechen und die Wahrheit fordern, wie so oft direkt nach der Trennung, als ich ihn auf Anraten der Experten mit allgemeinen Phrasen vertröstet hatte. Wie ein Hundertmeterläufer stand ich in den Startlöchern und hoffte auf ein »Doch, ich will es wissen!« als Startschuss, um ihm die Wahrheit auf den Tisch knallen zu können, damit er endlich verstehen konnte, dass ich nicht aus Egoismus, sondern aus reinem Selbsterhaltungstrieb gehandelt hatte. Damit er endlich wieder spüren konnte, dass ich ihn liebte.

Aber der Startschuss kam nicht. Stattdessen wandte Fynn sich ab, schnappte sich seine Jacke und ging wortlos zur Haustür hinaus.

Ich sank auf den nächstbesten Esszimmerstuhl. Erst jetzt bemerkte ich, dass ich immer noch das Schreiben des Amtsgerichts in der Hand hielt, und legte es ab. Ich stützte meinen Kopf in die Hände, die Ellenbogen auf dem Tisch, und weinte. Fuck! Hörte diese Berg- und Talfahrt der Gefühle denn nie auf? Warum mussten Freud und Leid so nah beieinanderliegen? Neben dem Schmerz in meinem Herzen machte sich auch die Verbrennung auf meinem Arm wieder bemerkbar.

»Mama?«, hörte ich Amys zaghafte Stimme hinter mir.

Ich wischte mir mit dem Ärmel die Tränen aus dem Gesicht, zog die Rotze hoch und antwortete: »Ja, mein Schatz, was gibt's?«

»Es tut mir leid. Es ist alles meine Schuld.« Amy stand mit geröteten Augen wie ein Häufchen Elend neben mir. Sie musste den Streit mit Fynn mitbekommen haben.

»Amy, nichts ist deine Schuld. Weder, was Papa getan hat, noch, wie Fynn jetzt reagiert. Wir bekommen das alles wieder hin, okay?« Ich nahm Amy in die Arme und drückte sie ganz fest an mich.

»Aber, aber wegen mir hasst Fynn dich. Ich habe alles kaputt gemacht«, stotterte mein Mädchen unter Tränen.

Ich nahm ihr zartes Gesicht in meine Hände, sodass sie mir direkt in die Augen sehen musste, und sagte: »Dich trifft keine Schuld! Hörst du? Und Fynn hasst mich auch nicht, genauso wenig wie dich. Er schafft es nur nicht, Papa und mich gleichzeitig lieb zu haben. Er braucht im Moment einfach jemanden, auf den er sauer sein kann.« Zärtlich strich ich Amy die Tränen von der Wange.

»Aber … du bist so traurig Mama. Und nicht nur jetzt. Ich habe dich öfter nachts weinen gehört, wenn du dachtest, ich schlafe.«

Eine Welle des Schmerzes stieg in mir empor und ich drückte Amy wieder an mich, in der Hoffnung, dass sie mir meinen Schmerz dann nicht ansehen konnte. Ich schluckte schwer, bevor ich weitersprechen konnte.

»Ja, ich bin manchmal traurig. Ich liebe Fynn, wie du auch, und manchmal weine ich, weil ich ihn ganz schlimm vermisse. Selbst wenn er hin und wieder bei uns wohnt, wenn Papa auf Geschäftsreise ist, scheint er meist meilenweit von uns entfernt zu sein. Aber gerade, weil wir ihn lieben, müssen wir ihn im Moment loslassen.« Ich musste unweigerlich an das

Stück »Der kaukasische Kreidekreis« von Brecht denken, in dem die Frau, die das Kind wirklich liebt, es loslässt, um ihm nicht wehzutun.

»Das verstehe ich nicht«, meinte Amy traurig. »Wenn wir ihn loslassen, denkt er doch erst recht, dass er uns egal ist.«

Meine schlaue Amy. Die Gefahr bestand tatsächlich, zumal wir nicht wie bei Brecht einen weisen Richter an der Seite hatten, der das Kind der Mutter zusprach, die losgelassen und gezeigt hatte, dass es ihr nicht darum ging, das Kind zu besitzen, sondern es zu beschützen.

Ich nahm Amys Hände in die meinen und sagte mit Nachdruck, der nicht nur sie, sondern auch mich überzeugen sollte: »Wir sagen und zeigen Fynn immer wieder, dass er uns nicht egal ist und dass wir ihn lieben. Eines Tages wird er uns das auch glauben. Aber wenn wir jetzt mit Gewalt an Fynn ziehen, machen wir ihn kaputt. Dann wird er zwischen Papa und uns zerrissen. Wir müssen uns noch ein bisschen gedulden, bis Fynn von allein den Weg zu uns findet«, erklärte ich ihr. »Bis dahin sind wir manchmal traurig, weil es traurig ist. Aber wir beide haben uns, und ich verspreche dir, dass es besser wird. Die Wunden werden heilen. Zusammen schaffen wir das, okay?«

Statt einer Antwort schmiegte Amy sich enger an mich. Mir wurde einmal mehr bewusst, dass sie in dieser Lebensphase mindestens so sehr mein Halt war, wie ich ihrer.

KAPITEL 40

Die Brandnarbe war fast verheilt und seit unserem Gespräch vor knapp zwei Wochen wirkte auch Amy gelöster. Selbst Fynn schien weniger auf Krawall gebürstet zu sein. Er hatte sich zwar geweigert, noch mal mit mir zu reden, aber er war deutlich umgänglicher geworden, und als Patrick ihn vorgestern abgeholt hatte, hatte er mich sogar zum Abschied kurz gedrückt. Vielleicht hatten ihn meine Worte doch zum Nachdenken angeregt.

Amy trällerte eines ihrer Lieblingslieder im Radio mit, als das Autotelefon klingelte und das Display Patricks Nummer zeigte. Widerwillig nahm ich den Anruf an.

»Hallo?«

»Hallo, Nicola, ich muss mit dir noch mal über den Notartermin reden. Ich habe dir ein Angebot zu machen«, dröhnte es aus der Freisprechanlage.

»Ich fahr gerade Amy zum Training. Kann ich dich gleich zurückrufen, wenn ich sie abgesetzt habe?«, fragte ich, um klarzustellen, dass es nicht infrage kam, solche Gespräche in Anwesenheit eines Kindes auszutragen.

Patrick stimmte zu und ich rief ihn wenig später vom Parkplatz der Turnhalle aus übers Handy zurück.

»So, jetzt kann ich sprechen, was gibt es denn Dringendes?«, erkundigte ich mich.

»Es geht um den Notartermin übermorgen. Wie du vielleicht gemerkt hast, geht es mir nicht gut«, begann Patrick seine Rede. »Ich bin psychisch am Ende und überlege, mich einweisen zu lassen.«

Hoppla, das waren ja mal völlig neue Töne. Für den Moment wusste ich nicht, was ich dazu sagen sollte, aber Patrick sprach bereits in theatralischer Tonlage weiter.

»Wenn ich das tue, hatte ich die längste Zeit meinen Job, und ohne die Leitungsfunktion kann ich das Haus nicht halten.«

Patrick machte eine Pause. Es war die Art von Pause, die er machte, wenn er wollte, dass man nachhakte. Da ich nicht ewig Zeit hatte, tat ich ihm den Gefallen und fragte: »Okay, was hat das mit dem Notartermin zu tun?«

»Ich schaffe das einfach alles nicht mehr. Deshalb biete ich dir an, das Haus auf deinen Namen zu übertragen, ohne Schulden. Dann kannst du mit beiden Kindern im Haus leben und ich ziehe zu meiner Mutter.«

Stille.

Mein Kopf versuchte, die völlig überraschende Information zu verarbeiten. Patrick bot mir allen Ernstes unser Haus an? Schuldenfrei? Vor ein paar Wochen hatte er noch mit mir um jeden Euro gefeilscht, mit dem das Haus für den Zugewinnausgleich im Wert angesetzt worden war, und jetzt sollte ich alles kriegen? Ich hatte keine Ahnung, was für ein Schachzug das wieder sein sollte, aber irgendetwas war hier gewaltig faul. Und selbst wenn nicht, ich wollte das Haus nicht. Amy und ich fühlten uns in der Mietwohnung pudelwohl, und auch bei Fynn lag es an den Umständen, die es für ihn schwierig machten, und nicht an der Wohnung selbst.

»Was sagst du dazu?«, fragte Patrick nach.

Hunderte Gedanken schwirrten durch mein Oberstübchen, unmöglich, sie in der Kürze der Zeit alle zu Ende zu denken. Aber das musste ich auch nicht, denn es gab für mich sowieso letztlich nur eine Antwort.

»Nein!«, hörte ich mich klar und deutlich sagen.

»Wie, nein?«, fragte Patrick konsterniert.

»Nein, danke! Ich will das Haus nicht haben.«

Für einen Moment hätte man eine Stecknadel fallen hören können, dann brach das Donnerwetter los.

»Du spinnst doch! Wie blöd kann man sein, ein derart großzügiges Angebot abzulehnen? Das kann unmöglich dein Ernst sein!«, brüllte Patrick ins Telefon.

»Doch. Vielleicht glaubst du jetzt, dass ich nicht auf dein Geld aus bin«, konterte ich, nicht ohne einen Anflug von Genugtuung, weil meine Aussage seine Behauptung, ich sei nur geldgierig, ad absurdum führte.

Ich konnte an Patricks Atmung hören, dass sein ganzer Körper beben musste, noch bevor seine hysterische Stimme in mein Ohr schrillte: »Dann ... dann lass ich mich eben auf der Stelle einweisen und komme übermorgen auch nicht zum Notartermin!«

Bevor mir die Angst die Kehle zuschnüren konnte, erwiderte ich: »Sag mir Bescheid, solltest du das wirklich tun, damit ich mich um Fynn kümmern kann, während du in der Nervenheilanstalt bist.« Obwohl ich das Handy bereits vom Ohr genommen hatte, um aufzulegen, konnte ich noch hören, wie er brüllte: »Du blöde, herzlose Kuh ...« Dann war die Verbindung tot.

»Fuck, fuck, fuck!«, schoss es aus mir heraus, und ich trommelte mit jedem Wort auf mein Lenkrad ein, ehe ich mich an ihm festkrallte und darauf zusammensank. Was hatte ich nur getan? Wieso hatte ich meine Klappe nicht halten können? Was war, wenn Patrick wirklich nicht zum Notartermin kam? Wenn er sich wirklich einweisen ließ? Ich fühlte mich, als hätte ich gerade die Kerze, die ich inzwischen am Ende des Tunnels hatte sehen können, selbst ausgepustet. Scheiße! Eine Welle der Verzweiflung drohte, mich mit sich zu reißen, als es plötzlich an meine Scheibe klopfte. Erschrocken hob ich den Kopf und sah Jennys Gesicht. Sie hatte der Himmel geschickt. Ich stieg aus und fiel ihr um den Hals.

»Gut, dass du da bist. Was mach ich denn jetzt?«

»Was machst du wann? Was, um alles in der Welt, ist denn passiert?«, erkundigte sich meine Freundin.

Atemlos antwortete ich: »Patrick hat mir gerade das Haus angeboten, weil ihm angeblich alles zu viel wird, ich habe abgelehnt und jetzt will er sich unverzüglich einweisen lassen und nicht zum Notartermin kommen. Und ohne Notartermin gibt es keine beurkundete Ehefolgenvereinbarung und ohne die keine Scheidung.« Ich spürte, wie die Panik in mir aufstieg und meine Atmung hektischer wurde.

»Stopp! Jetzt atme erst einmal tief durch und beruhige dich!«, befahl Jenny.

»Ich kann jetzt nicht ruhig sein«, jammerte ich, während ich hin- und herlief und fluchte wie ein Rohrspatz.

»Noch mal langsam zum Mitschreiben. Ich blicke nämlich nicht durch!«, forderte Jenny mich auf.

Ich verdrehte die Augen, nahm noch einen tiefen Atemzug und wiederholte: »Patrick will sich sofort in die Psychiatrie einweisen lassen und nicht zum Notartermin kommen, weil er psychisch am Ende ist und weil ich sein Angebot, mir das Haus zu übertragen, nicht angenommen habe«, erklärte ich vor Ungeduld zitternd.

»Okay. Und wie wahrscheinlich ist es, dass er sich wirklich

einweisen lässt?«, fragte Jenny seelenruhig, während ich weiterhin nicht stillstehen konnte.

Ich zuckte mit den Achseln und überlegte. »Eigentlich kann ich mir das nicht vorstellen«, gab ich schließlich zu.

»Na siehst du.«

»Aber was, wenn doch, und wenn er den Notartermin platzen lässt und die Scheidung nicht durchgeführt werden kann?« Meine Worte überschlugen sich förmlich.

»Darüber machen wir uns Gedanken, wenn er seine Drohung in die Tat umsetzt.«

»Aber …«

»Nichts aber! Wir machen einen Schritt nach dem anderen«, befahl Jenny, überlegte kurz und fragte: »Was ist mit Fynn, wenn Patrick sich einweisen lässt?«

»Ich habe ihm gesagt, dass er mir Bescheid sagen soll, damit ich Fynn in dem Fall zu mir holen kann.«

»Ich kann mir nicht vorstellen, dass Patrick sich wirklich einweisen lässt. Bestimmt war das wieder einer seiner Tricks, um Zeit zu schinden«, versuchte Jenny, mich weiter zu beruhigen.

Ich dachte über ihre Worte nach und rieb mir dabei die Stirn, als könnte das helfen, meine durcheinandergeratenen Gedanken wieder an die richtige Stelle zu schieben. »Hm, ja, daran habe ich auch kurz gedacht. Da kannst du recht haben.« Langsam kam mein Körper zum Stehen und mein logisches Denken setzte wieder ein. »Zudem hätte Patrick sicher gehofft, in unser ehemals gemeinsames Haus doch leichter wieder einen Fuß in die Tür zu bekommen, wenn ich darauf eingegangen wäre.«

»Na siehst du, es ist alles halb so wild.«

»Ja, aber was, wenn er jetzt zu Hause austickt, weil ich so kalt zu ihm war? Fynn ist mit ihm allein.« Der Gedanke beschleunigte meinen Herzschlag wieder.

»Dann ruf Fynn doch an, dann weißt du, ob alles okay ist.«

»Meinst du?«, fragte ich unsicher nach.

»Jetzt mach schon! Vorher hast du eh keine Ruhe. Außerdem behauptet Patrick sonst wieder, dass dir dein Sohn egal ist, wenn du nicht nachfragst.«

Wo Jenny recht hatte, hatte sie recht. Ich wählte Fynns Nummer. Statt meines Sohnes meldete sich Patrick.

»Was willst du?«, fragte er barsch ins Telefon.

»Ich will Fynn sprechen«, antwortete ich sachlich.

»Er will dich aber nicht sprechen!«, behauptete sein Vater.

»Ich wollte von ihm wissen, ob alles okay ist und ob ich ihn holen soll«, sagte ich vorsichtig.

Patricks gehässiges Lachen kroch wie klebriges Pech durch den Hörer. »Das hättest du wohl gerne! Aber du kriegst mich nicht klein! Wegen dir geh ich bestimmt nicht in die Klapse! Und dass Fynn zu dir kommt, kannst du auch vergessen! Nachdem er gehört hat, dass du das Haus nicht willst, obwohl er dann fest bei euch wohnen würde, bist du für ihn endgültig gestorben.«

Diesmal war es Patrick, der das Gespräch beendete und mir keine Chance auf eine Antwort ließ. Ich stand mit offenem Mund da, während die Fassungslosigkeit über sein mieses Spiel und die Bedeutung seiner Worte von mir Besitz ergriffen.

Jenny schüttelte mich. »Nicola, um Himmels willen, was ist los? Ist jemand gestorben?«

»So ähnlich«, hörte ich mich selbst sagen.

KAPITEL 41

Eigentlich hätte es ein Tag der Freude sein müssen, schließlich war der Notartermin der letzte wichtige Schritt vor der eigentlichen Gerichtsverhandlung. Trotzdem steckte mir Patricks mieses Spiel von vorgestern noch gewaltig in den Knochen und dämpfte die Vorfreude. Die Augenringe hatte ich so gut es ging weggeschminkt und auch sonst ließ ich mir meinen Gemütszustand nicht anmerken. Denn eines hatte ich inzwischen gelernt: Wenn ich Patricks Machenschaften ignorierte, traf ich ihn zehnmal mehr, als wenn ich ihm zeigte, dass er mich getroffen hatte. Es war wie früher mit dem Orkan, man durfte ihm einfach kein Futter geben. Trotzdem kostete es mich die größte Selbstbeherrschung, den Anstand zu wahren und dem Vater meiner Kinder nicht ins Gesicht zu spucken. Immerhin war Patrick zum Notartermin erschienen, nur das zählte im Moment. Bis fünf Minuten vor der vereinbarten Uhrzeit hatte ich gebangt, und selbst jetzt konnte ich die Anspannung nicht ganz abschütteln.

Mein Ex thronte, in Anzug und Krawatte in seine Parfümwolke gehüllt, auf dem Sessel mir gegenüber, während der Notar am Kopfende des Tisches in dem noblen Büro in monotoner Stimme die ellenlange Vereinbarung verlas. Ich fühlte mich im Vergleich zu den beiden großen Männern winzig und verloren in dem Sessel, in den ich fast dreimal hineingepasst hätte. Auch wenn meine Kraftreserven schon lange aufgebraucht waren, hielt mich der pure Siegeswille aufrecht. Wie ein Marathonläufer, der irgendwann seine schmerzenden Muskeln nicht mehr wahrnahm und Fuß vor Fuß setzte, kämpfte ich mich Schritt für Schritt weiter.

Obwohl ich meine Konzentration auf den gutaussehenden und sympathischen Mann am Kopfende richtete, spürte ich, dass Patrick mich beobachtete, und drehte den Kopf. Ich erwiderte seinen Blick und hielt seinem lächerlichen Machtspiel stand. Er würde mich nicht mehr kleinkriegen, egal, was er tat. Das hatte ich mir geschworen. Mit Genugtuung entdeckte ich Schweißperlen an Patricks Haaransatz. Sicher war sein Hemd unter den Achseln auch bereits durchgeschwitzt. Er konnte vielleicht den Notar täuschen, aber ich kannte ihn zu gut und sah ihm deutlich an, dass er hinter seiner Fassade keineswegs so cool war, wie er tat. Für ihn musste es eine unfassbare Niederlage sein, heute hier zu sitzen und dem Scheitern der Ehe den ersten offiziellen Stempel aufzudrücken.

Sein Gesicht sah alt aus und wurde von ersten grauen Strähnen eingerahmt. Damit wurde er seinem Vater auch äußerlich immer ähnlicher. Ich dachte an Maria und daran, wie ihr Leben wohl verlaufen wäre, wenn sie es früher geschafft hätte, sich von Wilhelm zu trennen. An der Beerdigung hatte sie stark und voller Willenskraft gewirkt, aber kurz darauf hatte sie die Lethargie wieder im Griff gehabt. Sie hatte längst keine eigenen Träume und Ziele mehr und hatte verlernt, wirklich zu leben. Auch wenn ihre Tür jetzt weit offen stand, blieb sie in dem goldenen Käfig sitzen, den sie kannte, und wagte es nicht, die Welt um sich herum zu erkunden. Hilfe lehnte sie ab.

Was waren eigentlich meine Ziele und Träume, fragte ich mich. Wie sollte es nach der Scheidung weitergehen?

Die monotone Vorlesestimme des Notars war verstummt und er sprach uns nun direkt an: »Haben Sie noch Fragen zu der Vereinbarung?«

Patrick und ich wandten uns zeitgleich dem Juristen zu und schüttelten den Kopf.

»Prima. Dann dürfen Sie beide noch hier unten unterzeichnen und dann haben Sie es geschafft.« Der Notar schenkte uns ein Lächeln, ehe er weitersprach: »Ich muss schon sagen, ich habe selten Paare, die sich noch so gut verstehen wie Sie und wo alles durchweg harmonisch abläuft. Alle Achtung.«

Ich verschluckte mich fast an dem Wasser, das ich gerade getrunken hatte. Den Eindruck machten wir? Na, dann mal ein Hoch auf die Selbstbeherrschung und Schauspielkunst, dachte ich und hielt meine Klappe.

Patrick säuselte etwas vom Wohl der Kinder und ich biss mir auf die Zunge, um dem netten Herrn Notar nicht zu stecken, weshalb ich die Rechte für Amy bekam.

»Ladys first«, sagte der Notar und reichte mir die Unterlagen sowie seinen ungewöhnlich schweren Kugelschreiber. Für einen Moment sah ich mich vor meinem inneren Auge im Flur unserer ersten gemeinsamen Wohnung stehen und voller Vorfreude meine neue Unterschrift üben. Fast vierzehn Jahre war das her. Überrascht stellte ich fest, dass kein Schmerz mehr hochkam, kein Gefühl des Versagens, keine Scham. In mir war alles friedlich. Ich setzte den Stift an und unterschrieb in einem Schwung das Dokument, wobei das »Nicola« deutlich größer ausfiel als der Nachname. Dann schob der Notar Papier und Stift an Patrick weiter, der lange nicht mehr so selbstsicher wirkte wie eben noch. Seine

Schultern waren nach unten gesunken, der Blick trüb. Insgesamt wirkte er, als wäre ihm sein Anzug plötzlich zwei Nummern zu groß.

Unterschreib endlich, flehte ich innerlich.

Quälend langsam nahm Patrick den Stift in die Hand, setzte ihn am Papier an und verharrte in der Bewegung. Ich hielt die Luft an, den Blick fest auf den Kugelschreiber gerichtet.

»Genau da«, hörte ich den Notar sagen.

Patrick zögerte und starrte vor sich auf das Dokument.

Welcher Film auch immer gerade in dir abläuft, lass ihn schneller laufen, versuchte ich ihn zu beschwören. Nach weiteren unendlich langen Sekunden rührte sich Patricks Hand und setzte seine Unterschrift unter den Vertrag. Ich spürte, wie die angehaltene Luft aus meiner Lunge strömte und die Anspannung von mir abfiel. Der Grundstein für die Scheidung war gelegt.

KAPITEL 42

»Bist du dir sicher, dass ich morgen nicht mit zum Gericht kommen soll?«, fragte Teresa, die sich auf meiner Schreibtischkante niedergelassen hatte und an ihrem dampfenden Kaffee nippte, während ich meine Siebensachen zusammensuchte.

»Ja, absolut. Mir geht es gut. Wirklich.«

»Ich kann mir freinehmen. Das wäre kein Problem«, bot Teresa an und stellte die heiße Tasse ab.

»Danke, das ist echt lieb von dir. Aber den Weg muss ich allein gehen. Jenny und Laura haben mich auch gefragt, ob sie mitkommen sollen, und meine Eltern haben ebenfalls angeboten, mich zu begleiten. Ihr habt mich alle hammermäßig unterstützt. Ohne euch wäre ich nie bis hierher gekommen, aber diese letzte Schlacht muss ich allein kämpfen. Ich will mir selbst beweisen, dass ich stark genug bin, es mit Patrick aufzunehmen. Weißt du, wie ich meine?«

Teresa strahlte mich an. »Ich weiß genau, was du meinst. Du schaffst das, Nicola! Du hast dir das hart erkämpft, gegen alle Widerstände von außen und innen.«

Kurz stutzte ich, ehe ich verstand. »O ja, stimmt, die inneren Widerstände gab es ja auch noch. Meine Blödheit und Naivität waren wirklich beachtlich«, sagte ich halb scherzend, wohl wissend, dass Teresa das anders gemeint hatte. Obwohl ich aus den unzähligen Büchern und Podcasts über Narzissmus inzwischen die Dynamiken in toxischen Beziehungen kannte und wusste, zu welchen Veränderungen es dabei nachweislich sogar im Gehirn kam, konnte ich die Selbstvorwürfe nur schwer sein lassen. Immer wieder sah ich mich selbst mit den Augen eines ahnungslosen Außenstehenden, der mich im besten Fall für naiv halten konnte.

Prompt sah Teresa mich streng an und meinte: »Hallo? Wie oft muss ich dir noch sagen, dass das nichts mit Blödheit zu tun hat und mit Naivität genauso wenig? Wir sind in einem gesellschaftlichen System groß geworden, das Frauen beigebracht hat, dass sie nichts zählen und keine Grenzen setzen dürfen. Den meisten von uns wurde anerzogen, dass wir lieb und brav, anpassungsfähig und fürsorglich zu sein haben. Damit serviert man uns solchen kranken Typen auf einem Silbertablett. Es muss sich etwas in unser aller Bewusstsein ändern, was die Rollenverteilung angeht. Außerdem müssen wir unseren Kindern nicht nur beibringen, dass sie nicht in fremde Autos steigen dürfen, sondern sie über schwarze Rhetorik und manipulatives Verhalten aufklären und ihnen vorleben, wie sie gesunde Grenzen setzen. Und da rede ich nicht davon, egoistische Prinzen und Prinzessinnen großzuziehen, wie es heutzutage viele Eltern tun, sondern eigenständig denkende Menschen mit Rückgrat, die sich und ihren Nächsten in einem gesunden Verhältnis im Blick haben.«

Ich bewunderte die Leidenschaft, mit der sich Teresa über die Themen, die sie bewegten, in Rage redete. Sie hätte locker Politikerin oder Anwältin werden können. Während ich ihrem Plädoyer über Geschlechterrollen und Co. lauschte, hatte sich mein Schmunzeln zu einem breiten Grinsen ausgeweitet. Als sie dies wahrnahm, stoppte sie ihren Redeschwall und eine leichte Röte legte sich auf ihre Wangen.

»Ups, sorry. Da bin ich wohl gerade etwas übers Ziel hinausgeschossen.«

»Alles gut. Ich fand es süß, und manchmal tut mir eine Erinnerung daran, dass es keine Schuldfrage ist, gut. Das hilft mir dabei, dass aus dem neuen Trampelpfad im Gehirn irgendwann eine breite Autobahn wird, die so leicht nicht mehr zuwuchern kann.« Ich hielt ihr die Hand zum High Five entgegen und Teresa schlug ein.

»Hast du Angst vor morgen?«, fragte meine Freundin mich unvermittelt.

Ich nahm mir einen Moment Zeit, um meine Gefühle zu erforschen. »Nein, seltsamerweise überhaupt nicht. Respekt, ja, und ich bin aufgeregt, aber eher positiv. Es ist eine Art vorfreudiges Kribbeln gemischt mit dem Bewusstsein, dass ich trotzdem auf der Hut sein muss. Bei Patrick weiß man nie, welchen Schachzug er sich wieder einfallen lässt, vorausgesetzt, er erscheint überhaupt.«

Teresa nickte und verzog grimmig das Gesicht. Vermutlich hatte sie noch die Szene im Hinterkopf, als Patrick den Notartermin platzen lassen wollte.

»Das klingt doch gut. Kann ich sonst noch irgendwas für dich tun?«, erkundigte sie sich.

Ich schaltete meinen PC aus und schüttelte den Kopf.

Teresa hüpfte vom Schreibtisch und nahm mich fest in den Arm. »Na dann, toi, toi, toi für morgen und vergiss nicht, dich danach zu melden, okay? Ein Anruf von dir und ich bin da.«

»Ich weiß. Danke. Ich melde mich, versprochen. Und am Freitag sehen wir uns zur Party. Du kommst doch, oder?«

»Aber hallo! Was denkst du denn? Das Fest lasse ich mir

bestimmt nicht entgehen. Dann stoßen wir auf deinen Geburtstag und auf deine Freiheit an.«

Mein Schlafzimmer glich einem Schlachtfeld. Gefühlt der halbe Inhalt meines Kleiderschrankes lag auf dem Bett verteilt. Der schwarze Hosenanzug war zu bieder und dunkel, die rote Bluse zu sexy, das gelbe Kleid zu schrill, das nächste Teil zu dick, zu normal, zu sportlich, zu steif, zu unbequem, zu brav oder sonst irgendwie unpassend. Ein Outfit nach dem anderen schied aus, und der Klamottenberg auf meinem Bett wuchs und wuchs.

Unruhig trippelte ich vor dem Kleiderschrank hin und her. Bloß gut, dass ich frühzeitig aufgestanden war und noch genügend Zeit hatte. Was um alles in der Welt war das passende Outfit für eine Scheidung? Ich wollte gut und selbstbewusst aussehen, aber auch nicht zu aufgetakelt. Nicht bieder, nicht etepetete, einfach natürlich ich. Doch wer war ich eigentlich? Was mochte ich? Lange Zeit hatte Patrick meinen Kleiderstil bestimmt und ich war mehr darauf bedacht gewesen, ihm zu gefallen, um keinen Streit zu provozieren, statt das zu tragen, worin ich mich wohlfühlte. Ich musste den Kopf ausschalten, tief in mich hineinhören und das Gefühl sprechen lassen. Langsam glitten meine Finger über die restlichen Kleiderbügel im Schrank, während ich versuchte, zu erspüren, wer ich künftig sein wollte. Mit einem Mal griff ich zielsicher nach der beigen Chino Hose, einer weißen Bluse und einem legeren Blazer passend zur Hose. Ein Halstuch in dezenten Gelb- und Orangetönen setzte einen farblichen Akzent. Seriös genug für einen Auftritt bei Gericht und gleichzeitig sportlich-elegant und frisch, dachte ich, als ich mich zufrieden im Spiegel betrachtete. Noch die hellen Ballerinas und der Look war perfekt. Eine dynamische, gestandene Frau, offen für ein neues Leben. Im Bad trug ich ein natürliches Make-up auf und benetzte meine Handgelenke sowie das Dekolleté mit meinem neuen Lieblingsparfüm. *Libre*, treffender hätte der Name des Dufts nicht sein können. Ich atmete tief den selbstbewussten und gleichzeitig sinnlichen Duft ein und fühlte mich bereit für die finale Schlacht.

Mit klopfendem Herzen parkte ich mein Auto eine halbe Stunde zu früh vor dem Amtsgericht. Unendlich viel Leid und unzählige Tränen lagen hinter mir, um heute hier zu stehen. So viele Momente, in denen ich kurz davor gewesen war, aufzugeben. Auch wenn Patrick und ich uns gleich Mann gegen Frau gegenübertreten würden, fühlte ich die Armada in meinem Rücken, die mit mir den Stürmen der letzten Jahre getrotzt hatte und die stets mein Anker in der rauen See gewesen war. Laura, Jenny und Teresa, Frau Rosenthal, Pfarrer Michel und meine Hausärztin, die Kollegen und Kolleginnen aus dem Verlag, Amy, Maria, natürlich Mama, Papa und mein Stiefvater und viele andere standen hinter mir und waren heute in Gedanken bei mir. Ich konnte ihre Unterstützung und Verbundenheit spüren. Eine tiefe Dankbarkeit für all diese wunderbaren Menschen in meinem Leben stieg in mir auf.

Ein alter Witz kam mir in den Sinn, der eigentlich gar kein Witz war. Ein sehr gläubiger Mann stand, nachdem er ertrunken war, vor Gott und fragte diesen vorwurfsvoll, warum er ihn nicht gerettet hätte, als sein Boot gekentert war. Darauf antwortete dieser: »Ich habe dir ein Fischerboot, eine Yacht und einen Hubschrauber gesandt, aber du hast alle drei weggeschickt. Was hätte ich denn noch tun sollen?«

Es mag sein, dass wir Gott nicht immer direkt in unserem Leben spüren können, aber vielleicht ist das auch gar nicht wichtig. Entscheidend sind die Menschen, die zu unseren Engeln auf Erden werden, wenn wir es zulassen.

Ich musste an Patrick denken und an seine Welt aus Lügen. Erst kürzlich hatte ich von entfernten Freunden erfahren, dass er ihnen gegenüber nach wie vor so tat, als wäre bei uns alles in bester Ordnung. Wie konnte er Hilfe und Unterstützung erfahren, wenn er allen etwas vorspielte, einschließlich sich selbst? Er musste mit seinen Ängsten und Sorgen verdammt allein sein und konnte mir fast leidtun. Aber nur fast. Jeder war schließlich seines eigenen Glückes Schmied und ich nahm mein Glück endlich selbst in die Hand.

Ich prüfte mein Spiegelbild, atmete tief durch, straffte die Schultern und stieg aus dem Wagen. Wenige Autos neben mir schälte sich auch Patrick aus seiner Limousine, als hätte er dort bereits auf mich gewartet. Offensichtlich hatte auch er sich Gedanken über sein Äußeres gemacht und trug Hemd und Sakko zu einer modernen Jeans. Kein Wunder war ich damals auf ihn hereingefallen, dachte ich bei seinem Anblick, nickte kurz zur Begrüßung und steuerte zielsicher auf das Amtsgericht zu.

»Hey, Nicola, warte doch mal!«, hörte ich Patrick rufen, dessen Anzugschuhe auf dem Asphalt hinter mir bedrohlich klackerten, als er im Laufschritt zu mir aufschloss. Zeitgleich erreichten wir den Eingang und Patrick öffnete mir die Tür. Drinnen empfing uns ein Beamter, der zuerst mich und dann Patrick durch die Sicherheitskontrolle schleuste. Ich kam mir vor wie am Flughafen und musste spontan daran denken, dass hier niemand ohne weiteres ein Messer hereinschmuggeln konnte. Obwohl von Patrick körperlich in diesem Gebäude sicher keine Gefahr ausging, fühlte ich mich unwohl in meiner Haut. Ich hatte keine Lust auf unnötige Gespräche mit ihm außerhalb der Verhandlung. Während er noch damit beschäftigt war, sein Hab und Gut wieder in seinen Hosentaschen zu verstauen, durchquerte ich die Eingangshalle und suchte die richtige Zimmernummer. Direkt im Erdgeschoss wurde ich fündig. Ich setzte mich bewusst auf einen einzeln stehenden Stuhl, anstatt auf eine der Bänke. Auf diese Weise hatte Patrick keine Chance, sich direkt neben mich zu setzen, was er tausendprozentig getan hätte.

Der viereckige Wartebereich, in dessen Mitte eine Treppe in die oberen Stockwerke führte, wirkte steril. Nur wenige Fotodrucke zierten die ansonsten schmucklosen Wände, und ich fragte mich, welche Geschichten diese Räume bereits miterlebt hatten. Sämtliche Türen, die von dem Karree abzweigten, waren verschlossen und weit und breit kein Mensch zu sehen. Keiner außer Patrick, der mit seinen Unterlagen in der Hand auf mich zusteuerte und unschlüssig vor mir stehen blieb. Anstatt sich auf eine der Bänke zu setzen, lehnte er sich neben mich an die Wand und blickte auf mich herab.

Mist. Das hatte ich mir anders vorgestellt. Der Höhenunterschied und seine Nähe gefielen mir gar nicht.

»Gut siehst du aus«, bemerkte Patrick, dessen Gesicht sehr konzentriert wirkte, sodass ich seine Emotionen nicht ablesen konnte.

»Danke, gleichfalls«, erwiderte ich der Höflichkeit halber. »Setz dich doch!«, bot ich ihm an und deutete auf die freie Bank schräg gegenüber. Patrick zögerte kurz, nahm dann aber auf der anderen Seite Platz. Innerlich atmete ich auf. Mit Abstand und auf Augenhöhe fühlte sich seine Gegenwart deutlich besser an. Mein Handy piepte. Ich kramte es aus der Handtasche und öffnete die Nachricht von Teresa, ein GIF von einem K.-o.-Schlag im Boxring. Ich musste lächeln. *Meine Mädels sind echt die Besten*, dachte ich, schaltete das Handy auf lautlos und steckte es wieder ein.

»Kann es dein Lover gar nicht abwarten, dass wir geschieden werden?«, fragte Patrick plötzlich völlig ohne jeden Zusammenhang. Kurz war ich versucht, zu protestieren, entschied mich dann aber dazu, die unqualifizierte Bemerkung lediglich mit einem Augenrollen zu quittieren.

Patrick rutschte auf seiner Bank hin und her und spielte an seinem Ehering, den er nach wie vor trug. »Das ist deine letzte Chance, es dir anders zu überlegen«, sagte er und sah mich erwartungsvoll an.

Sollte das eine Drohung sein? Oder ein dummer Spruch oder war das ein ernst gemeinter Versuch, mich umzustimmen? Patrick konnte doch nicht wirklich glauben, dass ich den ganzen Kampf auf mich genommen hatte, um jetzt einzuknicken.

Ich blickte ihm direkt in die ozeanblauen Augen und sagte bestimmt: »Ganz sicher nicht!«

Ich meinte wahrzunehmen, dass er ein wenig in sich zusammensank. Seine Gesichtsmuskeln zuckten und er wollte gerade etwas erwidern, als meine Anwältin in den Wartebereich gewirbelt kam und den Raum mit ihrer Präsenz ausfüllte. Frau Engelhardt wirkte mit ihren klobigen Stiefeln, der schwarzen Lederhose und der dunkelgrünen Satinbluse, ihre Robe über dem einen und die Aktentasche im anderen Arm völlig anders als all die Male, die ich sie vorher in ihrer Kanzlei gesehen hatte. Vor meinem geistigen Auge zeichnete sich unwillkürlich das Bild ab, wie sie in ihrem Kampfanzug nur darauf wartete, Patrick wie ein widerliches Insekt mit ihren schweren Stiefeln auf dem Boden zu zertreten. Ich konnte mir ein Schmunzeln nicht verkneifen und war mir sicher, dass sie ihr Outfit genauso bewusst gewählt hatte wie ich meines. Mit einer dezent abwertenden Note in der Stimme grüßte sie Patrick beiläufig, um sich dann ganz mir zuzuwenden. Wenn das mal kein oscarreifer Auftritt war. Ich hätte sie knutschen können und war heilfroh, dass sie meine Anwältin war und nicht Patricks.

Frau Engelhardt zog mich mit sich in eine Ecke und tat, als hätte sie Wichtiges mit mir zu besprechen, sodass Patrick keine Chance mehr hatte, mich in Beschlag zu nehmen. Sie erzählte mir, dass wir einen netten, jungen Richter erwischt hätten, erklärte mir, wie die Verhandlung gleich ablaufen würde, und gab mir den Tipp, mich auf den ersten Stuhl an der Tür zu setzen, damit sie zwischen mir und der Gegenpartei quasi als Bollwerk Platz nehmen konnte. Apropos Gegenpartei. Patricks Anwältin kam gerade in ihrem Kostümchen und auf High Heels um die Ecke gestöckelt. Der Blick, den Frau Engelhardt mir zuwarf, nachdem sie erst Patricks Anwältin und dann sich auf die Schuhe gesehen hatte, sprach Bände. Ich musste mir auf die Zunge beißen, um nicht laut loszulachen. Gott, wie ich die herzerfrischende Art meiner Anwältin liebte! Seit sie den Wartebereich betreten hatte, gab sie mir das Gefühl, dass mit ihr an meiner Seite überhaupt nichts mehr schiefgehen konnte.

Pünktlich um zehn Uhr erschien der Richter und bat uns in den Verhandlungssaal, wobei Saal deutlich übertrieben war. Es war eher ein etwas größeres Zimmer mit zwei Tischen im Abstand von drei Metern auf der einen Seite und einem großen Schreibtisch für den Richter auf der gegenüberliegenden Seite. Ich nahm an der Tür Platz, wie Frau Engelhardt es mir geraten hatte, und tatsächlich konnte ich Patrick nur sehen, wenn ich mich nach vorne beugte und an meinem menschlichen Schutzschild in Anwaltsrobe vorbeischaute. Patrick wirkte sehr angespannt und hatte nichts mehr von dem gefährlichen Wolf, der er einst gewesen war. Unser Kräfteverhältnis schien sich umgekehrt zu haben. Zumindest fühlte ich mich stark und souverän, während er aussah wie ein begossener Pudel. Ich hatte gedacht, dass es sich wehmütig oder traurig anfühlen würde, hier zu sitzen, aber ich verspürte nur die Vorfreude darauf, bald frei zu sein und in meinem Leben nach vorne blicken zu können. Doch erst einmal sah ich zum Richter, der unsere Ausweise und das Stammbuch kontrollierte und anschließend die offiziellen Daten verlas. Er blätterte in der Akte auf seinem Tisch und sah plötzlich skeptisch zu uns auf.

»Herr Wolf, hier steht, dass Teile des Sorgerechtes für die gemeinsame Tochter allein an Frau Wolf übertragen werden. Ist das korrekt?«, fragte der Richter sichtlich verwundert.

Patrick bestätigte den Punkt, und meine Anwältin kam weiteren Fragen des Richters zuvor und erklärte: »Es handelt sich hierbei um den ausdrücklichen Wunsch der Tochter. Es fanden diesbezüglich Gespräche im Jugendamt statt.«

Der Richter zog die Stirn kraus und blätterte in seinen Unterlagen. »Wieso liegt mir dann keine Abschrift der Stellungnahme des Jugendamtes vor?«

Verunsichert sah ich meine Anwältin an, die beiläufig ihre Hand auf meinen Arm legte und sich selbstbewusst an den Richter wandte.

»Die Parteien sind sich einig und respektieren den Wunsch der Tochter. Die zuständige Mitarbeiterin im Jugendamt heißt Frau Pfefferkorn. Gerne können Sie bei ihr nachfragen«, sagte Frau Engelhardt freundlich, aber ohne einen Zweifel zuzulassen.

Der Richter lehnte sich in seinem Stuhl zurück, strich sich über den nicht vorhandenen Bart, ehe er von mir zu Patrick und zurück zu Frau Engelhardt blickte. Offensichtlich kam ihm die Sache mit dem Sorgerecht seltsam vor.

Schließlich setzte er sich wieder aufrecht hin, nahm den Telefonhörer in die Hand und fragte: »Hat jemand die Durchwahl von Frau Pfefferkorn? Ohne das Jugendamt gehört zu haben, kann ich keine Scheidung verkünden.«

Sofort zückte ich mein Handy und suchte ihm die Nummer heraus. Hoffentlich konnte er sie erreichen.

Es klingelte, kurz darauf wurde abgenommen.

»Frau Pfefferkorn, Richter Wagner hier. Ich sitze gerade in der Scheidungsverhandlung der Eheleute Wolf und mir fehlt Ihre Stellungnahme bezüglich der Übertragung der Gesundheitssorge und des Aufenthaltsbestimmungsrechtes für die Tochter Amy auf Frau Wolf. Sagt Ihnen das etwas?« Kurz war es still, dann sagte der Richter: »Okay, vielen Dank«, und legte auf.

»Frau Pfefferkorn hat Ihre Aussage bestätigt. Sie schickt mir die Stellungnahme per Fax und wir können weitermachen.«

Erleichtert atmete ich auf. Kurz hatte ich befürchtet, dass die Scheidung daran scheitern könnte. Endlich kam der Richter zu dem Punkt, auf den ich so lange gewartet hatte.

»Frau Wolf, Sie haben den Antrag auf Ehescheidung gestellt?«, fragte er mehr rhetorisch.

Trotzdem sagte ich: »Ja.«

An Patrick gewandt fuhr er fort: »Herr Wolf, stimmen Sie der Scheidung zu?«

Ach du Scheiße, mir war nicht bewusst gewesen, dass Patrick explizit zustimmen musste. Was, wenn er Nein sagte? Ich traute mich nicht, den Blickkontakt zu ihm zu suchen, und sah stur geradeaus aus dem Fenster. Der Himmel war strahlend blau und die Sonne schien. Keine Wolke war zu sehen. Ich wartete auf Patricks erlösende Antwort. Die Stille war unerträglich. Ich spürte, wie meine Anwältin sich ihm zuwandte und ihren Fuß in seine Richtung stellte, als wäre es eine Warnung an ihn. Ich wagte kaum zu atmen und zwang mich, mit zusammengepresstem Kiefer weiter geradeaus zu blicken, um Patrick nicht zu zeigen, dass ich mich im Endspurt auf der Zielgeraden eines Marathons befand und keine Kapazitäten für eine weitere Extrarunde hatte.

»Herr Wolf, stimmen Sie der Scheidung zu?«, wiederholte der Richter seine Frage.

Patrick seufzte schwer und sagte schließlich. »Ja, was anderes bleibt mir ja wohl nicht übrig.«

Erleichtert atmete ich auf und riskierte einen Blick auf meinen Ex-Mann, der mit gesenktem Blick neben seiner Anwältin saß. Er erinnerte mich an ein Kind, dem man das Spielzeug weggenommen hatte und das nicht wusste, ob es aufbegehren oder heulen sollte. Ich spürte, wie die körperliche Anspannung in mir nachließ, während der Richter erklärte, dass uns der rechtskräftige Scheidungsbeschluss in zirka sechs Wochen per Post zugestellt würde. Dann schloss er die Verhandlung. Das Ganze hatte nicht einmal eine Viertelstunde gedauert.

Geschafft.

Die Scheidung war durch.

Ich war frei.

Ich war wirklich frei!

Es fühlte sich alles noch unwirklich an.

»Ich gratuliere«, flüsterte Frau Engelhardt mir zu und bat mich, im Vorraum auf sie zu warten, während sie in einer anderen Angelegenheit mit dem Richter sprechen wollte.

Patrick unterhielt sich mit seiner Anwältin, die gefühlt nur schmückendes Beiwerk gewesen war. Frau Stöckelschuh, wie sie wirklich hieß, hatte ich glatt vergessen, verabschiedete sich in dem Moment von Patrick, als Frau Engelhardt zu mir trat.

Als Patrick keine Anstalten machte, zu gehen, sagte meine Anwältin: »Auf Wiedersehen, Herr Wolf!«, und drehte ihm den Rücken zu. Mir zugewandt, verdrehte sie die Augen.

Patrick stand noch einen Moment unschlüssig herum, ehe er mit hängenden Schultern das Gebäude verließ.

Sobald wir allein waren, sprudelte Frau Engelhardt los: »Ich habe dem Richter noch erklärt, was es mit der Übertragung der Sorgerechtselemente auf sich hat. Jetzt fühlt sich die Sache rund an und Sie brauchen sich überhaupt keine Gedanken mehr zu machen. Das Fax ist auch angekommen und es ist alles geregelt.« Zufrieden zwinkerte sie mir zu.

»Vielen Dank, Frau Engelhardt. Sie waren spitze!«

»Sehr gerne. Es war mir eine Ehre, eine wundervolle, starke Frau wie Sie zu vertreten«, sagte sie und ließ es sich nicht nehmen, mich zum Abschied zu drücken.

Langsam realisierte ich, dass das Kapitel Ehe damit jetzt abgeschlossen war. Es fehlte zwar noch der rechtskräftige schriftliche Beschluss, aber für mich war der elfte März der Tag, der ab jetzt anstatt meines Hochzeitstages fett im Kalender als neuer Jubeltag markiert werden würde.

Draußen lehnte Patrick an einem Pfosten neben meinem Auto. Es war mir fast klar gewesen, dass er auf mich warten würde. Frau Engelhardt, die gemeinsam mit mir das Gericht verlassen und ihn auch bemerkt hatte, erkundigte sich, ob sie mich zu meinem Fahrzeug begleiten sollte, aber ich lehnte dankend ab. Selbstbewusst schritt ich auf meinen Ex-Mann zu, der mit seiner Schuhspitze Kreise auf dem Asphalt zeichnete.

Als ich an meinem Auto angekommen war, sagte er wehmütig: »Das war's jetzt also.«

»Ja.« Mehr hatte ich dazu nicht zu sagen.

Unschlüssig stand er da und drehte an seinem Ehering, als könnte er damit die Zeit umkehren.

»Ich muss los«, sagte ich und schloss meinen Wagen auf. Patricks Gesicht zuckte und ich sah Tränen in seinen Augen.

»Lass dich wenigstens noch mal drücken«, sagte er und nahm mich in den Arm. Ich erwiderte die Umarmung nicht, ließ sie aber geschehen. Seltsamerweise war es mir egal. Sollte er die Art von Abschied doch haben, dafür hatte ich den Sieg. Ich trat einen Schritt zurück, öffnete die Tür und stieg in mein Auto, während Patrick sich umdrehte, zu seinem Wagen ging und noch vor mir vom Parkplatz fuhr.

Ich dachte an Fynn und daran, dass er vermutlich wieder seinen Vater würde trösten müssen. Mein kleiner Junge, der viel zu schnell hatte erwachsen werden müssen und der Patricks Manipulationen weiter ausgeliefert war. Ein Stich durchzog mein Herz, wenn ich an die Liebe dachte, die ich für meinen Sohn empfand. Der Schmerz, ihn fürs Erste an Patrick verloren zu haben, brannte in meiner Brust. Gleichzeitig schürte er das Feuer in mir, dass ich nie aufhören würde, für die Beziehung zu Fynn zu kämpfen. Der Tag würde kommen, an dem er verstehen würde, dass ich nicht anders hatte handeln können, und an dem er, Amy und ich wieder zueinanderfinden würden. Daran glaubte ich fest.

Heute hatte ich einen großartigen Sieg errungen. Ich hatte seit der Trennung nicht nur die Geister meiner Kindheit besiegt und dem Psychokrieg gegen meinen narzisstischen Exmann getrotzt. Ich hatte das Unvorstellbare geschafft und die unsichtbaren Fesseln gelöst. Tränen der Erleichterung und der Freude rannen über meine Wangen und ich dankte allen, die diesen Tag für mich möglich gemacht hatten.

Meine Ketten waren gesprengt.

KAPITEL 43

Ich lehnte mit meinem Sektglas am Rahmen der Küchentür und sah dem bunten Treiben im Haus zu. Dieser Geburtstag war anders als all die anderen zuvor. Ich hatte nur Menschen eingeladen, die mir wirklich am Herzen lagen, egal, wie lange oder kurz ich sie kannte. Es waren nur solche, mit denen ich nicht nur Freud, sondern auch Leid teilen konnte und von denen ich sicher war, dass sie voll und ganz hinter mir standen. Familie, Freundinnen, Kollegen und Kolleginnen, Nachbarn, sie alle waren meiner Einladung gefolgt. Auch wenn es offiziell die Party anlässlich meines vierzigsten Geburtstags war, war es insgeheim so viel mehr als das. Es war keine Scheidungsparty, das hätte ich unpassend gefunden, aber es war die Feier des Beginns meines neuen Lebens und meiner Freiheit. Die Feier, dass Patrick mich trotz all seiner Manipulationen und Psychospiele am Ende nicht hatte kleinkriegen können. Ich spürte meinen Kampfgeist, der mir auf dem Weg hierher mehrfach auszugehen gedroht hatte. Er wehte wieder stark und kräftig um mich wie eine frische Brise. Aber da war mehr als nur der Siegeswille. Da war auch noch etwas Zartes, Weiches, das sich anfühlte wie ein seidiger Mantel auf nackter Haut. Die Selbstliebe, die eine Zeit lang verschüttet gewesen war, verwob sich mit dem Kampfgeist und legte sich schützend um mich.

Natürlich war mir bewusst, dass Patricks fiese Machenschaften und Gemeinheiten mit der Scheidung nicht aufhören würden. Durch die gemeinsamen Kinder hatten wir nach wie vor viele Berührungspunkte und ich bekam ihn nicht wirklich los. Aber wenn ich die Scheidung geschafft hatte, würde ich auch alles andere schaffen. Und eines schwor ich mir und ihm für jetzt und bis in alle Ewigkeit: »Du brichst mich nicht!« Mit all den wundervollen Menschen an meiner Seite sowieso nicht. Wärme und Dankbarkeit breiteten sich beim Gedanken an all die Unterstützung, die ich hatte erfahren dürfen, in mir aus.

Schade, dass Frau Rosenthal heute Abend nicht dabei sein kann, dachte ich. Sie hatte es mehr als verdient, mitzufeiern. All die Monate war sie meine treue Geheimwaffe gewesen, die mir mehr als einmal den Hintern gerettet hatte. Ich prostete ihr in Gedanken zu und schickte ihr fürs Erste ein Dankeschön durchs Universum. Amy kam, gefolgt von Fiona, mit einer vollen Sektflasche um die Ecke. Die beiden kümmerten sich um die Bewirtung der Gäste und hatten offensichtlich Freude daran. Es war schön, zu sehen, wie gelöst Amy wirkte, und ich stellte mit einem Schmunzeln fest, dass sie kein Schwarz trug.

»Soll ich dir noch mal nachschenken?«, fragte sie.

»Ja, gern, mein Schatz, aber warte, erst muss ich dich noch mal drücken.«

Amy schmiegte sich in meine Umarmung. »Ich hab dich lieb, Mama«, flüsterte sie in mein Ohr.

»Und ich dich erst.« Ich gab Amy einen Kuss auf den Scheitel, ehe sie sich aus der Umarmung löste, mein Glas füllte und mit Fiona im Schlepptau wieder zwischen den

Gästen verschwand. Ich trank noch einen Schluck und checkte kurz meine Nachrichten, aber die, auf die ich hoffte, war nicht dabei. Vermutlich war es zu viel verlangt, dass Fynn mir kurz nach der Scheidung zum Geburtstag gratulierte. Er war zu verletzt und ich musste ihm Zeit geben. Ich spülte den Kloß im Hals mit einem weiteren Schluck Sekt hinunter, als meine Freundinnen um die Ecke bogen.

»Hey, da bist du ja. Wir haben dich schon gesucht«, rief Jenny aufgeregt.

»Wir haben noch ein gemeinsames Geschenk für dich«, erklärte Teresa, während Laura mir ein kleines Päckchen entgegenhielt.

»Wie? Von euch dreien? Zusammen?«, fragte ich überrascht.

Meine Freundinnen strahlten mich an und nickten im Terzett.

»Lasst mich raten, ihr kennt euch über Facebook?«

»Nee, über Instagram. Aber egal, jetzt mach endlich auf!«, kam es von Jenny, die vor Aufregung kaum stillstehen konnte.

Was konnte das nur sein, das die drei zusammen ausgesucht hatten? Neugierig löste ich das Geschenkpapier und öffnete die Schmuckschatulle. Zum Vorschein kam ein wunderschöner silberner Ring. Glänzende und matte Stellen wechselten sich gleichmäßig ab. Irritiert blickte ich von einer zur anderen.

»Ihr schenkt mir gemeinsam einen Ring?«, fragte ich ungläubig.

»Nicht irgendeinen Ring, sondern einen extra für dich gravierten«, erklärte Laura.

Ich holte den Ring heraus und las in der Innenseite: »Love-Joy-Trust«

Mir stiegen vor Rührung spontan die Tränen in die Augen, als mir die Bedeutung des Rings klar wurde. »L für Laura, J für Jenny und T für Teresa.« Aus den dreien wurde Liebe, Freude und Zuversicht.

»Genau das wünschen wir dir«, meldete sich Teresa zu Wort.

»Und der Ring soll dich stets daran erinnern, dass wir drei immer für dich da sind, quasi dein Rettungsring«, ergänzten Laura und Jenny.

Ich steckte das Schmuckstück an den Ringfinger der linken Hand, an dem er perfekt passte, und nahm meine Freundinnen in den Arm. »Ihr seid die Besten! Danke!«

Mehr konnte ich nicht sagen, zu überwältigt war ich von dem Geschenk. Liebe, Freude, Zuversicht in einem »Rettungsring« vereint. Konnte man sich mehr wünschen?

Laura spendierte uns eine Runde Taschentücher und Jenny verkündete: »So, und jetzt lasst uns feiern, wir sind schließlich nicht zum Spaß hier.«

»Da hast du recht. Jetzt wird getanzt!«, schlug ich vor. Im selben Moment klingelte mein Handy in der Hosentasche.

»Geht schon mal vor, ich komme sofort nach«, rief ich meinen Freundinnen zu, während ich das Mobiltelefon hervorkramte und schnell das Gespräch annahm, ohne aufs Display zu sehen.

»Hallo?«, sagte ich abgehetzt, nicht sicher, ob ich nicht zu spät abgenommen hatte.

Für einen Moment herrschte Stille.

»Hallo, Mama, ich wünsche dir alles Gute zum Geburtstag.«

– E N D E –

NACHWORT

Liebe Leserin, lieber Leser,

ich weiß, ich habe dir mit »Du brichst mich nicht!« keine leichte Kost serviert. Aber mir war es wichtig, die Dynamiken einer toxischen Partnerschaft und typische Methoden von Narzisst*innen in diesem Roman authentisch darzustellen. Psychische Gewalt ist in unserer Gesellschaft ein fast noch größeres Tabuthema als körperliche und noch weniger greifbar. Es gibt keine blutenden Wunden, keine blauen Flecken oder Knochenbrüche, nur unsichtbare Narben auf der Seele.

Immer wieder habe ich von Betroffenen gehört, dass sie ihr Leid kaum in Worte fassen konnten. Schließlich klingt es banal, wenn man erzählt, dass der Partner einen abwertenden Spruch über die Oberweite macht, oder sich über einen vollen Mülleimer aufregt. Es ist die Summe all dieser vermeintlich kleinen Spitzen, Manipulationen und Schuldzuweisungen, die nach und nach das eigene Selbstbewusstsein untergräbt und die Betroffenen am eigenen Verstand zweifeln lässt. Psychische Gewalt findet meist im Verborgenen statt und geht häufig weit über eine Trennung hinaus, vor allem dann, wenn gemeinsame Kinder im Spiel sind.

Ich wünsche mir, dass wir als Gesellschaft den Opfern

psychischer Gewalt mehr Verständnis entgegenbringen und lernen, aufmerksamer zu werden. Dass wir genau hinsehen, dass wir uns einmischen, dass wir nachfragen, dass wir immer wieder Hilfe anbieten, bis die Betroffenen in der Lage sind, sie anzunehmen.

Ich wünsche mir auch, dass Ämter, Gutachter, Behörden und Gerichte sensibler für die manipulativen Methoden von Narzissten werden und dass sie die Nachtrennungsgewalt erkennen und den Opfern Gehör und Glauben schenken.

Ich wünsche mir, dass Betroffene den Mut finden, sich Hilfe zu suchen und sich aus toxischen Beziehungen befreien können.

Ich weiß, eine Trennung ist nicht einfach. Was kommt, wird vermutlich erst einmal härter als das, was ist. Aber der Kampf lohnt sich.

Such dir Verbündete, lass dich professionell begleiten, und hole dir dein Leben zurück.

Ich freue mich, wenn du dir ein paar Minuten Zeit für eine kurze Rezension nimmst und vielleicht das Buch sogar weiterempfiehlst. Nur so erlangt mein Roman Sichtbarkeit.

Unter **tiana.stark@gmx.de**
oder auf Instagram unter **@tiana.stark**
erreichst du mich persönlich.

Alles Liebe,
Deine Tiana

DANKSAGUNG

Dieses Buch ist nicht nur mein Debutroman, es ist auch ein Herzensprojekt. Schon kurz nach dem Abitur war mir klar, dass ich eines Tages einen Roman schreiben würde. Dreißig Jahre später habe ich mir diesen Traum, dank der Unterstützung vieler wunderbarer Menschen, erfüllt.

Ein riesengroßes Dankeschön geht an meine wundervolle Lektorin Astrid Töpfner, die mit ihrer feinfühligen und professionellen Arbeitsweise mein Buch mit mir geformt hat, und an meine Autorenfreundin Silja Rima (*www.silja-rima.de*), die mir stets mit Rat und Tat zur Seite stand. Herzlichen Dank auch an Jona Gellert für den letzten Schliff beim Korrektorat, Stefanie Scheurich für den Buchsatz und Torsten Sohrmann für die Gestaltung des Covers. Die Zusammenarbeit mit euch allen war eine Bereicherung für mich.

Ein herzlicher Dank geht auch an meine Testleserinnen Elli David, Rita Spatschek und Anke Ziemer. Euer konstruktives Feedback und eure positiven Rückmeldungen zur Story haben mir sehr geholfen und Mut gemacht für die Veröffentlichung.

Vor allem aber möchte ich meinen Freundinnen, meiner Familie und den Menschen danken, die auf unterschiedlichste Weise im Hintergrund die Entstehung dieses Buches begleitet und erst möglich gemacht haben. Ohne euer Verständnis, eure Rückendeckung, euren Zuspruch, eure Ideen und euren unermüdlichen Glauben an mich als Schriftstellerin wäre dieses Buch vermutlich nie fertig geworden. Danke, dass ihr immer für mich da wart und seid.

Hier findest du zum Beispiel Hilfe:

Hilfetelefon Gewalt gegen Frauen 116 016;
   www.hilfetelefon.de

SEFRA e.V. Notruf und Beratung für Frauen;
   www.sefraev.de

Weißer Ring e. V.;
   https://weisser-ring.de;
   Opfertelefon: 116 006

Telefonseelsorge;
   www.telefonseelsorge.de;
   0800/1110111

ÜBER DIE AUTORIN

Tiana Stark, geboren 1975, lebt mit Ihrer Familie in Unterfranken.

Schon seit Kindertagen haben sie die Welt der Bücher sowie die menschliche Psyche fasziniert.

Inspiriert durch ihre langjährige Selbständigkeit im Bereich psychologische Beratung und Coaching sowie unterschiedliche Begegnungen mit dem Thema Narzissmus erfüllte sie sich mit ihrem Debütroman »Du brichst mich *nicht!*« ihren Traum vom eigenen Buch.

Stark möchte mit ihrem spannenden Entwicklungsroman ihre Leserinnen und Leser für die Dynamiken in toxischen Beziehungen sensibilisieren und gleichzeitig den unzähligen Opfern Mut machen, das Schweigen zu brechen und ihr Leben zurückzuerobern.

»Wenn dieses Buch nur einer einzigen betroffenen Person hilft, hat es sich schon gelohnt, es zu schreiben.«